서머싯 몸 단편선 1

William Somerset Maugham

세계문학전집 392

서머싯 몸 단편선 1

William Somerset Maugham

서머싯 몸

황소연 옮김

민음사

차례

서문

이 책은 나의 첫 단편 모음집이다. 단편이라면 어릴 때도 여러 편 썼지만 그것들은 너무 유치해서 세상에 내놓고 싶지 않다. 몇 편은 단행본에 끼어 발표되었으나 오래전에 절판되었고, 몇 편은 여러 잡지에 나뉘어 발표되었는데 모두 잊혀 마땅한 것들이다. 이 책에 실린 첫 번째 이야기 「비」는 1920년 홍콩에서 쓴 글로, 이야기의 싹이 움튼 것은 1916년 겨울 남태평양을 여행할 때였다. 마지막 단편은 1945년 뉴욕에서 썼으며 짧은 메모에서 착안한 이야기다. 서류 속에서 우연히 발견한 그 메모는 무려 1901년으로 거슬러 올라간다.

다수의 단편 소설을 모아 책으로 엮을 때, 작가는 순서를 정하는 데 애를 먹곤 한다. 이야기의 길이나 배경(local)이 같으면 순서를 간단히 정할 수 있다.(배경을 뜻하는 말로 locale을 쓰고 싶으나 옥스퍼드 사전에 따르면 locale은 자주 사용되지만 잘못된 표현이라고 한다.) 일정한 패턴을 만들기 쉽기 때문이다. 작가는 그렇게 글이 정리되어 패턴이 형성된 책을 독자들에게 내놓을 때 상당한 만족감을 얻는다. 패턴이 있는 소설은 단순하다. 즉 시작과 중간과 결말이 있어서 잘 짜인 이야기가 된다.

하지만 이 책의 이야기들은 길이가 천차만별이다. 1600단어 정도의 짧은 이야기도 있고, 그보다 열 배는 긴 것도 있으며, 2만 단어 남짓한 것도 있다. 나는 세상을 두루 돌아다녔는데 어디에서 얼마나 체류하든 이야깃거리가 한두 가지는 꼭 있어서 그것을 가지고 늘 이야기를 썼다. 비극도 쓰고 희극도 썼다. 길이와 배경이 되는 나라가 다르고 다양한 캐릭터들을 갖춘 각양각색의 이야기들을 엮은 모음집에 최소한의 패턴을 부여하고 균형을 맞추는 것은 대단히 어려운 작업이다. 그러면서도 독자가 쉽게 읽을 수 있도록 써야 한다. 읽히는 것이 작가가 이야기를 쓰는 동기는 아니지만, 일단 글을 쓰고 나면 읽혔으면 하는 욕심이 생기는 법이므로 작가는 잘 읽히는 글을 쓰도록 최선을 다해야 한다.

이런 의도하에, 긴 이야기들 위주로 따라가면서 아주 짧거나 단어가 5000~6000개인 이야기들을 접목시켰기 때문에, 독자들이 중국에서 돌연 페루로 건너뛰었다가 느닷없이 돌아올 일은 없을 것이다. 말하자면 편의성을 고려하면서 나라, 즉 배경이 같은 이야기들을 한데 묶었다. 그런 면에서 독자들이 길을 잃지 않고 머나먼 땅까지 잘 따라와 주기 바란다.

비

    이제 곧 잠자리에 들 시각이라 그들은 내일 아침에 눈을 뜨면 드디어 육지를 보겠구나 생각했다. 맥패일 박사는 파이프 담배에 불을 붙이고 난간 너머로 몸을 내밀고는 하늘에서 남십자성을 찾아보았다. 이 년간 최전선에서 복무했고 의외로 잘 낫지 않는 부상에서 겨우 회복한 터라 여행길에 오른 것만으로도 한결 기분이 좋았다. 내일 승객 몇 명이 파고파고[1]에서 내릴 예정이라 오늘 저녁에는 작은 춤판이 벌어졌다. 기계 피아노의 딱딱한 소리가 아직도 귀청을 울려 댔지만 갑판에 나오니 좀 조용했다. 그는 조금 떨어진 장의자에 앉아 데이비슨 부부와 이야기를 나누는 아내를 보고 그쪽으로 슬슬 걸어

---

[1] 미국령 사모아섬의 수도.

갔다. 그가 자리에 앉아 모자를 벗자 불빛에 짙은 붉은 머리카락과 벗어진 정수리, 붉은 머리카락에 걸맞게 붉고 주근깨 투성이인 피부가 드러났다. 그는 깡마른 사십 대 남자였다. 수척한 얼굴에서는 엄정하고 고지식한 성격이 엿보였고, 느릿하고 나직한 목소리에 스코틀랜드 말씨를 썼다.

맥패일 부부와 선교사 데이비슨 부부가 같은 배를 타고 가면서 친해진 것은 서로 잘 통해서라기보다 가까이 있었기 때문이다. 밤낮으로 흡연실에 틀어박혀 포커나 브리지[2] 게임을 하고 퍼마시는 사람들을 견뎌야 한다는 반감이 그들을 묶는 유대감으로 작용한 것이다. 맥패일 부인은 데이비슨 부부가 승객들 중 어울리기로 선택한 사람이 그녀와 그녀의 남편뿐이라는 것을 알고 꽤나 흡족했고, 숫기는 없지만 바보는 아닌 의사 양반도 그 칭찬을 듣고 내심 기분이 좋았다. 그는 깐깐한 천성을 어쩌지 못하고 밤이면 선실에서 곧잘 투덜댔다.

"데이비슨 부인이 그러대요, 우리가 없었으면 이 여행을 어떻게 견뎌 냈을지 모르겠다고." 맥패일 부인은 올렸던 머리를 풀어 빗으면서 말했다. "이 배에서 안면을 트고 싶은 사람들은 우리뿐이라는 소리죠."

"나는 선교사라면 주름 장식 옷을 입은 거물 나리쯤으로 생각했지 뭐요."

"주름 장식은 무슨. 나는 그 여자가 무슨 말을 하는지는 알겠어요. 데이비슨 부부는 흡연실의 그 거친 인사들과 어울리

---

2) 네 명이 둘씩 편을 먹고 52장의 카드로 승부를 가리는 카드 게임.

는 게 내키지 않았을 거예요."

"정작 그들의 종교를 세운 창시자는 그리 배타적이지 않았거늘."

맥패일 박사가 큭큭거리며 말했다.

"내가 몇 번이나 얘기해요, 제발 종교를 농담거리로 삼지 말라고." 그의 아내가 대꾸했다. "난 당신과 천성이 다른가 봐요, 앨릭. 당신은 사람들한테서 가장 좋은 점을 보는 법이 없어요."

그는 연파란색 눈으로 아내를 슬쩍 곁눈질했을 뿐 대꾸하지 않았다. 마지막 말은 아내가 하도록 남겨 두는 것이 평화를 지키는 길임을 오랜 결혼 생활 끝에 알고 있었다. 그래서 아내보다 먼저 옷을 벗고 이 층 침대 위 칸으로 올라가 누워 책을 읽다가 잠이 들었다.

이튿날 아침 그가 갑판에 나가니 육지가 성큼 다가와 있었다. 그는 열렬한 눈으로 육지를 바라보았다. 가느다란 띠 모양의 은빛 해변과 바닷가의 불룩한 언덕, 언덕 꼭대기를 뒤덮은 울창한 식물들이 나타났다. 풍성한 초록빛 코코넛 나무들이 물가를 따라 이어졌는데, 사이사이로 사모아섬의 초가집들이 자리했고 눈부시게 하얀 작은 교회가 군데군데 보였다. 데이비슨 부인이 다가와 그의 옆에 섰다. 그녀는 검은색 옷을 입고 작은 십자가가 달랑거리는 황금 사슬 목걸이를 걸고 있었다. 아담한 체구에 윤기 없는 갈색 머리를 공들여 틀어 올린 모습이었는데, 투명한 코안경 뒤의 파란 눈동자가 눈길을 끌었다. 얼굴은 양처럼 길었지만 우매하다기보다 빠릿빠릿한 인상을 주었고 동작은 새처럼 민첩했다. 가장 도드라진 특징은 높고

카랑카랑한 목소리였는데, 그 억세고 단조로운 음성은 착암기의 가차 없는 굉음처럼 억양 없이 귓속을 파고들어 신경을 긁어 댔다.

"이제 부인에게 이곳은 집이나 다름없겠군요."

맥패일 박사가 열은 미소를 애써 끌어내며 말했다.

"우리 집은 이런 곳이 아니라 낮은 섬, 산호섬이에요. 여긴 화산섬이고요. 거기까지 가려면 열흘은 더 항해해야 해요."

"여기까지 왔으면 집이 코앞인 거죠."

맥패일 박사가 익살스럽게 말했다.

"조금 과장된 말씀이세요. 하기야 남태평양에서는 각자 느끼는 거리감이 다른 법이니, 선생님 말씀이 맞긴 해요."

맥패일 박사는 살짝 한숨을 쉬었다.

"이곳이 우리 주재지가 아닌 게 얼마나 다행인지 몰라요." 그녀가 계속 말했다. "여기는 파고들기가 여간 어려운 데가 아니래요. 증기선이 드나들어 사람들을 불안하게 하는 데다 해군 기지까지 있으니까요. 여기 원주민들에겐 딱한 일이죠. 우리 동네에는 여기처럼 골치 아픈 일은 없어요. 물론 상선이 한두 대 있긴 하지만 우리가 똑바로 처신하도록 단속하고 있어요. 허튼짓을 했다가는 제 발로 달아나게끔 뜨거운 맛을 보여주죠."

그녀는 코에 얹힌 안경을 고쳐 쓰면서 초록빛 섬을 냉혹한 시선으로 바라보았다.

"여기는 선교사들이 거의 포기한 곳이에요. 이곳을 피해 가게 해 주신 것만으로도 하느님께 크게 감사드려야죠."

데이비슨의 관할 지역은 사모아 북쪽 군도였는데, 섬들이 서로 멀리 떨어져 있어서 데이비슨은 카누를 타고 먼 거리를 다닐 때가 많았다. 요즘 그의 아내는 선교 본부에서 지내면서 선교 일을 하고 있었다. 맥패일 박사는 그녀가 얼마나 능률적으로 선교 일을 하고 있을지 짐작이 가고도 남아 마음이 무거웠다. 그녀는 아무도 못 말리는, 공포심을 일으키는 격렬한 목소리로 원주민들의 타락에 대해 말하곤 했다. 예의범절을 철저히 따졌다. 안면을 튼 지 얼마 되지 않았을 때 그녀는 그에게 이렇게 말한 적이 있었다.

"거참, 우리가 처음 이 섬에 정착할 때 그들의 결혼 풍습이 어쩌나 참혹하던지 차마 선생님 앞에서는 입에 올릴 수가 없네요. 하지만 맥패일 부인에게 귀띔해 둘 테니 부인에게 들어 보세요."

그러고 나서 그는 아내와 데이비슨 부인이 갑판 의자에 바짝 붙어 앉아 두 시간 동안 이야기하는 것을 보았다. 운동 삼아 그들 앞을 왔다 갔다 서성거릴 때 멀리서 들리는 산속의 시냇물 소리처럼 데이비슨 부인의 격앙된 속삭임이 들려왔다. 아내는 그 놀라운 경험담이 신기한 듯 딱 벌어진 입에 창백한 낯빛을 하고 있었다. 그날 밤 선실에서 아내는 숨을 골라 가며 들은 이야기를 모조리 그에게 들려주었다.

"내가 뭐랬어요?" 다음 날 아침 데이비슨 부인이 의기양양하게 소리쳤다. "그보다 더 끔찍한 얘기는 들어 본 적 없으시겠죠? 내가 직접 말하지 못할 만하잖아요? 선생님이 아무리 의사라 해도 난 못 하겠더라고요."

데이비슨 부인은 그의 얼굴을 살폈다. 자기 말이 먹혔는지 알고 싶어 몸이 단 눈치였다.

"우리가 처음 거기 갔을 때 얼마나 억장이 무너졌을지 상상이 되세요? 선생님은 믿지 못하시겠지만 그 마을에서 좋은 처녀는 눈을 씻고 찾아봐도 없었어요."

그녀가 사용한 '좋은'이라는 표현은 대단히 엄격하고 협소한 의미였다.

"데이비슨 씨와 저는 그 점에 대해 상의한 끝에 춤을 금지하는 것이 급선무라고 결론을 내렸어요. 원주민들이 춤이라면 사족을 못 썼거든요."

"저도 젊었을 땐 춤이라면 마다하지 않았어요."

맥패일 박사가 말했다.

"어젯밤 선생님이 맥패일 부인에게 춤을 추자고 했다는 이야기를 들었을 때 어느 정도 짐작은 했어요. 남자가 아내와 춤추는 거야 크게 문제 될 게 없겠지만, 그래도 부인이 춤을 추지 않아서 다행이지 뭐예요. 만약 그런 상황이었다면 우리 부부는 우리끼리만 있는 게 좋겠다고 생각했을 거예요."

"그런 상황이라뇨?"

데이비슨 부인은 코안경 너머로 그를 획 쳐다보았을 뿐 질문에 대답하지 않았다.

"백인들은 경우가 좀 다르긴 하죠." 그녀가 말을 계속했다. "아무리 그래도 나는 자기 아내가 다른 남자의 팔에 안겨 있는 꼴을 가만두고 보는 남자를 이해할 수 없다는 데이비슨 씨의 의견에 동의할 수밖에 없어요. 나로 말할 것 같으면, 결혼한 이후 춤이라고는 한 스텝도 밟은 적이 없답니다. 하지만 원주민들의 춤은 전혀 다른 문제예요. 부도덕 그 자체일 뿐만 아니라 부도덕성을 대놓고 조장하거든요. 그런데 우리가 그걸 근절했으니 하나님께 감사할 일이죠. 지난 팔 년간 우리 구역에서는 아무도 춤을 추지 않았다고 장담할 수 있어요."

그들은 항구 어귀로 접근하는 중이었다. 맥패일 부인이 그들에게 다가왔다. 배가 급격히 방향을 틀어 천천히 항구 안으로 들어갔다. 그곳은 육지에 에워싸인 항구였는데 함대 전체가 정박할 수 있을 만큼 규모가 컸으며, 높고 가파른 초록빛 언덕이 사방을 둘러싸고 있었다. 항구 초입에는 정원이 딸린 총독의 사택이 산들거리는 바닷바람을 맞으며 서 있었다. 깃대에 매달린 성조기는 힘없이 축 늘어져 덜렁거렸다. 그들은 단정한 방갈로 두세 채와 테니스장 한 곳을 지나 창고들이 늘어선 선창가로 들어갔다. 데이비슨 부인은 아피아[3]까지 타고 갈 거라면서 200~300미터 옆에 정박한 스쿠너[4] 하나를 가리켰다. 활달하고 소란스럽고 농담을 잘하는 원주민들이 여러 섬에서 모여 있었는데, 호기심에 구경을 하는 이들이 있는가 하면, 시드니로 가는 여행객들과 흥정을 하는 이들도 있었다. 그들은 파인애플이며 커다란 바나나 송이, 타파,[5] 조개껍데기나 상어 이빨로 만든 목걸이, 카바[6] 그릇, 전투 카누 모형 같

3) 사모아의 수도인 항구 도시로 남태평양의 교통 요지.
4) 둘 이상의 돛대에 세로돛을 단 범선.
5) 폴리네시아에서 꾸지나무 속껍질로 만드는 직물.
6) 폴리네시아의 민속주.

은 것들을 가지고 있었다. 원주민들 틈에서 깨끗이 면도한 순박한 얼굴의 미국 선원들이 깔끔하고 단정한 차림으로 한가로이 걸어 다녔고, 장교 무리도 보였다. 짐을 내리는 동안 맥패일 부부와 데이비슨 부부는 사람들을 구경했다. 맥패일 박사는 요스[7]에 걸린 사람들을 쳐다보았다. 어린아이와 남자아이들은 대부분 그 병에 걸렸는지 해묵은 궤양 같은 흉측한 상처가 있었다. 상피병[8]으로 보이는 실제 사례를 난생처음 접한 순간, 그의 눈빛은 직업의식으로 반짝거렸다. 팔뚝이 거대하거나 징그럽게 변형된 다리를 질질 끄는 남자들도 있었다. 남자도 여자도 라바라바[9] 차림이었다.

"정말이지 천박한 옷이지 뭐예요." 데이비슨 부인이 말했다. "데이비슨 씨는 저런 건 법으로 금지해야 한다고 생각하세요. 엉덩이에 빨간 면직물 띠 하나만 덜렁 두른 사람이 어떻게 도덕적이길 바라겠어요?"

"여기 기후에 딱 좋긴 해요."

의사가 머리의 땀을 닦아 내며 말했다.

아직 이른 아침인데도 육지는 벌써부터 더위가 기승을 부렸다. 언덕에 둘러싸인 탓에 파고파고 안으로 바람 한 점 들어오지 않았다.

"우리 섬에서는요," 데이비슨 부인이 특유의 카랑카랑한 음

---

7) 열대 지방에 유행하는 매독과 유사한 감염병.
8) 사상충이나 세균 감염으로 인해 피부와 피부 밑 조직이 부풀어 올라 코끼리 피부처럼 되는 열대 지방 풍토병.
9) 화려하게 날염된 옷감을 허리에 감아서 입는 폴리네시아 전통 의상.

성으로 말했다. "라바라바는 사실상 뿌리 뽑혔답니다. 늙은 남자 몇 명이 아직 입긴 하는데 그들뿐이에요. 여자들은 모두 긴 원피스 차림이고 남자들은 바지와 러닝셔츠를 입어요. 초창기에 데이비슨 씨는 열 살 이상의 남자아이들에게 바지를 입히지 못한다면 그 섬 주민들을 기독교도로 만들기는 힘들다고 보고서에 쓰기도 했어요."

하지만 데이비슨 부인은 항구 어귀로 밀려오는 짙은 먹구름을 두세 번 재빨리 흘끔거렸다. 빗방울이 뚝뚝 떨어지기 시작했다.

"비 피할 곳으로 가는 게 좋겠어요."

그녀가 말했다.

그들은 사람들과 함께 철제 골판으로 된 큰 헛간으로 갔다. 비가 억수같이 퍼붓기 시작했다. 거기서 한동안 서 있을 때 데이비슨 씨가 그들을 찾아왔다. 그는 항해하는 내내 맥패일 부부에게 깍듯했지만 아내처럼 사교적이지는 않았고 책을 읽으면서 대부분의 시간을 보냈다. 말수가 없고 다소 시무룩한 남자였는데, 상냥한 태도는 기독교인으로서 스스로 짊어진 의무일 뿐 천성은 과묵하고 무뚝뚝한 사람이라는 느낌을 주었다. 외모는 상당히 괴이했다. 큰 키에 깡마른 몸매, 흐느적거리는 긴 팔다리, 움푹 꺼진 뺨, 높은 광대뼈가 어찌나 유령 같은지 도톰하고 육감적인 입술이 도리어 어색해 보일 정도였다. 머리는 몹시 길었다. 눈구멍 안쪽에 깊숙이 자리한 검은 눈망울은 크고 비극적인 분위기를 띠었고, 두 손은 손가락이 크고 긴데다 형태감이 뚜렷해서 괴력의 소유자라는 느낌을 주었다.

그러나 가장 두드러진 특징은 분노를 억누르고 있는 듯한 느낌이었다. 강렬하면서 어쩐지 거부감을 일으키는 인상이라 도무지 친밀감이 들지 않는 남자였다.

그가 달갑지 않은 소식을 전했다. 이 섬의 카나카인[10]들 사이에 치명적 질병인 홍역이 유행 중인데 그들이 타고 갈 범선의 선원 하나가 전염됐다고 했다. 병자는 뭍으로 이송돼 병원 내 격리 병동에 입원했지만, 다른 선원들이 감염되지 않았다는 진단이 나올 때까지 배가 아피아에 입항할 수 없다는 전보가 왔다는 것이다.

"그럼 적어도 여기서 열흘은 묵어야 한다는 말이네요."

"하지만 나는 아피아에서 급히 와 달라고 했는데요."

맥패일 박사가 말했다.

"소용없어요. 승객들 가운데 추가 전염자가 없으면 범선은 백인들만 태우고 항해가 가능하겠지만, 원주민들은 세 달 동안 통행 금지예요."

"여기 호텔이 있나요?"

맥패일 부인이 물었다.

데이비슨이 낮게 큭큭 웃었다.

"그런 게 있을 리 없죠."

"그럼 어떡하죠?"

"제가 총독에게 이야기해 보죠. 상인 하나가 바닷가 집의

---

10) 19세기 말에서 20세기 초에 호주 설탕 농장 및 방목지의 노동자나 소도시에서 하인으로 일했던 남태평양 섬사람들.

방을 빌려주거든요. 비가 그치는 대로 거기 가서 한번 알아봅시다. 안락하게 지낼 생각은 말아요. 잠을 잘 침대와 머리를 가려 줄 지붕만 있어도 감지덕지해야 합니다."

하지만 비가 그칠 기미가 보이지 않아 그들은 우산과 우비를 갖추고 길을 나섰다. 마을은 없고 공공건물들과 가게 한둘만 모여 있었는데, 뒤쪽 코코넛 나무와 바나나 나무 사이에 원주민들의 거처가 몇 채 있었다. 그들이 찾는 집은 부두에서 걸어 오 분 거리에 있었다. 층마다 널찍한 베란다가 있고 지붕이 철제 골판인 이 층짜리 목조 가옥이었다. 집주인은 혼이라는 이름의 혼혈인이었는데 그의 원주민 아내는 갈색 피부의 꼬맹이들에게 둘러싸여 있었다. 건물 1층에서는 각종 통조림과 면제품을 팔았다. 집주인 남자는 그들에게 가구가 거의 없는 방들을 보여 주었다. 맥패일 부부의 방에는 너덜너덜한 모기장이 처진 남루한 침대 하나와 삐걱거리는 의자 하나, 세면대뿐이었다. 그들은 참담한 심정으로 방을 둘러보았다. 비는 쉬지 않고 죽죽 퍼부었다.

"꼭 필요한 것 외엔 짐을 안 풀래요."

맥패일 부인이 말했다.

데이비슨 부인이 큰 여행 가방을 풀다 말고 맥패일 부부의 방으로 들어왔다. 그녀는 대단히 민첩하고 빠릿빠릿했다. 우울한 환경은 그녀에게 조금도 영향을 끼치지 못했다.

"한마디 귀띔하자면, 바늘과 면직물을 사서 얼른 모기장부터 수선하세요." 그녀가 말했다. "안 그러면 오늘 밤은 한숨도 못 잘 거예요."

"모기가 그렇게 심합니까?"

맥패일 박사가 물었다.

"모기가 한창인 때잖아요. 아피아 총독 관저의 파티에 초
대받아 가 보면 여자들에게…… 팔다리를 감싸라고 베갯잇을
나눠 줄 정도예요."

"잠시만이라도 비가 그쳤으면 좋겠어요." 맥패일 부인이 말
했다. "해가 나면 방을 아늑하게 꾸밀 마음이 조금은 생길 것
같아요."

"아휴, 해가 날 때를 기다리다간 세월 다 가요. 파고파고는
남태평양에서 비가 가장 많이 오는 곳이에요. 보다시피 언덕
이랑 만(灣)이 물을 끌어들이는 데다 이맘때는 비가 많이 온
답니다."

데이비슨 부인은 맥패일 박사와 그의 아내를 차례로 쳐다
보고는 입을 꾹 다물었다. 두 사람은 길을 잃은 사람들처럼 따
로 우두커니 방 안에 서 있었다. 그녀는 이들을 챙겨야 한다
는 생각이 들었다. 이처럼 무기력한 사람들을 볼 때면 왈칵 성
질이 나면서도 모든 것을 자기에게 익숙한 대로 정리하고 싶
어 두 손이 근질거렸다.

"바늘과 면직물을 나한테 주세요. 이 방 모기장은 내가 수
선할 테니까, 그동안 짐을 풀어요. 점심은 1시에 먹도록 하죠.
맥패일 박사님, 부둣가로 내려가서 그 댁의 무거운 짐이 뭍에
올랐는지 알아보시는 게 좋겠어요. 여기 원주민들이 어떤지
잘 아시니까 그자들이 비가 죽죽 내리는 곳에 짐을 내팽개쳐
둘 공산이 크다는 것도 아실 거예요."

의사는 우비를 다시 걸치고 계단을 내려갔다. 혼 씨가 문가에 서서 그들이 타고 온 배의 갑판수하고 배 안에서 몇 번 본적 있는 이등칸 승객과 이야기를 나누고 있었다. 왜소한 몸집에 주름이 쪼글쪼글하고 차림새가 몹시 지저분한 갑판수가, 지나가는 맥패일에게 고개를 끄덕였다.

"홍역이란 게 이래서 골치 아픈 거예요, 의사 선생." 그가 말했다. "선생은 벌써 해결하셨나 보네."

맥패일 박사는 갑판수가 낯이 익었지만 소심한 편인 데다 쉽게 기분이 상하는 성격도 아니었다.

"네, 2층에 방을 잡았어요."

"톰프슨 양이 선생이랑 같이 아피아로 가는 중이라 내가 여기로 데려왔어요."

갑판수가 엄지손가락으로 자기 옆에 서 있는 여자를 가리켰다. 스물일곱 살쯤 되어 보였고 통통한 몸매에 투박스럽지만 예쁘장한 편이었다. 하얀 원피스 차림에 크고 하얀 모자를 쓰고 있었는데, 광을 낸 하얀 새끼 염소 가죽 부츠 위로 하얀 면 스타킹을 신은 살찐 종아리가 도드라져 보였다. 그녀가 맥패일에게 호의적인 미소를 지었다.

"저 사람이 콩알만 한 방을 내주면서 하루에 1달러 50센트나 내라고 바가지를 씌우려 하네요."

그녀가 허스키한 목소리로 말했다.

"이 여자는 내 친구라고 했잖아요, 조." 갑판수가 말했다. "이 여자분에겐 1달러 이상 받지 말고 마땅한 대접을 해 드려요."

뚱뚱하고 능글능글한 상인이 슬며시 미소를 지었다.

"정 그리 말씀하시니, 스완 씨, 어떻게든 해 볼게요. 어디 방
세를 좀 깎을 수 있을지 혼 부인과 이야기해 보리다."

"그런 말 나한테는 안 통해요." 톰프슨 양이 말했다. "당장
매듭을 짓자고요. 난 하루에 1달러 이상은 한 푼도 더 못 내
니까 그리 알아요."

맥패일 박사는 미소를 지었다. 당당하게 흥정하는 그녀의
모습이 감탄스러웠다. 그는 언제나 달라는 대로 돈을 내는 남
자였다. 옥신각신 흥정을 하느니 차라리 바가지를 쓰는 편이
었다.

"스완 씨 성의도 있고 하니 그렇게 합시다."

"됐네요, 그럼." 톰프슨 양이 말했다. "이제 안으로 들어가서
한잔들 하세요. 내 여행 가방 안에 끝내주는 호밀 위스키가
있거든요. 스완 씨가 여행 가방을 옮겨 주신다면요. 의사 선생
님도 같이 한잔하세요."

"아, 고맙지만 난 됐습니다." 그가 대답했다. "우리 짐이 괜찮
은지 보러 가던 길이라서요."

그는 빗속으로 걸어 나갔다. 항구 어귀에서 안쪽으로 장막
같은 빗줄기가 죽죽 쏟아져서 반대쪽 해변은 모든 것이 흐릿
했다. 그는 라바라바만 걸친 채 큰 우산을 함께 쓰고 있는 원
주민 두셋을 지났다. 여유로운 동작과 똑바른 자세로 걸어가
는 그들의 모습이 아름다웠다. 그들은 미소를 짓더니 이상한
언어로 그에게 인사하면서 걸어갔다.

그는 점심시간이 다 되어서야 숙소로 돌아왔다. 점심 식사
가 상인의 집 응접실에 차려져 있었다. 거주 용도가 아니라 과

시용으로 만들어진 방으로, 퀴퀴한 냄새와 음울한 분위기가 돌았다. 복슬복슬한 인형 몇 개가 벽을 따라 단정히 세워져 있었고, 천장에는 노란색 파리잡이 종이와 반짝거리는 샹들리에가 한가운데 매달려 있었다. 데이비슨은 자리에 없었다.

"그이는 총독님을 뵈러 갔어요." 데이비슨 부인이 말했다. "거기서 점심을 먹고 올 거예요."

원주민 꼬마 여자아이가 햄버그스테이크 접시를 내왔다. 조금 뒤 상인이 부족한 게 없는지 살피러 그들에게 다가왔다.

"우리 말고 여기 묵는 손님이 또 있잖아요, 혼 씨."

맥패일 박사가 말했다.

"그 여자는 방만 빌렸어요." 상인이 대답했다. "끼니는 알아서 해결할 겁니다."

그는 아부하는 태도로 두 숙녀를 쳐다보았다.

"그 여자에게 아래층 방을 내주었어요, 걸리적거리지 않게. 그 여자가 방해되는 일은 없을 겁니다."

"같은 배를 타고 온 사람이란 말이에요?"

맥패일 부인이 물었다.

"네, 부인, 이등칸 승객이었어요. 아피아로 간답니다. 거기 출납원 일자리를 얻었대요."

"오호!"

상인이 나갔을 때 맥패일 박사가 말했다.

"방에서 혼자 식사하는 게 그리 유쾌하진 않을 텐데."

"이등칸에 있던 여자라면 그편이 낫죠." 데이비슨 부인이 대꾸했다. "누군지 모르겠네요."

"갑판수가 그 여자를 데려왔을 때 마침 내가 그 자리에 있었어요. 이름이 톰프슨이라고 하던데요."

"설마 어젯밤에 갑판수랑 춤추던 여자는 아니겠죠?"

데이비슨 부인이 물었다.

"그 여자 맞을 거예요." 맥패일 부인이 말했다. "뭐 하는 여자인가 궁금했거든요. 몸이 민첩해 보였어요."

"품위라곤 전혀 없던데요."

데이비슨 부인이 말했다.

그들은 다른 이야기를 나누다가 식사를 끝낸 뒤 아침 일찍 일어난 것이 피곤해 흩어져 잠자리에 들었다. 잠에서 깼을 때 하늘은 여전히 잿빛인 데다 구름이 낮게 걸려 있었지만 비는 그쳐서 그들은 미국인들이 만을 따라 건설한 큰길로 산책을 나갔다.

그들이 돌아왔을 때 데이비슨이 막 숙소로 돌아와 있었다.

"여기서 보름이나 묵게 생겼어요." 그가 발끈하며 말했다. "총독에게 따졌지만 총독도 어떻게 손쓸 방법이 없다는군요."

"우리 데이비슨 씨가 한시라도 빨리 일하고 싶어 이래요."

그의 아내가 초조한 눈길로 그를 흘끔거리며 말했다.

"일 년이나 떠나 있었어." 그가 베란다를 서성이며 말했다. "목사는 원주민 선교사들을 책임지고 이끄는 사람인데, 난 그들이 해이해졌을까 걱정돼요. 그들은 선량한 사람들이오. 그들을 욕하려는 게 아닙니다. 그들은 하나님을 두려워하는 독실한, 진정한 크리스천들이거든요. 그들의 신앙심이 고국의 수많은 이른바 크리스천들을 부끄럽게 만들 정도니까요. 하지만 딱하게도 그들은 열성이 부족하단 말이오. 한 번 저항할 순 있겠죠. 두 번 저항할 수도 있을 테고. 하지만 항상 저항할 순 없는 노릇이오. 선교를 원주민 선교사들에게 맡겨 두면, 아무리 독실하다 해도 원주민 선교사는 시간이 흐를수록 딴생각을 품게 되어 있소."

데이비슨 씨는 가만히 서 있었다. 큰 키에 여윈 몸집, 창백한 얼굴에서 번뜩이는 부리부리한 눈이 강렬한 인상을 풍겼다. 열렬한 몸짓과 격앙되어 가는 굵은 목소리에서 진지함이 엿보였다.

"내게 딱 맞는 일이 나를 기다리고 있을 겁니다. 행동에 나서야겠죠. 신속하게 행동해야 할 겁니다. 나무가 썩었으면 나무를 베어 장작불 속에 던져 넣어야 해요."

그들은 오후 늦게 차와 간식을 먹고 나서 저녁 무렵 답답한 거실에 앉아 있었다. 여자들은 각자 할 일을 하고 맥패일 박사는 파이프 담배를 피우고 있을 때, 선교사가 섬에서 하는 일을 말하기 시작했다.

"우리가 처음 그곳에 갔을 때만 해도 거기 사람들은 죄에 대한 의식이 전혀 없었어요." 그가 말했다. "계명을 하나둘 어기면서도 그것이 잘못이라는 걸 모르더군요. 원주민들에게 죄의식을 심는 게 가장 어려웠어요."

맥패일 부부가 알기로 데이비슨은 솔로몬 군도에서 선교사로 일한 지 오 년째 되었을 때 아내를 만났다. 그의 아내는 중국에서 선교사로 일한 경력이 있었다. 두 사람은 휴가를 보내던 중 보스턴에서 열린 선교사 집회에 참석했다가 서로 알게 되었고, 결혼한 뒤 이쪽 군도로 파견되어 줄곧 여기에서 선교 활동에 힘쓰고 있었다.

대화가 진행될수록 한 가지 분명해진 점은 데이비슨 씨가 굳건한 용기의 소유자라는 사실이었다. 그는 의료 선교사로서 군도 내 어느 섬에서 부르든 소환에 응해야 할 책무를 지고 있었다. 우기 때 폭풍우가 몰아치는 남태평양은 포경선도 안전을 장담하지 못하는데, 그는 카누를 타고 섬을 건너다니다가 위험천만한 상황에 부딪히기 일쑤였다. 질병이든 사고든, 그는 망설이는 법이 없었다. 그가 목숨을 걸고 급히 밤길을 떠난 것이 수십 번이었고, 데이비슨 부인 역시 남편을 잃을 각오를 한 것이 한두 번이 아니었다.

"가끔은 이이에게 가지 말라고 애원하기도 해요." 그녀가 말했다. "아니면 날이 좀 갤 때까지 기다리라고 해도 이이는 절대 듣지 않아요. 워낙 쇠고집이라 한번 마음먹으면 아무것도 이이를 막을 수가 없어요."

"나 자신도 못 하면서 어찌 원주민들에게 주님에 대한 믿음을 가지라 말할 수 있겠습니까?" 데이비슨이 외쳤다. "난 그럴 수 없어요, 그럴 수 없다고. 그들은 곤란할 때 나를 부르면 내가 반드시 간다는 것을 알고 있어요. 인간으로서 가능한 상황이라면. 주님께서 당신의 일을 수행하는 나를 버리실까요? 바람은 그분의 명령대로 불고 파도는 그분의 말대로 일렁이고 분노합니다."

맥패일 박사는 소심한 남자였다. 참호 위를 날아다니는 총알에 한 번도 적응한 적이 없었고, 전선의 응급실에서 수술을 할 때는 안 그래도 떨리는 손을 진정하려 애쓰는 와중에 안경이 부옇게 흐려질 정도로 이마에서는 땀이 비 오듯 쏟아졌다. 그는 선교사를 쳐다보며 살짝 진저리를 쳤다.

"나도 두려움을 모른다고 말할 수 있으면 좋겠군요."

그가 말했다.

"난 선생이 하나님을 믿는다고 말하면 좋겠어요."

상대방이 응수했다.

하지만 무슨 이유에서인지 그날 저녁 선교사의 생각은 아내와 이 군도에 와서 얼마 안 됐을 무렵으로 흘러갔다.

"가끔 아내와 나는 서로를 바라보곤 했는데 눈물이 우리의 뺨을 따라 줄줄 흘러내렸어요. 밤낮으로 쉬지 않고 일을 하는데도 도무지 진전이 없었거든요. 그때 아내가 없었다면 내가 무얼 할 수 있었을지 모르겠어요. 가슴이 무너지고 절망 가까이로 떨어졌을 때 아내가 내게 용기와 희망을 주었죠."

데이비슨 부인은 일감을 내려다보았다. 그녀의 여원 뺨에 옅은 홍조가 돌았고 두 손은 살짝 떨렸다. 선뜻 말을 하지 못했다.

"그때는 우리를 도와줄 사람이 아무도 없었습니다. 우리 둘뿐이었어요. 우리 쪽 사람들과 수천 킬로미터 떨어진 곳에서 어둠에 둘러싸여 있었던 거예요. 내가 부서지고 무너져 내리면 아내는 자기 일을 제쳐 두고 성경을 꺼내 읽어 주었고, 그러면 잠이 아이의 눈꺼풀 위에 내려앉듯 평화가 내려왔죠. 아내는 성경을 덮고 이렇게 말했어요. '그들이 아무리 거부해도 우리는 그들을 구원할 거예요.' 그러면 나는 다시 주님 안에서 강인해져 대답했죠. '물론, 하느님의 도움으로 나는 그들을 구원할 거요. 그들을 구원해야만 하오.'"

그는 탁자 쪽으로 건너가더니 설교 시간인 양 탁자 앞에 섰다.

"알다시피 그들은 태생적으로 너무나 타락해서 자신의 사악함을 인식하지 못합니다. 우리는 그들이 자연스러운 행동이라 생각하는 것에서 죄악을 끌어내야 했어요. 불륜을 저지르고 거짓말하고 훔치는 것뿐 아니라 몸을 드러내고 춤추고 교회에 다니지 않는 것도 죄악이라는 것을 일깨워야 했지요. 여자들에게 가슴을 드러내는 것이 죄악이고 남자들에게는 바지를 입지 않는 것이 죄악임을 믿게 만든 겁니다."

"어떻게요?"

맥패일 박사가 물었다. 그는 놀라지 않을 수 없었다.

"벌금을 물렸지요. 사람들에게 어떤 행동이 죄악임을 깨닫게 하려면 그런 행동을 할 때 처벌하는 길밖에 없습니다. 그들이 교회에 나오지 않으면 벌금을 물렸고 춤을 춰도 벌금을 물렸어요. 부적절하게 옷을 입어도 벌금을 물렸고요. 나는 벌금표를 만들었고, 모든 죄는 돈이든 노동이든 그 대가를 치르게 했습니다. 그렇게 해서 결국은 그들을 납득시킨 거죠."

"하지만 그들이 벌금을 거부하지는 않던가요?"

"그게 가능할까요?"

선교사가 되물었다.

"데이비슨 씨와 감히 맞서려는 자는 용감한 사내여야 할 거예요."

데이비슨 부인이 말하고는 입을 꾹 다물었다.

맥패일 박사는 곤혹스러운 눈으로 데이비슨을 쳐다보았다. 그는 방금 들은 말에 충격을 받았지만 반대를 표시할 수는 없었다.

"최후의 수단으로 나는 그들의 교인 자격을 박탈할 수 있음을 기억하셔야 합니다."

"그런다고 그들이 신경을 쓰던가요?"

데이비슨은 슬며시 미소를 짓더니 두 손을 살짝 비볐다.

"그럼 코프라[11]를 팔지 못했어요. 물고기를 잡아도 자기 몫을 받을 수 없었고요. 배를 주려야 했죠. 네, 상당히 신경을 쓸 수밖에 없었죠."

"프레드 올슨 이야기를 들려줘요."

데이비슨 부인이 말했다.

선교사는 형형한 눈을 맥패일 박사에게 고정했다.

"프레드 올슨은 섬에서 오랫동안 지낸 덴마크 상인이었습니다. 상인들이 그렇듯 그자도 꽤나 부유한 남자였는데 우리가 왔을 때 그다지 좋아하는 기색이 아니었어요. 자기 멋대로 살고 있었거든요. 그자는 원주민들에게 주고 싶은 만큼 코프라 값을 매기고 물건과 위스키로 값을 치렀어요. 원주민 아내를 두고 있었지만 대놓고 바람을 피워 댔죠. 주정뱅이였고요. 내가 똑바로 살 기회를 주었건만 그자는 받아들이려 하지 않았어요. 나를 비웃었죠."

---

11) 말린 코코넛 과육.

데이비슨의 목소리는 마지막 말에서 깊고 나직하게 뚝 떨어졌고, 그는 일이 분쯤 침묵을 지켰다. 침묵이 협박을 하듯 무겁게 내려왔다.

"그자는 딱 이 년 만에 파산했습니다. 이십오 년 동안 모은 걸 모두 잃은 거예요. 나는 그자를 파산시켰고, 결국 그자는 어쩔 수 없이 거렁뱅이처럼 나를 찾아와 시드니로 돌아가는 허가증을 내달라고 애원했죠."

"우리 데이비슨 씨를 찾아왔을 때 그자의 꼴을 보셨어야 하는데." 선교사의 아내가 말했다. "그자는 원래 멋지고 건장한 남자였어요. 살집이 투실투실한 데다 목소리도 크고 멋졌었는데 지금은 몸집이 반으로 쪼그라들어 온몸을 부들부들 떤답니다. 별안간 늙은이가 되고 말았어요."

데이비슨은 멍한 눈길로 밤하늘을 내다보았다. 다시 비가 내리고 있었다.

갑자기 아래쪽에서 무슨 소리가 들려왔다. 데이비슨은 돌아서서 묻듯이 아내를 쳐다보았다. 거칠고 우렁찬, 당김음 곡조의 축음기 소리였다.

"저건 뭐지?"

그가 물었다.

데이비슨 부인은 코안경을 더 단단히 코 위에 고정시켰다.

"이등칸 승객 하나가 이 집에 방을 얻었어요. 아마 거기서 나는 소리일 거예요."

그들은 침묵 속에서 귀를 기울였다. 얼마 뒤 춤추는 소리가 나더니 음악 소리가 멈추고 코르크 마개 따는 소리에 이어 떠들썩한 말소리가 들려왔다.

"배를 같이 타고 온 친구들과 작별 파티라도 하는 모양이군요." 맥패일 박사가 말했다. "그 배는 12시에 출항하죠?"

데이비슨은 말없이 손목시계를 쳐다보았다.

"그만 갈까?"

그가 아내에게 물었다.

그녀가 일어서서 일감을 접었다.

"네, 그러죠."

"아직 잠자리에 들기엔 너무 이르지 않습니까?"

의사가 말했다.

"읽어야 할 것들이 많아요." 데이비슨 부인이 설명했다. "우리는 어디에서든 잠들기 전에 성경을 한 장(章)씩 읽고, 해석하면서 공부하고, 치열하게 토론해요. 정신 훈련에 아주 좋아요."

두 부부는 서로에게 잘 자라고 인사를 나누었다. 맥패일 부부는 단둘이 남겨졌다. 그들은 이삼 분쯤 아무 말도 하지 않았다.

"가서 카드나 가져와야겠군."

의사가 침묵을 깨고 말했다.

맥패일 부인은 확신 없는 눈초리로 그를 쳐다보았다. 그녀는 데이비슨 부부와 이야기를 나눈 뒤라 마음이 조금 불편해서 데이비슨 부부가 언제 들어올지 모르니 카드놀이는 하지 않는 게 좋겠다는 말을 하고 싶었다. 그러나 그것도 내키지 않았다. 맥패일 박사는 카드를 가져왔고, 그녀는 희미한

비

죄책감을 느끼면서 그가 카드를 펼쳐 솔리테어[12]를 하는 것을 잠자코 지켜보았다. 아래층에서 흥청대는 소리가 계속 들려왔다.

이튿날 날이 갰다. 맥패일 부부는 어차피 파고파고에서 보름간의 강제 휴가 형을 선고받은 이상 되도록 즐겁게 보내기로 했다. 그들은 부둣가로 내려가 짐 속에서 책을 여러 권 꺼냈다. 의사는 해군 병원의 외과 과장을 찾아가서 그와 함께 병상들을 돌아보았다. 맥패일 부부는 총독을 찾아가서 명함을 남겼다. 거리를 걸어가다가 톰프슨 양을 지나칠 때 의사는 그녀에게 모자를 들어 인사했다. 톰프슨 양은 크고 쾌활한 목소리로 "좋은 아침이에요, 선생님." 하며 그에게 말을 건넸다. 그녀는 전날처럼 하얀 드레스에 반짝이는 흰색 하이힐 부츠 차림이었고 부츠 위로는 통통한 다리가 도드라져 보였다. 이국적인 풍경 속에서 전체적으로 생뚱맞은 모습이었다.

"옷을 아주 잘 입는 여자 같진 않아요." 맥패일 부인이 말했다. "내 눈엔 아주 평범해 보여요."

함께 숙소로 돌아왔을 때 맥패일 부인은 베란다에서 상인의 가무잡잡한 아이와 놀았다.

"그 여자한테 말 좀 걸어 줘요." 맥패일 박사가 아내에게 소곤거렸다. "내내 혼자 있잖소. 사람을 대놓고 무시하는 건 너무하는 거요."

맥패일 부인은 숫기가 없는 사람이었지만 남편이 시키면 순

---

12) 혼자 하는 카드 게임.

순히 따르는 것이 몸에 배어 있었다.

"우리랑 여기 같이 묵는 분이죠?"

맥패일 부인이 조금 어색하게 말했다.

"이런 보잘것없는 도시에 갇혀 지내려니 참 힘드네요, 그쵸?" 톰프슨 양이 대답했다. "사람들이 방이라도 구한 걸 다행으로 여기라고 그러네요. 난 원주민의 집에 묵으리라고는 생각도 못 했는데 어쩔 수 없는 경우도 있는 거니까요. 여긴 왜 호텔이 없는지 이해할 수가 없어요."

그들은 몇 마디 대화를 나누었다. 목소리가 크고 원래 말이 많은 톰프슨 양은 수다를 떨고 싶은 눈치였지만 맥패일 부인은 잡담에 소질이 없어 얼른 말을 잘랐다.

"우린 그만 위층으로 올라가 볼게요."

저녁 무렵 그들이 차와 간식을 먹으려고 앉았을 때 데이비슨이 들어와 말했다.

"아래층 여자가 선원 두 사람과 같이 앉아 있군요. 대체 그들과 어떻게 아는 사이일까요."

"별로 가리는 게 없는 여자예요."

데이비슨 부인이 말했다.

온종일 하는 일 없이 빈둥거린 터라 모두들 피곤한 기색이었다.

"이런 식으로 보름을 보내야 한다면 마지막엔 어떤 기분일지 참 막막합니다."

맥패일 박사가 말했다.

"하루를 쪼개 여러 가지 일을 할 수밖에 없죠." 선교사가 말했다. "난 공부하는 시간 몇 시간, 운동하는 시간 몇 시간은 꼭 빼 둡니다, 비가 오는 날이든 화창한 날이든……. 우기에 비가 올지 말지를 따지다간 배겨 내지 못해요. 오락 시간도 몇 시간 있어야 하고요."

맥패일 박사는 의혹의 눈초리로 같이 앉아 있는 사람들을 쳐다보았다. 그는 데이비슨이 정해 둔 틀이 갑갑하게 느껴졌다. 그들은 오늘도 햄버그스테이크를 먹었다. 이 집 요리사는 할 줄 아는 음식이 이것뿐인 모양이었다. 그때 아래층에서 축음기 소리가 시작되었다. 데이비슨은 그 소리를 듣고 신경질적으로 움찔했지만 아무 말도 하지 않았다. 사내들의 음성이 위로 올라왔다. 톰프슨 양의 손님들은 잘 알려진 노래를 합창했다. 얼마 뒤 크고 허스키한 그녀의 목소리가 들려왔다. 이후 높은 음성과 웃음소리가 한참 동안 터져 나왔다. 위층의 네 사람은 이야기를 나누려 했지만 유리잔이 짤랑짤랑 부딪치고 의자가 끌리는 소리에 어쩔 수 없이 귀를 기울이게 되었다. 사람들이 더 몰려온 게 분명했다. 톰프슨 양은 파티를 열고 있었다.

"저 많은 사람들을 어떻게 다 들였는지 신기하네요."

맥패일 부인이 남편과 선교사가 의학적인 대화를 나누고 있는데 불쑥 끼어들었다. 그로써 그녀의 생각이 어디를 배회하는지 밝혀졌다. 데이비슨도 겉으로는 과학적인 이야기를 하고 있었지만 마음은 그쪽 방향에서 바삐 움직이고 있음을 얼굴의 경련으로 말해 주었다. 의사가 플랑드르 전선에서 겪은 경험담을 무미건조한 어조로 늘어놓고 있을 때, 느닷없이 데이비슨이 벌떡 일어서서 고함을 질렀다.

"왜 그래요, 앨프리드?"

데이비슨 부인이 물었다.

"그럼 그렇지! 왜 그 생각을 못 했을까. 그 여자 이웰레이 출신이야."

"그럴 리가요."

"그 여자 호놀룰루에서 배에 탔잖소. 뻔하지. 그 장사를 여기서도 하는 거야, 여기서."

그는 맹렬한 분노를 담아 마지막 말을 내뱉었다.

"이웰레이가 뭐 하는 데죠?"

맥패일 부인이 물었다.

그는 침울한 눈을 그녀에게 돌렸다. 그의 목소리는 두려움으로 덜덜 떨렸다.

"호놀룰루의 전염병 지역. 홍등가. 우리 문명에 생긴 오점이죠."

이웰레이는 그 도시 외곽에 있었다. 어둠에 싸인 항구 인근의 샛길을 따라 내려가다가 삐걱거리는 다리를 건너 인적이 드물고 바큇자국투성이의 푹푹 파인 길로 들어서면, 갑자기 휘황찬란한 곳이 나왔다. 길 양쪽에 주차할 공간이 있었고, 요란스럽고 환한 술집들이 자리하고 있었는데 술집마다 기계 피아노 소리가 시끄럽게 울려 퍼졌다. 이발소와 담배 가게도 있었다. 들뜬 분위기와 재미를 바라는 기대감이 감돌았다. 이웰레이는 큰길을 중심으로 두 부분으로 나뉘었고, 왼쪽이든 오른쪽이든 좁은 골목으로 꺾어져 들어가면 그 구역이 나왔다.

그 구역에는 초록색으로 깔끔하게 칠한 작은 방갈로들이 줄지어 늘어서 있었고 방갈로 사이사이에 널찍하고 똑바른 통로들이 있었다. 흡사 전원 도시처럼 반듯한 풍경이었다. 상당히 규칙적인 데다 가지런하고 깔끔한 그 모습이 조롱하듯 공포감을 자아냈다. 이토록 체계적이고 질서 정연하게 사랑을 추구하는 현장은 없었기 때문이다. 통로마다 드문드문 가로등이 켜져 있었지만, 방갈로의 열린 창문들에서 흘러나오는 불빛들이 없었다면 어두웠을 것이다. 남자들은 이리저리 배회하면서 창가에 앉아 있는 여자들을 쳐다보았고, 여자들은 책을 읽거나 바느질을 할 뿐 행인들에게 좀처럼 눈길을 주지 않았다. 남자들은 여자들처럼 국적이 다양했다. 미국인들은 입항한 배의 선원이거나 얼큰하게 취한 포함 사병, 그 섬에 주둔한 연대의 백인 또는 흑인 군인이었다. 두셋씩 짝을 지어 다니는 일본인, 긴 옷 차림의 하와이인과 중국인, 희한한 모자를 쓴 필리핀인도 있었다. 모두들 조용했고 그만큼 억눌려 있었다. 욕망은 슬픔이다.

"태평양 최대의 스캔들이었어요." 데이비슨이 격렬하게 외쳤다. "선교사들은 오랫동안 그곳에 반대하는 목소리를 높여 왔어요. 마침내 지역 언론에서 그 문제를 거론했는데 경찰은 아무런 조치를 취하지 않았어요. 그들의 주장이야 뻔하죠. 필요악이니 어쩌니 하면서 그것을 정착시켜 통제하는 것이 최선이라고 떠들었죠. 사실 그들은 돈을 받고 있었어요. 돈. 술집 주인에게 돈을 받고 불량배들에게 돈을 받고 그 여자들에게도 돈을 받고 있었죠. 하지만 결국은 그들도 어쩔 수 없이 움직일 수밖에 없었습니다."

"그 이야기는 호놀룰루에 갔을 때 배에 올라온 신문에서 읽은 적이 있어요."

맥패일 박사가 말했다.

"우리가 그곳에 도착한 날, 죄악과 수치의 온상 이웰레이는 세상에서 자취를 감추었어요. 거기 주민 전체가 재판정에 섰죠. 왜 진작 그 여자의 정체를 알아채지 못했을까요."

"그러고 보니 생각나요." 맥패일 부인이 말했다. "배가 출발하기 몇 분 전에 그 여자가 배에 올랐죠. 그때 그 여자가 아슬아슬하게 배에 탔던 게 기억나요."

"감히 여길 오다니!" 데이비슨이 분연히 소리쳤다. "내가 절대 허락 못 해."

그는 문을 향해 성큼성큼 걸어갔다.

"뭘 어떡하려고요?"

맥패일이 물었다.

"내가 어떻게 할 것 같소? 당연히 막아야죠. 가만두고 볼 순 없잖소, 이 집이 그…… 그 꼴이 나는 걸……."

그는 여자들의 기분을 해칠까 봐 말을 가리고 있었다. 귀는 빨갛게 달아올랐고 창백한 얼굴은 더 창백해졌지만 감정은 격앙돼 있었다.

"들리는 소리로는 아래층에 남자가 서너 명은 있는 것 같은데요." 의사가 말했다. "지금 당장 가는 건 좀 무리 아닐까요?"

선교사는 의사에게 역겨워하는 표정을 지어 보이더니 아무런 말 없이 방을 훌쩍 나가 버렸다.

비

"신변의 위험 때문에 의무의 이행을 멈출 거라 생각하셨다면 우리 그이를 잘 모르시는 거예요."

그의 아내가 말했다.

그녀는 양손을 초조하게 부여잡고 자리에 앉아 광대뼈가 도드라진 얼굴이 상기되어 아래층에서 나는 소리에 귀를 기울였다. 모두들 귀를 기울였다. 그가 나무 계단을 쿵쾅거리며 내려가서 문을 열어젖히는 소리가 들렸다. 노랫소리가 뚝 그쳤지만 축음기는 계속 통속적인 노래를 쏟아 냈다. 데이비슨의 목소리가 들린 뒤 뭔가 육중한 것이 떨어지는 소리가 났다. 음악 소리가 멈추었다. 그가 축음기를 바닥에 내던진 것이다. 그러고 나서 데이비슨의 목소리가 다시 들려왔지만 무슨 말인지 알아들을 수는 없었다. 크고 앙칼진 톰프슨 양의 목소리가 들리고 나서 사람들 몇 명이 한꺼번에 고함을 지르는 듯한 소란이 벌어졌다. 데이비슨 부인이 숨을 들이켜고는 두 주먹을 더 꽉 쥐었다. 맥패일 박사는 확신이 안 서는 눈으로 데이비슨 부인과 아내를 차례로 쳐다보았다. 아래층으로 내려가고 싶지 않았지만 그가 내려가 주기를 여자들이 바라는 게 아닐까 하는 생각이 들었다. 그때 옥신각신 다투는 소리가 들렸다. 이제 소리가 더 또렷하게 들렸다. 데이비슨이 방 밖으로 내쳐지는 것 같았다. 방문이 쾅 닫혔다. 잠시 침묵이 흐르다가 데이비슨이 다시 위층으로 올라오는 소리가 들렸다. 그가 자기 방으로 들어갔다.

"난 이만 그이에게 가 볼게요."

데이비슨 부인이 말했다.

그녀는 일어서서 방을 나갔다.

"필요하면 나를 부르세요." 맥패일 부인이 말했다. 데이비슨 부인이 방을 나갔을 때 맥패일 부인이 덧붙였다. "그분이 다치지 않았으면 좋겠는데."

"그 사람은 자기 일이나 신경 쓸 것이지 왜 저러는 걸까?"

맥패일 박사가 말했다.

그들은 일이 분간 침묵 속에 앉아 있다가 깜짝 놀라고 말았다. 축음기가 보란 듯이 다시 돌아가면서 가소롭다는 듯 노골적인 노래를 거칠게 합창하는 소리가 들려왔기 때문이다.

이튿날 데이비슨 부인은 창백하고 피곤한 얼굴이었다. 두통을 호소했고 노쇠해 보였다. 그녀가 맥패일 부인에게 한 말로는, 간밤에 선교사는 한숨도 못 자고 도무지 진정하지 못한 상태로 밤을 꼬박 지새운 뒤 새벽 5시에 일어나서 밖으로 나간 모양이었다. 맥주잔을 뒤집어쓴 탓에 얼룩덜룩하고 냄새가 나는 차림새로. 하지만 데이비슨 부인은 음울하게 번뜩이는 눈으로 톰프슨 양을 언급했다.

"그 여자는 데이비슨 씨를 모욕한 걸 후회하게 될 거예요." 그녀가 말했다. "데이비슨 씨는 마음씨가 따뜻한 사람이에요. 곤경에 처해 그이를 찾아온 사람 중에 위안을 얻지 못한 사람은 없어요. 하지만 그이는 죄악에 대해선 자비가 없고 정의로운 분노가 발동할 땐 무서워져요."

"어머, 그분이 뭘 어떡하실까요?"

맥패일 부인이 말했다.

"모르죠. 하지만 난 그 여자의 입장에 설 생각은 눈곱만큼도 없어요."

맥패일 부인은 진저리를 쳤다. 승리를 확신하는 그 아담한 여인의 태도에는 섬찟한 면이 있었다. 그들은 그날 아침 함께 외출하기로 하고 나란히 계단을 내려갔다. 톰프슨 양의 방문이 열려 있었고, 흐트러진 가운 차림으로 풍로 냄비에 뭔가를 요리하는 그녀가 보였다.

"안녕하세요." 그녀가 소리쳤다. "오늘 아침 데이비슨 씨는 좀 괜찮으신가요?"

그들은 그녀를 싹 무시하면서 코를 한껏 치켜들고 아무 말 없이 그녀를 지나쳤다. 하지만 그녀가 조롱하는 웃음을 와락 터뜨렸을 땐 얼굴이 빨개지고 말았다. 갑자기 데이비슨 부인이 그녀 쪽으로 고개를 홱 돌렸다.

"어디 감히 나한테 말을 걸어." 그녀가 소리쳤다. "나를 모욕했다가는 이 집에서 쫓겨날 줄 알아."

"말해 봐요, 내가 데이비슨 씨를 내 방에 초대한 적이 있던가요?"

"대꾸하지 말아요."

맥패일 부인이 얼른 속삭였다.

그들은 계속 걸어 그녀에게 말이 들리지 않는 데까지 왔다.

"참 뻔뻔한 여자야, 참 뻔뻔해."

데이비슨 부인이 내뱉었다.

그녀는 분노로 거의 숨이 넘어갈 지경이었다.

그들은 돌아오는 길에 부둣가로 유유히 걸어가는 그녀를 다시 마주쳤다. 그녀는 한껏 차려입은 모양새였다. 커다란 흰색 모자와 그것에 달린 통속적이고 화려한 꽃송이들이 모욕적으로 다가왔다. 그녀는 쾌활하게 숙녀들을 부르면서 지나갔고, 숙녀들의 얼굴에 얼음장 같은 눈초리가 떠오른 순간 거기서 있던 미국인 선원 둘이 피식 웃었다. 그들이 숙소로 막 돌아왔을 때 비가 다시 내리기 시작했다.

"어쩌나, 그 여자의 멋진 옷이 다 망가지게 생겼으니."

데이비슨 부인이 조롱하는 투로 말했다.

그들이 저녁을 반쯤 먹고 나서야 데이비슨이 돌아왔다. 그는 홀딱 젖어 있었지만 옷을 갈아입으려 하지 않았다. 그대로 입을 꾹 다물고 뚱하게 자리에 앉았더니 먹는 둥 마는 둥 하다가 비스듬한 빗줄기를 쳐다보았다. 데이비슨 부인이 두 번 톰프슨 양을 마주친 이야기를 했지만 그는 대꾸하지 않았다. 잔뜩 찌푸린 얼굴만이 그가 이야기를 듣고 있음을 말해 주었다.

"혼 씨에게 그 여자를 내쫓으라고 해야 하지 않겠어요?" 데이비슨 부인이 물었다. "그 여자가 우리를 모욕하는데 가만 당하고 있을 수는 없잖아요."

"그 여자는 달리 갈 데가 없을 거예요."

맥패일 박사가 말했다.

"원주민들과 같이 지내면 되죠."

"이런 날씨에 원주민의 오두막은 지내기 불편할 겁니다."

"나는 몇 년 동안 그런 데서 살았습니다."

선교사가 말했다.

원주민 꼬마 여자아이가 그들이 매일 디저트로 먹는 튀긴 바나나를 내왔을 때 데이비슨이 여자아이에게 고개를 돌렸다.

"톰프슨 양에게 내가 만나고 싶으니 언제가 좋겠느냐고 물어보고 오너라."

그가 말했다.

여자아이가 수줍게 고개를 끄덕이고는 나갔다.

"그 여자는 만나서 뭐 하게요, 앨프리드?"

그의 아내가 물었다.

"그 여자를 만나는 게 내 의무잖소. 행동을 취하기 전에 기회를 충분히 줄 생각이오."

"당신은 그 여자가 어떤 사람인지 모르잖아요. 그 여자가 당신을 모욕할 거예요."

"모욕할 테면 하라지. 내게 침을 뱉을 테면 뱉으라고 해. 그 여자는 불멸의 영혼을 가졌고, 난 그것을 구원하기 위해 할 수 있는 데까지 해야만 하오."

데이비슨 부인의 귓전엔 아직도 그 매춘부의 비웃는 목소리가 맴도는 듯했다.

"그 여자는 이미 선을 넘었어요."

"하나님의 자비에 선이란 게 존재하오?" 별안간 그의 눈이 반짝거렸고 목소리가 그윽하고 부드러워졌다. "그런 건 없어. 죄인의 죄는 지옥보다 깊겠지만 예수님의 사랑은 거기까지 닿을 수 있소."

여자아이가 전갈을 가지고 돌아왔다.

"톰프슨 양이 안부 인사를 전하면서 업무 시간에 오시지만 않는다면 언제든 데이비슨 목사님을 만나겠답니다."

좌중은 쥐 죽은 듯 고요한 침묵 속에서 그 말을 들었다. 맥패일 박사는 입가에 떠오른 미소를 얼른 삼켰다. 그녀의 천연 덕스러운 태도를 즐기는 빛을 비쳤다가는 아내에게 시달릴 게 분명했다.

그들은 침묵 속에서 저녁을 마저 먹었다. 식사를 마쳤을 때 두 숙녀는 일어서서 일감을 집어 들었다. 맥패일 부인은 전쟁이 발발한 이후 수없이 만들어 온 이불을 하나 더 만드는 중이었다. 의사는 파이프 담뱃대에 불을 붙였다. 하지만 데이비슨은 그대로 의자에 앉아 멍한 눈으로 탁자만 바라보다가 일어서서 한마디 말도 없이 방을 나갔다. 그가 아래층으로 내려가는 소리, 그가 방문을 두드렸을 때 "들어오세요." 하는 톰프슨 양의 반발하는 목소리가 들려왔다. 그는 한 시간 정도 그녀와 함께 있었다. 맥패일 박사는 비가 내리는 것을 바라보았다. 신경이 곤두서기 시작했다. 영국에서처럼 땅에 투둑투둑 떨어지며 보슬보슬 내리는 비가 아니라 무자비하고 가차 없이 내리는 비라서 자연의 원초적인 힘이 지닌 포악성이 느껴졌다. 비는 훅 퍼붓고 마는 게 아니라 계속 쏟아졌다. 하늘에서 비를 들이붓는 것 같았다. 철제 골판 지붕을 끊임없이 두드려 대는 빗소리는 사람을 미치게 만들었다. 자신의 분노를 쏟아내는 듯 비가 내렸다. 비가 멈추지 않으면 금방이라도 비명이 터질 것 같은 느낌이 들다가도 어느새 뼈가 모조리 녹아내린 것처럼 무기력해져서 비참한 기분과 좌절감에 빠져들었다.

선교사가 돌아왔을 때 맥패일은 고개를 돌렸다. 두 여자도 고개를 들었다.

"난 그녀에게 모든 기회를 주었어요. 회개하라고 촉구했죠.

그녀는 사악한 여자예요."

그는 잠시 말을 멈추었다. 맥패일 박사는 그의 어두워진 눈과 냉혹하고 엄격해진 창백한 얼굴을 보았다.

"이제는 예수님께서 고리대금업자와 환전상을 하나님의 신전에서 몰아내실 때 쓰신 채찍을 들어야겠어요."

그는 방을 왔다 갔다 서성였다. 입을 꾹 다물고 검은 눈썹을 꿈틀거렸다.

"그 여자가 세상 끝으로 도망친대도 난 쫓아갈 겁니다."

그는 별안간 휙 돌아서더니 방을 성큼성큼 나가 버렸다. 그들은 그가 다시 아래층으로 내려가는 소리를 들었다.

"어쩌려는 걸까요?"

맥패일 부인이 물었다.

"모르겠어요." 데이비슨 부인이 코안경을 벗어 닦았다. "그이가 주님의 일을 할 때 나는 그이에게 절대 질문하지 않아요."

그녀는 살짝 한숨을 내쉬었다.

"왜 그러세요?"

"그이가 지쳐 쓰러질까 봐서요. 자기 몸을 아낄 줄 모르거든요."

맥패일 박사는 묵고 있는 집의 주인인 혼혈 상인을 통해 선교사가 행사한 압력의 첫 번째 결과를 체감하게 되었다. 상인은 가게를 지나가는 의사를 불러 세우더니 말을 하러 밖으로 나와 계단에 섰다. 그의 투실투실한 얼굴에 근심이 어려 있었다.

"톰프슨 양에게 방을 내주었다고 데이비슨 목사님이 계속 저를 나무라시네요." 그가 말했다. "그 여자에게 방을 빌려줄

당시에는 나도 뭐 하는 사람인지 몰랐어요. 사람들이 와서 방을 빌려달라고 하면 난 그저 그 사람이 방세를 낼 돈이 있는지만 따져요. 게다가 그 여자는 일주일 치 방세를 미리 냈어요."

맥패일 박사는 이 일에 끼어들고 싶지 않았다.

"이러쿵저러쿵해도 여긴 당신 집이에요. 우리는 당신이 우리 모두를 받아 준 것에 대단히 감사하고 있습니다."

혼은 의심스러운 얼굴로 그를 쳐다보았다. 맥패일이 얼마나 선교사의 편에 가까이 서 있는지 아직 가늠이 되지 않는 모양이었다.

"선교사들은 서로 한편이에요." 혼이 주저하며 말했다. "만약 그들이 마음먹고 어떤 상인을 괴롭히면 그는 가게 문을 닫고 일을 접을 수밖에 없어요."

"그가 그 여자를 내쫓으라고 했습니까?"

"아뇨, 그 여자가 얌전히 행동하는 한 자기가 그런 요구를 할 수는 없다고 하던데요. 내게 공정하게 처신하고 싶다고 했어요. 나는 그 여자가 더는 손님을 들일 수 없게 하겠다고 약속했고요. 방금 그 여자에게 가서 그 말을 전하고 왔어요."

"그 여자가 뭐라고 하던가요?"

"나더러 지옥에나 가래요."

낡은 흰색 면포 바지 차림의 상인이 꿈지럭거렸다. 톰프슨 양의 거친 본모습을 알게 된 것이다.

"음, 그렇다면 여길 떠나겠네요. 아무도 불러들일 수 없다면 계속 여기 있고 싶지 않겠죠."

"갈 데가 없을걸요, 원주민들의 집 말고는. 선교사들에게 찍힌 이상 원주민들은 그녀를 받아 주지 않을 테고요."

맥패일 박사는 내리는 비를 쳐다보았다.

"이런, 날이 개기를 기다렸는데 다 틀렸군요."

저녁이 되어 다 같이 응접실에 앉아 있을 때, 데이비슨이 대학을 다니던 젊은 시절의 이야기를 꺼냈다. 먹고살 길이 막막해 방학 때 잡다한 일을 하면서 생계를 꾸렸다고 했다. 아래층은 잠잠했다. 톰프슨 양은 작은 방에 혼자 앉아 있었다. 하지만 갑자기 축음기가 돌아가기 시작했다. 그녀가 항의하듯 외로움을 속이려 노래를 튼 것이었지만 노래를 따라 부르는 사람은 아무도 없었고 노래는 구슬픈 빛을 띠었다. 도와달라는 외침처럼 들렸다. 데이비슨은 들은 체도 하지 않았다. 그는 긴 일화를 한창 늘어놓는 중이었는데 안색 하나 변하지 않고 이야기를 이어 나갔다. 축음기는 계속 돌아갔다. 톰프슨 양은 노래를 연달아 틀고 또 틀었다. 숨이 막히고 갑갑한 분위기가 돌았다. 맥패일 부부는 잠자리에 들었지만 잠이 오지 않았다. 나란히 누워 눈을 말똥말똥 뜬 채 커튼 밖의 모기들이 내지르는 잔인한 노랫소리에 귀를 기울였다.

"무슨 소리죠?"

맥패일 부인이 소근거렸다.

나무 벽 저편에서 어떤 목소리가, 데이비슨의 목소리가 들려왔다. 단조롭고 열렬하며 끈질긴 목소리였다. 그는 톰프슨 양의 영혼을 위해 기도하고 있었다.

그로부터 이삼 일이 흘렀다. 이제 톰프슨 양은 길에서 마주쳐도 다정한 척 빈정거리는 인사를 건네지도 미소를 짓지도 않았다. 그저 코를 치켜들고 화장한 얼굴을 새침하게 찌푸리고는 그들을 못 본 척 지나갔다. 맥패일은 상인을 통해 그녀가 다른 숙소를 알아보았지만 실패하고 말았다는 이야기를 전해 들었다. 저녁마다 그녀는 축음기로 여러 가지 음악을 틀어 댔지만 이제 유쾌함은 빈껍데기일 뿐이었다. 래그타임[13]은 절망에 젖은 원스텝[14]처럼 갈라지고 비통한 리듬을 띠었다. 일요일에도 그녀가 음악을 틀자 데이비슨은 혼을 통해, 오늘은 주님의 날이니 즉시 음악을 멈추라고 요청했다. 음악은 멈추었고, 집 안엔 철제 골판 지붕을 꾸준히 때리는 빗방울 소리 외에는 정적이 감돌았다.

"그 여자가 조금 심란한 모양이에요." 이튿날 상인이 맥패일에게 말했다. "데이비슨 씨가 어떻게 나올지 몰라 겁을 먹은 거죠."

맥패일은 그날 아침 그녀를 얼핏 목격한 일이 기억났다. 그러고 보니 그 거만하던 표정은 간데없고 그녀는 얼이 빠진 얼굴이었다. 혼혈인은 곁눈질로 의사를 한참 동안 쳐다보았다.

"데이비슨 씨가 어떻게 할 셈인지 선생님은 모르시죠?"

그가 떠보았다.

"저야 모르죠."

혼에게 그런 질문을 받다니 이상한 일이었다. 의사 역시 선

---

13) 당김음이 많은 초기의 피아노 재즈 음악.
14) 한 박자에 한 걸음씩 진퇴하는 경쾌한 춤 또는 춤곡.

교사가 비밀리에 뭔가를 꾸미고 있다는 생각을 하고 있었기 때문이다. 맥패일은 선교사가 그 여자의 주변에 신중히, 차근차근 그물을 쳐 두었다가 준비가 다 끝났을 때 갑자기 끈을 조일 거라는 느낌이 들었다.

"데이비슨 씨가 그 여자에게 말을 전하라고 했어요." 상인이 말했다. "언제든 자기가 필요할 때 전갈을 보내면 직접 가겠다고."

"그 말을 듣고 그 여자가 뭐라던가요?"

"아무 말도 안 했어요. 그래도 나는 말을 전했어요. 전하라는 대로 말하고 나왔죠. 그 여자 금방이라도 눈물을 쏟을 것 같던데요."

"외로워서 신경이 곤두선 게 분명해요." 의사가 말했다. "게다가 비까지 오니…… 누구라도 예민해지는 게 당연하죠." 그는 울화통이 터졌다. "이 빌어먹을 곳은 비가 멈추지 않는 겁니까?"

"우기에는 비가 꾸준히 내려요. 일 년에 7600밀리미터나 오죠. 알다시피 만의 생김새 때문이에요. 태평양 곳곳에서 비를 끌어들이나 봅니다."

"이젠 만의 빌어먹을 생김새마저 말썽이로군."

의사가 말했다.

그는 모기에게 물린 곳을 긁었다. 왈칵 짜증이 났다. 비가 그치고 해가 나면 집은 온실이 되어 절절 끓고 후텁지근하고 무덥고 숨이 막혔다. 모든 것이 야만적이고 폭력성을 띠어 가는 듯 이상한 느낌이 들었다. 명성대로 태평하고 천진한 원주민들이 문신을 하고 염색한 모습은 사악한 속내를 품은 듯 보였다. 원주민들이 맨발로 뒤를 바짝 따라올 때는 본능적으로 돌아보게 되었고, 언제든 그들이 순식간에 등 뒤로 다가와 긴 칼을 어깨뼈에 박아 넣을지 모른다는 느낌에 사로잡혔다. 그들의 둥그런 눈 뒤에 어떤 사악한 생각이 도사리고 있을지 알 수 없었다. 그들은 사원 벽에 그려진 고대 이집트인들의 인상과 닮은 데가 있었고, 그들 주위에는 헤아릴 수 없이 오래된 공포가 어려 있었다.

선교사는 이곳저곳을 돌아다녔다. 그는 바빴지만 맥패일 부부는 그가 무슨 일을 하는지 알 수 없었다. 혼은 의사에게 선교사가 날마다 총독을 만난다고 말했다. 데이비슨이 총독에 관해 한 번 언급한 적이 있었다.

"총독은 얼핏 강단 있는 사내처럼 보입니다만," 선교사가 말했다. "알고 보면 물러 빠진 인간이에요."

"총독이 당신이 원하는 걸 내주지 않나 보군요."

의사가 익살을 부린답시고 말했다.

선교사는 웃지 않았다.

"나는 총독이 똑바로 처신하기를 바랄 뿐입니다. 옳은 일은 하라고 설득하지 않아도 해야 하는 것이죠."

"하지만 무엇이 옳은 일인지에 대해서는 의견 차이가 있을 수 있잖습니까."

"발이 괴사하는 사람을 보고도 당사자가 주저한다는 이유로 가만두고 보겠단 말이오?"

"괴사는 실존하는 문제입니다."

"그럼 악은요?"

얼마 뒤 데이비슨이 도모한 일이 밝혀졌다. 네 사람이 점심을 먹고 난 직후였고 낮잠을 자러 흩어지기 전이었다. 더위 때문에 두 숙녀와 의사는 낮잠을 자야 했다. 데이비슨은 그 나태한 습관을 좀처럼 용인하지 않았다. 문이 벌컥 열리더니 톰프슨 양이 들어왔다. 그녀는 방 안을 휙 둘러보고는 곧장 데이비슨에게 다가갔다.

"이 야비한 스컹크 같으니. 총독한테 내 이야기를 뭐라고 지껄인 거야?"

그녀가 분노에 찬 말을 쏟아 냈다. 잠시 침묵이 흐른 뒤 선교사가 의자를 앞으로 끌어냈다.

"좀 앉죠, 톰프슨 양? 그렇지 않아도 당신과 다시 대화를 하고 싶었소."

"참 가련하고 막돼먹은 개자식이네."

그녀는 상스럽고 무례한 욕설을 쏟아 냈다. 데이비슨은 음산한 눈을 그녀에게 고정했다.

"당신이 아무리 내게 그런 오명을 갖다 붙여도 난 아무렇지도 않아요, 톰프슨 양. 하지만 이 자리에 숙녀들이 있다는 걸 기억해 주길 바랍니다."

눈물이 그녀의 분노와 분투를 벌이고 있었다. 그녀의 얼굴은 목이 졸린 사람처럼 붉고 부어 있었다.

"무슨 일인데 그래요?"

맥패일 박사가 물었다.

"방금 어떤 남자가 찾아와서는 나더러 다음 배를 타고 꺼지

라잖아요."

순간 선교사의 눈빛이 번뜩인 걸까? 그의 얼굴은 여전히 무표정했다.

"이런 상황에서 총독이 당신을 여기에 가만둘 리가 없잖아."

"당신이 한 짓이잖아." 그녀가 빽 소리쳤다. "발뺌할 생각 마. 당신이 한 짓이야."

"당신을 속일 생각은 없어. 난 총독에게 그의 의무에 합당한 유일한 조처를 취하라고 촉구한 것뿐이야."

"왜 날 그냥 놔두지 않지? 내가 당신에게 무슨 해를 끼쳤다고 이래?"

"차라리 내게 해를 끼쳤다면 분노하지 않았을 거야."

"나라고 이런 촌구석에 있고 싶은 줄 알아? 내가 촌뜨기처럼 보여, 어?"

"그렇다면 불평할 이유가 없어 보이는데."

그가 대꾸했다.

그녀는 폭발해 고래고래 소리를 지르며 횡설수설하고는 방을 나가 버렸다. 잠시 침묵이 흘렀다.

"드디어 총독이 행동에 나섰다니 다행이로군." 데이비슨이 말문을 열었다. "총독은 물러 터지고 우유부단한 작자예요. 그자는 그 여자가 여기 고작 보름 동안 머물 것이고 아피아로 간다면 영국 사법부의 관할이 될 테니 자기와는 아무 상관이 없다고 했죠."

선교사는 벌떡 일어서서 방 안을 돌아다녔다.

"권한을 가진 남자들이 그렇게 책임을 회피할 궁리만 하니

비   51

골치가 아픈 겁니다. 그들은 악이 눈에 보이지 않게 되면 더 이상 존재하지 않는 것처럼 말합니다. 그런 여자의 존재 자체가 스캔들인데 그걸 다른 섬으로 떠넘긴다 해서 문제가 해결되진 않죠. 그러니 내가 단도직입적으로 말할 수밖에요."

데이비슨의 눈썹이 아래로 처졌다. 그가 단호한 턱을 쭉 내밀었다. 맹렬하고 결의에 찬 모습이었다.

"그게 무슨 소리예요?"

"우리의 선교는 워싱턴의 영향력 없이는 완전하지 않아요. 이곳의 일 처리 방식에 문제가 있다는 불평이 나오면 본인 신상에 이로울 게 없다는 말을 총독에게 했죠."

"그 여자는 언제 떠나야 합니까?"

의사가 잠시 뜸을 들이다가 물었다.

"다음 화요일에 샌프란시스코행 배가 시드니를 출발해 여기 들어옵니다. 그 여자는 그걸 타고 갈 거예요."

그것은 닷새 뒤였다. 이튿날 맥패일은 딱히 할 일이 없이 병원에서 오전을 보냈다. 숙소로 돌아와 계단을 올라가는 그를 혼혈인이 붙잡아 세웠다.

"실례합니다만, 맥패일 박사님, 톰프슨 양이 아파요. 가서 좀 살펴봐 주시겠어요?"

"그러죠."

혼은 그를 그녀의 방으로 데려갔다. 그녀는 의자에 앉아 책을 읽지도 바느질을 하지도 않고 멍하니 앞만 바라보고 있었는데 하얀 원피스와 꽃이 딸린 커다란 모자 차림이었다. 맥패일은 그녀가 분칠을 했지만 피부가 누렇고 칙칙하며 눈은 게

습츠레하다는 것을 알아챘다.

"몸이 좋지 않다니 딱하게 됐군요."

그가 말했다.

"그게, 사실 아픈 건 아니에요. 선생님을 만나고 싶어서 그냥 그렇게 말한 거예요. 나 샌프란시스코행 배를 타게 됐어요."

그녀는 그를 쳐다보았다. 그는 그녀의 눈에 돌연 놀란 빛이 떠오르는 걸 보았다. 그녀는 경련을 일으키듯 손을 폈다가 주먹을 꽉 쥐었다. 상인이 문간에 서서 이야기를 듣고 있었다.

"그렇군요."

의사가 말했다.

그녀가 살짝 침을 삼켰다.

"샌프란시스코로 가게 되면 난 입장이 아주 곤란해져요. 어제 오후에 총독님을 뵈러 갔지만 만날 수가 없었어요. 비서란 사람을 만났는데 내가 그 배를 타야 하고 그것 외엔 다른 길이 없다고 하더군요. 그래도 총독님을 만나야겠기에 오늘 아침 내내 집 밖에서 기다리다가 총독님이 나오실 때 말을 걸었죠. 그분은 나랑 얘기를 하지 않으려 했지만 내가 가지 않고 계속 매달리니까 할 수 없이 말씀하시더라고요. 내가 다음 시드니행 배를 탈 때까지 여기 있는 것에 반대할 의사가 없으시다고요, 데이비슨 목사님만 눈감아 준다면."

그녀는 말을 멈추고 초조하게 맥패일 박사를 쳐다보았다.

"내가 뭘 어쩔 수 있겠어요."

맥패일이 말했다.

"선생님이라면 그에게 부탁할 수 있지 않을까 싶어서요. 나를 여기 머물게 해 준다면 여기서 아무 짓도 하지 않겠다고 하나님께 맹세할 수 있어요. 원한다면 집 밖으로 한 발짝도 안 나갈게요. 이제 보름도 안 남았어요."

"내가 한번 물어보죠."

"봐주지 않을 거예요." 혼이 말했다. "그자는 기어코 당신을 화요일에 내보낼 거니까 당신도 마음의 준비를 하는 게 좋아요."

"내가 시드니에서 일자리를 얻을 수 있다고 말해 주세요. 정직한 일 말이에요. 뭐 그리 대단한 요구도 아니잖아요."

"할 수 있는 데까지 해 볼게요."

"나한테 곧장 알려 주실 거죠? 어떻게든 결판이 날 때까지는 아무것도 손에 잡히지가 않아서요."

그리 유쾌한 심부름은 아니었으므로 의사는 본인의 성격답게 그것을 간접적으로 처리하기로 했다. 그는 아내에게 톰프슨 양에게 들은 말을 해 주고 데이비슨 부인에게 전해 달라고 부탁했다. 선교사의 태도에 독단적인 면이 있는 데다 그 여자가 파고파고에 보름을 더 묵는다 해서 해가 될 건 없었다. 하지만 그의 중재는 본인도 예상하지 못한 결과를 낳았다. 선교사가 의사를 곧장 찾아온 것이다.

"데이비슨 부인에게 듣자니, 톰프슨 양과 당신이 이야기를 나눴다면서요."

맥패일 박사는 직격탄을 맞은 기분이었다. 그는 숫기 없는 남자들이 그렇듯 은밀하게 진행한 일이 폭로된 것에 분노를 느꼈다. 그는 부아가 치밀어서 얼굴이 벌게졌다.

"그 여자가 샌프란시스코가 아니라 시드니로 간다고 해서 뭐가 달라지는지 통 모르겠군요. 여기 있는 동안 얌전히 굴겠다고 약속까지 하는 여자를 괴롭히는 건 지나친 겁니다."

선교사가 엄한 눈으로 그를 빤히 쳐다보았다.

"왜 그 여자는 샌프란시스코로 돌아가기를 꺼리는 거죠?"

"묻지 않았습니다." 의사가 거친 어조로 대답했다. "각자 자기 일에나 신경 쓰고 사는 게 좋을 것 같군요."

그것은 별로 요령 있는 대답은 아닌 것 같았다.

"총독은 그 여자에게 이 섬을 떠나는 첫 배로 떠나라고 명령했어요. 그는 자기 의무를 다한 것이고 나는 끼어들 생각이 없습니다. 그 여자는 여기 있는 것만으로도 위협이 됩니다."

"당신 참 냉혹한 데다 막무가내로군요."

두 숙녀가 놀란 눈으로 의사를 올려다보았지만, 선교사가 슬며시 미소를 지었기 때문에 싸움이 날까 봐 걱정할 필요는 없었다.

"그렇게 생각한다니 안타깝군요, 맥패일 박사. 믿어 주세요, 나는 그 불행한 여인을 위해 가슴으로 피눈물을 흘리면서도 내 의무를 다하려는 겁니다."

의사는 아무런 대답 없이 시무룩하게 창밖을 내다보았다. 간만에 비가 그치고 만 건너편의 나무들 사이에 자리한 원주민 부락의 오두막들이 보였다.

"비도 그쳤으니 외출이나 해야겠어요."

그가 말했다.

"당신의 청을 못 들어준다고 해서 나를 원망하진 말아요." 데이비슨이 씁쓸한 미소를 지으며 말했다. "나는 당신을 대단히 존경합니다, 박사. 당신이 나를 나쁘게 생각한다면 마음이 아플 겁니다."

"내가 당신을 어떻게 평가하는지 알고도 그리 침착하다니 당신은 본인을 상당히 좋게 평가하는군요."

"나에 대한 평가는 한결같습니다."

데이비슨이 큭큭 웃었다.

맥패일 박사가 무례를 범하고도 아무런 성과를 얻지 못한 자신에게 짜증이 나서 아래층으로 내려갔을 때 톰프슨 양은 문을 열어 놓고 그를 기다리고 있었다.

"저기," 그녀가 말했다. "이야기 나눠 보셨나요?"

"네, 미안하지만 그 사람은 아무것도 하지 않겠다네요."

그는 민망해서 그녀를 똑바로 쳐다보지 않고 대답했다.

하지만 그는 그녀가 눈물을 터뜨릴 것만 같아서 슬쩍 그녀를 곁눈질했다. 그녀의 얼굴은 공포로 하얗게 질려 있었다. 그 모습을 보고 그는 크나큰 절망감을 느꼈지만, 순간 어떤 생각이 떠올라 말했다.

"하지만 희망을 포기하긴 아직 일러요. 당신을 이렇게 대우하는 건 수치스러운 일이니 내가 직접 총독을 만나 보죠."

"지금요?"

그가 고개를 끄덕였다. 그녀의 얼굴이 밝아졌다.

"아, 정말이지 친절한 분이세요. 선생님이 말씀해 주신다면 총독님도 저를 여기 머물게 해 주실 거예요. 여기서 머물면 될 걸 굳이 하지 않아도 될 일을 하고 싶지는 않아요."

맥패일 박사는 자기가 왜 총독을 만나기로 결심했는지 알 수 없었다. 톰프슨 양의 사정이야 알 바 아니었지만, 선교사란 인간이 심히 못마땅해서 분노가 부글부글 끓었다. 그는 총독의 집으로 찾아갔다. 총독은 덩치가 큰 미남자로 인중에 짧은 잿빛 콧수염을 기른 뱃사람이었고, 입고 있는 하얀 능직 제복에는 티끌 하나 보이지 않았다.

"같은 숙소에 묵고 있는 여자의 일로 왔습니다." 그가 말했다. "톰프슨이라는 여자입니다."

"그 여자의 이야기는 이미 들을 만큼 들었습니다, 맥패일 박사." 총독이 웃는 얼굴로 말했다. "그 여자에게 다음 화요일 배로 여기를 떠나라고 지시했는데, 그것이 내가 할 수 있는 전부예요."

"샌프란시스코에서 출발한 배가 들어올 때까지 여기 머물 수 있도록 특별히 사정을 봐주신다면 그 여자는 그걸 타고 시드니로 갈 겁니다. 그때까지 그녀가 얌전히 지낼 거라고 제가 보증하죠."

총독은 계속 미소를 지었지만 눈은 작아지고 심각해졌다.

"선생의 청을 들어드리고 싶은 마음은 간절합니다. 맥패일 박사. 하지만 일단 지시를 내린 이상 돌이킬 수 없어요."

의사는 최대한 합리적인 선에서 이 일을 처리하려 했지만 이제 총독의 얼굴에는 웃음기가 사라지고 없었다. 총독은 눈길을 피한 채 시무룩하게 듣고만 있었다. 맥패일은 자기의 말이 전혀 먹히지 않는다는 걸 눈치챘다.

"숙녀에게 불편을 초래해 미안하게 됐지만 그 여자는 토요일 배를 타는 수밖에 다른 도리가 없어요."

"하지만 그런다고 뭐가 달라집니까?"

"죄송합니다만, 선생, 합당한 관리의 요구가 아니라면 나는 나의 공적 조치에 대해 해명할 의무가 없어요."

맥패일은 재빨리 총독을 쳐다보았다. 압력을 행사한 듯 암시한 데이비슨의 말이 떠오르면서 총독의 태도에서 창피해하는 기색을 읽을 수 있었다.

"데이비슨 씨는 왜 오지랖을 떨고 난리인지, 참."

그는 화가 치밀어 말했다.

"우리끼리 하는 이야기입니다만, 맥패일 박사, 나도 데이비슨 씨를 그리 좋게 평가하진 않아요. 하지만 솔직히, 다수의 사병들이 원주민들 틈에 머무는 이런 곳에서는 톰프슨 양 같은 여성의 존재가 위험으로 작용할 수 있다는 걸 지적할 권한이 그에게 있다고 봐야죠."

총독이 일어서자 맥패일 박사도 따라 일어설 수밖에 없었다.

"그만 실례해야겠네요. 약속이 있어서. 부디 맥패일 부인에게 안부 전해 주십시오."

의사는 기운이 빠진 채로 총독과 헤어졌다. 분명 톰프슨 양이 기다리고 있을 텐데 실패했다는 말을 차마 전할 수가 없어서 뒷문을 통해 집 안으로 들어간 뒤 숨기는 거라도 있는 사람처럼 계단을 살금살금 올라갔다.

그는 저녁을 먹는 내내 말없이 불편한 기색이었지만, 선교사는 유쾌하고 활기가 넘쳤다. 맥패일 박사는 이따금씩 자신에게 머무는 선교사의 눈길에서 승리감과 활력을 읽었다. 그가 총독을 찾아갔다가 소득 없이 돌아온 것을 데이비슨이 알고 있다는 생각이 들었다. 하지만 대체 그것이 어떻게 그의 귀에 들어갔을까? 이 남자는 사악한 권력을 쥐고 있었다.

저녁 식사 후 혼이 베란다에 나와서 잡담이라도 나누고 싶은 눈치이기에 그는 베란다로 나갔다.

"총독님을 만나 보셨는지 그녀가 궁금하답니다."

상인이 속삭였다.

"만났죠. 그는 아무것도 하지 않을 거예요. 대단히 미안하지만 나도 더는 어쩔 수가 없어요."

"총독이 그렇게 나올 줄 알았어요. 그들은 감히 선교사들에게 맞서지 못해요."

"무슨 이야기를 하고 계십니까?"

데이비슨이 밖에 있는 그들에게 다가와 싹싹하게 말을 붙였다.

"적어도 일주일은 더 있어야 아피아로 갈 수 있다는 말을 하던 참이었어요."

상인이 능숙하게 둘러댔다.

선교사는 그들을 두고 나갔다. 두 남자는 응접실로 돌아왔다. 데이비슨 씨는 식사를 마치면 꼭 한 시간씩 휴식을 취했다. 얼마 뒤 소심하게 문을 두드리는 소리가 났다.

"들어와요."

데이비슨 부인이 특유의 카랑카랑한 목소리로 말했다.

문이 열리지 않았다. 데이비슨 부인이 일어나서 문을 열었다. 그들은 톰프슨 양이 문간에 서 있는 것을 보았다. 하지만 그녀의 모습은 눈에 띄게 달라져 있었다. 관능미를 과시하며

비   59

그들을 길에서 조롱하던 헤픈 여자는 간데없고, 부서지고 두려움에 사로잡힌 여자가 있었다. 대체로 정성껏 손질해 올렸던 머리는 목 주변에 부스스하게 늘어져 있었다. 침실에서 신는 슬리퍼와 치마, 블라우스 차림이었는데 깨끗하지 않고 후줄근했다. 그녀는 눈물이 줄줄 흐르는 얼굴로 문간에 서서 선뜻 안으로 들어서지 못했다.

"원하는 게 뭐죠?"

데이비슨 부인이 야멸차게 말했다.

"데이비슨 씨와 이야기 좀 나눌 수 있나요?"

그녀가 목이 메는 목소리로 말했다.

선교사가 일어서서 그녀를 향해 다가왔다.

"들어오세요, 톰프슨 양." 그가 다정하게 말했다. "무슨 일로 그러시죠?"

그녀가 방 안으로 들어왔다.

"저기, 저번에 제가 한 말은 죄송하게 됐어요……. 모두 다요. 그땐 제가 좀 취했었나 봐요. 용서해 주세요."

"오, 별일 아니에요. 몇 마디 차디찬 말쯤이야 넓은 가슴으로 얼마든지 품을 수 있어요."

그녀는 몹시 위축된 동작으로 그를 향해 걸음을 옮겼다.

"당신이 이겼어요. 난 지쳤어요. 샌프란시스코로 돌아가지 않게만 해 주시겠어요?"

그의 태도에서 상냥한 기색이 싹 사라지더니 목소리가 돌연 냉혹하고 엄해졌다.

"왜 그곳으로 돌아가지 않으려는 거죠?"

그녀는 그의 앞에서 몸을 수그렸다.

"그곳엔 아는 사람들이 살아요. 그들에게 이런 꼴을 보이고 싶지 않아요. 그곳만 아니면 당신이 가라는 데로 무조건 갈게요."

"그냥 샌프란시스코로 돌아가지 그래요?"

"말했잖아요."

그는 몸을 앞으로 내밀고 그녀를 응시했다. 그의 커다랗고 반짝이는 눈은 그녀의 영혼을 꿰뚫어 보는 듯했다. 그가 별안간 숨을 들이켰다.

"그 교도소."

그녀가 소리를 내지르고는 그의 발치에 쓰러져 다리를 부여잡았다.

"날 그곳으로 돌려보내지 말아요. 착한 여자가 되겠다고 하나님의 이름을 걸고 당신에게 맹세해요. 모든 걸 내려놓을게요."

그녀는 두서없이 애원하는 말들을 한꺼번에 쏟아 냈고, 그녀의 분칠한 뺨을 따라 눈물이 줄줄 흘러내렸다. 그는 그녀에게 손을 내밀어 그녀의 얼굴을 치켜들고는 그를 똑바로 쳐다보게 했다.

"그거, 그 교도소 때문이군?"

"잡히기 전에 도망쳤어요." 그녀가 헐떡이며 말했다. "그 남자들에게 잡히면 삼 년 형을 받을 거예요."

그는 그녀를 놓아주었고, 그녀는 바닥에 쓰러져 서럽게 흐느꼈다. 맥패일 박사가 일어섰다.

"이로써 모든 게 달라지는군요." 맥패일이 말했다. "그걸 알고도 이 여자를 돌려보낼 순 없어요. 여자에게 한 번 더 기회를 주시죠. 본인이 새사람이 되겠다고 하니."

"난 이 여자에게 가장 좋은 기회를 줄 생각입니다. 진심으로 뉘우친다면 벌을 달게 받아야죠."

그녀는 그 말을 오해하고 고개를 들었다. 그녀의 침울한 눈 속에 희망이 반짝거렸다.

"날 놓아주실 건가요?"

"아니. 당신은 화요일 샌프란시스코행 배를 타."

그녀는 공포에 질린 신음 소리를 내뱉고는 인간의 소리라 할 수 없는 낮고 거친 비명을 내질렀다. 그러고 나서 머리를 바닥에 미친 듯이 찧어 댔다. 맥패일 박사가 달려와서 그녀를 일으켰다.

"제발, 이러면 안 돼요. 방으로 가서 누워 있는 게 좋겠어요. 내가 뭐든 가져다줄게요."

그는 그녀를 일으켜 세우고는 질질 끌다시피 그녀를 아래 층으로 데려갔다. 데이비슨 부인도 그의 아내도 도와주려 나서지 않는 것이 야속했다. 혼혈 상인이 층계참에 서 있다가 그녀를 침대에 눕히는 걸 도와주었다. 그녀는 끙끙거리고 흐느 꼈다. 거의 제정신이 아니었다. 그는 그녀에게 피하 주사를 놓았다. 다시 위층으로 올라왔을 때 그는 속에서 열불도 나고 진이 빠졌다.

"여자를 눕히고 왔어요."

여자 둘과 데이비슨은 의사가 방을 나갈 때 있었던 위치에 그대로 있었다. 그들은 그가 나간 이후 움직일 수도 말을 할 수도 없었다.

"기다리고 있었어요." 데이비슨이 이상하고 덤덤한 목소리로 말했다. "우리 엇나간 자매의 영혼을 위해 다 같이 기도합시다."

그는 선반에서 성경을 꺼내 와서 저녁을 먹었던 탁자 앞에 앉았다. 식기들은 모두 치워져 있었다. 그는 찻주전자를 옆으로 밀어냈다. 그는 낭랑하고 깊이 파고드는 강력한 목소리로 예수 그리스도가 간음한 여인을 만났을 때의 일화가 담긴 장을 낭독했다.

"이제 나와 함께 무릎을 꿇고 우리 자매 새디 톰프슨의 영혼을 위해 기도합시다."

그는 죄를 지은 여인에게 부디 자비를 내려 달라고 하나님에게 간구하는 길고 열정적인 기도를 쏟아 냈다. 맥패일 부인과 데이비슨 부인은 눈을 감은 채 무릎을 꿇었다. 의사는 깜짝 놀랐지만 어색하고 수줍게 무릎을 꿇었다. 선교사의 기도는 맹렬한 웅변이었다. 그는 유달리 격앙된 상태였고, 말을 하는 동안 눈물이 그의 뺨으로 줄줄 흘러내렸다. 밖에서는 무심한 비가 주룩주룩 꾸준히 내렸는데, 그 맹렬하고 지독한 기세가 몹시 비인간적으로 느껴졌다.

마침내 그가 말을 멈추었다. 그는 잠시 멈추었다가 말을 이었다.

"주님의 기도를 반복합시다."

그들은 기도를 하고 나서 그를 따라 무릎을 펴고 일어섰다. 데이비슨 부인의 얼굴은 창백하고 평온했다. 그녀는 위안과 평화를 찾았지만, 맥패일 부부는 갑자기 민망한 기분이 들어서 눈을 어디에 두어야 할지 난감했다.

"난 내려가서 그 여자 상태를 보고 올게요."

맥패일 박사가 말했다.

그가 그녀의 방문을 두드렸을 때 혼이 방문을 열어 주었다. 톰프슨 양은 흔들의자에 앉아 조용히 흐느끼고 있었다.

"거기서 뭐 하는 겁니까?" 맥패일이 소리쳤다. "누워 있으라고 했잖아요."

"누워 있을 수가 없어요. 데이비슨 씨를 만나고 싶어요."

"딱한 사람 같으니, 그런다고 될 거 같아요? 그 남자는 꿈쩍도 안 해요."

"내가 부르면 내려오겠다고 했어요."

맥패일은 상인에게 손짓했다.

"가서 그를 데려와요."

상인이 위층에 올라간 동안 그는 그녀와 함께 묵묵히 기다렸다. 데이비슨이 방 안으로 들어왔다.

"내려오시게 해서 죄송해요."

그녀가 그를 침울하게 쳐다보며 말했다.

"당신이 나를 부를 줄 알았어요. 주님이 내 기도에 응답하실 줄 알았죠."

그들은 잠시 서로를 응시했다. 그녀는 고개를 돌려 눈길을 피하더니 말했다.

"그동안 난 나쁜 여자로 살았어요. 회개하고 싶어요."

"하나님 감사합니다! 하나님 감사합니다! 주님이 우리의 기도를 들으셨어."

그는 두 남자를 향해 고개를 돌렸다.

"여자와 단둘이 있고 싶소. 데이비슨 부인에게 우리의 기도가 응답을 받았다고 전해 줘요."

그들은 방을 나와 문을 닫았다.

"참, 별일이로군."

상인이 말했다.

그날 밤 맥패일 박사는 늦게까지 잠을 이루지 못하다가 선교사가 위층으로 올라오는 소리를 듣고 손목시계를 보았다. 새벽 2시였다. 하지만 선교사는 곧장 잠자리에 들지 않았다. 두 방을 나누는 목재 벽 너머에서 소리 내어 기도하는 그의 목소리가 들려왔기 때문이다. 의사는 그 소리를 듣다가 지쳐 잠이 들었다.

이튿날 아침 의사는 선교사의 모습을 보고 깜짝 놀랐다. 그는 어느 때보다 창백했고 지쳐 보였지만 눈은 무시무시한 불꽃이 타오르듯 번뜩였다. 감당할 수 없는 기쁨에 도취된 듯 보였다.

"곧장 아래층으로 내려가서 새디를 좀 살펴봐 주시오." 그가 말했다. "그녀의 몸은 나아졌을 리 없지만 그녀의 영혼은…… 그녀의 영혼은 변화됐을 겁니다."

의사는 지치고 초조한 기분이 들었다.

"어젯밤 여자와 늦게까지 같이 있던데요."

그가 말했다.

"그랬죠, 가지 말라고 여자가 붙드는 바람에."

"아주 좋아 죽겠다는 표정이로군요."

의사가 발끈해 말했다.

데이비슨의 눈이 황홀감으로 번뜩였다.

"내게 엄청난 자비가 내렸어요. 어젯밤 나는 길 잃은 영혼을 예수님의 자애로운 품으로 인도하는 특권을 누렸습니다."

톰프슨 양은 다시 흔들의자에 앉아 있었다. 침대는 정리되지 않았고 방은 어질러져 있었다. 그녀는 옷을 차려입을 생각이 없는지 지저분한 화장 가운을 걸친 채 머리는 아무렇게나 묶어 내리고 있었다. 젖은 수건으로 닦긴 했지만 얼굴은 울어 퉁퉁 붓고 주름이 자글자글했다. 그녀는 매춘부처럼 보였다.

의사가 방 안으로 들어왔을 때 그녀는 굼뜬 동작으로 눈을 들었다. 그녀는 주눅 들고 부서진 상태였다.

"데이비슨 씨는 어디 있죠?"

그녀가 물었다.

"당신이 원하면 당장 내려올 거요." 맥패일이 신랄하게 대꾸했다. "난 당신이 좀 어떤지 보러 왔어요."

"아, 난 괜찮은 거 같아요. 걱정하지 않으셔도 돼요."

"뭐 좀 먹었어요?"

"혼 씨가 커피를 가져다줬어요."

그녀는 초조하게 문을 흘끔거렸다.

"그분이 곧 내려오겠죠? 그분이 옆에 계시면 숨통이 좀 트이거든요."

"화요일에 떠납니까?"

"네, 그분 말씀이 나는 가야만 한대요. 빨리 좀 오시라고 그분에게 말씀해 주세요. 선생님은 있어도 아무 소용 없거든요.

이제 나를 도와줄 사람은 오직 그분뿐이에요."

"그렇군요."

맥패일 박사가 말했다.

그로부터 사흘 동안 선교사는 거의 모든 시간을 새디 톰프슨과 함께 보냈다. 밥을 먹을 때만 다른 사람들과 같이 시간을 보냈다. 맥패일 박사가 보기에 그는 식사도 거의 하지 않는 것 같았다.

"저이 저러다가 탈진하겠어." 데이비슨 부인이 애를 태우며 말했다. "조심하지 않으면 쓰러지고 말 텐데 본인이 몸을 아끼지 않으니, 원."

그녀 자신도 하얗고 창백했다. 그녀는 맥패일 부인에게 잠을 통 못 잔다고 말했다. 선교사는 톰프슨 양과 같이 있다가 위층으로 올라와서는 녹초가 될 때까지 기도를 하고도 오랫동안 잠을 이루지 못했다. 그는 한두 시간 눈을 붙이고 일어나 옷을 입고는 나가서 해변을 오랫동안 거닐었다. 그리고 이상한 꿈들을 꾸었다.

"오늘 아침엔 꿈에서 네브래스카산을 보았다고 했어요."

데이비슨 부인이 말했다.

"흥미롭군요."

맥패일 박사가 말했다.

그는 미국 대륙을 횡단하는 기차 안에서 창문 너머로 그 산을 본 기억이 났다. 그 산은 두더지가 구멍을 파 놓은 거대한 흙 언덕처럼 둥글고 매끄러웠고, 평원 위에 덩그러니 불룩 솟아 있었다. 맥패일 박사는 그것이 여자의 가슴과 흡사해 보여 놀랐던 기억이 있다.

데이비슨의 끈질긴 노력은 본인의 인내심마저 바닥냈다. 그
럼에도 그는 경이로운 기쁨에 들떠 있었다. 그 가련한 여인의
가슴 구석구석에 도사린 마지막 죄악의 흔적을 뿌리째 뽑아
내는 중이었다. 그는 여자와 함께 성경을 읽고 여자와 함께 기
도를 올렸다.

"얼마나 경이로운지." 어느 날 그는 저녁 식탁에서 그들에게
말했다. "이것이야말로 진정한 재탄생이지요. 한때 밤처럼 어
두웠던 그녀의 영혼이 지금은 갓 내린 눈처럼 순수하고 하얗
게 됐어요. 나는 초라하고 두렵습니다. 그녀가 자신의 모든 죄
악을 뉘우치는 모습은 그저 아름답기만 합니다. 나는 그녀의
옷자락 하나 건드릴 자격이 없습니다."

"설마 여자를 샌프란시스코로 돌려보낼 건 아니죠?" 의사가
말했다. "미국 교도소에서 삼 년을 살아야 합니다. 난 당신이
그 여자에게 그렇게까지 할 거라고는 생각하지 않습니다만."

"아, 아직도 이해를 못 하시는군요? 그건 꼭 필요한 일입니
다. 내 가슴이 그녀를 위해 피눈물을 흘리는 게 보이지 않으십
니까? 나는 그 여자를 내 아내, 내 누이 못지않게 사랑합니다.
그녀가 감옥에 있는 동안 그녀가 고통받는 만큼 나 역시 고통
받을 거예요."

"헛소리도 참."

의사가 못 참고 소리쳤다.

"당신은 눈이 멀어 이해를 못 하는 거예요. 그 여자는 죄인
이니 고통을 받아야 합니다. 나는 그녀가 겪게 될 일을 알고

있어요. 굶주리고 고문당하고 모욕당하겠지요. 나는 그 여자가 하나님께 자신을 바치는 차원에서 인간의 벌을 받아들이길 바랍니다. 그녀가 그것을 기꺼이 받아들이길 바라는 겁니다. 그녀는 우리 중 소수만이 누리는 흔치 않은 기회를 거머쥔 거예요. 하나님은 대단히 선량하시고 대단히 자애로십니다."

데이비슨의 목소리는 흥분으로 덜덜 떨렸다. 그는 입에서 열정적으로 튀어나오는 단어들을 조절하느라 분주했다.

"나는 온종일 그 여자와 함께 기도를 올리고 그 여자를 떠나서도 또 기도합니다. 예수님이 그 여자에게 큰 자비를 베푸시도록 전력을 다해 기도를 올리죠. 내가 그 여자를 놓아주어도 스스로 그것을 거부할 만큼 그 여자의 가슴에 벌을 받고자 하는 열망을 심어 주고 싶습니다. 나는 그 여자가 혹독한 수감 생활을 자신을 위해 대속하신 은혜의 하나님 전에 바치는 감사의 제물로 여겼으면 합니다."

날은 하루하루 천천히 흘러갔다. 그 집 사람들은 비참하고 고통받는 아래층 여자에게 몰입한 상태로 부자연스러운 흥분감에 들떠 지냈다. 그녀는 피투성이 우상 숭배의 야만적인 의식에 바쳐질 제물 같았다. 두려움이 그녀를 마비시켰다. 그녀는 데이비슨이 눈앞에서 사라지면 견디지 못했다. 그가 곁에 있어야만 용기를 냈고, 그에게 매달리며 맹목적으로 의지했다. 그녀는 툭하면 울부짖고 성경을 읽고 기도했다. 가끔은 탈진해 정신을 놓기도 했다. 그러다가도 앞으로 다가올 고난을 손꼽아 기다렸다. 그것이 현재 겪고 있는 고통에서 벗어날 직접적이고 구체적인 탈출구였기 때문이다. 당장 자신을 괴롭히는 막연한 두려움은 더 이상 견딜 수가 없었다. 그녀는 자신의 죄악 앞에서 모든 개인적 허영을 접어 두었고, 후줄근하고 추레한 싸구려 화장 가운을 입고 방 안을 휘적거리며 돌아다녔다. 나흘 동안 잠옷을 벗지도 양말을 신지도 않았다. 그녀의 방은 너저분하고 지저분했다. 그러는 동안 비는 사정없이 끈질기게 쏟아졌다. 이 정도면 하늘에 물이 다 말랐겠구나 싶은데도 비는 미친 듯이 거듭거듭 철판 지붕으로 곧장 무겁게 쏟아져 내렸다. 모든 것이 축축하고 눅눅했다. 벽에도 바닥에 세워 둔 부츠에도 흰 곰팡이가 피었다. 앵앵거리는 모기의 성난 노래가 잠 못 드는 밤을 함께했다.

"단 하루만이라도 비가 그쳐 준다면 견딜 만하겠는데."

맥패일 박사가 말했다.

모두들 샌프란시스코로 향하는 배가 시드니에서 들어오는 화요일을 손꼽아 기다렸다. 견딜 수 없을 만큼 신경이 곤두섰다. 맥패일 박사의 연민과 분노는 그 불행한 여인이 꺼져 주기를 바라는 욕망에 의해 사그라들었다. 이제 그것은 받아들일 수밖에 없는 일이었다. 그는 그 배가 출항하는 순간에야 숨통이 트일 것 같았다. 새디 톰프슨은 총독 청사에서 일하는 직원의 호송을 받아 배에 오를 예정이었다. 월요일 저녁에 그 사람이 찾아와서 톰프슨 양에게 아침 11시까지 채비하고 있으라고 말했다. 그녀 옆에는 데이비슨이 있었다.

"모든 게 준비되도록 내가 챙기겠소. 내가 직접 여자를 데리고 배에 오르겠다는 뜻입니다."

톰프슨 양은 아무 말도 하지 않았다.

맥패일 박사는 촛불을 불어 끈 뒤 모기장 밑으로 살그머니 기어 들어가고 나서야 안도의 한숨을 내쉬었다.

"드디어 끝나게 돼서 얼마나 다행인지 몰라. 내일 이맘때쯤이면 그 여자는 가고 없겠군."

"데이비슨 부인도 기뻐할 거예요. 부인 말이, 그분이 그림자처럼 기진맥진해 가고 있다네요." 맥패일 부인이 말했다. "그 여자 완전히 딴사람이 됐어요."

"누구 말이오?"

"새디. 나라면 가능할 거라 기대하지 않았을 텐데. 참 숙연해지네요."

맥패일 박사는 대답하지 않고 금세 잠이 들었다. 너무 피곤해서 평소보다 더 깊은 잠에 빠져들었다.

아침에 그는 누군가의 손이 팔을 건드리는 느낌에 잠에서 깼다. 놀라 깨어 보니 침대 옆쪽에 혼이 보였다. 상인은 맥패일 박사가 소리를 지르지 않도록 손가락을 입에 대고는 따라오라고 손짓했다. 평소에 허름한 흰색 면포 바지를 입고 다니던 그가 지금은 맨발에 원주민들의 라바라바만 걸치고 있으니 갑자기 야만인처럼 보였다. 맥패일 박사는 침대에서 일어나면서 상인의 몸을 뒤덮은 문신을 보았다. 혼이 베란다로 나가자는 신호를 보냈다. 맥패일 박사는 침대를 벗어나 상인을 따라 밖으로 나갔다.

"소리 내지 말아요." 그가 속삭였다. "당신이 필요하니까. 외투 걸치고 신발 신어요. 빨리."

맥패일 박사는 문득 톰프슨 양에게 무슨 일이 생겼구나 하는 생각이 들었다.

"왜 그래요? 내 도구 챙길까요?"

"서둘러요, 제발, 서둘러요."

맥패일 박사는 침실로 살금살금 돌아가서 파자마 위에 방수복을 걸치고 고무창 신발을 신고는 상인에게 갔다. 그들은 함께 까치발을 딛고 계단을 내려갔다. 길가로 난 문이 열려 있었고 거기에 원주민 대여섯 명이 서 있었다.

"무슨 일이에요?"

의사가 다시 물었다.

"따라와요."

혼이 말했다.

그는 밖으로 나갔고 의사는 그를 따라갔다. 원주민들이 작은 무리를 이루어 두 사람을 뒤쫓았다. 그들은 길을 건너 해변으로 나갔다. 의사는 원주민 무리가 물가에 있는 어떤 물체를 둘러싸고 있는 것을 보았다. 그들이 20여 미터쯤 서둘러 걸어갔을 때 의사가 다가오자 원주민들이 비켜서며 길을 터 주었다. 상인이 의사를 앞으로 떠밀었다. 그는 물속에 반은 잠기고 반은 물가로 나와 누워 있는 으스스한 물체를 보았다. 데이비슨의 시체였다. 맥패일 박사는 몸을 숙이고(그는 위급한 상황에서도 허둥대지 않는 남자였다.) 시체를 뒤집었다. 한쪽 귀에서 반대쪽 귀까지 목에 자상이 나 있었고, 오른손에는 자상의 도구인 면도칼이 들려 있었다.

"몸이 상당히 차가운데." 의사가 말했다. "죽은 지 꽤 됐겠어요."

"사내아이 하나가 일하러 가는 길에 이 사람이 여기 누워 있는 걸 보고 내게 말해 줬어요. 스스로 한 짓일까요?"

"네. 누가 경찰에 알려야겠어요."

혼이 원주민 말로 뭐라 말하자 젊은이 둘이 자리를 떴다.

"경찰이 올 때까지 이 사람 여기 그냥 둬야 해요."

의사가 말했다.

"내 집에는 못 들여요. 난 그렇게 못 합니다."

"당국에서 그렇게 하라면 그렇게 해야 해요." 의사가 매섭게 대꾸했다. "내 생각에는 아마 영안실로 데려가겠지만."

그들은 그 자리에 서서 기다렸다. 상인은 라바라바 속주머니에서 담뱃갑을 꺼내 맥패일 박사에게 담배를 한 개비 주었다. 그들은 담배를 피우며 시체를 바라보았다. 맥패일 박사는 영문을 알 수가 없었다.

"왜 그랬을까요?"

혼이 물었다.

의사는 어깨를 으쓱 추어올렸다. 조금 뒤 원주민 경찰이 들 것을 든 해병을 대동하고 다가왔고, 곧바로 해군 장교 둘과 해군 군의관이 도착했다. 그들은 사무적인 태도로 모든 걸 처리했다.

"이 사람 아내는 어떡하죠?"

장교 하나가 말했다.

"당신들이 왔으니 나는 돌아가서 볼일을 좀 볼게요. 이 사람 아내에겐 날벼락 같은 일일 겁니다. 우리가 이 사람을 조금 손볼 때까지 아내에게는 보여 주지 않는 게 좋겠어요."

비

"아무래도 그래야겠죠."

해군 군의관이 말했다.

맥패일 박사가 숙소로 돌아갔을 때 그의 아내는 몸단장을 거의 끝낸 상태였다.

"데이비슨 부인이 남편 때문에 안절부절못하고 있어요." 그가 나타나자마자 그녀가 말했다. "그 사람 간밤에 침대에 들지도 않았대요. 새벽 2시에 남편이 톰프슨 양의 방에서 나와 밖으로 나가는 소리를 들었다네요. 그 사람 그때부터 지금까지 걸어 다녔다면 죽은 게 분명해요."

맥패일 박사는 아내에게, 일어난 일을 말해 주고 그 소식을 데이비슨 부인에게 전해 달라고 부탁했다.

"대체 왜 그랬을까요?"

그녀가 기겁을 하며 물었다.

"모르지."

"난 못 해요. 난 못 한다고요."

"해야 해."

그녀는 남편에게 겁먹은 표정을 짓고는 밖으로 나갔다. 그는 아내가 데이비슨 부인의 방으로 들어가는 소리를 듣고 나서 일 분쯤 마음을 다잡은 뒤 면도하고 세수를 하기 시작했다. 그리고 옷을 갖춰 입고 침대에 걸터앉아 아내를 기다렸다. 마침내 아내가 돌아왔다.

"남편을 보고 싶대요."

그녀가 말했다.

"사람들이 영안실로 데려갔어요. 그 여자를 데리고 거기 가 보는 게 좋겠소. 소식을 듣고 어떻게 반응하던가요?"

"정신이 없는 것 같아요. 울지도 않아요. 나뭇잎처럼 벌벌 떨기는 했지만."

"당장 가 보는 게 좋겠소."

그들이 방문을 두드렸을 때 데이비슨 부인이 밖으로 나왔다. 그녀는 몹시 창백했지만 눈은 말라 있었다. 의사의 눈에 그녀는 이상할 만큼 침착해 보였다. 아무 말도 오가지 않았다. 그들은 묵묵히 길을 따라 내려갔다. 영안실에 도착해서야 데이비슨 부인이 말문을 열었다.

"혼자 들어가서 보게 해 줘요."

그들은 옆으로 비켜섰다. 원주민이 그녀에게 문을 열어 주고 나서 그녀가 들어간 뒤 문을 닫았다. 그들은 앉아서 기다렸다. 백인 남자 한둘이 다가와 낮은 목소리로 그들에게 말을 걸었다. 맥패일 박사는 이 비극적인 사건에 대해 아는 대로 다시 말해 주었다. 마침내 문이 조용히 열리고 데이비슨 부인이 나왔다. 침묵이 그들을 휘감았다.

"난 그만 돌아갈래요."

그녀가 말했다.

그녀의 목소리는 매정하고 차분했다. 맥패일 박사는 그녀의 눈에 어린 눈빛을 이해할 수 없었다. 그녀의 창백한 얼굴은 몹시 냉혹했다. 그들은 천천히 걸어 돌아갔고 한마디도 하지 않았다. 그들은 숙소가 있는 굽이진 길 건너편에 도달했다. 데이비슨 부인이 숨을 훅 들이켜서 그들은 잠시 멈춰 섰다. 믿기 힘든 소리가 그들의 귀에 들려왔다. 한동안 잠잠했던 축음기가 돌아가며 래그타임을 우렁차고 거칠게 연주하고 있었다.

"저거 뭐죠?"

맥패일 부인이 기겁하며 소리쳤다.

"가 봐요."

데이비슨 부인이 말했다.

그들은 계단을 올라가 복도로 들어갔다. 톰프슨 양이 방문 옆에 서서 선원 한 사람과 이야기를 나누고 있었다. 확연히 달라진 그녀의 모습이 단번에 눈길을 끌었다. 그녀는 더 이상 지난날의 주눅 든 천덕꾸러기가 아니었다. 하얀 원피스와 윤나는 긴 부츠로 한껏 치장한 차림새였는데, 부츠 위로 긴 면양말을 신은 통통한 다리가 도드라져 보였고, 정성껏 손질해 올린 머리에는 그 화려한 꽃송이가 주렁주렁 달린 커다란 모자를 쓰고 있었다. 분칠한 얼굴, 대담한 검은색 눈썹, 진홍색 입술. 자세도 꼿꼿했다. 그녀는 그들이 처음에 알던 그 관능의 여왕이었다. 그들이 들어오자 그녀는 비웃는 웃음을 크게 터뜨리더니 데이비슨 부인이 자기도 모르게 걸음을 멈추자 입안에 침을 가득 모았다가 퉤 뱉었다. 데이비슨 부인은 움찔해 물러섰다. 순간 그녀의 뺨에 홍조 두 개가 확 번져 나갔다. 그녀는 두 손으로 얼굴을 가리며 그 자리를 피해 재빨리 위층으로 달려 올라갔다. 맥패일 박사는 분통이 터져 그 여자를 방 안으로 떠밀었다.

"대체 이게 무슨 짓이야?" 그가 소리쳤다. "저 빌어먹을 기계 좀 꺼요."

그는 축음기로 가서 레코드판을 잡아뗐다. 그녀가 그에게 대들었다.

"아니, 의사 양반, 당신도 나랑 한번 하든가. 아님 내 방에서
뭐 하시게?"

"그게 무슨 소리야?" 그가 소리쳤다. "그게 무슨 소리냐고?"

그녀가 마음을 가라앉혔다. 그녀의 표정에는 누구도 설명
하지 못할 멸시가 어려 있었다. 그녀는 참 같잖고 가증스럽다
는 투로 대꾸했다.

"당신 사내들! 이 추잡하고 더러운 돼지들! 당신들 모두 똑
같아, 당신들 모두. 돼지들! 돼지들!"

맥패일 박사는 그 말을 알아듣고 말문이 막혔다.

에드워드 버나드의 몰락

베이트먼 헌터는 잠을 통 이루지 못했다. 타히티를 출발하여 보름 동안 샌프란시스코로 항해하는 배 안에서는 할 이야기를 끊임없이 생각했고, 사흘 동안 기차를 타고 가는 동안에도 그 이야기를 할 때 쓸 표현을 몇 번이고 되뇌었다. 하지만 시카고에 도착하기 몇 시간 전에는 회의감이 그를 급습했다. 늘 예민하게 나서는 양심이 불편한 기색을 드러낸 것이다. 나는 가능한 모든 것들을 다 했던가, 그 이상의 행동을 취하는 것이 과연 명예로운 처신일까 확신이 서지 않았고, 자신의 욕심과도 대단히 밀접한 이 문제에 대해서, 기사도 정신보다 자기 욕심을 앞세운다는 생각에 마음이 불편했다. 자신을 희생하자는 생각이 워낙 간절히 발동했기 때문에 그것은 실현 불가능한 꿈에 지나지 않는다는 자각이 환멸을 불러일으켰다. 그의 심정은 가난한 사람들을 위한 주택을 짓고 보람찬 투자를 했다고 생각하는 독지가의 이타적 마음과 비슷했다. 자신을 희생해 아낌없이 베풀고, 베푼 것의 10퍼센트만 보답받는다 해도 만족할 것 같았지만, 그 만족감이 그의 선행에 남길 오점을 생각하면 착잡하기도 했다. 베이트먼 헌터는 자신의 동기가 순수하다는 것을 알았지만, 이저벨 롱스태프의 꿰뚫는 듯한 잿빛 눈을 차분히 마주하며 그녀와 이야기를 나눌 자신이 없었다. 그녀의 눈은 멀리까지 내다보고 슬기로웠다. 빈틈없고 강직한 그녀는 자기 자신에 비추어 타인을 평가했고, 자신의 까다로운 규범에 못 미치는 행동에 대해서는 차가운 침묵 이상으로 과하게 질책하지 않았다. 한번 결심하면 번복하는 법이 없었으므로 결정을 재고하는 일도 없었다. 어차피 베이트먼은 그녀에게서 다른 모습을 기대하지 않았다. 그는 그녀의 아름다운 외모를 사랑했다. 당당히 고개를 든 그녀의 날씬하고 반듯한 자태를 사랑했지만, 그녀의 영혼에 깃든 아름다움은 더욱 사랑했다. 충직함과 명예를 지키려는 굳건한 의지, 두려움 없는 세계관을 가진 그녀는 미국 여성들의 가장 영예로운 면면들이 집약된 화신 같았다. 하지만 그는 그녀에게서 미국 여성의 이상적 전형을 넘어선 뭔가를 보았고, 그녀의 탁월함은 환경에 특화한 고유성에서 나온다는 것을 느끼고는 그녀가 세상 어디에서도 찾아볼 수 없는, 오직 시카고만이 배출할 수 있는 여성임을 확신했다. 그런 그녀의 자존심에 큰 상처를 주어야 한다고 생각하니 가슴이 아팠고, 에드워드 버나드를 생각하면 분노가 치밀었다.

하지만 기차는 속절없이 증기를 내뿜으며 시카고로 들어갔다. 회색 주택들이 늘어선 긴 거리들을 보자 그는 기쁨이 샘솟았다. 스테이트 거리와 워배시 거리, 북적이는 인도, 바삐 오가는 차량들, 시끌벅적한 분위기가 생각이 나서 조급한 마음을 다스리기가 어려웠다. 그는 고향에 있었다. 미국에서 가장 중요한 도시에서 태어난 것이 기뻤다. 샌프란시스코는 고루하고 뉴욕은 무력했다. 미국의 미래는 경제 발전의 가능성에 있었고, 시카고는 위치로 보나 시민들의 활기로 보나 나라의 실질적인 수도가 될 수밖에 없었다.

"오래오래 살아서 이 도시가 세계 최대의 도시가 되는 걸 봐야겠어."

베이트먼은 플랫폼으로 내려가면서 혼잣말을 했다.

그의 아버지가 마중을 나와 있었다. 큰 키에 호리호리한 몸매, 세련되고 금욕적인 이목구비, 얇은 입술의 두 사람은 진심 어린 악수를 나눈 뒤 기차역을 빠져나갔다. 헌터 씨의 자동차가 그들을 기다리고 있었다. 그들은 차에 올라탔다. 헌터 씨는 아들이 행복하고 뿌듯한 시선으로 거리를 바라보는 것을 보았다.

"돌아와서 좋니, 아들아?"

그가 물었다.

"마침 그 생각을 하던 참이에요."

베이트먼이 말했다.

그의 눈은 끝없이 펼쳐지는 풍경을 빨아들였다.

"아무래도 자동차는 남태평양 섬보다 여기가 더 많지." 헌터 씨가 소리 내어 웃었다. "거기 좋더냐?"

"시카고가 더 좋죠, 아버지."

베이트먼이 대답했다.

"에드워드 버나드를 데려오지 않았구나."

"네."

"어떻게 지내던?"

베이트먼은 잠시 침묵을 지켰다. 그의 수려하고 섬세한 얼굴이 어두워졌다.

"당분간 그 친구에 대한 말은 아끼는 게 좋겠어요, 아버지."

그가 마침내 말했다.

"그렇게 하자꾸나, 아들아. 오늘은 네 어머니에게 행복한 날이 되겠어."

그들은 루프 지역의 북적거리는 거리를 빠져나와 호수를 끼고 달리다가 위풍당당한 주택으로 들어갔다. 몇 년 전 헌터 씨가 루아르[1]의 성을 본떠 직접 지은 집이었다. 베이트먼은 방에 혼자 있게 되자 얼른 전화번호 하나를 찾았다. 전화기에서 그 목소리를 듣는 순간 그의 가슴이 두근거렸다.

"안녕, 이저벨."

그가 쾌활하게 말했다.

"안녕, 베이트먼."

"내 목소리 어떻게 알았어?"

"마지막으로 들은 지 그리 오래되지 않았잖아. 어차피 널

---

1) 루아르 계곡의 성들이 유명한 프랑스 중부 지방.

만날 예정이기도 했고."

"언제 만날 수 있지?"

"별일 없으면 오늘 같이 저녁 먹자. 내게 전할 소식이 많겠지?"

그는 그녀의 목소리에서 두려운 기색을 느꼈다.

"맞아."

그가 대답했다.

"오늘 저녁에 말해 줘. 그럼 이만."

그녀가 전화를 끊었다. 굳이 기다리지 않아도 되는데 자신의 신상과 관련된 중요한 소식을 알기 위해서 이토록 오랜 시간을 기다릴 수 있다니 그녀다웠다. 베이트먼은 그녀의 자제력에서 존경스러운 용기를 보았다.

저녁 식사 자리에는 베이트먼과 이저벨, 그녀의 아버지와 어머니만 참석했다. 베이트먼은 그녀가 도시 생활의 소소한 일들을 화제로 대화를 이끌어 가는 것을 지켜보면서, 그녀가 길로틴의 그림자 아래 서서 다음 날 예정된 처형을 기다리는 후작 부인 같다는 생각을 했다. 그녀의 세련된 이목구비와 귀족적인 얇은 윗입술, 숱이 많은 금발 머리가 후작 부인의 분위기를 풍겼다. 잘 알려지지는 않았지만 그녀는 시카고 최고 혈통임이 분명했다. 식당은 그녀의 섬세한 아름다움에 꼭 맞는 액자였다. 베니스 대운하의 궁전을 본떠 지은 그 집은 이저벨의 의뢰를 받은 영국 전문가에 의해 루이 15세 양식으로 꾸며져 있었기 때문이다. 탐욕스러운 군주의 명성에 걸맞은 우아한 실내 장식은 그녀의 사랑스러움을 한껏 끌어올렸고, 실내 장식 또한 그것으로 인해 더욱 심오한 분위기를 띠었다. 이저벨의 풍요로운 마음과 발랄하면서도 결코 경박하지 않은 그녀의 이야기 때문이었다. 그녀는 오늘 오후 어머니와 함께 다녀온 음악회와 어느 영국 시인의 강의, 정치 상황, 얼마 전 그녀의 아버지가 뉴욕에서 5만 달러에 사들인 유명 화가의 걸작에 대해 이야기했다. 베이트먼은 그녀의 이야기를 듣고 마음의 위안을 얻었다. 문명화된 세상, 문화와 기품의 중심부로 돌아왔다는 느낌이 들면서 아무리 애써도 잠재울 수 없었던 목소리들, 머릿속에서 아우성치던 성가신 목소리들이 마침내 잠잠해진 느낌이 들었다.

"후, 그래도 시카고로 돌아오니 좋군요."

그가 말했다.

저녁 식사를 마치고 다 같이 식당을 나갈 때 이저벨은 어머니에게 말했다.

"저는 베이트먼과 제 방으로 갈게요. 둘이 나눌 이야기가 많거든요."

"그래, 딸아." 롱스태프 부인이 말했다. "난 네 아버지와 배리 백작 부인 방에 있을 테니 끝나면 오렴."

이저벨은 청년을 데리고 위층으로 올라가서 그에게는 좋은 추억들이 어린 방으로 안내했다. 너무나 친숙한 방인데도 그는 매번 터져 나오는 기쁨을 억누를 수 없었다. 그녀가 미소 띤 얼굴로 방을 둘러보았다.

"이만하면 성공한 거 같아." 그녀가 말했다. "무엇보다 제대로 갖췄다는 점에서. 재떨이 하나까지 그 시대에 맞지 않는 건 하나도 없어."

"이토록 멋지다니. 늘 그렇지만 이번에도 제대로 해냈어."

그들은 통나무 장작불 앞에 앉았고, 이저벨은 차분하고 진지한 눈빛으로 그를 쳐다보았다.

"내게 할 말이 뭐야?"

그녀가 물었다.

"무슨 말부터 꺼내야 할지 잘 모르겠다."

"에드워드 버나드는 돌아오는 거야?"

"아니."

침묵이 한참 흐른 뒤 베이트먼은 말을 이었다. 그의 한마디 한마디에는 많은 생각이 담겨 있었다. 그는 이제부터 어려운 이야기를 해야 했다. 민감한 그녀가 듣고 충격을 받을 만한 내용이었으므로 입이 떨어지지 않았지만, 진실을 있는 그대로 이야기하는 것이 그녀를 위한 올바른 처사였고 그를 위해서도 올바른 처사였다.

시작은 그와 에드워드 버나드가 함께 대학을 다니던 옛날로 거슬러 올라간다. 그들은 이저벨 롱스태프를 사교계에 선보이는 차 모임에서 그녀를 만났다. 두 사람은 껑다리 소년일 때부터 당시 꼬마 아이였던 그녀와 알고 지낸 사이였다. 그녀는 학업을 위해 유럽으로 이 년 동안 떠나 있다가 돌아온 참이었고, 그들은 반가운 마음으로 사랑스러운 아가씨가 되어 돌아온 그녀와 교제를 이어 갔다. 두 청년 모두 열렬히 그녀를 사랑하게 됐지만, 베이트먼은 그녀가 오직 에드워드만 바라보고 마음을 주었다는 것을 이내 눈치채고는 친구 역할에 만족할 수밖에 없었다. 그는 비통한 시간을 보냈지만 에드워드가 행운을 거머쥘 자격이 있음을 인정했다. 무슨 일이 있어도 소중한 우정에 금이 가는 일은 없기를 간절히 바랐고, 조금이라도 자기 감정이 드러나지 않도록 각별히 신경을 썼다. 육 개월 뒤 두 젊은이는 약혼했다. 하지만 그들은 상당히 어렸기 때문에 이저벨의 아버지는 에드워드가 졸업할 때까지는 딸을 결혼시키지 않겠다고 못 박았다. 그들은 일 년을 기다려야 했다.

베이트먼은 이저벨과 에드워드가 결혼하기로 했던 겨울의 끝자락을 떠올렸다. 그해 겨울의 무도회와 연극 공연, 허물없고 흥겨운 자리에 그는 주변인으로 빠짐없이 참석했다. 그녀는 곧 친구의 아내가 될 여자였지만, 그녀를 사랑하는 그의 마음은 식지 않았다. 자기를 향한 그녀의 미소, 명랑한 말, 당당한 애정 표현은 그에게 끝없는 기쁨이었다. 그는 두 사람의 행복을 시기하지 않고 그쯤에서 만족한 자신에게 축하를 보냈다. 그러던 중 사고가 터졌다. 대형 은행 하나가 부도나는 바람에 환전 시장에 공황 상황이 왔고, 에드워드 버나드의 아버지는 폐인이 되었다. 어느 날 밤 그는 귀가해 아내에게 무일푼이 되었다고 털어놓고는 저녁을 먹고 나서 서재에 들어가 권총으로 자살했다.

일주일 뒤 에드워드 버나드는 지치고 창백한 얼굴로 이저벨을 찾아와서 자기를 놓아달라고 부탁했다. 그녀는 그의 목에 두 팔을 감고 울음을 터뜨렸다.

"이러면 나만 더 힘들어져."

그가 말했다.

"지금 당장 당신을 떠나보내란 말이야? 난 당신을 사랑해."

"내가 어떻게 당신에게 결혼하자고 말할 수 있겠어? 모든 게 가망이 없는데. 당신 아버지가 절대 허락하지 않으실 거야. 난 빈털터리야."

"그게 뭐가 어때서? 내가 당신을 사랑한다는데."

그는 그녀에게 생각한 계획을 말했다. 당장 돈부터 벌어야 하는데 마침 집안의 오랜 친구인 조지 브라운슈미트가 일자리를 제안했다고 했다. 그는 남태평양에서 활동하는 상인으로 그쪽 군도에 대리점을 여러 개 가지고 있었다. 그가 에드워드에게 일이 년쯤 타히티에 와서 최고의 매니저 밑에서 다양한 상거래 업무를 배워 보라고 제안한 것이다. 그러면서 거기 일을 마칠 무렵에 시카고의 일자리를 마련해 주겠다고 약속했다. 그것은 좋은 기회였고, 그가 설명을 마쳤을 때 이저벨은 다시 환히 웃고 있었다.

"바보같이, 왜 그런 말을 해서 나를 비참하게 해?"

그녀의 말에 그의 얼굴은 밝아졌고 눈빛은 반짝거렸다.

"이저벨, 설마 나를 기다리겠다는 거야?"

"당신이 그만한 가치도 없는 사람이야?"

그녀가 미소를 지었다.

"아, 웃지 말고. 제발 부탁인데 진지하게 생각해 줘. 이 년이나 걸릴지도 몰라."

"그까짓 거. 사랑해, 에드워드. 당신이 돌아오면 나 당신이랑 결혼할래."

에드워드의 고용주는 늑장 부리는 걸 좋아하지 않는 남자였기 때문에 제안한 일자리를 받아들일 거면 그 주에 샌프란시스코를 떠나는 배에 오르라고 에드워드에게 말했다. 에드워드는 마지막 날 저녁을 이저벨과 보냈다. 저녁을 먹고 나서 롱스태프 씨는 할 말이 있다면서 에드워드를 데리고 흡연실로 들어갔다. 롱스태프 씨는 이미 딸한테서 딸과 에드워드의 계획을 전해 듣고 좋은 마음으로 찬성한 바 있었는데 이제 와서 무슨 밀담을 더 나눠야 하는지 에드워드는 의아했다. 그는 집 주인이 멋쩍어하는 것을 보고 여간 당황한 게 아니었다. 혼란스러웠다. 롱스태프 씨는 사소한 이야기로 변죽을 울리다가 불쑥 본론을 꺼냈다.

"자네도 아널드 잭슨의 이야기를 들었을 거야."

그가 찌푸린 얼굴로 에드워드를 쳐다보며 말했다.

에드워드는 망설였다. 모른 척하고 싶은 마음이 컸지만 정직한 천성 탓에 인정하고 말았다.

"네, 들었습니다. 하지만 워낙 오래전에 들은 이야기고 크게 신경 쓴 적도 없습니다."

"시카고 사람 중에 아널드 잭슨 이야기를 듣지 않은 사람은 많지 않지." 롱스태프 씨가 씁쓸하게 말했다. "못 들은 사람이 있다 해도 이야기를 해 줄 사람은 얼마든지 널려 있어. 그 사람이 롱스태프 부인의 오빠라는 건 아나?"

"네, 압니다."

"물론 우리야 오래전에 그와 연락이 끊어졌네. 그는 최대한 신속히 이 나라를 떠났고, 이 나라도 그의 마지막 모습을 보지 못해 아쉬운 건 없었을 거야. 우리가 알기로 그는 타히티에 살고 있어. 그와 되도록 접촉을 피하되 그에 관한 소식을 듣게 되거든 롱스태프 부인과 내게 알려 주면 고맙겠네."

"그러죠."

"할 말은 그것뿐일세. 이제 그만 숙녀들에게 가 보게."

이웃 사람들이 용인한다 해도 선뜻 용서하지 못할 짓을 저지른 일가친척 하나쯤 없는 집안이 있을까. 한두 세대가 지나 그 탈선이 낭만적인 매력으로 미화된다면 그나마 다행이지만, 장본인이 아직 살아 있고, 그의 만행이 말 그대로 용납될 수 있는 차원은 아니지만 당사자가 '남이 아닌 자기 자신을 파괴하면서' 기껏해야 술독에 빠져 살거나 애정 편력에 치중하는 안전한 경우라면, 그저 침묵하는 것이 상책이다. 롱스태프 부부가 아널드 잭슨에 대해 선택한 방법도 이것이었다. 아널드 잭슨에 관한 이야기는 일절 입에 올리지 않았고, 그가 살았던 거리는 지나가지도 않았다. 심성이 착한 롱스태프 부부는 그가 저지른 악행 때문에 그의 처자식이 고통받는 걸 두고 볼 수 없어 오랫동안 그의 가족들을 부양했지만, 그의 가족들은 그 대가로 유럽에서 살 수밖에 없었다. 그들이 아널드 잭슨을 연상시키는 것은 전부 지우려 아무리 애를 써도 그 이야기는 스캔들이 막 터져 사람들이 입을 다물지 못했을 때만큼 여전히 대중의 머릿속에 생생히 살아 있었다. 아널드 잭슨은 어느 집안에나 있는 단순한 골칫덩이가 아니었다. 부유한 은행가이자 교회 내 유명 인사였고 독지가였으며 인맥뿐 아니라(그는 시카고의 귀족 혈통이었다.) 올곧은 성품으로 모두에게 존경받았던 그는 어느 날 사기 혐의로 체포되었다. 재판정에서 밝혀진 그의 부정직한 행위는 일순간 일어난 충동으로는 도저히 설명되지 않는 고의적이고 체계적인 것이었다. 아널드 잭슨은 사기꾼이었다. 그가 칠 년 형을 받고 감옥에 갇혔을 때만 해도 그가 쉽사리 빠져나오리라고 예상한 사람은 거의 없었다.

두 연인은 마지막 날 저녁을 함께 보낸 뒤 서로에게 헌신할 것을 거듭 맹세하며 헤어졌다. 이저벨은 눈물을 흘리면서도 에드워드의 열렬한 사랑을 확신한 것에서 조금 위안을 얻었다. 이상한 감정이 그녀를 사로잡았다. 그와 헤어지는 것이 비통하면서도 그에게 사랑을 받으니 행복하기도 했다.

이 년도 훨씬 더 전의 일이었다.

이후 그는 정기적으로 그녀에게 편지를 썼다. 한 달에 한 번꼴로 부친 총 스물네 통의 편지는 연인의 편지가 갖춰야 할 모든 덕목을 갖추고 있었다. 친밀한 데다 매력적이었고, 가끔은, 특히 나중의 것은 재치가 있었다. 그리고 다정했다. 처음에는 향수병이 의심될 정도로 편지는 시카고와 이저벨에게 돌아가고 싶은 희망으로 가득했다. 이저벨은 조금 걱정이 되어 그에게 인내를 호소하는 편지를 보냈다. 그가 기회를 걷어차고 돌아오면 어쩌나 걱정이 되었던 것이다. 참을성이 부족한 애인은 원하지 않았기에 다음과 같은 구절을 인용하기도 했다.

내가 명예를 더 사랑하지 않았더라면
그대를 이토록 사랑할 수도 없었겠지요.[2]

---

2) 리처드 러블레이스(Richard Lovelace, 1618~1658)의 1649년 시 「전쟁터를 향하는 루카스타에게」.

하지만 그는 금세 안정을 찾았다. 사람들에게 잊힌 세상의 오지에 미국의 방식을 도입하려는 그의 열정이 커지는 것을 보고 이저벨은 대단히 행복했다. 하지만 그가 어떤 사람인지 알았기에 타히티에 머물러야 하는 기간이 가장 짧은 연말에 혹여 귀향하지 않도록 전심전력으로 설득했다. 그가 일을 철저히 배우기를 바라는 마음이 컸고, 일 년을 기다릴 수 있다면 일 년 더 기다리지 못할 이유가 없었다. 그녀는 한결같이 가장 너그러운 친구 베이트먼 헌터와 그 문제를 상의했다.(베이트먼이 없었다면 에드워드가 떠난 직후의 며칠을 과연 견뎌 낼 수 있었을지 그녀는 자신할 수 없다.) 그들은 에드워드의 장래가 무엇보다 우선이라는 결론을 내렸다. 시간이 흐르고 이제 그가 돌아오겠다는 의사를 더 비치지 않자 그녀는 마음을 놓았다.

"그이 참 멋져, 그치?"

그녀가 베이트먼에게 감탄했다.

"순결한 놈이지, 뼛속까지."

"그이가 보낸 편지의 행간을 읽어 보면 그이는 그곳이 싫은데 어떻게든 버티고 있어, 왜냐하면……."

그녀는 얼굴을 조금 붉혔고, 베이트먼은 대단히 매력적인 씁쓸한 미소를 지으면서 대신 말을 마쳤다.

"왜냐하면 당신을 사랑하니까."

"몸 둘 바를 모르겠네."

그녀가 말했다.

"당신은 훌륭해, 이저벨. 더할 나위 없이 훌륭해."

하지만 두 번째 해가 지나가고부터 이저벨은 매달 에드워드

90

의 편지를 받았지만, 이상한 느낌이 들기 시작했다. 돌아오겠다는 말은 한마디도 없고 도리어 타히티에 아예 눌러앉을 것처럼, 그것이 얼마든지 가능한 일인 양 써 내려간 내용이 있었기 때문이다. 그녀는 놀라서 편지들을 하나하나 몇 번씩 다시 읽어 보고는 행간에서 그간 눈치채지 못하고 흘려보냈던 변화를 감지했다. 혼란스러웠다. 후반부의 편지들은 초반처럼 다정하고 쾌활했지만 어조가 달랐다. 편지가 은근히 우스꽝스러웠다. 그녀도 여느 여자들처럼 설명할 수 없는 것들은 본능적으로 불신했다. 하지만 편지에서 확실히 경박한 기운을 느끼고 당혹감에 휩싸였다. 편지를 쓴 에드워드가 예전에 알던 그 에드워드가 맞는지 의문이었다. 타히티에서 편지가 도착한 다음 날 오후, 베이트먼은 그녀와 함께 차를 타고 가다가 말했다.

"에드워드가 언제 배를 탄다는 말 안 했어?"

"아니, 안 했어. 난 당신한테 말한 줄 알았는데."

"그런 말 없었어."

"에드워드가 어떤지 알잖아." 그녀는 웃으면서 대꾸했다. "시간관념이 없단 말이지. 다음번 편지 쓸 때 기억나면 언제 돌아올 생각인지 한번 물어봐 줘."

그녀의 태도가 워낙 담담했기 때문에 베이트먼의 예리한 직감만이 그녀의 부탁에서 절박한 바람을 감지했다. 그는 가볍게 웃음을 터뜨렸다.

"그러지. 내가 물어볼게. 그 녀석이 무슨 생각을 하는 건지 상상이 안 되네."

며칠 뒤 두 사람이 다시 만났을 때 그는 고민이 있는 눈치였다. 에드워드가 시카고를 떠난 이후 두 사람은 많은 시간을 함께 보냈다. 둘 다 에드워드에게 헌신하는 마음이었고, 멀리 있는 사람의 이야기를 하고 싶을 때마다 서로에게 말동무가 되어 주었다. 이제 이저벨은 베이트먼의 표정만 보고도 그의 마음을 읽을 수 있었기 때문에, 그는 아니라고 부인했지만 그녀의 영민한 본능을 이길 수는 없었다. 그녀는 그의 고뇌하는 표정이 에드워드와 관련이 있다고 직감하고 물러서지 않았고, 그는 솔직하게 털어놓을 수밖에 없었다.

"사실은," 그가 입을 열었다. "여러 경로를 통해 에드워드가 더 이상 브라운슈미트 상사에서 일하지 않는다는 소식을 들었어. 그리고 어제 브라운슈미트 본인과 직접 면담할 기회를 얻었지."

"그래서?"

"에드워드는 일 년 전에 거기를 그만뒀다는군."

"그래 놓고 일언반구도 없다니 이상하네!"

베이트먼은 망설였지만 이미 돌이킬 수 없다는 생각에 마저 털어놓을 수밖에 없었다. 민망하기 그지없었다.

"해고당했대."

"아니, 대체 무엇 때문에?"

"회사에서 한두 번 경고를 주다가 결국 나가라고 한 모양이야. 게으르고 무능했다는군."

"에드워드가?"

그들은 잠시 침묵했다. 그는 이저벨이 우는 것을 보고 자기도 모르게 그녀의 손을 잡았다.

"아, 이런, 울지 마, 울지 마." 그가 말했다. "차마 못 보겠어."

그녀는 감정이 너무 격해져서 그에게 잡힌 손을 그냥 두었다. 그는 그녀를 위로하려 애썼다.

"어떻게 이런 터무니없는 일이 있지? 에드워드답지 않아. 분명 오해가 있을 거야."

그녀는 잠시 아무 말도 하지 않다가 주저하며 말을 꺼냈다.

"최근에 그이 편지에서 이상한 점 없었어?"

그녀는 고개를 돌린 채 물었다. 눈물이 그렁그렁한 눈이 반짝거렸다.

그는 뭐라 대답해야 할지 난감했다.

"변한 점이 있긴 하지." 그가 인정했다. "내가 높이 인정했던 녀석의 진중함이 사라진 것 같았어. 뭐랄까, 중요한 것들도…… 그다지 중요하지 않다는 식이었어."

이저벨은 대답하지 않았다. 어렴풋이 불안한 느낌이 들었다.

"그이가 당신한테 보내는 편지에서 언제 돌아올지 얘기할지도 몰라. 우리가 할 수 있는 건 그걸 기다리는 것뿐이야."

이후 두 사람은 각자 에드워드의 편지를 받았는데, 언제 돌아오느냐는 베이트먼의 편지를 아예 못 받은 사람처럼 돌아온다는 얘기는 여전히 없었다. 다음번 편지를 기대할 수밖에 없었다. 드디어 다음 편지가 왔을 때 베이트먼은 편지를 받자마자 그것을 이저벨에게 가져갔지만, 얼굴에 난감한 기색이 역력했다. 그녀는 편지를 찬찬히 읽은 뒤 입술을 살짝 다문 채 다시 읽어 보았다.

"정말 이상한 편지네." 그녀가 말했다. "난 잘 이해를 못 하겠어."

"누가 보면 그 친구가 나를 놀린다고 생각하겠어."

베이트먼이 얼굴을 붉히며 말했다.

"그렇게 보이긴 하지만 그럴 의도는 없는 것 같아. 이건 정말이지 에드워드답지 않아."

"돌아온다는 말이 전혀 없어."

"그이의 사랑을 확신하기에 망정이지…… 이걸 어떻게 받아들여야 할지 모르겠네."

베이트먼은 그날 오후 처음 떠올린 묘안을 이야기했다. 그의 아버지가 설립했고 그가 파트너로 재직 중인 회사는 현재 다양한 종류의 자동차를 생산하고 있었는데 호놀룰루와 시드니, 웰링턴에 지사를 설립할 예정이었다. 원래 가기로 한 매니저 대신 베이트먼이 직접 그곳들을 방문한다면 돌아오는 길에 타히티에 들를 수 있을 것이다. 어차피 웰링턴부터 여행을 시작하면 타히티에 들를 수밖에 없을 테니 에드워드도 만날 수 있었다.

"납득이 되지 않으니 밝혀내야지. 그러려면 그 길밖엔 없어."

"오, 베이트먼, 당신은 어쩜 이렇게 훌륭하고 친절하지?"

그녀가 감탄했다.

"내가 세상에서 가장 원하는 건 당신의 행복이야, 이저벨."

그녀는 그를 쳐다보고는 그에게 두 손을 내밀었다.

"당신은 멋진 사람이야, 베이트먼. 세상에 당신 같은 사람이 또 있을까. 당신에게 어떻게 감사해야 할까?"

"고맙다는 인사는 됐어. 난 당신에게 힘이 되는 것으로 충분해."

그녀는 눈을 내리깔고 얼굴을 조금 붉혔다. 워낙 친밀하게 지내다 보니 잊고 있었지만 그는 사실 대단히 잘생긴 미남이었다. 에드워드 못지않은 큰 키와 탄탄한 몸에 머리는 검었고 에드워드의 붉은 피부와 달리 피부가 하얬다. 물론 그녀는 그의 마음을 알고 있었다. 그가 그녀를 사랑한다는 걸. 그녀는 그 사실에 감동했고, 그에 대해 아주 애틋한 마음을 가지고 있었다.

이것이 베이트먼 헌터가 여행을 떠나기 전의 일이었고, 지금 그는 고향에 돌아와 있었다.

일 때문에 여행이 예상보다 길어졌지만, 그 덕분에 그는 두 친구에 대해 숙고하는 시간을 가질 수 있었다. 그는 에드워드가 고국으로 돌아오지 못할 중대한 이유는 전혀 없다고 결론지었다. 혹시 사랑하는 신부를 데려오기 전에 성공해야 한다는 자존심 때문일까 싶었지만, 자존심이라는 것은 얼마든지 굽힐 수 있는 것이다. 이저벨은 불행했다. 에드워드는 시카고로 돌아와 즉시 그녀와 결혼하는 것이 마땅했다. 일자리쯤이야 '헌터 모터 트랙션 앤 오토모바일 컴퍼니'에서도 얼마든지 구할 수 있었다. 베이트먼은 가슴이 찢어졌지만 자신을 희생하여 세상에서 가장 사랑하는 두 사람을 행복하게 만든다고 생각하면 가슴이 벅차올랐다. 그는 절대 결혼하지 않을 생각이었다. 에드워드와 이저벨이 낳은 아이들의 대부가 되어 주고, 오랜 세월이 흘러 두 사람이 죽은 뒤에 이저벨의 딸에게 아주아주 먼 옛날 내가 네 어머니를 사랑했었노라 말해 줄 생각이었다. 그 장면을 상상하면 눈앞이 눈물로 부옇게 흐려지곤 했다.

그는 에드워드를 놀라게 해 주려고 그곳에 도착한다는 전보를 미리 보내지 않고 타히티에 도착했다. 그리고 호텔 주인의 아들이라는 청년을 앞세워 '호텔 드 라 플뢰르'로 향했다. 그 친구가 나를 보면, 전혀 뜻밖의 방문객이 사무실로 걸어 들어오는 걸 보면 얼마나 놀랄까 하는 생각에 큭큭 웃음이 나왔다.

"그나저나," 그는 걸어가면서 물었다. "어디를 가야 에드워드 버나드 씨를 만날 수 있지요?"

"버나드요?" 청년이 말했다. "내가 아는 이름인 것 같은데요."

"미국 남자예요. 키가 크고 연갈색 머리에 파란 눈의 남자. 여기 이 년 넘게 있었어요."

"알죠. 누군지 알아요. 잭슨 씨의 조카 말이군요."

"누구 조카라고요?"

"아널드 잭슨 씨요."

"같은 사람을 말하는 건지 잘 모르겠군요."

베이트먼은 싸늘하게 대답했다.

그는 깜짝 놀랐다. 세상 사람들이 다 아는 그 아널드 잭슨의 불명예스러운 이름을 그대로 쓰면서 여기 사는 사람이 있다니 희한한 일이었다. 하지만 베이트먼은 그자의 조카로 통하는 남자가 누구인지 짐작이 안 갔다. 롱스태프 부인은 아널드 잭슨의 유일한 누이였고 그자에게는 남자 형제가 없었다. 옆에서 걷는 청년은 외국인 억양이 섞인 영어를 유창하게 구사했다. 베이트먼은 결눈질로 청년을 보며 원주민의 피가 많이 섞인 청년이구나 생각하고는 자기도 모르게 조금 우쭐한 기색을 띠었다. 그들은 호텔에 도착했다. 객실을 배정받을 때 베이트먼은 '브라운슈미트 앤 컴퍼니'의 부지 위치를 알려 달라고 부탁했다. 그 회사는 정면에 보이는 석호 가장자리에 있었다. 여드레 동안 바다 위에 떠 있다가 단단한 땅을 밟으니 기분이 좋아서 그는 햇빛이 비치는 길을 슬슬 걸어 물가로 내려갔다. 베이트먼은 찾는 곳을 발견하고 매니저에게 명함을 전달한 뒤 천장이 높고 헛간처럼 생긴 방을 지나 상점 같기도 하고 창고 같기도 한 사무실 안으로 안내되었다. 그곳에 안경을 낀 통통한 몸집의 대머리 남자가 앉아 있었다.

"어디 가면 에드워드 버나드 씨를 만나 볼 수 있을까요? 그 사람 한동안 여기 사무실에서 일한 걸로 아는데요."

"그렇기는 한데, 지금 어디 있는지는 모르겠어요."

"하지만 그는 브라운슈미트 씨가 특별히 추천해 여기 왔어요. 저는 브라운슈미트 씨와 아주 잘 아는 사이입니다."

뚱뚱한 남자는 예리하고 의심스러운 눈초리로 베이트먼을 쳐다보았다. 그가 창고 안에 있는 사내아이들 중 하나에게 소리쳤다.

"헨리, 버나드가 지금 어디 있는지 아니?"

"캐머런 상점에서 일하고 있을걸요."

누군가 꼼짝하지 않고 목소리로만 대답했다.

뚱뚱한 남자가 고개를 끄덕였다.

"밖으로 나가서 왼쪽으로 돌아 삼 분 정도 가면 캐머런 상점이 나올 겁니다."

베이트먼은 망설였다.

"에드워드 버나드는 나의 막역한 친구라는 말을 해야겠군요. 그가 '브라운슈미트 앤 컴퍼니'를 그만두었다는 이야기를 듣고 많이 놀랐습니다."

뚱뚱한 남자의 눈이 바늘 끝처럼 좁아졌다. 베이트먼은 뜯어보는 듯한 시선이 불편해 얼굴이 붉어지는 것을 느꼈다.

"브라운슈미트 앤 컴퍼니'와 에드워드 버나드는 어떤 문제들에 대해 의견이 잘 맞지 않는 것 같은데요."

그가 대답했다.

베이트먼은 사내의 태도가 마뜩지 않아 점잖게 자리에서 일어나 귀찮게 한 것을 사과하고는 잘 있으라고 인사했다. 그리고 방금 면담한 남자가 할 말은 많은데 말을 아끼고 있다는 인상을 가지고 그곳을 떠났다. 안내받은 방향으로 걸으니 금세 캐머런 상점에 도착했다. 캐머런 상점은 오는 길에 지나친 대여섯 개의 여느 가게들과 다를 바 없는 잡화점이었다. 그가 가게 안으로 들어서면서 가장 먼저 본 사람은 셔츠 차림으로 면직물의 길이를 재고 있는 에드워드였다. 베이트먼은 보잘것없는 일을 하고 있는 그를 보고 당황했다. 하지만 에드워드는 고개를 들어 베이트먼을 발견하고는 당황한 기색 없이 반갑게 소리쳤다.

"베이트먼! 자네를 여기서 보다니, 이게 웬일인가?"

그는 카운터 너머로 팔을 쭉 내밀어 베이트먼의 손을 덥석 잡았다. 그의 태도에 주눅이 든 낌새가 전혀 없어서 민망함은 오롯이 베이트먼의 몫이었다.

"좀 기다려, 이거 포장해야 하니까."

그는 능숙한 솜씨로 가위질을 쓱쓱 하고는 그걸 접어 꾸러미로 싼 뒤 피부색이 짙은 손님에게 건넸다.

"값은 계산대에서 치르면 됩니다."

그리고 나서 그는 눈을 반짝이며 웃는 얼굴로 베이트먼에게 돌아섰다.

"여기까지 무슨 일로 행차하셨나? 와, 자네를 만나다니 정말 반갑군. 앉아, 이 친구야. 편히 있어."

"여기서는 말할 수가 없겠는걸. 내 호텔로 같이 가지. 지금은 외출할 수 없겠지?"

그는 걱정스럽게 마지막 말을 덧붙였다.

"당연히 할 수 있지 무슨 소리야. 타히티에서는 일 위주로 살지 않아." 그는 반대편 카운터 뒤에 서 있는 중국인에게 소리쳤다. "아링, 사장 오면 난 미국에서 친구가 와서 친구랑 한잔하러 나갔다고 해."

"알았어."

중국인이 환히 웃는 얼굴로 말했다.

에드워드는 외투를 걸치고 모자를 쓰고 나서 베이트먼을 데리고 가게를 나섰다. 베이트먼은 그 상황을 익살스럽게 받아넘기기로 했다.

"자네가 싸구려 면직물 3야드 반을 꾀죄죄한 흑인에게 파는 꼴을 보게 될 줄이야."

그는 웃음을 터뜨렸다.

"알다시피 브라운슈미트가 날 쫓아냈는데, 난 차라리 아주 잘됐다고 생각하고 있지."

에드워드의 솔직담백한 모습에 베이트먼은 상당히 놀랐지만 계속 그쪽을 파고드는 것은 경솔한 짓이라는 생각이 들었다.

"이런 데선 큰돈 벌긴 틀린 것 같은데."

그가 담담하게 대답했다.

"그렇긴 하지. 그래도 먹고살 만큼은 벌어. 난 이 정도로 만족해."

"이 년 전의 자네였다면 만족하지 않았을 텐데."

"나이가 들면 현명해지니까."

에드워드가 유쾌하게 응수했다.

베이트먼은 그를 슬쩍 쳐다보았다. 에드워드는 말쑥하지 않은 낡은 흰 양복에 원주민이 만든 커다란 밀짚모자 차림이었다. 예전보다 날씬하고 햇볕에 많이 탄 모습이 어느 때보다 건강해 보였다. 하지만 그의 행동거지에는 베이트먼을 묘하게 흔드는 면이 있었다. 발걸음은 전에 없이 경쾌했고 태도에서는 태평함이 흘렀다. 베이트먼은 아무래도 좋다는 태도를 비난할 마음은 없었지만, 뭐가 뭔지 도무지 종잡을 수가 없었다.

"대체 무엇 때문에 저리 신바람이 난 건지 통 모르겠네."

그는 혼잣말을 했다.

그들은 호텔에 도착해 테라스에 앉았다. 중국인 사내아이가 칵테일을 내왔다. 에드워드는 시카고 소식에 목말라 있던 차에 친구에게 질문 세례를 퍼부었다. 자연스럽고 진지하게 우러난 관심 같았다. 하지만 이상한 점은 그의 관심사가 여러 방면에 걸쳐 고루 분산돼 있다는 것이었다. 그는 베이트먼 아버지의 안부를 이저벨의 근황 못지않게 알고 싶어 했다. 그녀의 이야기를 할 때 어색한 빛은 없었지만 장래를 약속한 신붓감을 이야기하는 건지 여동생 이야기를 하는 건지 모호했다. 베이트먼이 에드워드가 하는 말의 속뜻을 해석할 틈도 없이 대화는 베이트먼의 일과 그의 아버지가 최근에 건설한 건물 이야기로 흘러갔다. 베이트먼이 대화를 이저벨 쪽으로 되돌리려고 기회를 노리는데 에드워드가 다정하게 손을 흔들었다. 한 남자가 테라스에서 그들을 향해 다가왔지만, 베이트먼은 그 남자를 등지고 있었기 때문에 그를 볼 수 없었다.

"이리 와서 앉으세요."

에드워드가 쾌활하게 말했다.

새로 등장한 사람이 다가왔다. 키가 대단히 크고 마른 남자였는데, 흰 면포 바지에 하얀 곱슬머리의 두상이 멋졌다. 얼굴 역시 갸름했고, 큰 매부리코에 입은 아름답고 감성이 풍부해 보였다.

"여긴 내 오랜 친구 베이트먼 헌터예요. 내가 전에 말씀드린 적 있죠."

에드워드가 입가에 계속 미소를 띠우며 말했다.

"만나서 반가워요, 헌터 씨. 한때 나는 부친과 아는 사이였소."

낯선 이가 손을 내밀어 젊은 남자의 손을 힘주어 다정하게 잡았다. 그제야 에드워드가 그 사람의 이름을 언급했다.

"아널드 잭슨 씨야."

베이트먼의 안색이 하얗게 되었다. 그는 자신의 두 손이 차갑게 변하는 것을 느꼈다. 이 사람은 바로 그 위조범, 그 범죄자, 이저벨의 삼촌이었다. 그는 말문이 막혀서 당황한 기색을 애써 감추었다. 아널드 잭슨은 반짝거리는 눈으로 그를 쳐다보았다.

"분명 익숙한 이름일 테지."

베이트먼은 가타부타 말하기가 곤란했다. 잭슨과 에드워드 둘 다 재밌어하는 듯 보여서 더욱 당황스러웠고, 피하고 싶은 사람을 섬에서 억지로 마주한 것도 싫은데 놀림을 당하는 것 같아 더 불쾌했다. 하지만 그가 판단을 내리자마자 잭슨이 조금도 망설이지 않고 덧붙였다.

"롱스태프 부부와 상당히 친하겠군. 메리 롱스태프가 내 누이라네."

이쯤 되니 베이트먼은 설마 아널드 잭슨이 내가 시카고 역사상 최악의 스캔들을 모를 거라 생각하는 건 아니겠지, 하는 생각이 들었다. 하지만 잭슨은 에드워드의 손에 자기 손을 얹었다.

"난 그만 일어나야겠네, 테디.[3]" 그가 말했다. "좀 바빠서. 오늘 밤 둘이 건너오게, 같이 저녁이나 먹자고."

"그거 좋겠네요."

에드워드가 말했다.

"참 친절하시군요, 잭슨 씨." 베이트먼이 냉랭하게 말했다. "하지만 저는 여기 잠시 머물 예정이고 내일 배가 떠납니다. 죄송하지만 저는 어렵겠습니다."

---

3) 에드워드의 애칭.

"아, 말도 안 돼. 내가 현지 음식을 대접하리다. 아내 요리 솜씨가 끝내주거든. 돌아가는 길은 테디가 알아봐 줄 테고. 일찍 와서 해 지는 것도 구경하게. 원한다면 잠자리도 마련해 주리다."

"당연히 가야죠." 에드워드가 말했다. "배가 들어온 날 밤에는 어김없이 호텔에서 소란이 벌어지니 방갈로에서 이야기꽃을 피우는 게 좋겠죠."

"그냥 보낼 수는 없지, 헌터 씨." 잭슨이 더없이 다정하게 말했다. "난 시카고와 메리에 관한 소식을 빠짐없이 듣고 싶어."

베이트먼이 뭔가 말을 하기 전에 그가 고개를 끄덕이더니 걸어가 버렸다.

"타히티에선 거절이란 있을 수 없어." 에드워드가 껄껄 웃었다. "자네도 이 섬 최고의 음식 맛 좀 봐야지."

"자기 아내가 최고의 요리사라니 무슨 뜻인가? 내가 알기로 저 사람 아내는 제네바에 있는데."

"그렇게 멀리 떨어져 있는데 무슨 아내인가, 안 그래?" 에드워드가 말했다. "게다가 얼굴 본 지도 아주 오래된 아내라네. 다른 아내를 말하는 거겠지."

베이트먼은 잔뜩 찌푸린 얼굴로 한동안 입을 다물었다. 하지만 고개를 들었을 때 에드워드의 즐거운 눈빛을 발견하고는 얼굴이 달아올랐다.

"아널드 잭슨은 야비한 인사야."

그가 말했다.

"심히 유감스럽지만 그렇다네."

에드워드가 웃는 얼굴로 대답했다.

"품위 있는 남자라면 그런 자와는 어울려서는 안 되지."

"난 품위 있는 남자가 아닌 듯하네."

"그 사람 자주 만나나, 에드워드?"

"응, 자주 만나. 그분이 나를 조카로 삼았어."

베이트먼은 몸을 내밀어 탐색하는 시선을 에드워드에게 고정했다.

"그 사람 좋아해?"

"아주 좋아하지."

"그자는 사기꾼에 범죄자라는 거 몰라? 여기 사람들은 모르냐고? 문명사회에서 쫓겨나 마땅한 자야."

에드워드는 고요하고 향긋한 공기 속으로 피어오르는 시가의 동그란 연기를 물끄러미 바라보았다.

"인간 말종이라고 봐야지." 마침내 그가 말했다. "아무리 좋게 생각해도 말일세, 그 만행은 본인이 아무리 뉘우쳐도 용서가 안 되는 것들이야. 그 사람은 사기꾼에 위선자야. 그건 부인할 수 없어. 나는 그 사람보다 상대의 비위를 잘 맞추는 사람은 만난 적이 없네. 나는 그 사람에게서 모든 걸 배웠어."

"그자가 자네에게 뭘 가르쳐 주었는데?"

베이트먼은 놀라 소리쳤다.

"살아가는 법."

베이트먼은 실소를 터뜨렸다.

"참 훌륭한 스승이로군. 그자의 가르침 덕분에 큰돈 벌 기회는 팽개치고 싸구려 잡화점 카운터에서 일하는 것으로 살아가는 법을 배웠다는 건가?"

"성격이 아주 좋은 분이야." 에드워드가 넉살 좋게 웃으며 말했다. "내가 무슨 말을 하는지 오늘 밤 알게 될 걸세."

"그런 뜻이라면 난 그자와 같이 식사할 생각이 없네. 그 무엇으로도 나를 그자의 집에 발걸음 하게 할 수는 없을 거야."

"나를 봐서라도 가 주게, 베이트먼. 우리 오랫동안 친구였잖나. 내가 이렇게 부탁하는데 거절하지 말게."

에드워드의 어조에는 베이트먼이 알지 못했던 생소한 면이 있었다. 그 정겨운 느낌이 대단한 설득력을 발휘했다.

"자네가 정 그렇게 말한다면, 에드워드, 가도록 하지."

그는 미소를 지었다.

베이트먼은 이참에 아널드 잭슨에 대한 정보를 얻기로 했다. 그자가 에드워드에게 큰 영향력을 행사하고 있는 것은 분명했고, 그것이 어디에서 나오는지 알아야 싸워도 싸울 것 같았다. 에드워드와 이야기를 나눌수록 친구의 달라진 면모가 확연히 느껴졌다. 발걸음에 신중을 기해야 한다는 본능이 발동했다. 그는 가야 할 길이 분명히 보일 때까지 방문의 진짜 목적을 발설하지 않기로 하고 이런저런 이야기를 시작했다. 어떻게 여행을 다녔고, 여행 중에 어떤 성과를 얻었고, 시카고의 정치는 어떻게 돌아가는지. 서로 아는 친구와 함께 보냈던 대학 시절의 이야기도 했다.

마침내 에드워드는 그만 직장으로 돌아가야 한다고 말했다. 그리고 베이트먼에게 5시에 데리러 올 테니 같이 차를 타고 아널드 잭슨의 집으로 가자고 했다.

"난 자네가 여기 호텔에서 지낼 거라 생각했어." 베이트먼은 에드워드와 함께 슬슬 정원을 빠져나가면서 말했다. "그나마 품위가 있는 곳은 여기뿐인 것 같아서 말이야."

"천만에." 에드워드가 웃음을 터뜨렸다 "나한테 이곳은 너무 으리으리해. 난 도심 외곽에 방을 하나 세 내었네. 싸고 깨끗해."

"내 기억이 맞다면, 시카고에 살 때만 해도 싸고 깨끗한 것은 자네에게 그리 중요한 점이 아니었던 것 같은데."

"시카고라!"

"그건 무슨 뜻으로 하는 소리인지 모르겠군, 에드워드. 세상에서 가장 위대한 도시 아닌가."

"알지."

에드워드가 말했다.

베이트먼은 재빨리 그를 흘끔거렸지만 얼굴만 봐서는 속을 알기 어려웠다.

"언제 돌아올 셈이야?"

"나도 가끔 그게 궁금하긴 해."

에드워드가 미소를 지었다.

그 대답에, 그 말투에 베이트먼은 휘청거렸지만, 그가 설명을 요구할 틈도 없이 에드워드가 마차를 몰고 지나가는 어떤 혼혈인에게 손을 흔들었다.

"우리 좀 태워 줘, 찰리."

그가 말했다.

에드워드는 베이트먼에게 고개를 끄덕이고 나서 마차를 쫓아 달려갔고, 마차는 전방 몇 미터 앞에 멈춰 섰다. 베이트먼은 우두커니 남겨져 어수선한 생각들을 수습했다.

에드워드는 늙은 암말이 끄는, 금방이라도 부서질 듯한 마차 안에서 그를 소리쳐 불렀다. 그들은 바닷가를 따라 난 길을 달렸다. 길 양쪽으로 코코넛 농장과 바닐라 농장이 펼쳐졌다. 가끔씩 울창한 초록빛 잎사귀 사이로 노랗고 빨갛고 보랏빛인 큼직한 망고가 보였고, 때때로 매끄럽고 파란 석호가 얼핏얼핏 보였는데, 석호 안으로 우아한 작은 섬들과 그 안에 자라난 키 큰 야자수들이 드문드문 보였다. 아널드 잭슨의 집은 작은 언덕 위에 있었고 작은 오솔길이 집을 향해 나 있었다. 그래서 그들은 마구를 풀어 암말을 나무에 묶어 놓고 마차는 길가에 세워 두었다. 베이트먼의 눈에는 온 세상이 태평하게 보였다. 하지만 집을 향해 올라가기 시작했을 때 그들은 키가 크고 잘생겼으나 어리지 않은 원주민 여자와 마주쳤다. 에드워드는 그녀와 다정하게 악수를 나눈 뒤 베이트먼을 소개했다.

"여긴 내 친구 헌터 씨예요. 여기서 같이 저녁 먹으려고요, 라비나."

"그러세요." 그녀가 재빨리 미소를 띠우며 말했다. "아널드는 아직 돌아오지 않았어요."

"우린 내려가서 수영이나 하려고요. 파레오[4] 두 개만 쓸게요."

---

4) 남태평양 섬 지역의 여성들이 허리나 가슴에 감는 하의.

여자는 고개를 끄덕이고 집 안으로 들어갔다.

"누구야?"

베이트먼이 물었다.

"오, 라비나야. 아널드의 아내."

베이트먼은 입을 꾹 다물고 아무 말도 하지 않았다. 얼마 뒤 그 여자가 꾸러미를 들고 돌아와 그것을 에드워드에게 건넸고, 두 남자는 비탈길을 내려가서 코코넛 나무들이 모여 선 바닷가로 가서 옷을 벗었다. 에드워드는 친구에게 파레오라 불리는 빨간 면직물 띠를 접어 깔끔한 수영 바지로 만드는 법을 가르쳐 주었다. 그들은 이내 따스하고 얕은 물에서 첨벙첨벙 헤엄을 쳤다. 에드워드는 신바람이 나서 소리 내어 웃고 소리치고 노래를 불렀다. 열다섯 살짜리 아이 같았다. 베이트먼의 눈에 이렇게 명랑한 그의 모습은 처음이었다. 그들은 물가에 누워 맑은 공기를 쐬며 담배를 피웠다. 베이트먼은 에드워드가 발산하는 거부할 수 없는 홀가분함을 느끼고 놀랄 수밖에 없었다.

"자네는 아주 살맛이 나는 모양이로군."

그가 말했다.

"왜 아니겠나."

그들은 가벼운 기척을 느끼고 돌아보았다. 아널드 잭슨이 그들을 향해 다가오고 있었다.

"두 젊은이를 데려가려고 내려왔네." 그가 말했다. "해수욕은 즐거웠소, 헌터 씨?"

아널드 잭슨은 깔끔한 흰 면포 바지 대신 사타구니에 파레오만 두르고 있었고 게다가 맨발이었다. 몸은 햇볕에 많이 타 갈색이었고, 길고 곱슬거리는 백발과 귀티가 흐르는 용모가 원주민 의상과 어우러져 환상적인 모양새를 만들어 냈다. 하지만 당사자는 자의식을 조금도 느끼지 않는 것 같았다.

"괜찮다면 이제 그만 올라가 보세들."

잭슨이 말했다.

"옷 좀 입고요."

베이트먼이 말했다.

"이런이런, 테디, 친구가 입을 파레오는 가져오지 않은 겐가?"

"그냥 옷을 입고 싶은가 봅니다."

에드워드가 웃는 얼굴로 말했다.

"당연한 거 아닙니까."

베이트먼은 진지한 투로 대꾸하면서 에드워드가 파레오를 두르고 일어서서 가려고 하는 걸 보며 셔츠를 마저 걸쳤다.

"신발 안 신고 걸어가기엔 길이 험하지 않을까?" 그가 에드워드에게 물었다. "길에 돌이 많던데."

"아, 난 이골이 났어."

"시내에서 돌아와 파레오를 걸치면 그렇게 편할 수가 없다네." 잭슨이 말했다. "여기 머물 거면 이 방법을 강력히 추천하네. 내가 알기로 이건 세상에서 가장 현명한 의상 중 하날세. 시원하지, 편리하지, 게다가 저렴하기도 해."

그들은 집으로 걸어 올라갔다. 잭슨은 벽에 회반죽을 바르고 천장이 없는 큰 방으로 그들을 안내했다. 탁자 위에 저녁 식사가 차려져 있었다. 베이트먼이 보니 모두 다섯 명분의 식사였다.

"에바, 이리 와서 테디의 친구한테 인사해. 칵테일도 만들어 주고." 잭슨이 소리쳤다.

그는 베이트먼을 길고 낮은 창문으로 데려갔다.

"저기 좀 보시게." 그가 극적인 몸짓을 취하며 말했다. "잘 봐."

아래쪽으로 코코넛 나무들이 석호 속으로 빨려들듯 가파르게 이어졌고, 석호는 석양빛을 받아 비둘기 가슴의 빛깔처럼 감미롭고 다채로운 빛을 띠었다. 조금 떨어진 지류에는 드문드문 흩어진 오두막들이 원주민 부락을 이루었고, 검게 보이는 카누 한 대가 낚시꾼 둘을 태우고 암초 쪽으로 흘러갔다. 그 너머로 방대하고 고요한 태평양이 펼쳐졌고, 30킬로미터 남짓 떨어진 곳에 모레아라 불리는 섬이 있었는데, 상상을 초월하는 그 아름다움은 시인의 공상이 직조한 직물처럼 꿈결 같고 비현실적이었다. 모든 것들이 어찌나 환상적인지 베이트먼은 넋 놓고 서 있었다.

"이런 건 처음 봅니다."

그가 겨우 말했다.

아널드 잭슨도 가만히 서서 앞의 풍경을 바라보았다. 그의 눈은 꿈을 꾸듯 부드러운 빛을 띠었다. 생각에 잠긴 그의 갸름한 얼굴은 몹시 진지했다. 베이트먼은 그것을 흘끔 보고는 다시금 그에 어린 강렬한 영성(靈性)을 의식했다.

"아름답군." 아널드 잭슨이 중얼거렸다. "아름다움을 직접 대면할 기회는 좀처럼 없지. 잘 봐 두시게, 헌터 씨, 지금 보는 걸 다시는 볼 수 없을 테니까. 이 순간은 덧없는 것이지만 자

네의 가슴속에 불멸의 추억으로 남을 걸세. 자네는 영원과 조
우한 거야."

그의 목소리는 그윽하면서도 낭랑했다. 그는 가장 순수한
관념론을 제시하는 듯했고, 베이트먼은 말하는 남자가 범죄
자이자 냉혹한 사기꾼임을 잊지 말자고 다짐해야 했다. 하지
만 에드워드는 무슨 소리를 들었는지 재빨리 돌아섰다.

"여긴 내 딸일세, 헌터 씨."

베이트먼은 그녀와 악수를 나누었다. 그녀는 검은 눈이 예
쁘고 웃을 때 빨간 입술이 바르르 떨리는 아가씨였다. 피부는
갈색이었고 칠흑 같은 곱슬머리가 어깨에서 찰랑거렸다. 몸에
걸친 의상은 길고 펑퍼짐한 분홍색 면직물 원피스뿐이었고, 맨
발에 향긋한 흰 화관을 쓰고 있었다. 아름다운 여인이었다.
폴리네시아의 봄을 주관하는 여신 같았다.

그녀는 조금 수줍어하는 듯했지만 더 수줍어하는 쪽은 베
이트먼이었다. 몹시 당혹스러운 상황들이 연이어 계속되는 데
다 요정 같은 사람이 셰이커를 들어 능숙한 솜씨로 칵테일 세
잔을 만드는 모습도 익숙한 광경이 아니었다.

"톡 쏘게 만들어 주렴, 아가."

잭슨이 말했다.

그녀는 잔을 채우고 나서 기쁨이 가득한 미소를 지으면서
남자들에게 잔을 건넸다. 칵테일을 만드는 솜씨라면 베이트먼
도 나름 자부심이 있었지만 한 모금 맛보고는 그 훌륭한 맛에
깜짝 놀라고 말았다. 잭슨은 손님이 자기도 모르게 감탄하는
표정을 짓자 뿌듯한 웃음을 터뜨렸다.

"나쁘지 않지? 내가 직접 가르쳤어. 옛날 시카고에서는 내 솜씨를 따라올 바텐더가 없다는 생각도 했었지. 감옥에서 딱히 할 일이 없을 때 새로운 칵테일을 고안했는데, 뭐니 뭐니 해도 드라이 마티니만 한 게 없지."

베이트먼은 누군가에게 팔꿈치를 세게 얻어맞은 것 같아서 얼굴이 벌겋게 달아올랐다가 싸늘하게 식는 느낌이었다. 그가 말문이 막혀 할 말을 생각하고 있는데 원주민 사내아이가 수프가 담긴 커다란 그릇을 가져왔고, 모두들 저녁을 먹으러 자리에 앉았다. 아널드 잭슨은 말이 나온 김에 옛날 생각이 나는지 감옥에서 보낸 날들을 이야기하기 시작했다. 해외에서 대학을 다닌 이야기를 하듯 악감정 없이 꽤나 덤덤하게 털어놓았다. 그는 베이트먼을 향해 말을 했다. 베이트먼은 혼란스럽기도 하고 당혹스럽기도 했다. 그는 자신을 유심히 쳐다보는 에드워드의 시선과 그 눈에서 반짝거리는 즐거운 눈빛을 보았다. 그 순간 잭슨이 나를 놀리고 있구나 하는 생각에 얼굴을 벌겋게 붉혔다가 하도 어처구니없어(도대체 놀림을 당하는 이유를 모르겠기에) 부아가 치밀었다. 아널드 잭슨은 뻔뻔하다는 말 외에는 표현할 길이 없는 인간이었고, 의도했든 아니든 그의 무분별한 면모는 참으로 괘씸했다. 저녁 식사는 계속되었다. 베이트먼은 날생선 등 이것저것 잡다한 것들을 먹어 보라는 권유를 받고 알지도 못하는 것들을 예의상 억지로 삼켰는데 매번 깜짝 놀랄 만큼 맛이 좋았다. 그러던 중 베이트먼에게 그날 저녁 최대의 굴욕적인 사건이 일어났다. 앞에 작은 화관이 하나 있기에 그는 대화를 이어 갈 생각으로 그것을 언급했다.

"에바가 자네를 위해 만든 화관인데," 잭슨이 말했다. "너무 부끄러워 주지 못한 모양이야."

베이트먼은 그것을 손에 들고는 아가씨에게 정중하고 간단히 고맙다는 말을 했다.

"한번 써 보세요."

그녀가 미소를 띤 얼굴을 붉히며 말했다.

"나요? 그건 좀 곤란한데요."

"이 나라의 멋들어진 풍습일세."

아널드 잭슨이 말했다.

아널드 잭슨 앞에도 화관이 하나 있었다. 그가 그것을 머리에 얹었다. 에드워드도 하나를 썼다.

"내 옷차림과 어울리지 않습니다."

베이트먼이 불편한 어조로 말했다.

"파레오 둘러 보실래요?" 에바가 얼른 말했다. "제가 얼른 가서 하나 가져올게요."

"아뇨, 난 됐습니다. 이대로 편합니다."

"두르는 법을 알려 드려요, 에바."

에드워드가 말했다.

그 순간 베이트먼은 세상에 둘도 없는 친구가 원망스러웠다. 에바는 탁자에서 일어나 깔깔대면서 화관을 그의 검은 머리에 씌웠다.

"보기 참 좋네요." 잭슨 부인이 말했다. "이분에게 잘 어울리죠, 아널드?"

"그야 물론이지."

베이트먼은 온몸의 모든 땀구멍에서 식은땀이 났다.

"날이 져서 어두운 게 안타깝죠?" 에바가 말했다. "아님 다 같이 사진을 찍었을 텐데."

베이트먼은 천만다행이라 생각했다. 푸른색 서지 양복과 하이칼라 셔츠 차림에(대단히 단정하고 점잖은 옷차림에) 이 우스꽝스러운 화관을 머리에 쓴 꼴이라면 바보처럼 보일 게 분명했다. 그는 속이 부글부글 끓었고, 이토록 상냥한 태도를 끌어내려 자제력을 총동원한 것은 처음이었다. 성자의 얼굴을 하고는 멋들어지게 하얗게 센 머리에 꽃을 달고 반나체로 식탁 상석에 앉아 있는 늙은 사내에게 분노가 치밀었다. 하는 짓마다 아주 가관이었다.

저녁 식사가 끝났다. 에바와 그녀의 어머니가 남아 식탁을 정리하는 동안 세 남자는 베란다에 앉았다. 날은 아주 포근했고 밤에 핀 흰 꽃의 향기가 감돌았다. 보름달이 구름 한 점 없는 하늘을 항해하던 중 너른 바다에 닿아 있었고, 바다는 끝이 없는 영원의 영역으로 이어졌다. 아널드 잭슨이 이야기를 시작했다. 그의 목소리는 그윽하고 감미로웠다. 그는 원주민들과 이 나라의 오랜 전설에 대해 이야기했다. 기묘한 옛이야기들, 미지의 세계로 떠난 위험천만한 탐험들, 사랑과 죽음, 증오와 복수, 머나먼 섬들을 발견한 모험가들, 그곳에 정착해서 족장의 딸과 결혼한 선원들, 그 은빛 해변에 거주하면서 다채로운 삶을 영위한 사람들. 베이트먼은 굴욕감과 분노에 휩싸여 시무룩하게 듣기만 하다가, 곧 그의 말에 홀린 듯 이야기에 도취되었다. 로맨스의 신기루가 평범한 일상의 빛을 흐려 버렸다. 그는 아널드 잭슨의 신묘한 혀를 잊었던 것일까? 어리숙한 대중을 속여 막대한 돈을 갈취했던 그 혀를? 범죄에 대한 처벌을 피해 갔던 그 혀를? 그보다 달변인 사람은 없었다. 클라이맥스에 대한 감각이 그보다 예리한 사람은 없었다. 별안간 그가 일어섰다.

"자네들 둘이 오랜만에 만났으니 회포를 풀도록 난 그만 일어나지. 자러 가고 싶으면 테디가 잠자리를 안내해 줄 걸세."

"딱히 자고 갈 생각은 없었는데요, 잭슨 씨."

베이트먼이 말했다.

"자고 가는 게 더 편할 걸세. 우리가 일찌감치 깨워 주지."

아널드 잭슨은 제의를 갖춘 주교라도 되는 양 위풍당당하게 정중히 악수를 나눈 뒤 손님을 남겨 두고 자리를 떴다.

"자네가 가겠다면 내가 파페에테5)까지 태워다 주지." 에드워드가 말했다. "하지만 난 자고 가라고 말하고 싶어. 이른 아침에 달리는 맛이 기막히다네."

몇 분 동안 두 사람은 아무 말도 하지 않았다. 베이트먼은 어떻게 대화를 시작해야 할지 궁리했다. 하루 종일 이 모든 일을 겪고 나니 어서 빨리 대화를 나누고 싶었다.

"시카고로 언제 돌아올 셈인가?"

그가 불쑥 물었다.

에드워드는 잠시 대답하지 않다가 고개를 천천히 돌려 친

---

5) 타히티섬 북서쪽 해안에 위치한 항구 도시.

구를 쳐다보더니 미소를 지었다.

"모르겠어. 돌아가지 않을지도 몰라."

"대체 그게 무슨 소리야?"

베이트먼이 소리쳤다.

"난 여기서 아주 행복해. 굳이 변화를 꾀하는 건 어리석은 짓 아니겠나?"

"이봐, 여기서 평생 살 수는 없어. 여긴 남자가 살 데가 못 돼. 죽느니만 못한 생활 아닌가. 아, 에드워드, 얼른 떠나게, 너무 늦기 전에. 난 진작부터 뭔가 잘못됐다는 느낌이 들었어. 자넨 이곳에 중독된 거야. 사악한 힘에 굴복한 거라고. 하지만 결심하면 돼. 이런 환경에서 벗어나면 모든 신들에게 감사하게 될 거야. 마약 중독자가 마약을 끊은 것처럼. 그제야 지난 이 년 동안 유독한 공기를 마시고 살았다는 걸 깨닫겠지. 고국의 신선하고 맑은 공기가 다시 자네의 폐부를 채우는 순간 얼마나 안심이 될지 상상도 못 할걸."

그는 재빨리 말을 쏟아 냈다. 흥분한 말들이 연이어 술술 나왔는데, 그의 목소리에는 진지하고 다정한 감정이 어려 있었다. 에드워드는 가슴이 뭉클해졌다.

"오랜 친구가 그렇게 신경을 써 주다니 좋구먼."

"내일 나랑 같이 떠나세, 에드워드. 여기 온 건 실수였어. 이곳에는 자네 인생이 없어."

"자네는 이런 인생 저런 인생 운운하는군. 어떻게 해야 인생을 제대로 사는 거라 생각하나?"

"거참, 그것에 대한 대답이야 둘일 수 없겠지. 자신의 의무를 이행하고 열심히 일하고 자신의 처지와 본분에 맞는 책무를 다하는 것이지 뭐겠나."

"그럼 그에 대한 대가는?"

"자신이 세상에 온 목적을 이루었다는 성취감이 그 대가겠지."

"내겐 좀 거창한 소리로 들리는군." 에드워드가 말했다. 베이트먼은 밤의 불빛 속에서 그가 웃고 있는 것을 보았다. "자네가 내가 타락했다 생각하고 딱하게 여기니 나야말로 유감일세. 삼 년 전이라면 나도 터무니없다 여겼겠지만, 지금은 그렇지 않은 것들이 몇 가지 있어."

"아널드 잭슨에게 배운 거겠지?"

베이트먼이 비웃는 투로 물었다.

"그분이 마음에 안 드나? 그것도 무리는 아니지. 나도 처음 여기 왔을 땐 그랬으니까. 자네와 똑같은 편견을 가지고 있었네. 그분은 대단히 비범한 사람이야. 자네도 봤다시피, 그분은 감옥에 있었다는 사실을 숨기지 않아. 감옥에 간 걸 후회하는 건지, 감옥에 가게 만든 범죄를 후회하는 건지 난 모르겠네. 내가 듣기로 그분이 불평한 건 감옥을 나왔을 때 나빠진 건강뿐이었어. 도무지 후회라는 걸 모르는 분 같아. 도덕관념을 완전히 초월한 사람이지. 모든 걸 받아들이고 자기 자신도 그대로 받아들인다네. 관대하고 친절한 분이야."

베이트먼이 끼어들었다.

"늘 다른 사람들의 돈에 손을 댄 사람이야."

"내가 아는 그분은 대단히 훌륭한 친구야. 내가 아는 대로 사람을 판단하는 게 부자연스러운 일인가?"

"그 결과 자네는 옳고 그름에 대한 분별을 잃게 돼."

"아니, 그건 내 마음속에 예전 그대로 선명하게 분리되어 있네. 다만 나쁜 사람과 좋은 사람 사이의 분별은 조금 흐려졌지. 아널드 잭슨은 선행을 하는 악한인가, 아니면 악행을 저지르는 선인인가? 대답하기 어려운 문제지. 어쩌면 우리는 이 사람과 저 사람 사이의 차이에 너무 치중하는 게 아닐까? 우리 중 최고의 사람도 죄인이고 최악인 사람도 성인일 수 있어. 누가 알겠나?"

"하양이 검정이고 검정이 하양이라는 논리로는 절대 나를 설득할 수 없어."

베이트먼이 말했다.

"그렇겠지, 베이트먼."

베이트먼은 동의하는 에드워드의 입술에 어째서 웃음기가 스치는지 이해할 수 없었다. 에드워드는 잠시 침묵을 지켰다.

"오늘 아침 자네를 보았을 때 말이야." 그가 말했다. "꼭 이 년 전의 나를 보는 것 같았네. 똑같은 셔츠 칼라, 똑같은 신발, 똑같은 푸른색 양복, 똑같은 활력, 똑같은 결의. 맹세코 활력이 넘쳤지. 이곳의 나른한 방식들에 좀이 쑤셨네. 여기저기 돌아다녔는데 어디를 가나 개발하고 사업을 하면 좋을 만한 것들이 널려 있었어. 손만 대면 큰돈을 벌 수 있는. 여기서 코프라를 자루에 실어 미국으로 보낸 뒤 거기서 기름을 짜다니 어이가 없었네. 그냥 여기서 한꺼번에 하는 게 훨씬 경제적이었어, 노동력도 싸고 운송비도 절약되니까. 벌써부터 섬 여기저기에 거대한 공장들이 속속 생겨나고 있었어. 그러던 중 기름을 짜는 방식이 아주 형편없어 보이길래 나는 한 시간에 240개씩 겉 껍질을 쪼개고 과육을 발라내는 기계를 개발했네. 그런데 항구가 또 너무 작은 거야. 그래서 항구를 확장할 계획을 세웠지. 토지를 매입하고, 큰 호텔 두세 개와 임시 체류자를 위한 방갈로를 건설할 계획도. 캘리포니아의 방문객을 유치하기 위해 증기선을 늘릴 복안도 가지고 있었어. 이십 년 후면 프랑스와 유사한 게으른 소도시 파페에테가 아니라, 이십 층짜리 건물과 시내 전차, 극장, 오페라 하우스, 증권 거래소, 시장을 갖춘 위대한 미국의 대도시를 보게 되리라 생각했지.”

“그렇다면 계속해야지, 에드워드.” 베이트먼이 흥분해 의자에서 벌떡 일어나며 소리쳤다. “자네에겐 포부도 능력도 있어. 아, 호주와 미합중국을 통틀어 가장 부유한 남자가 될 걸세.”

에드워드가 큭큭 웃었다.

“그런데 난 그러고 싶지가 않아.”

그가 말했다.

“돈이 싫다는 거야? 큰돈, 수백만 달러에 달하는 돈이? 그런 돈이 있으면 무얼 할 수 있는지 아나? 그것이 가져올 권력을 알아? 그것에 마음이 동하지 않는다면 자네가 할 수 있는 일을 생각해 보게. 기업을 위한 새 경로를 개척하고 수천 명에게 일자리를 제공하는 거야. 자네의 말을 들으니 그 광경들이 내 눈앞을 어지럽게 지나가는군.”

“앉게, 그럼, 베이트먼.” 에드워드가 소리 내어 웃었다. “코코넛을 자르는 내 기계는 영원히 쓰이지 않을 거야. 내가 알기로 시내 전차 역시 파페에테의 나태한 거리들을 달릴 일은 없을 걸세."

베이트먼은 의자 속으로 털썩 주저앉았다.

"자네 속을 통 모르겠어."

그가 말했다.

"그러다 조금씩 깨달음이 왔어. 이곳의 삶이 자꾸 좋아지더군, 이 편안함, 이 여유, 여기 사람들, 이들의 선한 성품과 행복하게 웃는 얼굴까지도. 생각을 하기 시작했어. 예전에는 그렇게 살아 본 적이 없었지. 책도 읽기 시작했고."

"책은 항상 읽었잖아."

"시험 때문에 읽은 거지. 대화할 때 뒤처지지 않으려 읽기도 했고. 정보를 얻기 위해 읽었고. 여기서는 즐거움을 위해 책을 읽게 되었네. 말 같은 말을 하게 되었어. 대화가 인생의 가장 큰 즐거움 중 하나라는 걸 아나? 하지만 여유가 부족해. 과거에 나는 늘 너무 바빴어. 그간 너무나 중요하게 느껴졌던 모든 삶이 점차 사소하고 저속하게 느껴지기 시작했네. 애면글면 아등바등 살면 뭐 하나? 난 지금 시카고를 생각하면 돌투성이 칙칙한 잿빛 도시와(감옥과 뭐가 다른가?) 끊임없는 소동이 떠오르네. 그 모든 활동이 결국 무엇으로 귀결되지? 거기서 삶의 진수를 끌어낼 수 있을까? 허겁지겁 사무실로 출근해서 밤이 되도록 줄창 일하다가 허겁지겁 집에 돌아와 밥을 먹고 극장에나 가는 게 우리가 세상에 온 이유인가? 내 젊음을 그런 식으로 보내야 한다고? 큰돈을 번다면 그럴 만한 가치가 있는지도 모르지. 젊음은 아주 잠깐 우리 곁을 머물다 가 버린

다네, 베이트먼. 그러다 노인이 되면 나는 무얼 기대하며 살아야 하나? 아침에 서둘러 집에서 사무실로 출근하고, 밤이 되도록 줄기차게 일하다가 다시 서둘러 귀가해 밥을 먹고 극장에나 가라고? 큰돈을 번다면 그럴 만한 가치가 있을지도 모르지만 난 모르겠네. 각자 천성에 따라 다르겠지. 하지만 큰돈을 벌지 못한다면 그래도 그럴 가치가 있는 것인가? 난 그보다는 제대로 살고 싶어, 베이트먼."

"그럼 자네는 인생의 어떤 것에 가치를 두나?"

"유감스럽게도 자네는 비웃을지 모르지만, 내게 인생의 가치란 아름다움, 참됨, 선함이야."

"시카고에서도 그렇게 살아갈 수 있지 않을까?"

"일부는 가능할 수도 있겠지만, 글쎄, 나는 못 해." 이번에는 에드워드가 벌떡 일어섰다. "과거에 내가 영위하던 삶을 생각하면 난 두려움에 휩싸인단 말이야." 그가 격렬히 소리쳤다. "내가 탈출한 그 위험을 생각하면 두려워 진저리가 쳐져. 내게 있는 줄 몰랐던 영혼을 여기서 찾았네. 만약 부유한 남자로 계속 살았더라면 난 내 영혼을 영원히 잃어버리고 말았을 거야."

"자네가 어떻게 이런 말을 하는지 난 모르겠어." 베이트먼은 화가 나서 소리쳤다. "전에도 자주 이런 이야기를 나누지 않았나."

"아무렴. 화합에 관한 농아들의 대화만큼이나 참 유의미한 대화였지. 난 절대 시카고로 돌아가지 않을 거야, 베이트먼."

"그럼 이저벨은 어쩌고?"

에드워드는 베란다 가장자리로 걸어가서 난간 너머로 몸을 내밀고 마법처럼 푸른 밤하늘을 열렬히 바라보았다. 베이트먼을 향해 돌아섰을 때 그의 얼굴에는 옅은 웃음이 어려 있었다.

"이저벨은 내게 너무 과분해. 이제껏 알았던 어떤 여자보다 나는 그녀를 존경해. 그녀는 훌륭한 지성을 가졌고 아름다운 외모만큼이나 선한 사람이지. 난 그녀의 활력을, 그녀의 야망을 존중해. 그녀는 성공을 일구기 위해 태어났어. 나는 그녀와 어울릴 만한 인간이 못 돼."

"이저벨은 그렇게 생각하지 않아."

"그럼 자네가 그렇게 말해 주게, 베이트먼."

"내가?" 베이트먼이 외쳤다. "다른 사람은 몰라도 나는 그렇게 못 해."

에드워드는 환한 달빛을 등지고 있어서 얼굴이 보이지 않았다. 설마 다시 웃고 있을까?

"그녀에게 뭔가 숨기려 하는 건 부질없는 짓이야, 베이트먼. 그녀는 그 영민한 지성으로 오 분 만에 자네 속을 훤히 꿰뚫을 거야. 그냥 있는 그대로 털어놓는 게 좋아."

"도대체 무슨 소리인지 모르겠군. 물론 난 그녀에게 자네를 만난 일을 말할 생각이야." 베이트먼은 조금 동요하며 말했다. "솔직히 그녀에게 무슨 말을 해야 할지 모르겠어."

"내가 망했다고 말해. 가난뱅이일 뿐 아니라 가난뱅이로 사는 데 만족하더라고. 게으르고 부주의해서 직장에서 해고됐다고. 오늘 밤 자네가 목격한 것과 내가 자네에게 한 말을 그녀에게 모두 말해 줘."

베이트먼은 순간 머릿속을 스친 생각 때문에 두 발을 딛고 일어서서 걷잡을 수 없이 동요하는 몸으로 에드워드를 마주했다.

"이런, 그녀와 결혼하고 싶지 않은 거야?"

에드워드가 그를 침울하게 쳐다보았다.

"그녀에게 나를 놓아달라는 말은 차마 못 하겠어. 그래도 내가 약속을 지키는 것이 그녀가 원하는 거라면 난 그녀에게 자상하고 좋은 남편이 되도록 최선을 다할 걸세."

"나더러 그녀에게 그 말을 전하라는 건가, 에드워드? 아, 난 못 해. 정말이지 끔찍하군. 그녀는 자네가 자기와 결혼하고 싶어 하지 않는다는 생각은 꿈에도 한 적이 없을 거야. 그녀는 자네를 사랑해. 나더러 그녀에게 그런 치욕을 안기란 말인가?"

에드워드가 다시 미소를 지었다.

"자네가 그녀와 결혼하는 건 어떤가, 베이트먼? 오랫동안 그녀를 사랑하지 않았나. 자네와 그녀는 서로 완벽하게 어울려. 자네는 그녀를 아주 행복하게 해 줄 거야."

"그런 말 하지 말게. 못 참겠어."

"내가 자네를 위해 물러나지, 베이트먼. 자네가 나보다 나은 남자야."

에드워드의 묘한 말투에 베이트먼은 고개를 홱 치켜들었지만 에드워드의 눈은 엄숙한 데다 웃음기가 없었다. 베이트먼은 말문이 막혔다. 당혹스러웠다. 혹시 에드워드는 내가 특별한 목적을 가지고 타히티에 온 거라 의심하는 게 아닐까. 그는 그것이 끔찍하면서도 가슴속에서 솟구치는 희열을 무시할 수 없었다.

"이저벨이 자네에게 편지를 보내 파혼을 선언한다면 자넨 어떡할 텐가?"

그가 천천히 말했다.

"살아가겠지."

에드워드가 말했다.

베이트먼은 너무 심란해서 에드워드의 대답을 잘 듣지 못했다.

"자네가 평범한 차림새였다면 좋았을걸." 그가 조금 짜증스럽게 말했다. "자네는 지금 대단히 중대한 결정을 내리고 있는 거야. 그런데 그 요란한 차림새가 그것을 별일 아닌 듯 만드는군."

"장담컨대 난 파레오와 화관 차림으로도 실크해트와 예복 차림 못지않게 진지할 수 있네."

그 순간 베이트먼은 또 다른 생각을 떠올렸다.

"에드워드, 설마 나를 생각해서 이러는 건 아니겠지? 잘은 모르겠네만, 이 일이 내 미래에 커다란 변화를 가져올지도 모르겠어. 나를 위해 자네 자신을 희생하려는 건 아니겠지? 그렇다면 난 견디지 못할 걸세."

"그건 아니야, 베이트먼, 내가 여기서 배운 것이 어리석음과 감상에 휘둘리지 않는 거라네. 자네와 이저벨이 행복하기를 바라네만, 그걸 위해 나 자신을 불행하게 만들고 싶은 생각은 조금도 없어."

그 대답에 베이트먼은 정신이 번쩍 들었다. 에드워드가 조금 냉소적으로 보였다. 숭고한 역할을 맡을 생각은 없었던 것이다.

"그 말은 여기서 인생을 낭비해도 괜찮다는 뜻인가? 그건 자살 행위나 다름없어. 우리가 대학을 졸업할 때 자네가 품었던 그 원대한 포부를 생각하면 자네가 구멍가게 점원으로 만족한다니 참 씁쓸하군."

"음, 그건 당분간 하는 일이야. 소중한 경험을 쌓는 중이지. 다른 복안이 있다네. 아널드 잭슨이 파우모타 군도에 작은 섬을 가지고 있어. 여기서 천 마일 정도 떨어진 곳이고 석호를 둘러싼 고리 모양의 땅이야. 그분은 거기에 코코넛을 심고 있는데 나한테 그 섬을 주실 거야."

"왜 그걸 자네한테 주지?"

베이트먼이 물었다.

"이저벨이 나를 놓아준다면 나는 그분의 딸과 결혼할 거야."

"자네가?" 베이트먼은 기겁했다. "혼혈인과 결혼을 하다니. 미치지 않고서야 그래선 안 돼."

"그녀는 좋은 여자야. 다정하고 상냥하지. 그녀와 함께하면 아주 행복할 거 같아."

"그 여자를 사랑하나?"

"모르겠어." 에드워드가 생각에 잠기며 대답했다. "그 여자를 이저벨을 사랑했듯이 사랑하는 건 아니야. 나는 이저벨을 숭배했어. 이저벨은 누구보다 멋진 사람이었네. 나는 이저벨의 반도 못 미치는 인간이야. 그런데 에바와는 그런 기분이 들지 않아. 에바는 거센 바람을 피해야 할 아름답고 이채로운 꽃 같지. 나는 그녀를 보호해 주고 싶어. 이저벨은 보호하고 싶은 생각이 드는 여자는 아니지. 에바는 나 자체를 사랑하지 내 가능성을 사랑하는 건 아닌 것 같아. 무슨 일이 있든 그녀를 실망시키지 않을 작정이야. 그녀는 내게 어울려."

베이트먼은 침묵했다.

"우리 아침 일찍 일어나야 해." 에드워드가 운을 뗐다. "그만 잠자리에 들자고."

그제야 베이트먼은 입을 열었다. 그의 목소리에 괴로운 기색이 역력했다.

"정말이지 난감하군. 뭐라 말해야 좋을지 모르겠어. 난 뭔가 잘못됐다는 생각에 여기 왔네. 자네가 여기 온 목적을 달성하지 못했고 실패한 것이 창피해서 돌아오지 못하는 거라 생각했지, 이런 일을 맞닥뜨릴 줄은 몰랐네. 참으로 참담하군, 에드워드. 너무 실망스러워. 난 자네가 큰일을 할 거라 기대했어. 자네가 재능과 젊음과 기회를 이리 어처구니없이 낭비한다고 생각하니 견딜 수가 없네."

"슬퍼하지 말게, 이 친구야." 에드워드가 말했다. "나는 실패하지 않았어. 지금껏 잘해 왔다네. 내가 얼마나 열렬히 삶을 희망하는지, 내게 삶이 얼마나 충만하고 얼마나 중대한 것인지 자네는 상상도 못 할 거야. 이저벨과 결혼하게 되면 가끔 내 생각이 날 거야. 나는 내 산호섬에 집을 한 채 짓고 내 나무들을 돌보면서 거기서 살아갈 걸세. 까마득한 옛날부터 이어진 예전 방식 그대로 열매를 따면서. 정원에는 별별 것들을 키우고 물고기도 잡으면서. 일은 바쁘게 지낼 만큼 많겠지만 버거울 정도로 많지는 않을 거야. 내게는 책들과 에바, 아이들이 있을 거야. 그러길 바라네. 무엇보다, 한없이 다채로운 바다와 하늘, 새벽의 신선함, 석양의 아름다움, 그리고 밤의 풍요로운 장엄함이 있을 걸세. 얼마 전까지만 해도 야생이던 곳이 내 손에 의해 정원으로 바뀔 거야. 나는 무언가를 창조할 거야. 세월은 무심히 흘러갈 테고, 나이를 먹어 노인이 되었을 때 행복하고 단순하고 평화롭게 살아온 삶을 돌이켜 보고 싶네. 소소한 방식으로도 나는 아름답게 살아갈 수 있을 거야. 그것이 너무 시시해 만족감이 없을 거라 생각하나? 알다시피, 세상 전부를 얻어도 자기 영혼을 잃는다면 그 사람에게는 이로울 게 별로 없지 않나. 나는 내 영혼을 얻었다고 생각하네.”

에드워드는 침대가 두 개 놓인 방으로 그를 데려간 뒤 한 침대에 몸을 눕혔다. 십 분 뒤 베이트먼은 아기처럼 평온하고 고른 숨소리를 듣고 에드워드가 잠이 들었음을 알 수 있었지만, 심란해서 잠을 통 이루지 못하다가 여명이 유령처럼 조용히 방 안으로 기어들 즈음 잠이 들었다.

베이트먼은 이저벨을 상대로 기나긴 이야기를 마쳤다. 그녀에게 상처가 될 만한 것이나 그 자신이 바보로 보일 만한 것을 빼고는 그녀에게 아무것도 숨기지 않았다. 억지로 머리에 화관을 쓰고 저녁 식탁에 앉았던 것이나, 그녀가 파혼을 선언하면 에드워드가 그녀의 삼촌이 낳은 혼혈 여식과 결혼하려 한다는 이야기는 하지 않았다. 하지만 그가 이야기를 할수록 눈빛은 점점 차가워지고 입술은 꼭 다무는 게 이저벨의 직감은 그가 예상한 것보다 훨씬 예리한 것 같았다. 가끔씩 그녀는 그를 유심히 쳐다보았지만, 그는 이야기에 열중하느라 그것을 알아채지 못했다.

"그 아가씨, 어떻게 생겼어?" 그가 이야기를 마쳤을 때 그녀가 물었다. "아널드 삼촌의 딸. 나랑 닮은 데가 있어?"

베이트먼은 그 질문을 듣고 깜짝 놀랐다.

"그런 생각은 한 적이 없어. 알다시피 당신 외엔 누구도 내 눈에 든 적이 없으니 누구도 당신과 닮았다고 생각할 수가 없지. 누가 당신을 닮을 수 있을까?"

"그 여자 예쁘지?"

이저벨이 그의 말에 슬며시 웃으며 물었다.

"그런 것 같아. 어떤 남자들은 매우 아름답다고 말할 만큼."

"그게 뭐가 중요하겠어. 그 여자는 더 이상 거론할 필요가 없지."

"이제 어떻게 할 거지, 이저벨?"

그가 물었다.

이저벨은 자기 손을 내려다보았다. 에드워드가 약혼할 때 준 반지를 아직 손에 끼고 있었다.

"에드워드가 우리의 약혼을 깨지 못하게 내가 말린 건, 그것이 그이에게 동력이 될 거라 생각했기 때문이야. 난 그이에게 자극이 되고 싶었어. 그이가 그이를 사랑하는 내 마음을 봐서라도 성공할 수 있을 거라고 생각한 거야. 내가 할 수 있는 건 뭐든 했는데 이젠 소용이 없게 됐어. 실상을 깨닫지 못했으니 내가 모자란 탓이야. 가엾은 에드워드, 그이의 적은 다름 아닌 그이 자신이야. 그이는 다정하고 착한 남자지만 부족한 면이 있는데, 난 그것이 패기인 것 같아. 그이가 행복하기를 바랄 뿐이야."

그녀는 손가락에서 반지를 빼내 탁자 위에 놓았다. 베이트먼은 그녀를 바라보는데 심장이 너무 빠르게 뛰어서 숨이 막힐 지경이었다.

"당신은 훌륭한 사람이야, 이저벨, 정말 훌륭해."

그녀는 미소를 짓고 일어서서 그에게 손을 내밀었다.

"당신이 나를 위해 그런 일을 해 주었으니 어떻게 감사해야 할까?" 그녀가 말했다. "나를 위해 큰일을 해 주었어. 당신은 믿어도 될 줄 알았지."

그는 그녀의 손을 잡아 꼭 쥐었다. 그녀가 이보다 더 아름다워 보인 적은 없었다.

"오, 이저벨, 당신을 위해서라면 그보다 더한 것도 할 수 있어. 그저 당신을 사랑하고 당신에게 봉사할 수 있다면 그것으로 됐어."

"당신은 정말 강인해, 베이트먼." 그녀가 한숨을 쉬었다. "덕분에 얼마나 든든한지 몰라."

"이저벨, 나 당신을 많이 좋아해."

그는 무슨 배짱이 발동했는지 알 수 없었지만 별안간 그녀를 품에 안았다. 그녀는 전혀 저항하지 않고 그의 눈을 보며 미소를 지었다.

"이저벨, 당신을 처음 본 순간부터 당신과 결혼하고 싶었어."

그가 열정적으로 외쳤다.

"그러면서 왜 말을 안 했어?"

그녀가 대꾸했다.

그녀가 나를 사랑하다니. 그 사실이 믿기지 않았다. 그녀가 사랑스럽게 그의 입술에 키스했다. 그녀를 품에 안으니 그의 눈앞에 '헌터 모터 트랙션 앤 오토모바일 컴퍼니'의 활약이 그려졌다. 규모와 위상이 나날이 자라나 수백 에이커를 차지하는 회사. 회사가 생산하는 수백만 대의 자동차들. 그가 수집하여 소장한, 뉴욕 사람들도 가진 적 없는 명화들. 뿔테 안경을 쓴 그의 모습. 그녀는 포근히 자신을 감싼 그의 품 안에서 장차 갖게 될 멋진 집이 떠올라 행복한 한숨을 내쉬었다. 그 집에 가득한 고풍스러운 가구들, 거기서 그녀가 주최할 음악회와 다과회, 교양이 넘치는 사람들이 참석하는 만찬.

"가엾은 에드워드."

그녀는 한숨을 내쉬었다.

호놀룰루

현명한 여행자는 오로지 상상만으로 여행을 한다. 어느 프랑스 노인은(그는 진짜 사부아[1] 토박이다.) 『내 방 여행하는 법』이라는 책을 썼다. 읽어 보지 않아 내용은 알 수 없으나, 그 책의 제목은 나의 상상력을 자극한다. 나는 그런 식으로 세계를 일주하곤 한다. 벽난로 위의 성상은 거대한 자작나무 숲과 하얀 돔 지붕 교회가 있는 러시아로 나를 데려간다. 볼가강은 넓고, 집들이 드문드문한 마을 변두리의 와인 술집에는 턱수염을 기른 남자들이 거칠한 양가죽 외투 차림으로 앉아 술을 마신다. 나는 나폴레옹이 처음 모스크바를 바라보았던 작은 언덕에 서서 그 도시의 광대한 풍경을 바라본다. 그리고 아

---

1) 프랑스 남동부에서 이탈리아 서북부에 이르는 지역의 옛 이름.

래로 내려가서 나의 여러 친구들보다 더 친밀하게 느껴지는 사람들을 본다. 알료샤, 브론스키 말고도 여러 명이 있다. 하지만 내 시선은 어떤 도자기로 떨어지고, 나는 중국의 알싸한 냄새를 맡는다. 어느덧 나는 비좁은 논둑길에 놓인 의자에 앉아 있거나, 나무가 울창한 산 옆을 걷고 있다. 화창한 아침, 내 짐꾼들은 유쾌하게 잡담을 나누면서 터벅터벅 걸어가고, 때때로 멀리서 사찰의 은은한 종소리가 신비롭게 들려온다. 베이징의 거리들은 각양각색의 사람들로 북적거리고, 그 거리들은 뻗어 나가 차근차근 발을 떼는 낙타의 행렬로 이어진다. 그들은 몽골의 암석 사막에서 피륙과 신기한 약품을 가져오는 중이다. 잉글랜드, 런던은 구름이 무겁고 낮게 걸려 있고 햇빛은 너무 어두워서 마음이 가라앉는 겨울철의 어느 오후인데, 창밖을 내다보면 산호섬 해변을 따라 코코넛 나무들이 빽빽이 늘어서 있다. 햇빛 아래 은빛 물가를 거닐다 보면 너무나 눈이 부셔 제대로 쳐다볼 수가 없다. 머리 위에서는 찌르레기들이 호들갑을 떨고, 파도는 끊임없이 암초에 부딪친다. 이런 여행이 최상의 여행인 것은 자기 집 난롯가에서 할 수 있는 데다 환상이 깨질 염려가 없기 때문이다.

그런데 꼭 커피에 소금을 치는 사람들이 있다. 톡 쏘는 독특하고 환상적인 맛이 난다면서. 같은 맥락에서 로맨스의 기운이 감도는 특정한 곳들이 있는데, 그런 곳에 가면 뜻밖의 진풍경을 목격하고 어쩔 수 없는 환멸감을 느끼게 된다. 애초에 아름다운 것을 기대했건만 아름다움의 차원을 넘어서서 한도 끝도 없이 복잡하다는 인상을 받는다. 이것은 한 위인의 약점이 그에 대한 존경심은 훼손할지라도 그를 더욱 흥미로운 인물로 만드는 것과 같은 이치다.

나는 아무런 기대 없이 호놀룰루와 조우했다. 그곳은 유럽에서 아주 멀리 떨어져 있었고 샌프란시스코에서 출발해도 기나긴 항해 끝에 도달할 수 있는 데다 그 이름에 온갖 기기묘묘한 것들이 연관되던 곳이라, 처음 그곳을 마주했을 때 나는 내 눈을 믿을 수가 없었다. 당시 내 마음속에 그곳에 대한 기대감이나 특정한 심상이 있었는지는 모르겠으나, 나는 내 눈으로 그곳을 목격하고는 놀라 자빠질 지경이었다. 그곳은 전형적인 서부 도시였다. 판잣집들이 석조 저택과 나란히 붙어 있었고 판유리 창문의 산뜻한 상점들 바로 옆에 황폐한 목조 가옥들이 서 있었다. 자동차들이 거리를 따라 요란하게 질주했다. 포드, 뷰익, 패커드 같은 자동차들이 길에 즐비했다. 상점에는 미국 문명이 생산한 온갖 필수품들이 가득했다. 건물 두 채를 지나면 은행이 있고, 네 채를 지나면 증기선 회사 대리점이 있었다.

거리에는 생각지도 못한 각양각색의 사람들이 가득했다. 미국인들은 날씨를 무시한 검은 외투와 풀 먹인 높은 목깃, 밀짚모자, 중절모, 중산모 차림이었다. 연갈색 피부와 곱슬머리의 카나카인들은 셔츠와 바지만 입었지만, 혼혈인들은 밑으로 넓게 퍼지는 넥타이와 인조 가죽 부츠로 멋을 부렸다. 살살 웃는 얼굴의 일본인들은 흰 면포 바지를 입은 모양이 단정하고 말쑥해 보였고, 전통 복장을 한 일본 여자들은 아기를 업고 한두 걸음 뒤처져서 걸어갔다. 밝은 색상의 외투를 입고 머리를 바짝 깎은 일본 아이들은 진기한 인형 같았다. 중국인들도 있었다. 투실투실하고 풍채 좋은 중국 남자들은 특이하게 미국인 복장을 했지만, 중국 여자들은 검은 머리를 단단히 묶어 손질한 모양이 매혹적이었다. 하도 단정해서 한 치도 흐트러짐이 없는 것 같았고, 흰색, 연파랑색 혹은 검정색 긴 원피스에 바지를 입은 모양새가 대단히 깨끗했다. 마지막으로 필리핀인들이 있었는데, 남자들은 커다란 밀짚모자를 썼고, 여자들은 과장된 퍼프소매의 연노란색 모슬린 옷을 입고 있었다.

그곳은 동양과 서양이 만나는 장소다. 가장 새로운 것이 유구한 것과 어우러진다. 기대한 로맨스를 찾지 못했다 해도 대단히 흥미로운 것들과 맞닥뜨리게 된다. 이 신기한 사람들은 각자 다른 언어와 다른 생각을 가지고 서로 뒤섞여 살아간다. 그들은 서로 다른 신을 믿고 서로 다른 가치관을 가진다. 그들이 공유하는 열정은 단 두 가지, 사랑과 배고픔이다. 그들을 가만 지켜보고 있으면 그 특별한 활력을 감지하게 된다. 공기는 대단히 온화하고 하늘은 몹시 푸르지만, 왠지 모르게 군중 속에서 고동치는 후끈한 열정 같은 것이 전해져 온다. 승강장 모퉁이에 서서 흰 지휘봉으로 교통 신호를 내리는 원주민 경찰관마저도 겉모습은 점잖아 보이지만 한 꺼풀만 들춰 보면 어둠과 미스터리가 자리하고 있다. 밤중에 느닷없이 들려오는 낮고 끈질긴 북소리에 숲의 적막이 깨질 때, 가슴이 살짝 저릿하면서 전율이 밀려오는 것은 바로 그 때문이다. 나는 그것의 정체를 모르겠다.

내가 호놀룰루의 이러한 부조리함을 숙고하는 것은, 이것이 내가 하고 싶은 이야기의 핵심이기 때문일 것이다. 내가 할 이야기는 원시적 미신에 관한 이야기인데, 모호한 면이 있기는 해도 대단히 세련된 문명 세계 안에서도 그런 종류의 일이 엄연히 존재한다는 사실이 놀랍기만 하다. 나로서는 전화와 전차, 일간 신문이 존재하는 세상 한복판에서 그런 불가사의한 일들이 일어난다는, 적어도 일어난다고 생각되는 이 현실이 믿기지 않는다. 나에게 호놀룰루를 구경시켜 준 친구 역시 똑같은 부조리함을 가지고 있었고, 그의 부조리함은 처음부터 대단히 도드라진 특성으로 내게 다가왔다.

그는 윈터라는 이름의 미국인이었다. 나는 뉴욕의 한 지인이 그의 앞으로 써 준 소개장을 가져갔다. 그는 사오십 대의 남자로, 숱이 없는 검은 머리는 관자놀이 쪽이 희끗희끗했고, 갸름한 얼굴형에 이목구비가 날카로웠다. 반짝거리는 두 눈과 커다란 뿔테 안경은 품위를 발산했지만 매력은 조금도 없었다. 키는 큰 편이었고 몸은 몹시 말라 빼빼했다. 그는 호놀룰루 태생이었는데 아버지는 상류층 출신답게 양말류를 비롯해 테니스 라켓부터 방수포까지 온갖 물건들을 판매하는 큰 가게를 운영했다. 장사가 잘되었기 때문에 윈터의 아버지는 아들이 가업을 잇지 않고 배우가 되겠다고 선언했을 때 대단히 격분했다. 충분히 짐작이 가고도 남는 일이다. 그는 무대에서 이십 년을 보냈다. 재능이 출중하지 못한 탓으로 가끔씩 뉴욕에서 활동하기도 했으나 대부분은 거리를 무대 삼아 세월을 보냈는데, 아주 바보는 아니었던 덕에 오하이오 클리블랜드에서 작은 배역을 전전하느니 호놀룰루에서 가터벨트를 파는 편이 낫겠다는 결론에 도달했다. 그는 무대를 떠나 가게 일을 시작했다. 오랫동안 힘들게 살아왔던 만큼 큰 차를 몰고 골프 코스 인근의 아름다운 집에 사는 호사를 철저히 즐겼을 것이다. 그리고 다재다능한 사람이라 틀림없이 사업체를 유능하게 잘 운영했을 것이다. 하지만 그는 예술과 완전히 절연하지 못했고, 더는 무대에 오를 수 없었으므로 그림을 그리기 시작했다. 그는 나를 자신의 작업실로 데려가 작품을 보여주었다. 그의 작품들은 형편없지는 않았지만 내가 기대한 수준에는 미치지 못했다. 그가 그린 것들은 전부 정물화와 가로세로 20×25센티미터 정도의 소품뿐이었는데, 아주 꼼꼼하게 공들여 마무리한 솜씨가 엿보였다. 정밀한 것을 선호하는 게 분명했다. 과일을 그린 그림들을 보면 기를란다요[2]의 그림 속 과일이 생각났다. 그의 참을성도 놀라웠지만 그의 솜씨에 감탄하지 않을 수 없었다. 그가 배우로서 실패한 이유는 세심한 분석 끝에 나온 그의 연기가 풋라이트를 뛰어넘어 전달될 정도로 대담하지도 폭넓지도 않았기 때문일 거라고 나는 생각한다.

그는 그 도시의 주인인 양 말하면서도 그곳을 은근히 깎아내리는 말로 소개했고, 나는 그런 그가 재미있었다. 그는 미국에서는 이곳에 견줄 만한 곳이 없다고 진심으로 믿으면서도 그런 자신의 태도가 코믹하다는 것을 분명히 인식했다. 그는

---

2) 도메니코 기를란다요(Domenico Ghirlandaio, 1449~1494). 사실적인 작품으로 유명한 이탈리아 르네상스 시대의 화가.

나를 차에 태우고 다양한 건물들을 돌아다녔고 내가 건축물에 적절한 찬사를 보낼 때마다 만족스러운지 우쭐거렸다. 그리고 내게 부자들의 집들을 보여 주었다.

"저건 스텁스가(家)의 집이에요." 그가 말했다. "건축비로 수십만 달러가 들었죠. 스텁스가는 이곳 명문가 중 하나입니다. 스텁스 어르신은 칠십 년도 더 지난 옛날에 선교사로 여기 오셨어요."

그는 조금 주저하다가 크고 동그란 안경을 통해 반짝거리는 눈으로 나를 쳐다보았다.

"이곳의 명문가는 죄다 선교사 집안입니다." 그가 말했다. "아버지나 할아버지가 이교도를 개종시킨 전력이 없으면 여기서는 대접받지 못하죠."

"그래요?"

"성경을 아십니까?"

"꽤 알죠."

내가 대답했다.

"이런 구절이 있어요. '아버지들이 신 포도를 먹었으므로 아들들의 이가 시리다.' 호놀룰루에서는 이야기가 다른 것 같습니다. 아버지들은 카나카인들에게 기독교를 전파했는데 그 자식들은 그 땅을 떠났으니까요."

"하늘은 스스로 돕는 자를 돕죠."

내가 중얼거렸다.

"물론이죠. 이 섬의 원주민들이 기독교를 수용했을 무렵 그들에겐 그것 말고는 수용할 게 아무것도 남아 있지 않았어요.

왕들은 선교사들에게 존경의 표시로 땅을 하사했고, 선교사들은 천국에 재물을 쌓는다는 명분으로 땅을 사들였죠. 투자는 성공을 거두었고요. 한 선교사는 일을 그만두고 — 나쁜 뜻에서 일이라 부르는 건 아닙니다 — 부동산 중개인이 되었지만, 그건 예외적인 경우예요. 그들이 본격적으로 경제적 측면을 추구한 건 대부분 아들 대의 일입니다. 오십 년 전 믿음을 전파하기 위해 이곳에 온 아버지를 둔 사람은 얼마나 행운아입니까."

하지만 그는 손목시계를 쳐다보았다.

"이런, 시계가 멈췄네요. 그만 칵테일이나 한잔 하라는 뜻인가 봅니다."

우리는 빨간 히비스커스가 양편으로 이어지는 멋진 도로를 빠르게 달려 도심으로 돌아왔다.

"유니언 살룬은 가 봤습니까?"

"아직요."

"그럼 가 봅시다."

나는 그곳이 호놀룰루에서 가장 유명한 명소라는 걸 알았기 때문에 몹시 궁금한 마음을 안고 안으로 들어섰다. 그곳은 킹 스트리트에 면한 비좁은 통로를 통해 들어갈 수 있는데, 통로에 술집 일꾼들이 일하는 곳들이 있어서 호기심이 많은 사람이라면 술집 내부만큼이나 그곳에도 시선을 빼앗길 만했다. 안으로 들어가니 널찍하고 네모난 방이 있었다. 출입구가 세 군데 나 있고, 방을 가로지르는 기다란 바 건너편에는 두 귀퉁이에 칸막이를 친 작은 방들이 있다. 전하는 이야기로는, 칼라

카우아 국왕[3]이 백성들의 눈을 피해 술을 마시는 곳으로 만들어진 방들이라 하는데, 까만 피부의 군주가 로버트 루이스 스티븐슨과 함께 여기 어디에 앉아 있었구나 생각하면 즐거워진다. 유화로 그린 그의 초상화가 황금빛 액자에 담겨 걸려 있다. 빅토리아 여왕의 사진도 두 점 있다. 그리고 벽에는 오래된 18세기 조각 동판화들이 걸려 있는데, 그중 하나는 어쩌다 거기까지 흘러왔는지 알 길이 없는 드 와일드[4]의 연극배우 초상화다. 이십 년도 더 지난 《더 그래픽》과 《일러스트레이티드 런던 뉴스》의 크리스마스 특별판 부록의 석판화들도 있다. 그 외에 위스키와 진, 샴페인, 맥주 광고지들, 야구 팀과 원주민 오케스트라의 사진도 있다.

나는 현대적이고 번잡한 세상을 밖의 환한 거리에 남겨 두고, 죽어 가는 세상으로 들어온 기분이었다. 그곳에는 예스러운 정취가 배어 있었다. 우중충하고 흐릿한 불빛 속에서 묘하게 신비로운 분위기가 도는 것이 암거래에 딱일 것 같았다. 냉혈한들이 목숨을 걸고 난폭한 행위들이 단조로운 삶을 수놓았던, 더 험난한 시절이 있었음을 암시했다.

내가 들어갔을 때 술집 안은 거의 차 있었다. 직장인 여러 명이 바에 모여 서서 이야기를 나누는 중이었고, 한쪽 구석에는 카나카인 둘이 술을 마시고 있었다. 점원인 듯한 남자 두세 명은 주사위를 흔들며 게임을 했다. 나머지는 화물선 선장, 일

---

3) Kalākaua(1836~1891). 하와이 왕국의 마지막 국왕.
4) 새뮤얼 드 와일드(Samuel De Wilde, 1751~1832). 배우들의 초상화를 그린 영국의 화가.

등 항해사, 기관사 등등 뱃사람 일색이었다. 바 뒤에는 흰옷 차림에 크고 투실한 몸집, 짙은 색 피부, 깨끗이 면도한 얼굴, 풍성한 곱슬머리, 크고 옅은 눈의 혼혈인 둘이 그 술집의 명물인 호놀룰루 칵테일을 부지런히 만들었다.

윈터는 거기 있는 사람들의 절반 이상은 아는 듯했다. 우리가 바 쪽으로 나아가는데 체구가 작고 뚱뚱하며 안경을 낀 남자가 혼자 서 있다가 그에게 술잔을 내밀었다.

"아니, 일행이랑 같이 왔어요, 선장."

윈터가 말했다.

그 남자가 내게 고개를 돌렸다.

"여긴 버틀러 선장이에요."

작은 사내는 내 손을 잡고 흔들었다. 우리는 이야기를 나누기 시작했지만 나는 주변으로 관심이 분산되어 그자를 눈여겨보지 않았다. 우리는 칵테일을 한 잔씩 주문하고 나서 헤어졌다. 다시 자동차에 올라타고 출발할 때 윈터가 내게 말했다.

"운 좋게 버틀러와 마주쳤군요. 그렇지 않아도 당신이 그 사람을 만나 봤으면 했거든요. 그 남자 어떻던가요?"

"별다른 생각 안 했는데요."

내가 대답했다.

"초자연적 현상을 믿습니까?"

"글쎄요, 잘 모르겠어요."

내가 미소를 지었다.

"한두 해 전 그 남자에게 정말 괴이한 일이 있었어요. 그 사람에게 그 이야기를 꼭 들어 보세요."

"무슨 일인데요?"

윈터는 내 질문에 대답하지 않았다.

"내가 설명할 수는 없어요." 그가 말했다. "그것이 사실이라는 건 의심할 바 없지만요. 그런 것들에 관심이 있습니까?"

"그런 것들요?"

"주술과 마법 같은 것들 말입니다."

"난 그런 것들에 관심이 없는 사람을 본 적이 없는데요."

윈터가 잠시 머뭇거렸다.

"내가 이야기하기는 곤란해요. 그 사람의 입으로 직접 들어야 판단이 설 겁니다. 오늘 밤 자리를 마련할까 하는데 시간 어떠세요?"

"마침 특별한 일은 없습니다."

"그에게 연락해서 우리가 배로 찾아가도 되는지 알아보죠."

윈터는 그에 관한 이야기를 몇 가지 해 주었다. 버틀러 선장은 태평양에서 평생을 보낸 사람이었다. 왕년에는 지금보다 형편이 훨씬 좋았다고 했다. 일등 항해사를 거쳐 캘리포니아 해변을 오가는 여객선의 선장을 지낼 정도였다. 하지만 그의 배는 난파했고 그 와중에 승객들이 여럿 익사하고 말았다.

"술 때문이었겠죠."

윈터가 말했다.

물론 사고에 대한 조사가 이루어졌다. 그는 자격증을 박탈당하고 먼 타향을 떠돌았다. 몇 년간 남태평양을 여기저기 전전했지만 지금은 호놀룰루와 군도 내 여러 섬을 오가는 작은 범선의 선장으로 일하고 있었다. 배의 주인은 중국인인데, 선주는 자기 배의 선장이 무자격자라는 사실을 알고 그를 싼값에 부려 먹었다. 백인을 선장으로 쓰면 항상 이익이었다.

나는 그 이야기를 듣고 기억을 더듬어 그의 생김새를 떠올려 보았다. 동그란 안경과 그 뒤의 동그랗고 파란 눈이 떠오르면서 그의 모습이 점차 눈앞에 그려졌다. 어디 하나 모난 구석 없이 살집이 두둑하고 체구가 작은 남자였다. 보름달처럼 동그란 얼굴, 작은 방울코, 짧은 금발, 붉은빛이 도는 깨끗이 면도한 얼굴. 손도 통통해서 손가락 마디가 옴폭옴폭했고, 다리도 짧고 투실투실했다. 성격은 마냥 유쾌해서 그 비극적인 사고를 겪고도 그늘 한 점 없는 듯했다. 나이는 서른네댓 살쯤 되었을 텐데 그보다 훨씬 젊어 보였다. 아까는 그를 보는 둥 마는 둥 했지만, 그런 사달을 겪고 신세를 그르친 그의 사연을 알게 된 이상 다시 만나면 그를 유심히 살펴보기로 했다. 다양한 사람들의 다양한 감정적 반응을 관찰하는 것은 대단히 흥미로운 일이다. 어떤 이들은 참혹한 전투를 치르고도, 눈앞에서 죽음의 공포와 상상을 초월하는 두려움을 겪고도 자신의 영혼을 무사히 지켜 내는가 하면, 어떤 이들은 적막한 바다 위에 뜬 달의 떨림이나 잡목 숲에서 들려오는 새소리에도 격렬한 발작을 일으켜 완전히 다른 사람이 되기도 한다. 강함과 약함의 문제일까? 아니면 상상력의 부재나 인격의 불안정성 때문일까? 잘 모르겠다. 나는 익사하는 소리와 겁먹은 비명이 빗발치는 난파의 현장, 이후 일어난 힘겨운 진상 조사, 망자를 그리는 이들의 비통한 심정, 자신을 비난하는 신문 기사를 읽어야 했던 그의 괴로움, 그 수치심과 불명예를 상상하고는, 하와이 여자들과 홍등가 이웰레이, 자신의 성공적인 모험담을 솔직하고 꾸밈없는 태도로 사내아이처럼 떠들던 버틀러 선장이 기억나 충격을 받았다. 그는 툭하면 웃음을 터뜨렸다. 누가 보았다면 오늘만 웃고 다시는 웃지 않을 셈인가 싶었을 것이다. 그의 반짝거리는 하얀 치아도 기억났다. 치아는 그의 외모 중 가장 멋진 부위였다. 나는 그에게 관심이 생기기 시작했다. 그와 그의 명랑하고 태평한 모습을 생각하니, 특별하다는 그의 이야기도, 그것을 들으러 그를 다시 만나러 간다는 사실도 잊혔다. 그가 어떤 사람인지 더 알고 싶었고 그래서 그를 만나고 싶었다.

윈터가 필요한 약속을 잡았고, 우리는 저녁을 먹고 나서 부둣가로 내려갔다. 범선의 보트가 대기 중이었고, 우리는 노를 저어 바다로 나아갔다. 범선은 방파제에서 멀지 않은 항구 맞은편에 닻을 내리고 있었다. 우리는 옆쪽으로 다가갔다. 우쿨렐레 소리가 들려왔다. 우리는 사다리를 타고 배에 올랐다.

"그 사람은 선실에 있을 겁니다."

윈터가 길을 안내하며 말했다.

그곳은 눅눅하고 지저분한 작은 선실이었다. 탁자 하나가 옆쪽 벽에 붙여져 있었고, 널찍한 장의자는 이런 범선으로 여행을 할 만큼 무분별한 승객들이 자는 침상이 분명했다. 석유등 하나가 희미한 불빛을 던졌다. 우쿨렐레는 원주민 여자가 연주하고 있었고, 버틀러는 여자의 어깨에 머리를 기대고 한 팔을 그녀의 허리에 두른 채 눕다시피 자리에 늘어져 있었다.

"방해한 건 아닌지 모르겠네요, 선장님."

윈터가 농담조로 말했다.

"어서들 와요." 버틀러는 그렇게 말하면서 일어나 우리와 악수를 나누었다. "뭐 드시겠소?"

포근한 밤이었다. 열린 문으로 하늘에 박힌 무수한 별들과 아직 푸른빛을 띤 하늘이 보였다. 버틀러 선장은 투실투실하고 하얀 팔이 드러난 민소매 속셔츠와 믿을 수 없을 정도로 꼬질꼬질한 바지 차림이었다. 발은 맨발이었지만 곱슬머리에는 형태가 거의 무너진 아주 낡은 펠트 모자를 쓰고 있었다.

"여긴 내 여자. 복숭아처럼 탐스럽죠?"

우리는 대단히 아리따운 여인과 악수를 나누었다. 그녀는 선장보다 훨씬 키가 컸고, 지난 세대 선교사들이 품위를 지킨다는 명분하에 원주민들에게 억지로 입혔던 평퍼짐하고 긴 원피스조차도 가리지 못할 정도로 몸이 아름다웠다. 세월이 그녀에게 비만의 짐을 조금은 지울 수도 있겠지만, 아직까지는 우아하고 기민했다. 갈색 피부는 곱고 투명했고 눈은 수려했다. 땋아서 머리 주변에 틀어 올린 두툼한 검은 머리채는 풍성하고 윤기가 흘렀다. 웃으면서 인사할 때 그녀의 작고 고른 흰 치아가 드러났다. 그녀는 매력의 화신이었다. 누가 봐도 선장은 그녀를 미치도록 사랑하고 있었다. 그녀에게서 좀처럼 눈을 떼지 못했고, 항상 그녀를 만지고 싶어 했다. 그것은 쉽게 수긍이 가는 바였으나, 내가 의아했던 것은 그 여자도 분명 그를 사랑하고 있다는 사실이었다. 그녀의 눈에는 부인할 수 없는 빛이 반짝거렸고, 살짝 벌어진 입술은 욕망이 담긴 한숨을 내쉬는 듯했다. 짜릿한, 심지어 가슴이 뭉클해지는 광경이어서 나는 그 분위기에 조금 동화될 수밖에 없었다. 사랑에 취한 커플에게 뜬금없는 낯선 사람이라니? 윈터가 나를 데려오지 말았어야 했다는 유감스러운 생각이 들었다. 우중충한 선실이 달라 보였고 열정을 분출하기에 더할 나위 없이 좋은 장소 같았다. 나는 선박들이 즐비한 호놀룰루 항구와 별이 총총한 광대한 하늘 아래 세상과 떨어져 있는 이 범선을 영원히 잊지 못할 거라는 생각이 들었다. 이 연인들이 함께 배를 타고 밤중에 텅 빈 태평양을 건너 초록빛 둥근 섬들을 오가는 상상을 하니 즐거웠다. 로맨스를 품은 산들바람이 살며시 내 뺨을 간지럽혔다.

하지만 버틀러는 로맨스와 어울리는 구석이라고는 눈을 씻고 찾아봐도 없는 남자였으므로, 대체 그의 어떤 점이 사랑의 불을 지피는 것인지 납득이 되지 않았다. 지금 차림새로는 아까보다 더 투실투실해 보였고, 안 그래도 동그란 얼굴은 동그란 안경 때문에 영락없는 아기 천사로 보였다. 그는 망가진 목사보를 연상시켰다. 그가 하는 말에는 구시대적인 미국 우선주의가 곳곳에 배어 있었지만 그것을 그대로 전하는 것은 고역스러운 일이므로, 생동감이 조금 떨어지더라도 그가 한 말을 내 방식대로 서술할 생각이다. 더욱이 그는 심성은 착하나 욕설을 빼면 한마디도 못하는 사람인지라, 그의 말은 체면을 차리는 사람들의 귀에는 거슬려도 글로 읽으면 그럭저럭 투박스럽게 느껴질 것이다. 그는 잘 웃는 유쾌한 남자인데, 아마도 그것이 그의 성공적인 밀애에 적잖은 기여를 하는 것으로 보인다. 여자들은 대부분 얄팍한 종족이라 사뭇 여자를 진지하게 대하는 남자는 지루해 못 견디면서 자기를 웃게 만드는 어릿광대는 거부하지 못한다. 그들의 유머 감각은 미숙하다. 에페수스 신전의 다이애나 여신은 모자를 깔고 앉은 딸기코 코미디언에게 항시 반할 준비가 되어 있다. 그런 면에서 보면 버틀러 선장에겐 매력이 있었다. 난파선에 대한 참혹한 이야기를 알지 못했더라면 나는 그를 평생 고생 같은 건 모르고 산 사람으로 오해했을 것이다.

우리가 배에 올랐을 때 우리의 주인장이 벨을 울렸기 때문에 중국인 요리사가 유리잔과 소다수를 몇 병 가져왔다. 위스키와 선장의 빈 유리잔은 이미 탁자 위에 놓여 있었다. 나는 그 중국인을 보고 상당히 놀라고 말았다. 태어나 그렇게 못생긴 남자는 처음 보았기 때문이다. 키는 아주 작은데 체구는 딱 바라지고 다리를 심하게 저는 사내였다. 원래 하얀색이었을 것으로 짐작되는 더러운 바지와 러닝셔츠 바람이었고, 부스스하고 뻣뻣한 반백의 머리 위에 낡은 트위드 사냥 모자가 얹혀 있었다. 중국인이니 이질적인 느낌은 어쩔 수 없다 해도 그의 외모는 가히 충격적이었다. 너부죽하고 네모난 얼굴이 강철 주먹으로 얻어맞은 것처럼 대단히 평평한 데다 곰보 자국이 푹푹 패어 있었다. 하지만 가장 혐오스러운 것은 수술을 하지 않아 도드라진 언청이 입술이었다. 윗입술이 비뚜름히 코까지 갈라져 있었고, 갈라진 틈 사이로 크고 노란 송곳니가 보였다. 흉측했다. 그는 입꼬리 쪽에 담배를 꼬나물고 들어왔는데, 그것이 왠지 모르게 사악한 인상을 풍겼다.

그가 위스키를 따르고 소다수 병을 땄다.

"가득 따르지 마, 존."

선장이 말했다.

그는 말없이 우리에게 유리잔을 하나씩 건네주고는 밖으로 나갔다.

"우리 칭크[5]를 보던데요."

버틀러가 통통하고 번들번들한 얼굴에 환한 미소를 머금고 말했다.

"컴컴한 밤에 마주치고 싶지 않은 사람이군요."

내가 말했다.

"못생긴 놈이죠." 선장이 말했다. 왠지 모르게 그의 말투에서 강한 만족감이 느껴졌다. "하지만 장점이 하나 있어요. 그 놈을 보고 나면 도저히 한잔 안 할 수가 없다는 거죠."

하지만 내 시선은 탁자 위 벽에 걸린 조롱박에 가 닿았다. 나는 그것을 보려고 일어섰다. 예전에 골동품을 하나 사려고 알아본 적이 있었는데, 그때 박물관에서 본 소장품 외에 이것처럼 훌륭한 것은 본 적이 없었다.

"여기 섬의 족장이 준 겁니다." 선장이 나를 바라보며 말했다. "내가 호의를 베풀었으니 자기도 나한테 좋은 걸 주고 싶다면서."

"정말 그랬나 봅니다."

내가 대답했다.

나는 버틀러 선장에게서 이것을 얻을 방법이 없을까 궁리

_____

5) 중국인을 낮잡아 부르는 말.

했다. 그가 저런 물건을 아끼다니 의외라는 생각을 하는데, 그
가 내 생각을 읽었는지 말했다.

"만 달러를 준다고 해도 저건 안 팝니다."

"그럼요." 윈터가 말했다. "저걸 팔면 그건 범죄죠."

"왜요?"

내가 물었다.

"저것이 그 이야기와 관련이 있어요." 윈터가 대답했다. "그
렇죠, 선장님?"

"물론이죠."

"어디 들어 봅시다."

"아직 밤이 무르익지 않았어요."

그가 대답했다.

밤이 완전히 무르익고 나서야 그는 내 호기심을 채워 주었
다. 버틀러 선장이 오래전에 샌프란시스코에서 겪은 일과 남
태평양에서 겪은 일을 이야기하는 동안 모두들 위스키를 마
셔 거나하게 취해 있었다. 여자는 자리에 웅크리고 누워 잠이
들었다. 얼굴은 갈색 팔 위에 얹혀 있었고, 숨을 쉴 때마다 가
슴이 오르락내리락했다. 잠이 든 그녀는 시무룩해 보였지만
지독하게 아름다웠다.

그는 낡고 허름한 범선에 화물을 싣고 돌아다니던 군도의
어느 섬에서 그녀를 만났다. 카나카인들은 일하는 걸 그다지
좋아하지 않고 근면한 중국인들과 약삭빠른 일본인들은 장
사를 그만둔 곳이었다. 그녀의 아버지는 소유한 조그만 땅에
토란과 바나나를 재배하고 보트를 타고 나가 낚시를 했다. 그

는 범선의 항해사와 먼 친척뻘이었고, 버틀러 선장에게 저녁 나절 한가하게 보낼 곳으로 낡고 작은 목재 가옥을 소개했다. 그들은 위스키 한 병과 우쿨렐레를 가지고 그곳에 갔다. 선장은 숫기 없는 사내가 아니었다. 그는 예쁜 여자를 보고 구애했고, 원주민 말을 유창하게 구사해 그녀의 수줍음을 이겨 낼 수 있었다. 그날 저녁 그들은 노래하고 춤을 추었다. 자리가 파할 때쯤 그녀는 그의 옆에 앉아 있었고 그는 그녀의 허리에 팔을 감고 있었다. 공교롭게도 그들은 발이 묶여 그 섬에서 며칠을 더 보내게 되었는데, 어떤 경우에도 서두르는 법이 없는 선장은 굳이 체류 기간을 줄이려 하지 않았다. 그 아늑한 항구에 있으니 마냥 즐거웠고 인생은 길었다. 아침이면 배 주위에서 수영을 하고 저녁이 되면 다시 수영을 했다. 부둣가에 뱃사람들이 위스키를 마시는 선구점(船具店)이 있었다. 그는 낮에 거기서 혼혈인 주인장과 크리비지[6] 게임을 하면서 시간을 죽였다. 밤이 되면 항해사와 함께 그 아리따운 여자가 사는 집으로 올라가서 다 같이 노래를 한두 곡 부른 뒤 이야기꽃을 피웠다. 그에게 그녀를 데리고 가라고 제안한 것은 그녀의 아버지였다. 그들은 화기애애한 분위기에서 그 문제를 의논했고, 그동안 여자는 그의 품에 파고들면서 두 손의 압박과 달콤한 눈웃음으로 그를 재촉했다. 그는 이미 그녀에게 빠져 있었고 가정적인 성격이기도 했다. 바다에 나가 있을 때면 종종 따분할 때가 있어서 그 낡은 배에 그렇게 어여쁘고 어린 사람

---

6) 점수로 승부를 가리는 2인용 카드놀이.

이 있다면 정말 즐거울 것 같았다. 또한 그는 실속을 따지는 남자라, 누군가 그의 양말을 꿰매고 속옷을 챙겨 준다면 편할 거라는 생각도 했다. 모든 걸 망가뜨리는 칭크에게 빨래를 맡기는 것도 이제 지겨웠다. 빨래는 원주민들이 훨씬 잘했다. 선장은 때때로 호놀룰루의 뭍에 올라 멋진 면포 양복을 새로 빼입었다. 문제는 여자를 데려오는 비용을 어떻게 마련하느냐였다. 여자의 아버지는 250달러를 요구했고, 검소함을 모르는 선장은 그런 거금을 마련할 길이 없었다. 하지만 본디 후한 성격인 데다 여자가 보드라운 얼굴을 비벼 대는 상황이다 보니 가격을 깎을 마음이 나지 않았다. 그는 당장은 150달러를 주고 세 달 뒤 100달러를 마저 주겠다고 제안했다. 논쟁이 이어지다가 그날 밤 양측은 합의에 이르지 못했다. 선장은 평소와 달리 단잠을 이루지 못했다. 그 사랑스러운 여자의 꿈을 계속 꾸다가 그녀의 보드랍고 관능적인 입술의 감촉을 느끼면서 잠에서 깼다. 그날 아침 그는 자책감에 욕설을 지껄였다. 지난번 호놀룰루에 갔을 때 밤새 포커를 하다가 돈을 잃은 탓에 현금이 모자랐던 것이기 때문이다. 간밤에 그녀에게 반해 있었다면 그날 아침에는 그녀에게 미쳐 있었다.

"이봐, 버내너스." 선장은 항해사에게 말했다. "난 그 여자를 가져야겠어. 가서 영감에게 오늘 밤 내가 돈을 가져갈 테니 여자를 채비시키라고 해. 우리는 새벽에 출항할 거니까 준비하고."

그 항해사가 어쩌다가 그런 기괴한 이름을 갖게 됐는지는 모르겠다. 그의 성(姓)은 휠러였는데 성은 영국인의 것일지언정 백인의 피는 한 방울도 섞이지 않은 자였다. 키가 크고 조금 통통하기는 해도 늘씬한 편이었지만, 보통 하와이 사람보다 피부색이 훨씬 어두웠다. 젊은 나이는 아니었고 부스스하고 숱 많은 곱슬머리는 희끗희끗 세어 있었다. 도금한 위쪽 대문니는 그의 자랑거리였다. 심한 사팔뜨기라 기괴한 느낌을 풍겼다. 농담을 좋아하는 선장은 그의 약점을 가차 없이 놀려 대며 익살을 떨었다. 항해사가 그것에 예민하다는 것을 알았기 때문이다. 버내너스는 대부분의 원주민과 달리 무뚝뚝한 남자였지만, 버틀러 선장은 그가 싫지 않았다. 그처럼 선량한 성품의 사람이 누군가를 미워할 수는 없었다. 그는 바다에 나갈 때 누군가가 옆에서 말동무가 되어 주기를 바라는, 말 많고 사교적인 사람이었고, 선교사를 꼬셔 술잔을 기울이면 입을 여는 법이 없는 항해사와 하루하루 살아가는 것도 견딜 만했다. 그는 최선을 다해 항해사를 자극했다. 인정사정없이 항해사를 놀려 댔지만, 김새게 번번이 혼자 웃게 되는 바람에 버내너스는 술에 취하든 맨정신이든 백인 남자의 말벗으로는 젬병이라는 결론에 도달했다. 하지만 항해사는 훌륭한 뱃사람이었고, 선장은 믿을 만한 동료의 소중함을 아는 영민한 사람이었다. 외국으로 항해를 떠날 때도 심심찮게 있었다. 그럴 때면 침상에 드러누워 있는 것 외에 딱히 할 일이 없었으므로 버내너스를 믿고 침상에 누워 마음 편히 술병을 끼고 잠들 수 있었다. 하지만 버내너스는 사교성이 전혀 없었다. 주거니 받거니 이야기를 나눌 사람이 절실하던 차에 그 여자는 선장의 말상대로 그만이었다. 게다가 뭍에 올라가도 그 어린 여자가 기다리고 있다는 걸 알면 고주망태가 되어 배에 돌아오는 일도 줄어들 것 같았다.

　그는 친구인 선구점 주인을 찾아가 진을 넣은 하이볼7)을 앞에 놓고 그에게 돈을 꾸어 달라 청했다. 선장이란 배 용품을 파는 가게 주인에게 도움이 될 만한 것이 한두 개는 있기 마련이라, 이십오 분쯤 두런두런 대화를 나눈 끝에(자기 사정을 남에게 일일이 떠벌일 필요는 없는 것이다.) 선장은 지폐 뭉치를 뒷주머니에 쑤셔 넣었고, 그날 밤 여자를 데리고 그의 배로 돌아왔다.

　버틀러 선장은 먼저 결심하고 나서 차후에 명분을 찾는 사람이었다. 그가 기대한 것은 실제로 이루어졌다. 그는 술을 끊지는 않았지만 과음은 하지 않았다. 이삼 주 동안 도시를 떠나 사내들과 저녁을 보내는 것도 즐거웠지만, 자기 여자에게 돌아가는 것도 즐거웠다. 그녀가 쌕쌕 단잠을 자는 모습, 선실로 들어가 그녀를 굽어보면 눈을 나른하게 뜨고 그에게 두 팔을 쭉 벌리는 모습을 생각하면 정신없이 바쁠 때 못지않게 기분이 좋았다. 돈도 착착 모였다. 원래 너그러운 성품인 그는 어린 여자에게 잘해 주었다. 긴 머리를 빗으라고 은제 빗을 사 주었고, 금 목걸이와 그녀의 손가락에 맞는 가공 루비 반지도 사 주었다. 돈은 깨져도 살맛이 났다.

　그렇게 일 년이 꼬박 흘렀다. 그는 아직 그녀가 싫증 나지 않았다. 자기감정을 분석하는 사람은 못 되었으나 그녀에게 질리지 않았다는 것을 깨닫고 놀라지 않을 수 없었다. 그 여

---

7) 위스키에 소다수를 타서 만드는 칵테일의 일종.

자에게는 대단히 경이로운 면이 있었다. 그는 그녀에게 더 집착하는 자신을 인정할 수밖에 없었고, 그녀와 결혼하는 것도 나쁘지 않겠다는 생각을 종종 했다.

그러던 어느 날 항해사가 저녁 시간에도, 차 마시는 시간에도 나타나지 않았다. 처음에 버틀러는 크게 신경 쓰지 않았지만 두 번째도 그가 나타나지 않자 중국인 요리사에게 물었다.

"항해사는 어디 있나? 차 마시러 안 와?"

"오기 싫은가 보죠."

"어디 아픈가?"

"몰라요."

이튿날 버내너스는 다시 나타났지만 전에 없이 부루퉁했다. 저녁을 먹고 나서 선장은 여자에게 무슨 일인지 가서 물어보라고 했다. 그녀는 미소를 짓더니 그 어여쁜 어깨를 추어올리고는 선장에게 말했다. 버내너스가 그녀를 좋아했는데 그녀가 그를 나무라자 부아가 난 거라고. 선장은 심성이 착하고 질투가 심한 남자가 아니었다. 그는 그 말을 듣고 버내너스가 사랑에 빠지다니 배꼽 빠지게 재미있는 일이라고 생각했다. 사내가 눈이 사시이니 가망이 없는 것은 당연했다. 다과가 나왔을 때 선장은 유쾌하게 그를 놀렸다. 선장이 아무렇지 않은 투로 말했기 때문에 항해사는 선장이 뭔가를 알고 있는 건지 확신하지 못하면서도 상당히 예민하게 반응했다. 선장은 재미있다고 생각했지만, 여자는 별로 재미있게 생각하지 않았고 나중에 선장에게 더는 아무 말도 하지 말라고 부탁했다. 여자가 진지하게 나오자 선장은 놀라지 않을 수 없었다. 그녀는 선장에게 당신은 자기 종족을 모른다고, 그들은 격분하면 뭐든 할수 있는 사람들이라고 말했다. 그녀는 조금 겁을 먹고 있었다. 그는 그 말이 터무니없게 들려서 너털웃음을 터뜨렸다.

"그놈이 네 주변을 얼쩡거리거든 그냥 나한테 이르겠다고해. 그럼 정신 차릴 거야."

"그 사람 내보내는 게 좋겠어요."

"어림없는 소리. 난 좋은 뱃놈은 단번에 알아봐. 하지만 놈이 계속 널 귀찮게 하면 눈물이 쏙 빠지게 밟아 줘야지."

어쩌면 그 여자는 여자치고 비범한 혜안을 가진 사람이었는지도 모르겠다. 그녀는 이미 마음을 먹은 남자와 입씨름을 해 봐야 남자의 고집만 더 부추길 뿐 소용이 없다는 걸 알고 입을 다물었다. 그때 아름다운 섬들 사이로 침묵의 바다를 가로지르는 그 허름한 범선 위에서는 사악하고 긴박한 드라마가 잉태되고 있었지만 이 뚱뚱하고 작은 선장은 그것을 까맣게 몰랐다. 여자의 거절은 버내너스의 혈기를 돋웠고, 버내너스는 남자다움을 포기하고 맹목적인 욕망에 사로잡혔다. 그는 다정하지도 유쾌하지도 않게, 음울하고 사납고 격렬하게 그녀에게 구애했다. 그녀의 경멸은 증오로 변했다. 그가 그녀에게 매달리자 그녀는 신랄하고 성난 조롱으로 응수했다. 하지만 전투는 조용히 계속됐고, 얼마 뒤 선장이 그녀에게 버내너스가 귀찮게 굴지 않느냐고 물었을 때 그녀는 거짓말을 했다.

어느 날 밤 그들이 호놀룰루에 있을 때, 선장은 시간에 맞춰 배에 올랐다. 때는 새벽이었고 그들은 출항해 바다에 있었다. 버내너스는 뭍에 나가 있을 때 토속주를 마셨기 때문에 얼큰히 취한 상태였다. 선장은 배를 조종하다가 소란스러운 소리를 듣고 깜짝 놀랐다. 서둘러 사다리를 올라가 보니 버내너스가 이성을 잃고 선실 문을 억지로 열려 했다. 그는 여자에게 고함을 지르면서 안으로 들여보내 주지 않으면 죽여 버리겠다고 윽박질렀다.

"대체 이게 무슨 짓이야?"

버틀러가 소리쳤다.

항해사는 문고리를 놓고 선장에게 포악하고 증오에 찬 표정을 짓고 나서 말없이 돌아섰다.

"거기 서. 문을 어떻게 하겠다는 거야?"

항해사는 여전히 대답하지 않았고, 그저 분노가 한 풀 꺾인 뚱한 표정으로 선장을 쳐다보았다.

"다시는 나한테 허튼수작 못 부리게 버릇을 고쳐 주지, 이 더러운 사팔뜨기 검둥이."

선장이 말했다.

그는 항해사보다 키가 적어도 30센티미터는 작아 맞수가 되지 않았지만 원주민 선원들을 다루는 데 도가 튼 사람이었고, 너클 더스터[8]를 자유자재로 썼다. 그것은 신사가 사용할 도구는 아니었지만 버틀러 선장은 신사가 아니었다. 어차피 신사들을 상대하는 일도 없었지만. 버내너스가 선장의 의중을 알아챌 틈도 없이 선장의 오른팔이 뻗어 나왔고 강철 고리를 낀 그의 주먹이 항해사의 턱에 정통으로 꽂혔다. 항해사는

---

8) 손가락에 끼워 주먹을 강화하는 금속 고리 같은 무기.

도살용 도끼에 맞은 소처럼 쓰러졌다.

"이제 좀 깨닫는 바가 있을 것이다."

선장이 말했다.

버내너스는 움직이지 않았다. 여자가 잠긴 선실 문을 열고 밖으로 나왔다.

"이 사람 죽었어요?"

"아니."

그는 남자 둘을 불러 항해사를 그의 침상으로 옮기라고 말했다. 만족감이 들어 두 손을 비볐다. 안경 뒤에서 그의 동그랗고 푸른 눈이 반짝거렸다. 하지만 여자는 이상하리만치 조용했다. 그녀가 보이지 않는 위험으로부터 선장을 보호하려는 듯 두 팔로 그를 감쌌다.

그로부터 이삼 일이 지났고 버내너스는 다시 일어나 거동을 시작했다. 그가 선실 밖으로 나왔을 때 그의 얼굴은 찢어지고 부어 있었다. 피부색이 짙었음에도 검푸른 멍이 보였다. 버틀러는 갑판을 느릿느릿 걸어가는 그를 보고 불러 세웠다. 항해사는 아무 말 없이 선장에게 다가왔다.

"이봐, 버내너스," 선장은 뜨거운 날씨 때문에 미끌거리는 코 위의 안경을 고쳐 쓰며 항해사에게 말했다. "이 일로 자네를 내치진 않겠어. 하지만 내 주먹이 얼마나 매운지 이젠 알았겠지. 그걸 잊지 말고 다시는 허튼수작 부리지 마."

그러고 나서 선장은 손을 내밀고는 주특기인, 사람 좋은 환한 미소를 항해사에게 지었다. 항해사는 선장의 내민 손을 잡고 부어오른 입술을 비틀어 사악한 미소를 끌어냈다. 이후 선장은 그 일을 완전히 잊었기 때문에 저녁 식탁에 세 사람이 둘러앉았을 때 버내너스의 외모를 놀려 댔다. 버내너스는 힘들게 식사를 했다. 가시지 않는 고통 때문에 뒤틀리고 부어오른 얼굴이 대단히 흉측해 보였다.

그날 저녁 선장은 상갑판에 앉아 파이프 담배를 피우다가 으슬으슬한 기운을 느꼈다.

"이런 밤에 왜 몸이 으슬으슬한지 모르겠네." 그가 중얼거렸다. "열도 좀 있는 것 같고. 온종일 몸이 좀 이상해."

그는 잠자리에 들면서 퀴닌[9]을 조금 마셨고, 이튿날에는 몸이 조금 나았지만 주색잡기로 혹사당한 것처럼 조금 나른했다.

"간에 이상이 생겼나."

그는 그렇게 말하고는 약을 먹었다.

그날 그는 입맛이 별로 없었고 저녁 무렵에는 몸이 상당히 좋지 않았다.

이럴 때면 늘 그러듯 뜨거운 위스키를 두세 잔 마셨지만 나아질 기미가 없었고, 그다음 날 아침 안경을 끼고 사방을 둘러볼 때는 앞이 잘 보이지 않았다.

"호놀룰루에 돌아가서도 낫지 않으면 덴비 박사를 찾아가야겠다. 그 양반이 고쳐 주겠지."

그는 도무지 먹지를 못했고 팔다리에 기운이 하나도 없었다. 잠을 충분히 자는데도 일어나면 개운한 느낌이 전혀 없이

---

9) 말라리아 특효약이나 해열제, 강장제 등으로 쓰이는 약물.

노곤하기만 했다. 하지만 그 작지만 다부진 남자는 누워 뒹굴거리는 것은 생각하기도 싫어 매번 힘겹게 침대에서 몸을 일으켰다. 그러다가 며칠 후 몸을 짓누르는 듯한 나른함을 도저히 물리치지 못하고 일어나지 않기로 했다.

"배는 버내너스가 알아서 하겠지." 그가 말했다. "전에도 그런 적이 있으니까."

그는 툭하면 사내들과 밤새 놀고 나서 아무 말 없이 침대에 누워 지냈던 옛일이 생각나 살짝 웃음이 터졌다. 하지만 그것은 여자를 얻기 전의 일이었다. 그는 여자에게 미소를 짓고는 그녀의 손을 꼭 쥐었다. 여자는 당혹하고 불안한 기색이었다. 그녀가 그를 걱정하자 그는 그녀를 안심시켰다. 평생 하루 이상 앓아누운 적이 없으니 육지에서 일주일만 지내면 팔팔해질 거라고.

"나는 당신이 버내너스를 내쫓았으면 좋겠어요." 그녀가 말했다. "이 일의 뒤에 그 사람이 있는 것만 같아요."

"그렇게는 못 해. 그럼 배는 누가 조종하라고. 난 좋은 뱃놈은 보면 딱 알아." 푸른빛이 바랜 듯 누르스름하고 허연빛이 도는 그의 푸른 눈이 반짝거렸다. "설마 그놈이 나를 독살하려 한다는 거야, 이 여자야?"

그녀는 대답하지 않았다. 하지만 중국인 요리사와 한두 번 이야기를 나누었고 선장의 음식에 각별히 신경을 썼다. 그래도 선장은 통 먹지 못했고, 그녀는 갖은 애를 쓴 다음에야 그에게 하루에 수프 한 컵 정도를 겨우 먹일 수 있었다. 이제 그는 병색이 완연했다. 체중이 빠르게 줄었고 통통하던 얼굴은 창백하고 수척했다. 고통스럽지는 않았지만 하루하루 약해지고 힘이 빠졌다. 그는 점점 쇠약해졌다. 왕복 사 주간의 항해가 끝나고 호놀룰루에 도착했을 때 선장은 정말 큰일이 나는 게 아닌가 싶어 조금 겁이 났다. 보름 넘게 침대에서 일어나지 못했고, 너무 쇠약해진 상태라 일어날 기운이 없어 의사를 보러 갈 수도 없었다. 그는 의사에게 전갈을 보내 왕진을 청했다. 의사는 선장을 진찰했지만 원인을 찾지 못했다. 그의 체온은 정상이었다.

"이봐요, 선장." 의사가 말했다. "솔직하게 말하리다. 나는 뭐가 문제인지 모르겠어요. 이렇게 봐서는 알 수가 없어요. 입원하면 꾸준히 지켜볼 수가 있는데. 장기에는 아무런 이상이 없으니 몇 주 정도 입원하면 정상으로 돌아올 겁니다."

"배를 떠날 수가 없어요."

선장은 중국인 선주들이 별난 고용주라고 말했다. 만약 그가 병이 나 배를 떠나 있으면 선주가 그를 해고할지도 모르는데 실직을 하면 큰일이었다. 배에 남아 있으면 계약서 때문에 해고하지는 못할 것이었다. 그리고 그에게는 일등 항해사가 있었다. 무엇보다, 여자를 두고 어찌 가겠는가. 누구도 그녀보다 간호를 잘할 수는 없었다. 누군가 그에게 의지처가 되어 준다면 그녀가 제격이었다. 어차피 누구나 한 번은 죽는 것 아닌가. 그는 그저 혼자 있고 싶었다. 그가 조언을 들으려 하지 않자 의사는 어쩔 수 없었다.

"처방전을 써 주리다." 그가 미심쩍은 투로 말했다. "효과가 있을지 두고 봅시다. 한동안 누워 있는 게 좋을 거예요."

"일어나 돌아다니지는 않을 테니 걱정 말아요, 의사 양반." 선장이 대답했다. "고양이처럼 아주 연약하니 말이오."

하지만 선장도 의사도 의사의 처방이 효과가 있을 거라고는 기대하지 않았다. 선장은 혼자 있을 때 재미 삼아 처방전으로 시가를 말아 담뱃불을 붙였다. 하지만 시가를 피워도 아무 맛이 나지 않아 시가 대신 다른 데서 재미를 찾아야 했다. 그래도 담배를 피울 수 있으니 너무 아픈 건 아니라고 스스로를 위안했다. 그날 저녁 화물선 항해사인 친구 둘이 그가 아프다는 소식을 듣고 보러 왔다. 그들은 위스키 병과 필리핀제 시가 상자를 앞에 놓고 그의 병증에 대해 이야기를 나누었다. 한 친구가 자기 배의 항해사도 이런 이상한 병에 걸렸던 일을 떠올리고는 미국에 있는 어떤 의사도 그를 고치지 못했다고 했다. 그리고 신문에서 어떤 특효약의 광고를 보았다면서 믿져야 본전이니 그것을 복용해 보라고 권했다. 자기네 항해사는 그것을 두 병 복용하고 나서 평소처럼 팔팔해졌다고 했다. 하지만 버틀러 선장은 병이 난 이후 전에 없이 이상하게 정신이 맑았고, 함께 이야기를 나누는 동안 그들의 마음을 읽는 기분이었다. 그들은 그가 죽어 가고 있다고 생각했다. 그들이 돌아갔을 때 그는 두려움에 휩싸였다.

여자는 그의 마음이 약해진 것을 보았다. 그녀에게는 기회였다. 그녀는 원주민 술사에게 진단을 받아 보자고 다시 졸랐다. 그는 그녀가 이 말을 처음 꺼냈을 때처럼 단칼에 거절하는 대신 지친 눈으로 가만히 듣고 나서 손을 내저었다. 미국인 의사가 병의 원인을 알아내지 못하는 건 참으로 이상한 일이었다. 하지만 그는 두려운 마음을 여자에게 들키고 싶지 않았다. 망할 검둥이를 불러 진찰을 받으면 여자에게 위안이 되겠지. 그는 그녀에게 뜻대로 하라고 말했다.

다음 날 밤 원주민 술사가 왔다. 선장은 반쯤 깨서 혼자 누워 있었고, 선실 안은 기름 램프의 희미한 불빛으로 어둑했다. 문이 살며시 열리더니 여자가 까치발을 딛고 안으로 들어왔다. 그녀가 문을 잡아 주자 누군가 조용히 뒤따라 안으로 들어왔다. 선장은 은밀히 진행되는 일을 알아채고 웃음이 났지만 이제는 약할 대로 약해져서 그의 미소는 반짝거리는 눈빛에서 그쳤다. 술사는 체구가 작고 나이가 든 남자였는데, 몸이 까맣고 주름이 주글주글했고, 머리카락이 하나도 없는 완전한 대머리에 얼굴은 원숭이상이었다. 구부정하고 고목처럼 울퉁불퉁한 모습이 도저히 인간의 형상으로 보이지 않았으나 눈은 아주 형형해서 어스름 속에서도 빨간 불빛처럼 빛나는 것 같았다. 옷은 추레하고 허름한 멜빵 작업복만 입었을 뿐 상체에 아무것도 입고 있지 않았다. 그는 쪼그리고 앉아 십 분 동안 선장을 가만히 쳐다보았다. 문득 선장의 손바닥과 발바닥에 어떤 느낌이 왔다. 여자는 걱정스러운 눈으로 그를 지켜보았다. 아무런 말도 오가지 않았다. 술사가 선장이 지녔던 물건 중 아무것이나 달라고 했다. 여자는 술사에게 선장이 꾸준히 착용했던 낡은 펠트 모자를 주었고, 술사는 그것을 받아 들고 바닥에 다시 앉더니 두 손으로 그것을 꽉 움켜쥐고는 몸을 앞뒤로 살살 흔들면서 아주 낮은 목소리로 알아들을 수 없는 말을 중얼거렸다.

술사는 한숨을 폭 내쉬고 모자를 떨어뜨렸다. 그리고 바지 주머니에서 낡은 파이프 담뱃대를 꺼내 불을 붙였다. 여자는 술사에게 다가가 옆에 앉았다. 술사가 여자에게 뭐라고 속삭이자 여자가 기겁했다. 그들은 몇 분 동안 다급한 어조로 이야기를 나누고 나서 일어섰다. 여자는 술사에게 돈을 주고 문을 열어 주었다. 술사는 들어올 때처럼 소리 없이 빠져나갔다. 여자는 선장에게 다가가서 몸을 숙이고는 그의 귀에 대고 소곤거렸다.

"적이 당신이 죽게 해 달라고 기도해서 그런 거래요."

"바보 같은 소리 마, 이 여자야."

그가 발끈했다.

"사실이에요. 틀림없는 사실이라고요. 그래서 미국인 의사도 손을 쓸 수 없었던 거예요. 우리 사람들은 해결할 수 있어요. 전에도 이런 일을 본 적이 있어요. 난 당신이 백인이라 괜찮을 줄 알았는데 그게 아니었어요."

"난 적이 없어."

"버내너스."

"그놈이 왜 내가 죽기를 바라겠어?"

"그자가 기회를 잡기 전에 그자를 내쳐야 해요."

"버내너스의 악행보다 내 몸에 신경을 더 쓰면 며칠 뒤 일어나 기운을 차릴 거야."

그녀는 잠시 아무 말 하지 않고 그를 물끄러미 쳐다보았다.

"당신 죽어 간다는 거 모르겠어요?"

그녀가 결국 그에게 말했다.

그것은 두 항해사도 생각했지만 차마 말하지 못한 사실이었다. 선장의 수척한 얼굴에 전율이 흘렀다.

"의사는 별문제 없다고 했어. 조금만 가만히 누워 있으면 말짱해질 거야."

그녀는 바람에게라도 들릴세라 그의 귀에 입술을 바짝 댔다.

"당신 죽어 가고 있어요. 죽는다고, 죽는다고. 그믐달과 같이 스러질 거예요."

"그것참 멋지군."

"버내너스가 먼저 죽지 않으면 당신이 그믐달과 같이 스러진다고요."

그는 소심한 남자가 아니었기에 그녀의 충격적인 말을 받아넘겼지만 그녀의 맹렬하면서도 조용한 태도가 마음에 걸렸다. 그의 눈에 또다시 웃음기가 반짝거렸다.

"두고 보면 알겠지, 이 여자야."

"초승달이 뜰 때까지 열두 날이 남았어요."

그녀의 말은 그에게 의미심장하게 들렸다.

"이런, 이 여자야, 헛소리 작작 해. 당최 한마디도 믿을 수가 없네. 행여 버내너스에게 허튼짓하지 마. 예쁜 구석은 없어도 그놈은 일등 항해사야."

선장은 더 말하고 싶었지만 너무 피곤했다. 갑자기 기운이 쭉 빠지고 어지러웠다. 늘 그맘때면 유난히 몸이 좋지 않았다. 그는 눈을 감았다. 여자는 잠시 그를 지켜보다가 살그머니 선실을 빠져나왔다. 만월에 가까운 달이 검은 바다 위로 은빛 길을 터 주었다. 구름 한 점 없는 하늘에서 뻗어 나온 달빛이 환했다. 그녀는 두려운 마음으로 달을 쳐다보았다. 달과 함께 사랑하는 남자도 스러지고 있다는 것을 알았기 때문이다. 그의 목숨은 그녀의 손에 달려 있었다. 그녀가 그를 살릴 수 있었다. 오직 그녀만이 그를 살릴 수 있었지만 적은 교활한 놈이라 그녀도 교활해야만 했다. 그 순간 그녀는 자신을 향한 누군가의 시선을 감지하고 공포에 사로잡혔다. 그늘 속 항해사의 불타는 시선이 그녀에게 꽂혀 있다는 것을 돌아보지 않아도 알 수 있었다. 그자가 무슨 짓을 할지 가늠할 수 없었다. 그자에게 마음을 읽힌다면 패배하는 것이나 다름없었다. 그녀는 죽을힘을 다해 머릿속에서 모든 생각을 비워 냈다. 그자가 죽어야만 연인을 살릴 수 있었다. 그자를 죽여야 했다. 그자가 물이 담긴 조롱박 안을 들여다보게 하여 그 물에 형체를 비춘 다음 그 물을 휘저어 그자의 상(像)을 깨뜨릴 수 있다면, 그자는 벼락을 맞은 듯 죽게 될 것이다. 그자의 상이 그자의 영혼이기 때문이다. 하지만 그자는 누구보다 그것이 위험하다는 걸 알았기 때문에 의심을 사지 않고 그자를 속여 넘겨야 했다. 또한 그자가 자기를 노리고 파괴하려는 적이 있다는 것을 알아서도 안 되었다. 그녀는 무얼 해야 할지 생각이 섰다. 하지만 시간이 촉박했다. 너무나 촉박했다. 얼마 뒤 그녀는 항해사가 가 버린 걸 알아채고 한숨을 돌렸다.

이틀 뒤 그들은 출항했다. 열흘 뒤면 초승달이었다. 버틀러 선장은 보기에도 안쓰러웠다. 살가죽과 뼈만 남아 부축을 받지 않으면 거동도 할 수 없었다. 말도 거의 하지 못했다. 하지만 그녀는 아무것도 하지 않았다. 인내를 가지고 기다려야 했다. 항해사는 교활하고 또 교활한 인간이었다. 그들은 군도 내 작은 섬에 들러 화물을 내렸다. 이제 남은 날은 단 칠 일이었다. 드디어 결전의 순간이 왔다. 그녀는 선실에서 선장과 같이 쓰던 물건을 몇 개 꺼내서 짐을 꾸렸다. 그리고 그녀와 항해사가 식사하는 갑판 선실에 꾸러미를 가져다 두었다. 저녁이 되어 그녀가 들어갔을 때 항해사가 재빨리 그녀를 돌아보았다. 그녀가 들어가기 전 그자는 그것을 살펴보고 있었던 게 분명했다. 두 사람은 아무 말도 하지 않았지만, 그녀는 그자의 속을 꿰뚫어 보았다. 그녀가 떠날 채비를 하고 있다고 생각하는 게 분명했다. 그자가 비웃는 눈초리로 그녀를 쳐다보았다. 그녀는 선장 몰래 일을 꾸미듯 선장의 옷 몇 벌을 포함해 모든 소지품을 그 선실로 하나씩 가져와서 전부 꾸러미로 쌌다. 버내너스가 못 참고 입을 열었다. 그자가 면포 양복을 가리켰다.

"저건 뭐 하려고?"

그자가 물었다.

그녀는 어깨를 추어올렸다.

"내 섬으로 돌아갈 거야."

그자가 음흉한 얼굴이 이지러지도록 와락 웃음을 터뜨렸다. 선장은 죽어 가고 있었고, 여자는 가진 것들을 모두 챙겨 떠나려 하고 있었기 때문이다.

"내가 저건 못 가져간다고 말하면 어쩔래? 저건 선장 거야."

"어차피 당신한테 소용없는 것들이잖아."

그녀가 말했다.

벽에 조롱박이 하나 걸려 있었다. 내가 선실에 들어갔을 때 본, 우리가 이야기를 나누었던 바로 그 조롱박이었다. 그녀는 그것을 내렸다. 먼지가 뽀얗게 껴 있어서 그녀는 물병의 물을 조롱박에 붓고 손가락으로 조롱박을 닦았다.

"그건 뭐 하려고?"

"팔면 50달러는 받을 수 있을 거야."

그녀가 말했다.

"그걸 가져가려면 나한테 값을 치러야 해."

"얼마나 원하는데?"

"내가 뭘 원하는지 알잖아."

그녀는 입가에 옅은 미소를 띠었다. 그리고 그를 슬쩍 쳐다보고는 고개를 얼른 돌렸다. 그자가 욕정으로 숨을 들이켰다. 그녀는 어깨를 슬쩍 추어올렸다. 그자가 거칠게 그녀를 덮쳐 품에 안았다. 그녀는 웃음을 터뜨리고는 두 팔을, 그 보드랍고 둥그런 팔을 그자의 목에 감고 요염하게 몸을 맡겼다.

아침이 밝았을 때 그녀는 곤히 잠든 그자를 깨웠다. 이른 아침의 햇빛이 선실 안으로 비쳐들었다. 그자는 그녀를 가슴 쪽으로 꽉 끌어안고는 선장은 하루 이틀 이상 버티기 힘들 것이고 선주는 배를 지휘할 백인을 쉽사리 찾지 못할 거라고 말했다. 지금보다 급료를 적게 받겠다고 제안한다면 선장 자리를 꿰찰 테니, 그녀에게 같이 배에서 지내자고 했다. 버내너스는 사랑에 취한 눈으로 그녀를 쳐다보았다. 그녀는 그자의 품에 안겨 있었다. 그녀가 색다른 방식으로, 선장이 그녀에게 가르쳐 준 방식으로 그자의 입술에 키스했다. 그리고 남겠다고 약속했다. 버내너스는 행복에 흠뻑 취했다.

이번이 아니면 다시 오지 않을 기회였다.

그녀는 일어나서 머리를 빗으러 탁자로 갔다. 거울이 없어서 그녀는 조롱박 안을 들여다보며 모습을 살폈다. 아름다운 머리카락을 가다듬고 나서 버내너스에게 와 보라고 손짓했다. 그리고 조롱박을 손으로 가리켰다.

"여기 바닥에 뭔가가 있어."

그녀가 말했다.

버내너스는 아무런 의심 없이 반사적으로 물속을 똑바로 들여다보았다. 수면에 그의 얼굴이 비쳤다. 그녀가 두 손으로 번개처럼 물속을 내려치자, 그녀의 손이 조롱박 밑을 가격하면서 물이 위로 솟구쳤다. 그자의 얼굴이 조각조각 부서졌다. 버내너스는 화들짝 놀라 거칠게 울부짖으며 펄쩍 물러서서 여자를 쳐다보았다. 그녀는 승리감과 증오가 어린 표정으로 거기 서 있었다. 두려움이 그자의 눈에 떠올랐다. 그자의 육중한 체구가 고통으로 뒤틀리더니 강한 독극물을 마신 것처럼 바닥에 풀썩 쓰러졌다. 그자는 몸에 심한 경련을 일으키다가 잠잠해졌다. 그녀는 담담히 그자를 굽어보고 그자의 가슴에 손을 대어 본 뒤 눈꺼풀을 내려 눈을 감겼다. 그자는 완전히 목숨이 끊어져 있었다.

그녀는 버틀러 선장이 누워 있는 선실 안으로 들어갔다. 선장의 뺨에 희미한 홍조가 돌았다. 선장은 놀란 듯 그녀를 쳐다보았다.

"무슨 일이야?"

그가 중얼거렸다.

그가 사십팔 시간 만에 처음 한 말이었다.

"아무 일도 없어요."

그녀가 말했다.

"기분이 이상해."

선장은 눈을 감고 잠이 들었다. 그는 하루 낮 하루 밤을 내리 잔 뒤 깨어나 먹을 것을 달라고 했다. 보름 만에 처음으로 기운이 났다.

자정이 지나서야 윈터와 나는 노를 저어 뭍으로 돌아왔다. 위스키소다를 얼마나 마셨는지 헤아릴 수가 없었다.

"그 이야기를 어떻게 생각하시오?"

윈터가 물었다.

"질문도 참! 그걸 설명해 보라는 말이면 난 할 말이 없어요."

"선장은 그 말을 모두 믿는 눈치던데요."

"그런 것 같더군요. 하지만 가장 흥미로웠던 것은 그 부분이 아닙니다. 그게 사실이냐 아니냐가 아니란 말이죠. 내가 흥미를 느꼈던 것은, 그런 일들은 그런 사람들에게 일어난다는 거예요. 난 지극히 평범하고 몸집도 작은 남자의 어떤 면이 그 사랑스러운 여자의 마음에 열정을 일으킨 것인지 그것이 궁금해요. 선장이 그 이야기를 하는 동안 잠이 든 여자를 보니 사랑의 힘이 기적을 일으킨다는 흐뭇한 생각이 들더군요."

"하지만 핵심은 그 여자가 아니에요."

윈터가 말했다.

"그게 무슨 소리죠?"

"그 요리사 못 봤습니까?"

"물론 봤죠. 그렇게 못생긴 남자는 처음 봤어요."

"그래서 버틀러가 그자를 데려온 겁니다. 그 여자는 작년에 중국인 요리사와 도망쳤어요. 이 여자는 새로 얻은 여자예요. 데리고 있은 지 두 달 정도 됐죠."

"와, 한 방 먹었군."

"선장은 이번 요리사는 괜찮겠거니 생각하는 거죠. 하지만 내가 선장이라면 안심할 수 없을 겁니다. 칭크들에게는 뭔가가 있어요. 여자를 만족시키려 전력을 다하기 때문에 여자들이 거부를 할 수가 없어요."

점심

나는 연극을 보러 갔다가 그 여자를 발견했다. 막간에 그녀는 나를 손짓해 불렀고 나는 그쪽으로 건너가 그녀 옆에 앉았다. 마지막으로 그녀를 본 것이 오래전의 일이라, 누군가 그녀의 이름을 언급하지 않았더라면 그녀를 몰라보았을 것이다. 그녀가 나를 반기며 말했다.

"우리가 처음 만난 게 이젠 까마득한 옛날이 됐네요. 세월 참 빠르죠! 나이를 거꾸로 먹을 수는 없나 봐요. 처음 만났을 때 기억나요? 당신이 나를 점심에 초대했잖아요."

기억이 나냐고?

그것은 이십 년 전의 일이었다. 당시 나는 파리에 살고 있었다. 라탱 지구 내 공동묘지가 내려다보이는 작은 아파트에서 지내면서 쥐꼬리만 한 수입으로 근근이 입에 풀칠할 때였다. 그때 그녀가 내 책을 읽고 나서 편지를 보내왔다. 나는 그녀에게 감사하는 답장을 보냈고, 얼마 뒤에 그녀로부터 편지를 또 받았다. 파리를 경유할 예정인데 만나 이야기라도 나누자는 내용이었다. 하지만 그녀는 시간이 많지 않다면서 돌아오는 목요일에만 시간이 나는데 당일 아침은 뤽상부르에서 보낼 예정이니 그날 포요에서 간단한 점심을 사 줄 수 없겠느냐고 했다. 포요는 프랑스 상원 의원들이 식사를 하는 식당이었고 내 분수에는 차고도 넘치는 곳이라 가는 것은 생각조차 해 본 적이 없었다. 하지만 기분이 워낙 좋았고, 여자에게 안 된다고 말해도 괜찮다는 걸 아직 모르는 새파란 나이였다.(첨언하자면, 남자들은 너무 나이가 들어서야 자기가 하는 말이 여자에게 전혀 중요하지 않다는 사실을 깨닫게 된다.) 당시 내 수중에는 월말까지 생활비로 쓸 80프랑(금화 프랑)이 있었고, 웬만한 점심 식사는 15프랑을 넘기는 법이 없었다. 앞으로 이 주 동안 커피를 끊는다면 그럭저럭 버틸 수도 있을 것 같았다.

나는 목요일 12시 30분에 포요에서 만나자는 답장을 그 친구(편지로 알게 된 친구)에게 보냈다. 그녀는 내 기대와 달리 그리 어리지도 않았고, 눈길을 끄는 외모이긴 했으나 매력적이라고 할 수도 없었다. 사십 대(매혹적이긴 하지만 첫눈에 벼락같은 치명적 열정을 지피기엔 무리인 나이)의 그녀는 희고 크며 고른 치아가 실용적 목적 이상으로 지나치게 많아 보이는 인상이었다. 그리고 말이 많았다. 하지만 나에 대해 이야기하고 싶은 눈치였으므로 나는 주의 깊게 경청하는 역할을 했다.

나는 메뉴판을 받아 들고 깜짝 놀랐다. 예상보다 음식값이 훨씬 비쌌기 때문이다. 하지만 그녀는 나를 안심시켰다.

"난 점심에 아무것도 먹지 않아요."

그녀가 말했다.

"아, 그런 말 말아요!"

나는 후한 사람처럼 대답했다.

"난 한 가지 이상 먹지 않아요. 요즘 사람들은 너무 많이 먹는 것 같아요. 작은 생선 한 마리 정도는 괜찮겠지만. 여기 연어가 있나 모르겠네요."

연어는 나오려면 아직 이른 감이 있는 데다 심지어 메뉴판에 있지도 않았지만, 나는 웨이터에게 연어가 있는지 물었다. 웬걸, 마침 먹음직한 연어가 방금 들어왔다고 했다. 그해의 첫 연어라나. 나는 손님을 위해 연어를 주문했다. 웨이터가 여자에게 연어를 요리하는 동안 무엇을 먹겠느냐고 물었다.

"아뇨." 그녀가 대답했다. "나는 하나 이상 먹지 않아요, 캐비어 조금이라면 모를까."

나는 가슴이 조금 철렁했다. 내 형편에 캐비어는 당치도 않았지만 도저히 그 말을 할 수가 없었다. 그래서 할 수 없이 웨이터에게 캐비어를 가져오라고 말했다. 내가 먹을 것으로는 메뉴 중에서 가장 싼 양갈비를 골랐다.

"고기를 먹다니 현명하지 못하네요." 그녀가 말했다. "갈비 요리 같은 부담스러운 걸 먹고 나서 일을 어떻게 하려고요. 난 위에 부담을 주는 건 싫더라고요."

그러고 나서 마실 거리가 문제가 되었다.

"난 점심에 아무것도 마시지 않아요."

그녀가 말했다.

"나도 그래요."

나는 얼른 대꾸했다.

"화이트 와인이라면 모를까." 그녀는 내가 잊고 있다는 듯 말했다. "여기 프랑스산 화이트 와인은 대단히 가벼워요. 소화에 참 좋죠."

"한잔할래요?"

나는 여전히 호의적이지만 딱히 권하지도 않는 투로 물었다.

"의사가 아무것도 못 마시게 해요, 샴페인만 빼고."

아마도 그 순간 내 얼굴은 하얗게 질렸을 것이다. 나는 샴페인을 반병만 주문했다. 그러고는 애써 아무렇지 않은 말투로 나야말로 의사가 샴페인을 엄히 금지시켰다고 말했다.

"그럼 뭐 마시게요?"

"물."

그녀는 캐비어를 먹고 나서 연어를 먹었다. 그녀가 문학과 음악에 대해 재잘거렸지만 나는 음식값이 얼마나 나올지가 궁금했다. 내가 시킨 양갈비가 나왔을 때 그녀는 나를 심히 나무랐다.

"점심을 너무 거하게 먹는 습관이 있군요. 잘못하는 거예요. 나를 따라서 한 가지만 먹어 보는 건 어때요? 그럼 몸이 훨씬 좋아질 거예요."

"안 그래도 한 가지만 먹을 거예요."

내가 말했을 때 웨이터가 메뉴판을 들고 다시 다가왔다.

그녀가 가벼운 손짓으로 웨이터를 옆으로 물러나게 했다.

"아뇨, 아뇨, 난 점심으로 아무것도 먹지 않는다니까요. 맛만 보는 거지 그 이상은 절대 당기지가 않아요. 대화를 나누려는 명분으로 삼다 보니까 그 이상을 먹게 되는 거죠. 난 그 이상은 절대 먹을 수가 없어요……. 자이언트 아스파라거스 조금이라면 모를까. 그걸 맛보지 않고 파리를 떠난다면 참 아쉬울 것 같아요."

나는 가슴이 철렁 내려앉았다. 가게에서 파는 걸 본 적이 있는데 가격이 무시무시하게 비쌌다. 그걸 보며 군침을 삼킨 적이 한두 번이 아니었다.

"숙녀분께서 궁금해하시는데 여기 자이언트 아스파라거스가 있습니까?"

나는 웨이터에게 물었다.

나는 제발 없다고 하라고 온 힘을 다해 나의 바람을 그에게 투사했다.

웨이터는 신부님처럼 생긴 그 넓적한 얼굴에 행복한 미소를 가득 머금더니 아주 큼직하고 아주 실하며 아주 연해서 맛이 끝내주는 것이 있다고 내게 말했다.

"배는 전혀 안 고프지만," 내 손님이 한숨을 쉬었다. "그래도 그렇게까지 말씀하시니 아스파라거스 맛이나 보죠, 뭐."

나는 그것을 주문했다.

"당신은 안 먹을 거예요?"

"네, 난 아스파라거스 안 먹어요."

"그거 안 좋아하는 사람도 있긴 해요. 당신 그렇게 고기만 먹으면 미각이 다 망가지고 말 거예요."

174

우리는 아스파라거스 요리가 나오기를 기다렸다. 나는 애간장이 탔다. 이제 이번 달 생활비에서 얼마나 남을 것이냐가 문제가 아니라 과연 음식값을 다 치를 수 있을지도 의문이었다. 10프랑이 모자라 손님에게 돈을 꿔야 한다면 그런 창피가 또 없을 것이다. 도저히 그렇게는 할 수 없었다. 나는 내 수중에 돈이 얼마 있는지 알고 있었다. 만약 음식값이 그 이상으로 나오면 주머니 안에 손을 넣고 그럴싸한 비명을 내지르며 소매치기를 당했다고 말하기로 했다. 물론 그녀도 음식값을 낼 돈이 없다면 그 역시 난처한 상황이 되겠지만, 그 경우에는 내 손목시계라도 맡기면서 나중에 갚겠다고 말할 생각이었다.

아스파라거스가 나왔다. 큼직하고 즙이 많은 것이 식욕을 돋우었다. 고결한 셈족의 번제 제물이 여호와의 콧구멍을 간지럽히듯 녹은 버터 냄새가 내 콧구멍을 간지럽혔다. 나는 그 앙큼한 여자가 그것을 입안에 한가득 욱여넣는 걸 지켜보다가 발칸 지방의 연극 실태에 관한 담론을 점잖은 방식으로 풀어냈다. 마침내 그녀가 식사를 마쳤다.

"커피?"

내가 말했다.

"네, 아이스크림이랑 커피만."

그녀가 대답했다.

나는 될 대로 되라는 심정으로 내가 마실 커피와 그녀가 먹을 아이스크림과 커피를 주문했다.

"내가 철칙으로 생각하는 게 하나 있어요." 그녀가 아이스크림을 먹으면서 말했다. "사람은 조금 더 먹을 수 있을 것 같을 때 음식에서 손을 뗄 줄 알아야 한다는 거예요."

"아직도 배가 고파요?"

나는 기어드는 목소리로 물었다.

"오, 아뇨, 배 안 고파요. 아시다시피 난 점심을 먹지 않잖아
요. 아침에 커피 한 잔 마시고 저녁을 먹을 뿐, 점심에는 한 가
지 이상 먹지 않아요. 그냥 당신을 위해 한 말이었어요."

"오, 그렇군요!"

참극은 계속되었다. 커피를 기다리고 있는데 수석 웨이터가
그 가면 같은 얼굴에 알랑거리는 미소를 머금고 큰 복숭아가
가득한 커다란 바구니를 들고 우리에게 다가왔다. 순진한 소
녀의 홍조가 있고 이탈리아의 풍광에서 보이는 윤택한 색조
가 있는 복숭아였다. 하지만 지금은 복숭아 철이 아닌데 어찌
된 일일까? 그것의 가격이 얼마일지는 하느님만이 아실 테지.
하지만 나도 그것을 알게 되었다. 내 손님이 뭐라 뭐라 지껄이
면서 무심코 하나를 집어 들었으니까.

"당신은 위장이 고기로 가득할 테니(가여운 나의 양갈비) 이
건 못 먹겠네요. 하지만 나는 간식을 조금 먹었을 뿐이니까
복숭아를 하나 먹을래요."

계산서가 나왔다. 음식값을 치르고 나니 팁을 주기에는 턱
없이 모자란 돈만 달랑 남았다. 그녀의 시선이 내가 웨이터를
위해 남겨 둔 3프랑으로 날아가 잠시 머물렀다. 그녀는 나를
째째한 인간으로 생각하는 게 분명했다. 식당 밖으로 나왔을
때 내 앞에는 한 달이라는 시간이 버티고 있는데 주머니에는
동전 한 푼 없었다.

"나를 따라 해 보세요." 악수를 나눌 때 그녀가 말했다. "점심으로 한 가지 이상 먹지 마시고요."

"어디 그걸로 되나요, 턱도 없죠." 내가 쏘아붙였다. "오늘 저녁에는 아무것도 먹지 않을 생각입니다."

"농담도 참!" 그녀가 명랑하게 외치면서 택시에 올라탔다. "농담도 잘하시네!"

하지만 나의 복수는 결국 이루어졌다. 나는 복수를 해야 직성이 풀리는 사람은 아니지만, 불멸의 신들이 관여해 거들어 주었을 때는 그 결과를 만족스럽게 즐기는 편이다. 오늘 보니 그 여자는 체중이 133킬로그램은 족히 돼 보였다.

개미와 베짱이

아주 어렸을 적 나는 라퐁텐의 우화를 몇 편 암기하고 각각의 우화에 담긴 교훈을 상세히 배운 적이 있다. 그때 배운 우화들 중에, 미완의 세상에서 근면함은 보상을 받고 게으름은 벌을 받는다는 교훈을 어린이들에게 심어 주려는 「개미와 베짱이」가 있었다. (모두가 아는 내용이라 보는 것이 예의겠지만 모두 안다는 보장이 없으므로 미안하지만 그 내용을 말해 보자면) 이 훌륭한 우화에서 개미는 여름 동안 열심히 일해 겨울 곳간을 가득 채우지만, 베짱이는 풀잎에 앉아 해를 바라보며 노래를 부른다. 겨울이 왔을 때 개미는 형편이 넉넉한 반면 베짱이의 식량 창고는 텅텅 비어 있다. 그래서 베짱이는 개미를 찾아가 약간의 식량을 구걸하고, 개미는 베짱이에게 전형적인 반응을 보인다.

"여름 내내 넌 무얼 했지?"

"면목 없지만 노래를 불렀어. 밤이고 낮이고 종일 노래를 불렀지."

"노래를 했다니. 쳇, 그럼 가서 춤이나 춰."

당시 내가 이 교훈을 납득하지 못했던 이유는 아마도 나 자신의 비뚤어진 성격 탓이라기보다 도덕관념이 부족한 소년기의 무분별함 때문이었을 것이다. 나는 베짱이에게 연민을 느꼈고 개미를 볼 때마다 발로 밟아 버리곤 했다. 이런 단순한 (내가 보기엔 대단히 인간적이기도 한) 방식으로 신중함과 상식에 대한 반감을 표시했던 것이다.

이 우화를 생각하면 일전에 식당에서 혼자 점심을 먹던 조지 램지가 떠오른다. 그날 그는 세상에서 가장 우울한 얼굴을 하고 있었다. 멍하니 허공을 바라보고 있었는데, 온 세상의 시름을 짊어진 사람처럼 보였다. 나는 그가 안쓰러웠다. 언뜻 그의 골칫덩이 동생이 또 속을 썩이나 싶어 그에게 다가가 손을 내밀었다.

"어떻게 지내나?"

내가 물었다.

"죽을 맛이야."

그가 대답했다.

"또 톰 일인가?"

그가 한숨을 쉬었다.

"응, 또 톰이야."

"그냥 연을 끊는 게 어때? 동생을 위해 자네가 안 해 본 일이 없잖은가. 이쯤 되면 자네 동생은 가망이 없는 거야."

어느 집안에나 내놓은 자식은 있기 마련이다. 톰은 이십 년 동안 집안의 지독한 골칫거리였다. 그의 인생 초반부는 꽤나 순조로웠다. 직업을 얻고 결혼을 하고 두 아이를 낳았다. 램지 집안사람들은 지극히 점잖은 사람들이었고, 톰 램지도 쓸모 있고 명예로운 삶을 살아갈 것으로 예상되었다. 그러던 어느 날 느닷없이, 그는 일을 하지 않겠다면서 자기는 결혼 생활과 맞지 않는 인간이라고 선언했다. 그냥 즐기면서 살겠다고 했다. 어떤 조언도 들으려 하지 않았고, 아내와 직장을 버리고 떠났다. 약간의 돈을 가지고 유럽의 여러 수도들을 돌아다니면서 이 년을 행복하게 보냈다. 그의 친척들은 그가 벌인 행각을 가끔씩 전해 듣고 크나큰 충격을 받았다. 그는 흥청망청 아주 신나게 살고 있었다. 그들은 고개를 절레절레 젓고는 돈이 다 떨어지면 어쩌려고 저러나 생각했다. 머지않아 그들은 그가 빌린 돈으로 살아가고 있음을 알게 되었다. 그는 매력적이지만 부도덕한 인간이었다. 나는 그처럼 돈을 빌려달라는 청을 거절하기 어려운 사람은 만난 적이 없다. 그는 친구들에게 꾸준히 돈을 꾸었고 친구도 쉽게 사귀었다. 그리고 필수품에 돈을 쓰는 것은 진부하다, 자고로 돈을 즐겁게 쓰려면 사치품에 써야 한다고 항상 말했다. 그 돈은 형인 조지에게 뜯어냈다. 형에게는 매력을 발산하지 않았다. 조지는 진지한 남자라 그런 유혹에는 무감각했다. 조지는 고상한 사람이었다. 한두 번 그는 달라지겠다는 톰의 약속에 넘어가 아우가 새 출발을 하도록 상당한 액수의 돈을 주었다. 톰은 그 돈으로 자동차를 한 대 뽑고 아주 멋진 보석들을 사들였다. 하지만 조지가 아우라는 인간은 착실하게 살 종자가 못 된다는 것을 깨닫고 손을 떼려 하자, 톰은 거리낌 없이 형을 협박하기 시작했다. 점잖은 변호사 체면에 친아우가 단골 식당의 바 뒤에서 칵테일 통을 흔들거나 클럽 밖에 대기 중인 택시 운전석에 앉아 있는 광경이 유쾌할 리 없었다. 톰은 바에서 일하거나 택시를 모는 것도 썩 괜찮은 직업이지만, 조지가 200파운드만 준다면 가족들의 명예를 생각해 그 일을 그만두겠다고 말했다. 조지는 돈을 주었다.

한번은 톰이 사고를 쳐서 감옥에 갈 위기에 처했다. 조지는 분통이 터졌다. 참으로 남부끄러운 일에 휘말린 것이다. 그간 톰이 허랑방탕하게 산 것은 사실이었다. 거칠고 무모하고 이기적이긴 했어도 법을 어긴 적은 없었다. 그런데 이번에는 기소되면 유죄 판결을 받을 게 자명했다. 하지만 하나뿐인 동생을 감옥에 가게 할 순 없었다. 톰이 사기를 친 사람은 크런쇼라는 남자였는데, 그자는 보복을 하겠다며 벼르고 있었다. 그는 그 사건을 법정으로 가져가기로 결심하고 톰 같은 악당은 벌을 받아 마땅하다고 말했다. 조지는 합의를 보기 위해 곤욕을 톡톡히 치르고 500파운드를 써야 했다. 조지는 톰과 크런쇼가 수표를 받자마자 몬테카를로[1]로 함께 떠났다는 이야기를 듣고 분통을 터뜨렸는데, 나는 그가 그때처럼 길길이 뛰며 화내는 모습은 본 적이 없다. 두 사람은 거기서 한 달간 행복한 시

---

1) 모나코의 행정 구역 중 하나로 카지노와 유흥으로 유명한 휴양 도시.

간을 보냈다.

그렇게 이십 년 동안 톰은 폭주하고, 도박하고, 가장 예쁜 여자들과 연애를 하고, 춤추고, 가장 값비싼 식당에서 식사를 하고, 멋지게 차려입고 다녔다. 언제나 때 빼고 광을 낸 모습이었다. 실제 나이는 마흔여섯 살이었지만 아무도 그를 서른다섯 살 이상으로 보지 않았다. 그는 가장 유쾌한 말벗이었고 무가치한 쓰레기이면서도 같이 놀면 재미있는 상대였다. 넘치는 활력과 한결같은 유쾌함, 대단한 매력의 소유자였다. 그는 규칙적으로 내게서 생활비를 받아 갔지만 나는 그것에 불만을 품은 적이 없다. 그에게 50파운드를 빌려주면서도 그에게 빚을 진 느낌이었다. 톰 램지는 누구든 알았고, 누구나 톰 램지를 알았다. 모두들 그를 못마땅해하면서도 그를 좋아했다.

빈대 아우보다 딱 한 살 많은 가엾은 조지는 예순 살은 되어 보였다. 그는 이십오 년 동안 일 년에 보름 이상 휴가를 간적이 없었다. 매일 아침 9시 30분에 사무실에 출근해 6시가넘어 퇴근했다. 그는 정직하고 근면하고 가치 있는 사람이었다. 좋은 아내를 두었고, 아내 몰래 바람을 피운다는 건 생각조차 한 적이 없었다. 네 딸들에게는 언제나 최고의 아버지였다. 무슨 일이 있어도 수입의 3분의 1은 저축했다. 쉰다섯 살이 되면 은퇴해 시골의 작은 집에서 정원을 가꾸고 골프를 치면서 살 계획이었다. 그의 삶은 떳떳했다. 그는 늙어 가는 것이 만족스러웠다. 톰도 같이 늙어 갔기 때문이다. 그는 두 손을 비비며 말했다.

"톰 그 녀석도 젊고 잘생겼을 때나 신나게 살았지, 나보다

고작 한 살 아래란 말이야. 이제 사 년 뒤면 녀석도 오십 줄이야. 그때는 산다는 게 그리 만만치 않다는 걸 깨닫겠지. 나는 쉰 살이 되면 3만 파운드가 생긴다네. 나는 지난 이십오 년 내내, 톰은 결국 시궁창을 뒹굴게 될 거라고 말해 왔네. 그때도 녀석이 좋다고 그럴지 두고 보면 알 거라고, 일을 하는 것과 농땡이를 부리는 것 중에 무엇이 승리할지 알게 될 거라고 말이야."

가엾은 조지! 나는 그가 딱해 보였다. 그의 옆에 앉아 있으니 톰이 무슨 공분을 살 짓이라도 저질렀나 싶었다. 보아하니 조지는 속이 부글부글 끓는 모양이었다.

"근래 무슨 일이 있었는지 아나?"

그가 내게 물었다.

나는 최악의 사건을 예상했다. 톰이 결국 경찰서 신세를 지게 됐구나 하고. 조지는 선뜻 말을 꺼내지 못했다.

"내가 한평생 부지런히 일했고 품위를 지켰고 존경을 받게끔 행동했고 정직하게 살았다는 건 자네도 부인하지 못할 거야. 평생 근검절약하며 산 덕분에 이제는 은퇴해 국채에서 나오는 작은 수입으로 살아갈 날을 기대할 수 있게 됐네. 난 항상 내 본분을 다하면서 신의 뜻에 합당한 삶을 살아왔어."

"그야 그렇지."

"그럼 자네는 톰이 게으르고 무가치하며 방종하고 수치스러운 종자라는 것도 부인하지 않겠지. 세상에 정의가 있다면 그 녀석은 구빈원 신세를 져야 마땅하잖나."

"그야 그렇지."

개미와 베짱이   183

조지는 얼굴이 벌겋게 달아올랐다.

"몇 주 전에 그 녀석이 어머니뻘 되는 여자랑 약혼을 했네. 그런데 그 여자가 죽으면서 녀석에게 전 재산을 남겨 주었지 뭔가. 자그마치 50만 파운드와 요트 한 대, 런던의 집 한 채, 전원주택 한 채를."

조지 램지가 주먹을 불끈 쥔 손으로 탁자를 쾅 내려쳤다.

"이건 불공평해. 정말이지, 이건 불공평해. 망할, 이건 불공평하다고."

나는 도저히 참을 수가 없었다. 조지의 분노에 찬 얼굴을 보고는 그만 폭소가 터졌고, 의자에 앉아 배를 잡고 웃다가 바닥으로 떨어질 뻔했다. 조지는 나를 절대 용서하지 않았다. 하지만 톰은 메이페어에 위치한 그의 멋진 저택에서 열리는 근사한 만찬에 나를 자주 초대했다. 때때로 내게 푼돈을 빌리곤 했지만 그것은 오랜 습관에서 비롯된 것이었다. 꾸는 돈도 1파운드 이상은 넘기지 않았다.

고향

　서머싯셔[1]의 언덕들 사이 움푹한 곳에 자리한 그 농장은 헛간과 축사, 별채를 거느린 구식 석조 주택이었다. 출입구 위쪽에는 집의 건축 연도를 뜻하는 숫자 1673이 우아한 필체로 새겨져 있었다. 비바람에 시달린 회색 본채는 그것을 둘러싸고 보호해 주는 나무들만큼이나 풍경의 일부가 되어 주위와 완벽하게 어우러졌다. 대지주의 저택에 있었더라면 저택의 자랑거리가 됐을 멋들어진 느릅나무 오솔길이 큰길에서 뻗어 나와 그 집의 단정한 정원까지 이어졌다. 여기 사는 사람들은 집만큼이나 무던하고 강건하며 가식이 없었다. 그들이 유일하게 자랑하는 것이 있다면, 그 집이 지어진 이후 아비에서 아들로

---

1) 잉글랜드 남서부의 도시.

한 번도 대가 끊기지 않고 아들들이 그 집에서 태어나 그 집에서 죽었다는 사실이다. 삼백 년 동안 그들은 주변의 땅을 경작했다. 조지 메도스는 오십 줄에 접어든 남자였고, 그의 아내는 그보다 한두 살 어렸다. 두 사람 모두 인생의 황금기를 보내는 선량하고 올곧은 사람들이었고, 그들의 자식인 두 아들과 세 딸은 아름답고 튼튼했다. 그들은 신사니 숙녀니 하는 세간의 유행은 잘 알지 못했다. 그저 자신의 위치를 잘 알고 그것에 자부심을 가지고 있었다. 나는 이들보다 더 단합된 가정은 본 적이 없다. 그들은 명랑하고 근면하며 친절했다. 그들의 삶은 가장을 중심으로 돌아갔다. 그 완결성은 베토벤 교향곡이나 티치아노의 그림에 버금가는 견고한 아름다움을 띠었다. 그들은 행복했고 행복할 자격이 있었다. 하지만 그 집의 주인은 조지 메도스가 아니라(마을에선 어림도 없는 소리라고들 했다.) 그의 어머니였다. 사람들은 그녀가 아들보다 곱절은 더 큰 사람이라고 말했다. 그녀는 큰 키와 꼿꼿한 몸, 반백의 머리, 위엄 있는 풍모의 칠십 대 여성이었다. 얼굴은 주름이 자글자글했지만 눈은 초롱초롱하고 예리했다. 이 집과 농장에서 그녀의 말은 곧 법이었다. 하지만 그녀는 재치가 있었고, 그녀의 규율은 독단적이면서도 친절했다. 사람들은 그녀의 농담에 크게 웃고 그것을 따라 했다. 그녀는 장사 수완이 좋았기 때문에 거래에서 그녀에게 밀리지 않으려는 사람은 아침 일찍 일어나야 했다. 그녀는 여장부였다. 희귀한 선의를 탁월한 유머 감각과 결합시킬 줄 알았다.

어느 날 조지 부인이 귀가하는 나를 멈춰 세웠다. 그녀는 안절부절못했다.(메도스 부인은 그녀의 시어머니를 부르는 말이었고, 조지의 아내는 그저 조지 부인으로 통했다.)

"오늘 누가 오는지 알아요?" 그녀가 내게 말했다. "조지 메도스 삼촌. 네, 중국에 가 있었던 바로 그분이 오신대요."

"아니, 난 그분은 돌아가신 줄 알았는데요."

"우리 모두 그분이 돌아가신 줄 알았죠."

조지 메도스 삼촌 이야기라면 열 번도 넘게 들어 알고 있었다. 오래된 연애시의 정취가 풍기고 현실 세상에서 마주하면 이상하게 가슴이 뭉클해지는 그런 흥미로운 이야기였다. 오십 년도 더 지난 그 옛날, 메도스 부인이 에밀리 그런이던 시절, 조지 삼촌과 그의 남동생 톰은 둘 다 그녀에게 청혼을 했고, 그녀는 톰과 결혼하고 조지 삼촌은 바다로 떠났다.

이후 그들은 그가 중국의 해변 어딘가에 있다는 소식을 들었다. 그는 이십 년 동안 간간이 그들에게 선물을 보내다가 소식이 뚝 끊겼다. 톰 메도스가 죽었을 때 메도스 부인은 조지 삼촌에게 편지를 보내 부고를 알렸지만 답장을 받지 못했다. 그들은 그가 죽었다고 판단했다. 하지만 이삼 년 전 그들은 포츠머스에 있는 선원 숙소의 여주인에게서 뜬금없는 편지를 받고 깜짝 놀랐다. 지난 십 년 동안 조지 메도스는 류머티즘으로 고생하면서 그곳에서 지낸 모양이었다. 살날이 얼마 남지 않았다고 느낀 그는 자신이 태어난 그 집을 마지막으로 한 번 더 보고자 했다. 그에게 종손자가 되는 앨버트 메도스가 그를 데리러 포드 자동차를 몰고 포츠머스로 갔고, 그가 오늘 오후에 도착한다고 했다.

"상상해 봐요." 조지 부인이 말했다. "그분은 여기를 떠난 지 오십 년이 넘었어요. 심지어 우리 조지도 본 적이 없어요. 돌아오는 생일이면 우리 그이도 쉰한 살이 되는데 말이에요."

"메도스 부인은 어떤 생각이세요?"

내가 물었다.

"그게, 어머님이 어떤 분인지 알잖아요. 어머님은 그냥 앉아서 웃고 계세요. 이렇게만 말씀하시면서요. '떠날 때만 해도 그 사람 참 젊고 잘생긴 남자였지. 하지만 동생만큼 한결같은 면은 없었어.' 바로 그 점 때문에 어머님이 우리 그이의 아버지를 선택한 거예요. '하지만 그 사람 지금은 차분해졌을지도 모르지.'라고도 하셨어요."

조지 부인은 내게 집에 들러서 그분을 보고 가라고 청했다. 그녀는 런던 이상으로 집에서 멀리 간 적 없는 순박한 시골 여인이라, 내가 중국에 머문 적이 있으니 둘이 공통점이 있을 거라 생각한 것이다. 나는 제안을 흔쾌히 받아들였다. 그 집에 도착해 보니 온 가족이 모여 있었다. 바닥이 석재인 널찍한 구식 주방에 다 같이 앉아 있었다. 메도스 부인은 불가의 자기 의자에 아주 꼿꼿한 자세로 앉아 있었는데 가장 좋은 실크 드레스를 입은 모습이 보기 좋았다. 반면 그녀의 아들 내외는 자식들과 함께 탁자에 앉아 있었다. 벽난로 맞은편에는 한 나이 든 남자가 의자에 구부정한 자세로 앉아 있었다. 몹시 야윈 몸이었고, 살가죽이 뼈 위에 늘어진 모양이 지나치게 큰 옷을 입은 것처럼 보였다. 얼굴은 누렇고 주글주글했고, 치아는 남은 것이 거의 없었다.

나는 그와 악수를 나누었다.

"무사히 도착하셔서 다행입니다, 메도스 씨."

내가 말했다.

"선장이오."

그가 내 말을 정정했다.

"걸어서 들어오셨어요." 종손자인 앨버트가 내게 말했다. "대문에 도착했을 때 내게 차를 세우라 하시더니 걸어서 들어 가겠다고 하셨어요."

"그게 말이오, 난 지난 이 년간 침대를 벗어난 적이 없다오. 사람들이 나를 들어서 차에 실어 주었지요. 다시는 못 걸을 줄 알았는데, 느릅나무를 보는 순간 아버지가 그 느릅나무를 애지중지하던 기억이 나면서 걸을 수 있을 것 같지 뭐요. 그래 서 오십이 년 전 여기를 떠날 때 걸었던 그 길을 다시 걸어 들 어왔지요."

"바보 같기는."

메도스 부인이 말했다.

"그러기를 잘했지. 덕분에 지난 십 년간 어느 때보다 가뿐하 고 건강한 느낌이란 말이지. 나 당신보다 오래 살 거요, 에밀리."

"너무 장담하진 말아요."

그녀가 대꾸했다.

메도스 부인을 이름으로 부른 사람은 한 세대 만에 처음인 것 같았다. 나는 그 노인이 메도스 부인을 하대하는 것 같아 조금 충격을 받았다. 그녀는 눈에 차가운 웃음기를 담고 그를 쳐다보았고, 그는 그녀에게 이야기를 하면서 치아가 빠져 버린

잇몸이 보이도록 환히 웃었다. 나는 반세기 만에 만난 두 노인을 바라보았다. 아주 오랜 옛날 그는 그녀를 사랑했었고 그녀는 다른 남자를 사랑했었다는 생각을 하니 기분이 묘했다. 이들은 그때 무엇을 느끼고 서로에게 무슨 말을 했었는지 기억할까 궁금했다. 혹시 이 양반이 저 늙은 여자 때문에 내가 아버지의 집을 떠났구나, 법적 상속을 포기하고 유배자의 삶을 살았구나 생각하면서 이상한 기분에 사로잡힌 건 아닐까 하는 생각도 들었다.

"결혼한 적 있습니까, 메도스 선장님?"

내가 물었다.

"아니." 그가 활짝 웃는 얼굴과 달달 떨리는 목소리로 말했다. "그러기엔 여자를 너무 잘 알아서 말이오."

"그건 당신 생각이고요." 메도스 부인이 응수했다. "사실 말이지, 난 당신이 한창때 흑인 아내를 대여섯 명쯤 거느렸다고 해도 전혀 놀라지 않을 거예요."

"중국에는 흑인이 없어요, 에밀리. 그들이 황인종이라는 걸 알면서 그래."

"그래서 당신이 지금 그렇게 노래진 건가. 당신을 보았을 때 저이가 황달인가, 하고 중얼거렸지 뭐예요."

"당신이 아니면 결혼하지 않겠다, 내 말하지 않았소, 에밀리. 결혼한 적 없소."

그는 처량하지도 분노가 담기지도 않은 어조로 사실이 그렇다는 듯 덤덤하게 말했다.

"내가 30킬로미터는 거뜬히 걸을 거라 했었는데 이미 그 정도 걸은 기분이야."

그의 어조에 만족감이 담겨 있었다.

"정말 그랬으면 괜한 짓을 했다고 후회했을 거예요."

그녀가 대답했다.

나는 노인과 중국에 대해 얼마간 이야기를 나누었다.

"선생이 선생의 외투 주머니 안을 아는 것보다 내가 중국의 항구를 더 잘 알 겁니다. 배가 갈 수 있는 곳이면 다 가 봤죠. 선생을 육 개월 내내 온종일 붙잡고 이야기해도 내가 한창때 본 것들을 절반도 다 이야기 못 할 겁니다."

"내가 보기에는, 조지, 당신이 못 한 게 하나 있어요." 메도 스 부인이 말했다. 농담을 하는 그녀의 눈에는 쌀쌀맞지 않은 미소가 여전히 담겨 있었다. "큰돈을 못 벌었잖아요."

"나는 저축할 위인이 못 돼. 돈을 벌면 그냥 써 버리지. 그 게 나의 신조요. 하지만 이것 하나만은 말할 수 있지. 다시 살 기회가 생긴다면 난 얼마든지 다시 살아 볼 거야. 이렇게 말할 사람 별로 없을걸."

"네, 그럼요."

내가 말했다.

나는 감탄과 존경이 담긴 눈길로 그를 보았다. 그는 이가 다 빠지고 병들고 돈 한 푼 없는 노인이었지만 성공적인 인생 을 산 사람이었다. 삶을 즐기면서 살았기 때문이다. 내가 그곳 을 떠날 때 그는 내게 다음 날 아무 때나 다시 자기를 보러 와 달라고 청했다. 중국에 관심이 있으면 듣고 싶은 이야기를 얼 마든지 들려주겠다고 했다.

이튿날 아침 나는 그 집에 가서 노인에게 면담을 청할 생각으로 그 멋들어진 느릅나무 길을 슬슬 걸어갔다. 그 집 정원에 도달하니 메도스 부인이 꽃을 따고 있었다. 내가 그녀에게 아침 인사를 건네자 그녀가 고개를 들었다. 그녀는 하얀 꽃을 한 아름 안고 있었다. 나는 집 쪽을 흘끔거리고는 블라인드가 내려져 있는 것을 보고 놀라지 않을 수 없었다. 메도스 부인은 햇살을 좋아했기 때문이다.

"땅속에 묻히면 어둠 속에서 살아갈 날이 새털같이 많지."

그녀가 늘상 하는 말이었다.

"메도스 선장님은 좀 어떠세요?"

"그 양반 늘 그렇게 종잡을 수 없더니," 그녀가 대답했다. "오늘 아침 리지가 차를 가지고 가 보니 죽어 있지 뭐예요."

"돌아가셨다고요?"

"그렇다니까. 자다가 돌아가셨어요. 방 안에 가져다 두려고 이 꽃들을 따고 있는 거예요. 옛집에서 돌아가셨으니 다행이에요. 메도스 집안사람들에겐 뜻깊은 일이죠."

간밤에 그들은 그를 잠자리에 들게 하려고 꽤나 애를 먹었다고 한다. 그는 기나긴 세월 동안 겪은 갖가지 일들을 그들에게 들려주었고 옛집으로 돌아온 것을 기뻐했다. 그리고 부축을 받지 않고 진입로를 걸어온 걸 자랑스러워하면서 앞으로 이십 년은 더 살 거라고 자신했다. 하지만 운명이 친절을 베풀었으니 죽음이 올바른 위치에 종지부를 찍어 주었다.

메도스 부인은 두 팔에 안고 있는 하얀 꽃의 향기를 맡았다.

"난 그 양반이 돌아와서 기뻐." 그녀가 말했다. "톰 메도스

와 결혼하고 조지가 떠나고 나서 과연 내가 맞는 남자와 결혼
한 건지 확신한 적이 없거든."

샘

아피아에 위치한 호텔 메트로폴의 주인 채플린에게 로슨을 소개받았을 때만 해도 나는 로슨에게 별다른 관심이 없었다. 그때 우리는 다소 이른 시각에 칵테일 잔을 앞에 두고 호텔 라운지에 앉아 있었고, 나는 그 섬에 대한 이야기를 재미나게 듣던 참이었다.

채플린은 흥미로운 사람이었다. 원래 직업은 광산 기술자였는데, 직업적으로는 이렇다 할 만한 성과를 거둔 것이 없었다. 하지만 지극히 영리한 광산 기술자라고들 했다. 뚱뚱하지도 마르지도 않은 작은 체구에, 정수리 숱이 성긴 검은 머리는 희끗희끗 세어 가는 중이었고, 콧수염은 작고 너저분했으며, 얼굴은 햇볕에 탄 데다 술 때문에 상당히 붉었다. 채플린은 이름만 웅장한 이 층짜리 목조 건물인 이 호텔의 명목상 주인일 뿐, 호텔을 실제 운영하는 것은 그의 아내였다. 그의 아내는 키가 크고 깡마른 마흔다섯 살의 호주인이었는데, 위풍당당한 존재감과 당찬 기를 뿜어내는 여자였다. 쉽게 흥분하고 자주 술에 취하는 이 작은 사내는 아내를 무서워했다. 부부 싸움이 나면 아내가 주먹과 발길질로 남편을 복종시킨다는 이들의 이야기는 이곳에 온 지 얼마 안 되는 사람들의 귀에도 빠르게 전파되었다. 어느 날 밤 남편이 술에 취했다가 스물네 시간 동안 방에 갇힌 일화도 있었다. 남편은 겁을 먹고 감히 빠져나오지 못하다가 베란다에서 아래쪽 거리에 있는 사람들에게 딱한 사정을 이야기하고 겨우 감옥을 빠져나왔다고 한다.

그는 괴짜였다. 진실이든 아니든 그가 하는 이야기에는 다양한 삶의 경험이 녹아 있었기 때문에 귀담아들을 가치가 있었다. 그래서 로슨이 호텔 안으로 터덜터덜 들어왔을 때, 나는 이야기가 끊긴 것이 조금 짜증이 났다. 한낮은 아니었지만 그는 이미 얼큰히 취한 것 같았다. 그가 칵테일을 한 잔 더 하라고 내게 끈질기게 권했을 때, 나는 마지못해 잔을 받아 들었다. 채플린의 머리는 이미 흐리멍텅한 상태였다. 예의상 다음 잔은 내가 주문할 수밖에 없었는데, 그렇게 되면 그가 더욱 활기를 띠게 될 테니 채플린 부인의 따가운 눈총이 내게 날아올 게 뻔했다.

로슨의 외모는 매력적인 면이 전혀 없었다. 그는 작고 마른 남자였다. 길고 누리끼리한 얼굴, 좁고 약한 턱, 크기만 하고 살집이 없는 도드라진 코, 크고 무성한 검은 눈썹. 그 모든 것들이 독특한 인상을 만들어 냈다. 그의 눈은, 아주 크고 대단히 까만 눈은 수려했다. 그는 유쾌했지만, 그 유쾌한 모습이 진짜 같지는 않았다. 그냥 껍데기, 세상을 속이기 위해 쓴 가면처럼 느껴졌다. 나는 그가 그것으로 비열한 본성을 가리고 있는 게 아닐까 하는 의심이 들었다. 그는 '넉살 좋은 인간'으로 보이려 열심이었고 싹싹하기까지 했지만, 나는 왠지 모르게 그가 교활하고 정직하지 않다는 느낌을 받았다. 그는 큰 목소리로 말을 줄줄 쏟아 냈다. 그와 채플린은 뒤질세라 이제는 다들 아는 진기한 경험담을 늘어놓았다. 잉글리시 클럽에서 보낸 '질펀한' 밤들, 어마어마한 양의 위스키를 소진한 사냥 여행, 육지에 발을 디딘 순간부터 바다로 나갈 때까지 아무것도 기억나지 않는 것이 큰 자랑인 시드니 여행. 술에 취한 돼지 한 쌍이 따로 없었다. 하지만 거칠고 저속한 채플린과 로슨은 큰 차이가 있었다. 다들 칵테일을 네 잔씩 마셔 맨정신이 아니었지만, 로슨은 취한 것 같으면서도 분명 신사의 태가 났다.

마침내 그가 조금 휘청거리는 몸을 의자에서 일으켰다.

"나는 집에 가 보리다." 그가 말했다. "저녁 전에 봅시다."

"괜찮겠소, 선생?"

채플린이 말했다.

"그럼요."

그는 밖으로 나갔다. 그의 무뚝뚝한 대답에 실린 독특한 말투에 이끌려 나는 고개를 들었다.

"좋은 양반이야." 로슨이 문밖 햇빛 속으로 나갔을 때 채플린이 가라앉은 목소리로 말했다. "최고 중의 최고죠. 술만 안 마셔도 참 좋을 텐데."

채플린의 논평에는 농담기가 없지 않았다.

"저 양반은 술에 취하면 꼭 사람들과 싸우려 든단 말이야."

"그 사람, 술을 자주 마시나 봅니다?"

"일주일에 서너 번 코가 비뚤어질 때까지 마시죠. 이 섬이, 에설이 그렇게 만들죠."

"에설이 누굽니까?"

"에설은 그 양반의 아내입니다. 그 양반, 혼혈인과 결혼했어요. 브르발드 영감의 딸. 아내를 데리고 여기를 떠났었죠. 그럴 수밖에요. 하지만 여자가 견디질 못했고 결국 여기로 다시 돌아왔어요. 그 양반, 죽어라 퍼마시지 않으면 언제 목을 맬지 모릅니다. 착한 사람인데 술에 취하면 고약해져요."

채플린은 요란하게 꺽 트림을 했다.

"가서 샤워라도 해야겠구먼. 마지막 칵테일은 마시지 말걸. 꼭 마지막 잔이 사람을 잡는단 말이야."

그는 마음을 정하지 못하고 계단 쪽을 쳐다보다가 샤워기가 있는 작은 방으로 가야겠다 마음먹고는 어울리지 않게 진지한 빛을 띠었다.

"로슨과 친분을 쌓으면 좋을 겁니다." 그가 말했다. "책을 많이 읽은 사람이거든요. 맨정신일 때 보면 깜짝 놀랄 거예요. 똑똑하기도 하고요. 이야기를 나눌 만할 겁니다."

채플린의 이 몇 마디 말이 내게 모든 것을 말해 주었다.

그날 해변가를 달리다가 저녁 무렵 돌아왔을 때, 로슨이 호텔에 다시 나와 있었다. 그는 라운지의 등나무 의자에 앉아 축 늘어져 있다가 유리알 같은 눈으로 나를 쳐다보았다. 오후 내내 술을 퍼마신 게 분명했다. 기운이 없어 보이면서도 만사 못마땅하고 누구든 걸리면 가만 안 두겠다는 얼굴이었다. 그의 시선은 내게 한동안 머물렀지만 나를 알아보는 것 같지는 않았다. 다른 남자 두셋이 앉아서 주사위를 흔들고 있었는데, 그에게 전혀 눈길을 주지 않았다. 그는 평소에도 이런 모습인지 아무런 관심을 끌지 못했다. 나는 앉아서 게임을 하기 시작했다.

"아주 화기애애하구먼."

그가 불쑥 말했다.

그는 의자에서 일어나 무릎을 구부정하게 구부린 자세로 문을 향해 뒤뚱뒤뚱 걸어갔다. 우습다고 해야 할지 혐오스럽다고 해야 할지 모를 광경이었다. 그가 사라졌을 때 한 남자가 낄낄거렸다.

"로슨이 오늘도 알딸딸하게 취하셨군."

"저리 술기운을 이기지 못할 바에는," 다른 남자가 말했다. "차라리 마차 꼭대기로 기어 올라가 거기 있는 게 낫지."

이런 딱한 인간도 나름 로맨틱한 인물이며, 그의 삶에도 이론가들이 흔히 비극의 효과를 내기 위해 꼭 필요하다고 보는 연민과 공포의 요소가 있을 거라고 누가 상상이나 했을까?

그날 이후 그를 다시 만난 것은 이틀인가 사흘 뒤였다.

저녁때 호텔 1층 베란다에 앉아 있는데 로슨이 나타나 옆자리에 털썩 앉았다. 꽤나 말똥한 맨정신이었다. 그는 일상적인 말을 건네고 나서 내가 다소 무심하게 대꾸하자 하하 웃으며 사과하는 투로 덧붙였다.

"저번엔 내가 많이 취했었죠."

나는 대꾸하지 않았다. 딱히 할 말이 없었다. 부질없이 모기나 쫓아내려고 담배를 빨고는 일터에서 집으로 돌아가는 원주민들을 바라보았다. 그들은 성큼성큼, 느릿느릿, 조심스럽고도 위엄 있게 걸었는데 맨발이 탁탁 부딪치는 보드라운 발소리가 별스럽게 들렸다. 검은 머리는 곱슬머리든 직모든 라임꽃으로 하얗게 장식한 경우가 많았다. 그들은 외모가 도드라지고 특이했다. 키가 크고 몸매가 미끈했다. 그 뒤에 솔로몬 군도의 사람들, 계약 노동자들이 노래를 부르면서 우르르 지나갔다. 이들은 사모아섬 사람들보다 키가 작고 몸이 가냘팠다. 피부색이 까맣고 머리는 붉게 염색해 크게 부풀린 모양이었다. 때때로 백인 남자가 모는 사륜차가 쌩 지나가거나 호텔 마당으로 들어섰다. 석호의 잔잔한 수면 위에는 범선 두세 대의 우아한 그림자가 드리워져 있었다.

"이런 곳에서는 도대체 취하는 것 말고는 할 게 없어요."

로슨이 말했다.

"사모아가 마음에 들지 않습니까?"

나는 할 말이 없어서 아무렇지 않게 말했다.

"예쁘긴 해요, 그렇죠?"

상상을 초월한 이 섬의 아름다움을 표현하기에는 그의 단어 선택이 너무 부적절한 것 같아 나는 헛웃음이 났다. 그래서 미소 띤 얼굴로 고개를 돌려 그를 쳐다보았다가 그의 맑고 초롱초롱한 눈에 어린 빛을 보고 놀라고 말았다. 극심한 고통이 어린 눈이었다. 그의 눈은 내가 전혀 예상하지 못한 처절하고 심오한 감정을 표출하고 있었다. 하지만 그 눈빛은 스러졌고 그는 미소를 지었다. 단순하면서도 조금 순박한 미소였다. 그것이 그의 얼굴을 바꿔 놓았고 그에 대한 나의 첫인상과 반감마저 흔들어 놓았다.

"이곳에 처음 나왔을 때는 안 다닌 데가 없어요."

그가 말했다.

그는 잠시 입을 다물었다.

"삼 년쯤 전에 이곳을 영영 떠났었는데 결국은 돌아왔어요." 그가 머뭇거렸다. "아내가 돌아오고 싶어 했어요. 알다시피 여기서 태어난 사람이라."

"오, 그렇군요."

그는 다시 입을 다물었다가 로버트 루이스 스티븐슨에 대한 의견을 말했다. 그러고는 바일리마[1]에 가 본 적 있느냐고 물었다. 무슨 이유인지 그는 나에게 잘 보이려 애쓰고 있었다. 그가 스티븐슨의 책 이야기를 꺼냈고, 대화는 곧 런던 쪽으로 흘러갔다.

"코벤트 가든은 여전한가 보군요." 그가 말했다. "무엇보다 거기 오페라가 너무 그립네요. 「트리스탄과 이졸데」 보셨습니까?"

그는 대답이 자기에게 무척이나 중요하다는 듯 질문을 던졌고, 내가 조금은 심드렁하게 본 적 있다고 대답하자 기뻐하는 것 같았다. 그는 음악가가 아닌 한 남자로서의 바그너에 대

---

1) 아피아에서 남쪽으로 4킬로미터 정도 떨어진 마을.

해 이야기하기 시작했다. 바그녀는 한 남자로서 판단이 불가한 만족감을 얻었다고 했다.

"바이로이트[2]는 한번 가 볼 만한 곳이죠." 그가 말했다. "나는 운이 없어 그럴 돈이 없었어요. 코벤트 가든은 당연히 가 봐야 하고요. 그 불빛들, 한껏 차려입은 여자들, 음악. 「발퀴레」의 1막 참 좋죠? 「트리스탄」의 결말 부분도 그렇고. 아!"

눈빛이 반짝거리고 얼굴에서는 광채가 나서 같은 남자라고 믿기 어려웠다. 누리끼리하고 해쓱한 뺨에도 화색이 돌아서 그의 목소리가 거칠고 듣기 불쾌하다는 것을 잊게 할 정도였다. 그는 특정한 매력마저 발산하고 있었다.

"정말이지 오늘 밤엔 런던에 있고 싶군요. 폴 몰의 식당 압니까? 거기 자주 갔었어요. 상점마다 불이 켜지고 사람들로 북적이던 피커딜리서커스. 거기 서서 영영 멈추지 않을 것처럼 끊임없이 이어지는 버스와 택시의 행렬을 보고 있노라면 말문이 턱 막히죠. 스트랜드 거리도 좋고요. 신과 채링 크로스에 대한 유명한 시구가 있었는데 뭐였죠?"

나는 깜짝 놀랐다.

"톰프슨의 시 말입니까?"

내가 물었다.

나는 그것을 인용했다.

　　그리고 슬플 때, 더없이 슬플 때는

---

2) 독일 남동부 바이에른주의 도시.

울게나. 그러면 그대의 쓰라린 상실감 위에
천국과 채링 크로스 사이 어딘가
비스듬한 야곱의 사다리들이
줄줄이 빛나리.[3]

그가 살짝 한숨을 내쉬었다.

"「천국의 사냥개」[4]를 읽은 적이 있어요. 괜찮더라고요."

"그렇다고들 하더군요."

나는 중얼거렸다.

"여기서는 글을 읽는 사람을 볼 수가 없어요. 잘난 체하는 인간들이 하는 짓이라고 생각하죠."

그의 얼굴에 애석한 표정이 떠올랐고, 나는 그제야 그가 어떤 심정으로 나를 찾아왔는지 짐작했다. 나는 그가 그리워하는 세상, 더 이상 닿지 못하는 삶과 그를 이어 주는 연결 고리였다. 그가 사랑하는 런던에 얼마 전까지 있었다는 이유로 그는 감탄과 질투의 감정으로 나를 바라보고 있었다. 그는 한 오 분간 입을 다물고 있다가 별안간 말을 쏟아 냈다. 나는 그의 열띤 어조에 놀라고 말았다.

"지긋지긋합니다." 그가 말했다. "지긋지긋해요."

"그럼 털고 떠나지 그래요?"

내가 물었다.

---

3) 영국의 시인 프랜시스 톰프슨(Francis Thompson, 1859~1907)의 시 「신의 왕국」 중에서.
4) 프랜시스 톰프슨이 쓴 182행짜리 시.

그의 얼굴이 시무룩해졌다.

"난 폐가 시원치 않아요. 더는 잉글랜드의 겨울을 견뎌 내지 못합니다."

그때 다른 남자가 베란다의 우리 자리에 합석했고, 로슨은 침울한 침묵으로 빠져들었다.

"퍼마실 시간이로군." 새로 나타난 남자가 말했다. "누가 나랑 스카치 한잔 할 텐가? 로슨?"

로슨은 먼 나라에서 깨어나는 것 같았다. 그는 일어섰다.

"바로 내려갑시다."

그가 말했다.

그가 자리를 뜰 때쯤 나는 의외로 그에게 큰 호감을 느끼고 있었다. 그는 내 호기심과 흥미를 자극했다. 며칠 뒤 나는 그의 아내를 만났다. 그들이 결혼한 지 오륙 년쯤 되었다고 알고 있었기 때문에 아직도 새파랗게 젊은 그의 아내를 보고 놀라지 않을 수 없었다. 그와 결혼했을 때 기껏해야 열여섯 살이나 되었을까 싶었다. 그녀는 귀엽고 예뻤다. 피부색은 스페인 사람 정도로 가무잡잡했고, 앙증맞은 손발과 가냘프고 여리여리한 몸매의 아담하고 대단히 아름다운 여인이었다. 이목구비도 사랑스러웠지만, 가장 눈에 띄는 것은 외모의 섬세함이었다. 혼혈인들은 대체로 투박스럽고 생김새가 거친 편인데, 그녀는 기막히게 정교하고 오밀조밀했다. 세련된 분위기가 워낙 강렬한 여자였기 때문에, 그런 환경에서 그녀를 본 사람은 깜짝 놀라면서 나폴레옹 3세의 궁정에 있다고 알려진 유명한 미인들을 자연히 떠올렸다. 그녀는 모슬린 드레스와 밀짚모자

차림이었지만 우아한 분위기가 유행을 아는 여자라는 인상을 주었다. 로슨과 처음 만났을 때 황홀한 아름다움을 발산했을 게 분명했다.

그들이 처음 만난 것은 그가 영국계 은행의 지점을 운영하기 위해 잉글랜드를 떠나 이곳으로 나온 지 얼마 안 됐을 때였다. 그는 서사모아에 건기가 시작되는 시점에 도착해 호텔에 방을 하나 얻었다. 그리고 여러 사람들과 빠르게 안면을 텄다. 본디 섬 생활은 유쾌하고 수월하다. 그는 호텔 라운지에서 느긋하게 환담을 나누었고, 저녁에는 잉글리시 클럽에서 여러 사람들과 당구를 치면서 유쾌한 시간을 보냈다. 석호 호숫가를 따라 상점과 방갈로, 원주민 부락이 흩어져 있는 아피아가 마음에 쏙 들었다. 주말에는 이런저런 식민지 농장을 방문해 언덕 위에서 이틀 밤을 보내곤 했다. 이전에는 알지 못했던 자유, 여가였다. 그는 햇빛에 흠뻑 취했다. 말을 타고 덤불숲을 달려갈 때면 주변의 아름다운 풍광으로 머리가 어질어질했다. 자연은 말로 다 표현하지 못할 만큼 풍요로웠다. 숲의 일부는 아직 원시림이었고, 이상한 교목과 풍성한 관목, 덩굴이 뒤엉킨 풍경은 신비롭고도 으스스한 느낌을 자아냈다.

하지만 그를 매료시킨 장소는 아피아에서 2~3킬로미터 떨어진 곳에 있는 샘이었다. 그는 저녁이면 멱을 감으러 자주 그곳을 찾았다. 그곳에는 바윗돌들 위로 빠르게 흐르는 냇물이 하나 있었다. 냇물은 깊은 샘을 하나 만든 다음 얕고 투명하게 흐르면서 큰 바윗돌들로 이루어진 여울을 지나 계속 흘러갔다. 원주민들은 멱을 감거나 빨래를 하러 가끔 그 여울로 내려왔다. 냇둑에는 빽빽하게 자라난 코코넛 나무들이 우아하게 낭창거렸고 덩굴 식물이 무성했는데, 그 모습이 초록빛 수면에 어른거렸다. 마치 데번셔의 언덕들 사이로 펼쳐질 법한 풍광이었지만, 이곳은 열대의 풍요로움과 열정, 심장을 녹일 듯 향기로운 나른함이 있다는 게 달랐다. 물은 상쾌하면서도 너무 차갑지 않아서 낮의 열기를 견뎌 내고 즐기기에 그만이었다. 그곳에서 멱을 감으면 몸뿐 아니라 마음까지 건강해졌다.

아무도 없을 시간에 로슨은 그곳에 가서 오랫동안 머물렀다. 물속을 한가롭게 둥둥 떠다니고, 저녁 햇살에 몸을 말리고, 고독과 온화한 침묵을 즐겼다. 그 시간만큼은 런던도, 그가 포기한 삶도 아쉽지 않았다. 이런 삶도 나름 완벽하고 근사하게 느껴졌기 때문이다.

그는 이곳에서 에설을 처음 만났다.

어느 날 저녁, 그는 이튿날 매달 정기 배편으로 부치는 편지들을 처리하느라 늦게까지 업무에 매달려 있다가 그 샘터로 내려갔다. 햇빛은 거의 사그라들어 어둑했다. 그는 말을 매어 두고 냇둑으로 슬슬 내려갔다. 거기에 아가씨 하나가 앉아 있었다. 그가 다가와 소란스럽게 물속으로 들어가자 그녀는 주변을 두리번거렸다. 그러고는 필멸자의 접근에 놀란 나이아드[5]처럼 모습을 감추었다. 그는 그것이 놀랍기도 하고 즐겁기도 했다. 그리고 그녀가 어디로 숨었을지 궁금했다. 그는 냇물을 따

---

5) 그리스 신화 속 물의 님프.

라 아래쪽으로 헤엄을 치다가 얼마 뒤 바위 위에 앉아 있는 그녀를 발견했다. 그녀는 무심한 눈길로 그를 쳐다보았다. 그는 사모아 말로 소리쳐 인사를 건넸다.

"탈로파.(안녕하세요.)"

그녀는 씩 웃는 얼굴로 그에게 응답을 하고는 다시 물속으로 들어왔다. 그녀는 수월하게 헤엄을 쳤고 그녀의 뒤쪽으로 머리카락이 넓게 퍼졌다. 그는 그녀가 샘물을 가로질러 물 밖으로 나가 냇둑으로 올라가는 것을 바라보았다. 다른 원주민들이 그렇듯 그녀도 긴 가운을 입고 멱을 감았는데, 가운이 물에 젖어 그녀의 여리한 몸에 달라붙었다. 그녀는 머리채를 비틀어 물기를 짜 냈다. 무심하게 서 있는 그녀는 물속이나 숲에 사는 야생동물 같았다. 그제야 그는 그녀가 혼혈인이라는 것을 알아챘다. 그는 그녀 쪽으로 헤엄쳐 가서 물 밖으로 나가 그녀에게 영어로 말을 걸었다.

"늦은 시간에 물놀이를 하는군요."

그녀는 머리채를 흔들고 나서 고불고불한 머리카락이 어깨 위로 늘어지도록 두었다.

"혼자 헤엄치는 걸 좋아해서요."

그녀가 말했다.

"나도 그래요."

그녀는 원주민 특유의 천진하고 솔직한 웃음을 터뜨렸다. 그러고는 마른 가운을 머리 위에 덮어쓰고 나서 젖은 가운을 밑으로 떨어뜨리고 발을 빼냈다. 그녀는 젖은 가운을 비틀어 짜고 떠날 채비를 했다. 그리고 잠시 머뭇거리다가 자리를 떴다. 갑자기 밤이 찾아왔다.

로슨은 호텔로 돌아와 라운지에서 술값 내기로 주사위 게임을 하는 남자들에게 그녀를 설명했다. 그녀가 누구인지는 금세 밝혀졌다. 그녀의 아버지는 브르발드라는 노르웨이 사람이었는데, 호텔 메트로폴의 바에서 물 탄 럼주를 자주 마신다고 했다. 그는 왜소한 몸집에 고목처럼 울퉁불퉁하고 주글주글한 늙은이였는데, 사십 년 전 범선의 항해사로 여기 군도로 온 자였다. 대장장이, 상인, 식민 농장주를 거쳐 한때는 꽤나 부유한 축에 들었으나 90년대에 대형 허리케인에 얻어맞아 지금은 작은 코코넛 농장 외에는 아무런 생계 수단이 없었다. 원주민 아내 넷을 두었고, 자식은 그가 평소 킬킬대며 말하는 것처럼 헤아릴 수 없을 정도로 많았다. 하지만 일부는 죽고 일부는 세상 어딘가로 사라졌기 때문에 집에 남은 자식은 에설 하나뿐이었다.

"그 여자 참 탐스럽지." 모아나호의 화물 관리인 넬슨이 말했다. "내가 한두 번 추파를 던졌는데 아무 반응이 없더라고."

"브르발드 영감은 호락호락한 바보가 아니야, 이 사람아." 밀러라는 남자가 말했다. "사위 덕에 여생을 떵떵거리면서 보낼 생각이란 말일세."

그들이 그 여자를 그런 식으로 말하는 걸 듣고 있자니 로슨은 입맛이 썼다. 그래서 부칠 우편물 이야기를 꺼내 그들의 관심을 다른 데로 돌렸다. 하지만 이튿날 샘터를 다시 찾았다. 에설이 거기 있었다. 석양의 신비로움, 물의 깊은 침묵, 코코넛 나무의 낭창낭창한 우아함이 그녀의 아름다움을 거들며 거기에 어떤 심오함을 더했는데, 그것은 가슴을 뒤흔들어 미지의 감정을 일으키는 마법이었다. 그는 왠지 그녀에게 말을 걸 마음이 나지 않았다. 그녀도 그에게 알은체를 하지 않았고 그가 있는 쪽으로 눈길조차 주지 않았다. 그저 초록빛 샘물에서 헤엄을 쳤고, 혼자 있는 양 자맥질을 하고 냇둑에서 쉬었다. 그는 투명 인간이 된 것처럼 기분이 묘했다. 거의 잊고 지냈던 시구들이 단편적으로 뇌리를 스쳤다. 학창 시절 대충 공부했던 그리스어도 어렴풋이 기억났다. 그녀가 젖은 옷을 마른 옷으로 갈아입고 슬슬 멀어져 갈 때, 그는 그녀가 있던 자리에서 보라색 히비스커스 한 송이를 발견했다. 그녀가 멱을 감으러 올 때 머리에 꽂았던 꽃송이였다. 물속에 들어갈 때 빼 두었다가 깜빡했거나, 그냥 다시 꽂지 않은 것 같았다. 그는 두 손으로 그것을 집어 묘한 기분으로 쳐다보았다. 본능적으로 그 꽃을 간직하고 싶었지만 너무 낯간지러운 짓 같아 꽃을 던져 버렸다. 꽃이 냇물에 실려 떠내려가는 것을 보자니 가슴 한 켠이 아려 왔다.

그는 그녀가 본래 별스러운 사람은 아닐까, 그래서 아무도 찾지 않을 이 후미진 연못을 찾는 것이 아닐까 생각했다. 섬의 원주민들은 물을 아끼고 사랑했다. 어디에서든 하루도 빠짐없이 한 번은, 때로는 두 번도 멱을 감았지만, 온 가족이 다 함께 웃고 즐기면서 멱을 감았다. 혼혈인이든 아니든, 나무 사이로 비치는 햇빛에 얼룩덜룩해진 여자들이 무리를 지어 얕은 냇물에서 첨벙거리며 노는 모습은 흔한 광경이었다. 아니면 이 샘의 어떤 비밀이 에설을 본의 아니게 여기로 끌어내는 것인지도 몰랐다. 이제 날이 완전히 저물어 신비롭고 고요한 밤이 되었다. 그는 소리를 내지 않으려고 몸을 물속으로 가만히 가라앉히고는 따스한 어둠 속에서 쉬엄쉬엄 헤엄쳤다. 그녀의 미끈한 몸이 남긴 체취로 물이 향긋하게 느껴졌다. 그는 별들이 총총한 하늘을 이고 말을 달려 도시로 돌아왔다. 세상이 평화롭게만 느껴졌다.

그는 매일 저녁 샘터를 찾았고 매일 저녁 에설을 보았다. 얼마 후 그녀는 수줍음을 떨쳐 내고 점점 장난스럽고 다정하게 굴었다. 그들은 물살이 빠른 쪽 바위에 같이 걸터앉았다. 샘이 내려다보이는 바위 턱 위에 나란히 누워, 주변을 감싸며 점점 내려오는 신비로운 석양을 바라보기도 했다. 둘이 만난다는 사실은 알려질 수밖에 없었다. 남태평양에서는 모두가 모두의 사정을 알고 사는 것 같았다. 그는 호텔 남자들의 무례한 농담에 번번이 맞닥뜨렸지만 그저 웃는 얼굴로 그들이 농담을 하게 두었다. 남자들이 넌지시 던지는 저속한 말에 대거리하는 건 부질없는 짓이었다. 그의 감정은 완전히 순수한 것이었다. 시인이 달님을 사랑하듯 그는 에설을 사랑했다. 그에게 그녀는 여자가 아니라 다른 세상에서 온 존재였다. 그 샘의 정령이었다.

어느 날 로슨은 호텔 바를 지나가다가 브르발드 영감을 보았다. 영감은 늘 그렇듯 위아래가 붙은 추레한 파란색 옷을 입고 거기 서 있었다. 영감이 에설의 아버지였기 때문에 그는 영감과 이야기를 나누고 싶어 바 안으로 들어갔다. 로슨은 고개를 끄덕인 뒤 자기가 마실 음료를 주문하고는 자연스럽게 고개를 돌려 영감에게 같이 한잔하자고 제안했다. 그들은 몇 분 동안 그 지역의 일들을 화제 삼아 잡담을 했다. 로슨은 상대를 꿰뚫어 보는 노르웨이인의 교활한 푸른 눈이 거북했다. 영감의 태도 역시 거슬렸다. 언뜻 아첨하는 듯 보이지만, 운명과의 승부에서 패배한 늙은이의 알랑거리는 태도 뒤에는 예전의 포악성이 어른거렸다. 로슨은 영감이 한때 노예 무역에 연루된 범선의 선장이었다는 사실을 떠올렸다. 남태평양에서 흔히 '흑인 노예선'이라 불리던 배였는데, 영감은 솔로몬섬 사람들과 몸싸움을 하던 중 가슴에 상처를 입고 심한 탈장 증세를 앓은 적도 있었다. 그때 점심 식사를 알리는 종이 울렸다.

"저는 이만 가 보죠."

로슨이 말했다.

"언제 한번 내 집에 들르지 그래요?" 브르발드가 쌕쌕 바람 빠지는 소리가 나는 음성으로 말했다. "그리 대단할 건 없지만 댁은 언제든 환영이오. 에설과 아는 사이니까."

"기꺼이 찾아뵙죠."

"일요일 오후가 가장 좋겠군요."

브르발드의 허름하고 눅눅한 방갈로는 농장 안 코코넛 나무들 틈에 서 있었다. 바일리마로 향하는 큰길에서 조금 들어간 곳이었다. 집 바로 바깥은 거대한 질경이들에 둘러싸여 있었다. 이파리가 군데군데 찢어진 질경이에서 누더기를 걸친 사랑스러운 여인의 비장미가 엿보였다. 모든 것이 지저분했고 방치된 상태였다. 마르고 등이 높은 흑돼지 새끼들이 주둥이로 이곳저곳을 파헤쳤고, 닭들은 시끄럽게 꼬꼬댁거리며 여기

저기 흩어진 찌꺼기를 쪼아 댔다. 원주민 서너 명이 베란다 주변을 어슬렁거렸다. 로슨이 브르발드의 이름을 대며 물었을 때, 영감이 갈라진 목소리로 로슨을 불렀다. 로슨은 거실에 앉아 낡은 브라이어 담뱃대로 담배를 피우는 영감을 발견했다.

"편히 앉아 있어요." 영감이 말했다. "에설은 몸단장을 하는 중이라오."

에설이 들어왔다. 블라우스와 치마를 입고 머리는 유럽식으로 단장한 차림새였다. 매일 저녁 샘터로 내려오는 여자의 야성적이고 수줍은 우아함은 없었지만, 일상적인 분위기가 돌았기 때문에 한층 더 친근했다. 그녀는 로슨과 악수를 했다. 로슨이 그녀의 손을 만지는 것은 이번이 처음이었다.

"같이 차 한잔 하세요."

그녀가 말했다.

로슨은 에설이 미션 스쿨을 다녔다는 것을 이미 알고 있었다. 그를 정성껏 대접하는 그녀의 사교성이 감탄스럽기도 하고 즐겁기도 했다. 마실 차는 이미 탁자 위에 놓여 있었다. 브르발드 영감의 네 번째 아내가 찻주전자를 내왔다. 그녀는 아주 젊지는 않았지만 잘생긴 원주민이었고, 영어 단어를 몇 개 말했다. 미소를 짓고 또 지었다. 푸짐한 버터 빵과 갖가지 종류의 다디단 케이크들도 많아서 다과상이 아니라 정식 식사 자리 같았다. 대화는 형식적이었다. 주름이 주글주글한 노파가 살그머니 안으로 들어왔다.

"에설의 할머니예요."

브르발드 영감이 바닥에 요란스럽게 침을 뱉으며 말했다.

노파는 의자 끄트머리에 불편하게 걸터앉았다. 앉은 모양새가 평소 의자에 잘 앉지 않아 땅바닥이 더 편한 모양이었다. 노파는 줄곧 침묵을 지키면서 반짝이는 눈으로 로슨만 물끄러미 쳐다보았다. 방갈로 뒤편 부엌 안에서 누군가 콘서티나⁶⁾를 연주하기 시작했고, 두세 명이 목소리를 높여 찬송가를 불렀다. 하지만 신앙심보다는 소리가 주는 즐거움 때문에 노래를 부르고 있었다.

로슨은 걸어서 호텔로 돌아왔다. 이상하게 기분이 좋았다. 그는 되는대로 살아가는 그 사람들의 모습과 브르발드 부인의 싱글벙글하는 선량한 품성, 왜소한 노르웨이인이 살아온 별스러운 날들, 늙은 노파의 반짝거리는 신비한 눈에 감동을 받았다. 노파의 눈에는 뭔가 비범하고 매혹적인 면이 있었다. 그것은 그가 아는 어떤 삶보다 자연스러운 삶이었고, 온화하고 비옥한 토양에 가까운 삶이었다. 문명은 그를 몰아냈지만, 원시적 본성에 더 가까운 이 사람들과 단순히 접촉한 것만으로도 그는 큰 해방감을 맛보았다.

로슨은 슬슬 지겨워지기 시작한 호텔 생활을 청산하고 혼자 사용하는 작은 방갈로에 정착했다. 깔끔하고 하얀 방갈로는 바다에 면해 있어 어디에서도 다채로운 석호가 보였다. 그는 이 아름다운 섬을 사랑했다. 런던과 잉글랜드는 더 이상 의미가 없었고, 이 외딴 곳에서 하루의 남는 시간을 보내는 것에 만족했다. 그곳은 최고의 선함과 사랑, 행복이 풍족한 곳

---

6) 버튼을 눌러 연주하는 육각형 모양의 아코디언.

이었다. 그는 어떤 역경이 있더라도 반드시 에설과 결혼하리라 결심했다.

하지만 역경 같은 것은 없었다. 영감은 상냥했고 브르발드 부인의 미소는 그칠 줄 몰랐다. 농장 관계자로 보이는 원주민 몇 명이 잠깐씩 눈에 띄었다. 한번은 키가 크고 라바라바를 걸친 청년과 마주친 적이 있었다. 몸에 문신을 했고 머리에 하얀 라임 꽃을 꽂은 청년은 브르발드 영감과 같이 앉아 있었는데, 브르발드 부인의 오빠인가 남동생의 아들이라고 했다. 하지만 원주민들이 로슨 앞에 나타나는 일은 드물었다. 에설은 로슨에게 상냥했다. 로슨을 바라보는 에설의 초롱초롱한 눈빛은 로슨을 환희로 가득 채웠다. 그녀는 매력적이고 천진했다. 그는 그녀가 다녔던 미션 스쿨이며 거기 수녀들에 대한 그녀의 이야기를 홀린 듯 들었다. 그리고 그녀를 데리고 보름에 한 번 상영되는 영화를 보러 갔고 영화 상영 후 열리는 댄스파티에서 그녀와 춤을 추었다. 이날은 섬 구석구석에서 사람들이 몰려들었다. 우폴루섬에는 여흥이라 할 만한 것이 딱히 없었기 때문이다. 섬에 거주하는 모든 계층이 모여 있었다. 백인 숙녀들은 거의 자기들끼리 뭉쳐 있었고, 미국식 옷차림을 한 혼혈인들은 대단히 우아했으며, 원주민들은 흰 머더 허버드[7] 차림의 흑인 처녀들과 어색한 흰 면포 바지와 하얀 신발의 청년들 일색이었다. 모두들 대단히 말쑥했고 쾌활했다. 에설은 자신의 곁을 떠나지 않는 백인 숭배자를 친구들에게 기쁜 마

___
7) 팔다리를 덮는 펑퍼짐한 원피스.

음으로 소개했다. 그가 그녀와 결혼할 거라는 소문이 파다하
게 퍼져 있었고, 그녀의 친구들은 부러운 눈으로 그녀를 쳐다
보았다. 혼혈인이 백인 남자와 사귀어 결혼한다는 것은 대단
한 일이었다. 정식 관계가 아니더라도 없는 것보다는 나았다.
아무도 그 끝은 장담하지 못했지만. 로슨은 은행 지점장이라
는 지위로 인해 이 섬의 괜찮은 신랑감으로 주목받고 있었다.
그는 에설에게 푹 빠져 몰랐지만, 많은 눈들이 호기심을 가지
고 로슨을 지켜보았고, 백인 숙녀들 역시 로슨을 흘끔거리면
서 머리를 맞대고 수군거렸다.

호텔에서 로슨과 함께 지냈던 남자들이 자러 가기 전 위스
키를 마시고 있었다. 넬슨이 불쑥 말을 꺼냈다.

"로슨이 그 여자랑 결혼할 거라던데."

"그치도 참 멍청하구먼."

밀러가 말했다.

밀러는 독일계 미국인으로 개명하기 전 원래 이름은 뮬러
였다. 크고 뚱뚱한 체구에 대머리였고, 깨끗이 면도한 얼굴은
둥글었다. 쓰고 있는 커다란 금테 안경이 유순한 인상을 주었
고, 면포 바지는 늘 깨끗했다. 그는 '사내들'과 밤새 퍼마실 준
비가 되어 있는 엄청난 술고래였지만 절대 취하는 법은 없었
다. 쾌활하고 서글서글하면서도 대단히 약삭빠른 자였다. 자
기 사업에 방해가 되는 건 용납하지 않았다. 샌프란시스코에
주재한 한 회사의 대표였고 옥양목과 기계 등 섬에서 팔리는
갖가지 상품들을 들여오는 중개상이었는데, 그의 사교성은 사
업 수완의 일부였다.

"그치는 자기가 어떤 꼴이 날지 전혀 모르고 있어." 넬슨이 말했다. "누군가 정신 차리라고 한마디 해야 할 텐데."

"내 충고 한마디 하지. 당신과 관련된 일이 아니면 끼어들지 않는 게 좋아." 밀러가 말했다. "스스로 바보가 되기로 작정한 사내는 그냥 놔두는 게 최선이야."

"여기 여자들과 즐기는 것은 나도 대찬성이야. 하지만 결혼하는 건 다른 문제지……. 장담컨대, 이 친구에게 득이 될 게 하나도 없어."

그 자리에 채플린도 있었다. 그가 말을 보탰다.

"많은 친구들이 그러는 걸 봤지만 끝이 좋지 않았어."

"당신이 그 친구를 붙잡고 이야기 좀 해 봐, 채플린." 넬슨이 말했다. "당신이 그자를 가장 잘 알잖아."

"내가 채플린이라면 그냥 놔두겠어."

밀러가 말했다.

이 당시에도 로슨은 인기가 없었다. 그의 일에 상관할 만큼 그에게 관심을 가진 사람도 없었다. 채플린 부인이 백인 여자 두세 명과 그 이야기를 나눈 적이 있지만, 딱한 일이라고 한마디 하고는 더는 말하지 않았다. 로슨이 결혼하게 되었다고 그녀에게 말했을 때는 이미 손을 쓰기에 너무 늦은 것 같았다.

일 년 정도 로슨은 행복했다. 그는 아피아가 위치한 둥그런 만에 방갈로를 하나 구했다. 한 원주민 부락의 경계선에 자리한 곳이었고, 태평양의 열정적인 푸르름을 마주하며 어여쁜 코코넛 나무들 사이에 자리한 집이었다. 에설은 사랑스러웠다. 그 작은 집을 유연하고 우아하게 돌아다니는 모습이 꼭

숲속의 어린 동물 같았다. 그리고 명랑했다. 그들은 많이 웃고 시시껄렁한 잡담을 나누었다. 호텔 남자들 두세 명이 가끔 그들의 집으로 건너와서 저녁 시간을 보냈다. 일요일에는 원주민과 결혼한 농장주의 집을 당일 일정으로 자주 다녀왔고, 아피아에서 가게를 하는 혼혈 상인들이 어쩌다 한 번씩 파티를 열면 파티에 참석했다. 이제 혼혈인들은 로슨을 사뭇 다르게 대했다. 로슨은 결혼과 함께 혼혈인들과 같은 부류가 된 것이다. 그들은 로슨을 버티[8]라고 불렀다. 그리고 그와 팔짱을 끼고 등을 탁탁 두드려 댔다. 그는 그들과 어울리는 에설을 보면 기분이 좋았다. 그녀는 눈을 반짝이면서 잘 웃었다. 그는 그녀의 행복한 모습을 보면서 위안을 얻었다. 가끔씩 에설의 친척들이 방갈로를 찾았다. 브르발드 영감은 물론이고 에설의 어머니, 사촌들도 왔다. 어리바리한 원주민 여자들은 머더 허버드 차림이었고, 라바라바를 걸친 남자들과 소년들은 붉게 염색한 머리에 몸에는 정교한 문신을 하고 있었다. 로슨이 은행에서 집으로 돌아왔을 때 집 안에 그들이 앉아 있곤 했다. 그는 사람 좋은 웃음을 터뜨렸다.

"피붙이고 가족이라고 해서 우리를 뜯어먹게 해서는 안 되지."

그가 말했다.

"그들은 내 가족이에요. 내게 부탁을 하는데 뭐라도 해 줘야죠."

---

8) 앨버트나 버트의 애칭.

백인 남자가 원주민이나 혼혈인과 결혼하면 아내의 가족들에게 돈줄 취급을 받게 된다는 것쯤은 그도 알고 있었다. 그는 에설의 얼굴을 두 손으로 감싸 쥐고 그녀의 붉은 입술에 키스했다. 독신 남자로 살 때는 충분했던 봉급도 아내와 가정을 책임지게 되면 신중하게 관리해야 했지만, 아내에게 그것을 납득시키는 것은 무리라는 생각이 들었다. 그리고 에설은 아들을 출산했다.

　아이를 처음 품에 안아 든 순간, 느닷없는 아픔이 로슨의 가슴을 관통했다. 이토록 비통할 줄이야. 원주민의 피는 고작 4분의 1밖에 섞이지 않았고 영국인의 아기가 아니라고 할 만한 점이 딱히 없었지만, 그의 품에 안겨 옹송그린 아기는 누르께한 피부색과 검은 머리카락, 크고 검은 눈을 보면 원주민의 아기라고 봐도 무방했다. 로슨은 결혼과 함께 식민지 백인 여성들의 관심 밖으로 밀려났다. 그가 결혼하기 전 그를 집에 자주 초대해 식사를 대접했던 남자들은 우연히 마주치면 그와 함께 있는 것을 의식하면서 창피한 기색을 감추려고 지나치게 상냥한 태도를 취했다.

　"로슨 부인 잘 있죠?" 그들은 말하곤 했다. "참 행운아지 뭐요. 그렇게 예쁜 여자를 얻다니."

　하지만 그 남자들은 부부 동반 모임에서 로슨과 에설을 만나면 자기 아내가 에설에게 거만하게 고개만 까딱거리는 것을 보고 당혹감을 감추지 못했다. 로슨은 그냥 웃어넘겼다.

　"참 따분한 인간들이야, 저 인간들 몽땅 다." 로슨은 말했다. "저런다고 내가 밤에 편히 쉬지 못할 까닭이 없지. 저들의 지저분한 파티에 초대받는다면 모를까."

하지만 그는 슬슬 기분이 상하기 시작했다.

피부색이 가무잡잡한 아기가 얼굴을 찌푸렸다. 분명히 그
의 아들이었다. 그는 아피아에 사는 혼혈 아이들이 생각났다.
그 아이들은 혈색이 누르께하고 파리한 게 건강해 보이지 않
았고, 징그럽게 조숙한 면이 있었다. 그는 뉴질랜드에서 배를
타고 학교에 가는 혼혈아들을 본 적이 있었다. 그 아이들은
원주민 혈통의 아이들을 받아 주는 학교를 골라서 다녀야 했
다. 옹기종기 모인 그 아이들은 구릿빛 피부에 숫기가 없었고
백인들과 묘하게 구분되는 특징을 가지고 있었다. 그리고 자기
들끼리 있을 때 원주민 말로 이야기했다. 그 아이들은 성장해
원주민의 피가 섞였다는 이유로 임금이 깎이는 남자들이 되
었다. 여자아이들은 백인 남자와 결혼할 가능성이라도 있었지
만 남자아이들은 아무런 가망이 없었다. 처지가 같은 혼혈인
이나 원주민과 결혼할 수밖에 없었다. 로슨은 그런 치욕적인
삶으로부터 자신의 아들을 멀리 떼어 놓기로 굳게 마음먹었
다. 어떤 대가를 치르더라도 반드시 유럽으로 돌아가야 했다.
그런 마음으로 귀가한 그는 연약하고 사랑스러운 모습으로
침대에 누운 에설과 그녀를 둘러싼 원주민 여자들을 보고는
그 결심을 더욱 굳혔다. 그녀를 그의 쪽 사람들에게 데려간다
면 그녀는 더 온전히 그의 것이 되지 않을까. 그는 그녀를 뜨
겁게 사랑한 나머지 그녀와 한 몸, 한 영혼이 되고 싶었다. 그
녀가 이곳에서 토착민의 삶에 깊게 뿌리를 내린 채 살아가는
한, 그에게 그녀는 언제나 미지의 사람일 수밖에 없었다.

그는 비밀에 붙여야 한다는 어렴풋한 본능에 따라 조용히 출근했고, 애버딘[9]에서 한 선박 회사의 공동 운영자로 일하는 사촌에게 편지를 썼다. 그의 건강이 훨씬 호전되었으니(건강상의 문제는 그가 섬으로 파견 나올 때 써먹은 핑계였다.) 유럽으로 돌아가지 않을 이유가 없다는 내용이었다. 그는 사촌에게 일자리를 부탁했다. 보수가 낮아도 좋으니 어떻게든 폐병으로 고생한 사람이 지내기에 적당한 디사이드에 아무 일자리라도 구해 달라고. 애버딘에서 보낸 편지가 사모아에 도착하려면 오륙 주는 걸린다. 이후 서신이 몇 차례 오갔다. 에설을 준비시킬 시간은 충분했다. 그녀는 아이처럼 기뻐했다. 잉글랜드로 갈 거라고 친구들에게 자랑하는 그녀를 보니 그도 흐뭇했다. 이것은 그녀에게 상승을 의미했다. 이제 그녀는 그곳에서 영국인으로 살아가게 된 것이다. 출발할 날이 다가올수록 그녀는 관심사들이 생겼고 신바람이 났다. 마침내 킨카딘셔의 한 은행에서 그에게 일자리를 제안했다는 전보가 도착하자 그녀는 기뻐서 어쩔 줄 몰랐다.

기나긴 항해 끝에 화강암 주택들이 있는 스코틀랜드의 작은 마을에 정착했을 때, 로슨은 다시 동족들과 살게 된 것이 자신에게 어떤 의미인지 새삼 깨달았다. 지난 삼 년간 아피아에서 보낸 유배 생활을 돌이켜 보고 이제야 정상적인 삶으로 돌아왔다 싶어 안도의 한숨을 내쉬었다. 골프를 다시 치게 된 것도, 낚시다운 낚시를 하게 된 것도 좋았다. 태평양에서는 낚

---

9) 스코틀랜드 북부 해안에 위치한 교통의 중심 도시.

싯줄을 던졌다 하면 물고기가 우글거리는 바다에서 큼직하고 굼뜬 물고기가 줄줄이 낚여 올라오는지라 별 재미가 없었다. 그날의 소식이 실린 신문을 매일 읽는 것도 좋았고, 말이 통하는 동족 남자들과 여자들을 만나는 것도 좋았다. 얼지 않은 고기를 먹고 통조림 우유를 먹지 않는 것도 좋았다. 육고기와 우유는 태평양보다 여기가 훨씬 더 풍부하게 생산되었다. 에설을 오롯이 독차지할 수 있는 것도 좋았다. 결혼한 지이 년이 지났는데도 그는 어느 때보다 그녀를 온 마음을 다해 사랑했고, 그녀가 잠시라도 보이지 않으면 견디지 못했다. 그녀와 더 친밀한 교감을 나누고 싶은 갈망이 점점 커지고 조바심이 났다. 하지만 이상하게도, 도착했을 때 보였던 흥분감에 비하면 그녀는 새로운 생활에 별 흥미가 없어 보였다. 그녀는 낯선 환경에 둘러싸여 위축됐다. 화창한 가을이 음산한 겨울로 변하자 춥다고 불평했다. 아침의 절반은 침대에서 보냈고 나머지 낮 시간은 소파에 누워 지냈다. 가끔씩 소설을 읽기도 했지만, 대부분은 아무것도 하지 않았다. 기를 펴지 못했다.

"걱정하지 말아요, 여보." 그는 말했다. "곧 익숙해질 테니까. 여름을 기다려 봐요. 아피아만큼 뜨거울지도 몰라."

그는 모처럼 기운이 났고 더 강해진 느낌이었다.

에설은 집안일에 서툴렀다. 사모아에서는 문제가 되지 않았지만 여기서는 허물이었다. 그는 찾아온 손님들에게 엉망인 집안 꼴을 보일 수 없어서 허허 웃고는 에설을 놀리면서 물건들을 정리하기 시작했다. 에설은 무심하게 로슨을 지켜보기만

했다. 그녀는 아들과 놀면서 많은 시간을 보냈다. 모국의 유아
어로 아들과 대화했다. 로슨은 그녀의 마음을 돌려 보려고 이
웃 사람들과 열심히 친분을 쌓았다. 그들은 때때로 작은 파티
에 참석했다. 여자들은 실내용 가곡을 불렀고 남자들은 묵묵
히 선량한 웃음을 지었다. 에설은 수줍음을 탔고 혼자 앉아
있는 편이었다. 로슨은 문득 걱정이 돼 그녀에게 행복하냐고
묻곤 했다.

"그럼요, 행복하죠."

그녀는 대답했다.

하지만 그녀의 눈에는 가늠할 수 없는 생각이 어려 있었
다. 그는 안으로 움츠러드는 그녀를 보면서, 연못에서 헤엄치
는 그녀를 처음 보았을 때보다 그녀를 더 모르겠다는 생각이
들었다. 그녀가 뭔가를 숨기는 것 같아 마음이 불편했고, 그녀
를 사랑했기 때문에 괴로웠다.

"아피아가 그리운 건 아니지?"

한번 그가 그녀에게 물었다.

"오, 아녜요……. 여기는 아주 멋진 곳 같아요."

그는 어렴풋한 불안감에 쫓겨 그 섬과 그곳 사람들을 깎아
내리는 말을 했다. 그녀는 조용히 웃으면서 아무런 대꾸도 하
지 않았다. 어쩌다 한 번씩 사모아에서 편지 꾸러미가 도착하
면 그녀는 하루 이틀 창백하고 굳은 얼굴로 지냈다.

"무슨 일이 있어도 난 그곳으로 돌아가지 않아." 그는 못 박
아 두었다. "백인이 살 곳이 못 돼."

하지만 에설은 그가 없을 때 가끔 눈물을 흘렸고, 그도 그

것을 알게 되었다. 아피아에서 그녀는 말이 많았다. 그때는 일
상생활의 자질구레한 일들이며 떠도는 소문을 재잘재잘 이야
기하곤 했는데, 지금은 갈수록 말수가 줄어들었다. 그가 그녀
를 즐겁게 해 주려고 아무리 애를 써도 그녀는 계속 풀이 죽
어 지냈다. 그로서는 예전 삶에 대한 기억이 그녀를 멀리 데려
가는 것만 같아서 그 섬과 그 바다, 브르발드 영감, 피부색이
어두운 모든 사람들에게 맹렬한 질투심을 느꼈다. 그들을 떠
올리면 공포심이 솟구쳤다. 그녀가 사모아 이야기를 할 때마
다 그는 신랄하고 비판적이 되었다. 자작나무가 새잎을 터뜨리
는 봄날의 어느 늦은 저녁 그가 골프를 치고 귀가했을 때, 그
녀는 평소와 달리 소파에 누워 있지 않고 창가에 서 있었다.
그가 돌아오기를 기다렸던 게 분명했다. 그가 방 안으로 들어
서자마자 그녀는 그에게 선언했다. 놀랍게도 사모아 말로 말을
했다.

"더는 못 견디겠어요. 여기서는 더 이상 못 살아요. 싫어요.
싫어요."

"맙소사, 제발 문명 세계의 언어를 쓰구려." 그가 발끈해 말
했다. 그녀는 그에게 다가와서 두 팔로 어색하게 몸을 감쌌다.
어쩐지 야만적인 몸짓이었다. "여기를 떠나요. 사모아로 돌아
가요. 당신이 나를 여기 붙잡아 두면 나는 죽고 말 거예요. 고
향으로 돌아가고 싶어요."

그녀는 갑자기 감정이 격해져서 울음을 터뜨렸다. 그의 분
노가 사그러들었다. 그는 그녀를 자기 무릎에 앉혔다. 그리고
생계가 달린 일자리를 팽개치는 것은 있을 수 없는 일이라고

설명했다. 그가 아피아에서 얻었던 일자리는 진작에 다른 사람에게 넘어갔기 때문에 그곳으로 돌아갈 방법은 없었다. 그는 그녀에게 차근차근 이야기했다. 그곳 생활의 불편함, 그들이 당할 수밖에 없는 모욕, 아들이 겪게 될 비통함.

"스코틀랜드는 교육 환경이 좋잖소. 학교들이 훌륭하고 학비도 저렴하지. 우리 아들이 애버딘 대학에 다닐 수도 있어. 나는 그 애를 진정한 스코틀랜드인으로 키울 거요."

그들은 아들을 앤드루라 불렀다. 로슨은 아들이 의사가 되기를 바랐다. 그리고 백인 여자와 결혼하기를 원했다.

"난 내가 혼혈인인 게 부끄럽지 않아요."

에설이 불쑥 말했다.

"당연하지, 여보. 부끄러울 게 뭐가 있겠소."

그녀의 보드라운 뺨이 자신의 뺨에 닿자 그는 말할 수 없을 만큼 유약해졌다.

"내가 당신을 얼마나 사랑하는지 짐작도 못 할 거요." 그가 말했다. "내 진심을 당신에게 전할 수 있다면 무엇이든 다 내줄 수 있소."

그는 그녀의 입술을 찾았다.

여름이 왔다. 산악 지대의 계곡에 녹음이 우거지고 향기가 감돌았다. 언덕들은 헤더 꽃으로 화사해졌다. 그 아늑한 곳에 화창한 날들이 줄줄이 이어지면서, 자작나무의 그늘이 간선 도로의 뙤약볕을 식혀 주었다. 에설은 더 이상 사모아 이야기를 꺼내지 않았고, 로슨의 불안감은 누그러졌다. 그는 그녀가 체념하고 환경에 적응했구나 생각했다. 그녀에 대한 내 사랑이 이렇게나 열렬한데 그녀의 마음에 다른 열망이 들어설 자리가 있을 리 없다고. 어느 날 그 지역 의사가 로슨을 거리에서 불러 세웠다.

"이봐요, 로슨, 아내에게 여기 산악 지대의 강물에서 멱을 감을 땐 신중하라고 해요. 알다시피 여긴 태평양과 달라요."

로슨은 깜짝 놀랐다. 놀란 기색을 숨길 여유조차 없었다.

"아내가 멱을 감으러 다니는 줄은 몰랐어요."

의사가 껄껄 웃었다.

"당신 아내를 본 사람들이 많아요. 그러니 말이 안 나올 수가 없죠. 물놀이하기엔 의외의 장소거든요. 다리 위쪽 샘인데, 물놀이는 금지되어 있지만 큰 상관은 없습니다. 당신 아내가 거기 물을 어떻게 참아 내는지 그저 신기할 뿐이에요."

로슨은 의사가 말하는 샘을 알았다. 에설이 매일 저녁 멱을 감던 우폴루의 샘과 비슷해서 거기 갔을 거라는 생각이 들었다. 산악 지방의 냇물은 바위 아래로 구불구불 활기차게 흐르면서 깊고 잔잔한 샘 하나와 그 옆의 작은 모래밭을 만들어 냈다. 코코넛 나무는 아니지만 울창한 나무들이 샘 위에 그늘을 드리웠고, 모래밭이 있는 데다 나뭇잎 사이로 비치는 햇빛이 반짝거리는 수면에서 노니는 곳이었다. 로슨은 충격을 받았다. 매일 그곳에 가는 에설이 머릿속에 그려졌다. 둑 위에서 옷을 벗고 차가운 물속에 몸을 담그고 사랑했던 고향의 샘보다는 차갑지만 잠시나마 과거의 기분을 맛보았을 것이다. 그는 그녀가 다시 한번 낯선 존재로, 냇물의 야성처럼 느껴졌다. 달려가는 냇물이 그녀를 불러내는 게 아닌가 하는 착각마저

들었다. 그날 오후 그는 그 강을 향해 걸어갔다. 나무들 사이로 조심스럽게 발걸음을 옮겼다. 풀이 난 길이라 발소리가 나지는 않았다. 얼마 뒤 그는 샘이 보이는 지점에 이르렀다. 에셀이 둑에 앉아 물을 내려다보고 있었다. 그녀는 그저 가만히 앉아 있었다. 마치 물이 그녀를 불가항력으로 끌어당기는 것처럼. 그는 어떤 이상한 생각들이 그녀의 머릿속을 오가는지 궁금했다. 마침내 그녀가 일어섰다. 그녀의 모습이 그의 시야에서 사라졌다. 그녀는 그렇게 일이 분쯤 보이지 않다가 머더 허버드 차림으로 다시 나타났다. 그리고 작은 맨발로 이끼가 낀 둑을 조심조심 넘어갔다. 그녀는 물가로 가서 첨벙거리지 않고 살그머니 물속으로 들어갔다. 그리고 조용히 헤엄을 쳤다. 그녀가 헤엄치는 모습에서는 인간적인 면모가 거의 느껴지지 않았다. 왜 이렇게 기묘한 감정이 드는 것인지 그도 알수 없었다. 그가 기다리는 사이 그녀가 물 밖으로 나왔다. 그녀는 그대로 잠시 서 있었다. 물에 젖어 주글주글한 드레스가 몸에 붙어 있었기 때문에 몸의 윤곽선이 그대로 보였다. 그녀는 두 손으로 천천히 가슴을 쓸고 나서 기쁨의 한숨을 살짝 내쉬었다. 그러고는 사라졌다. 로슨은 돌아서서 마을을 향해 발길을 돌렸다. 지독한 아픔이 가슴을 찢었다. 그녀는 여전히 낯선 사람이었다. 그는 그의 굶주린 사랑이 영원히 채워지지 않을 것임을 직감했다.

그는 그날 그곳에서 무엇을 보았는지 말하지 않았다. 그 일을 철저히 함구하고 그녀를 살피는 눈으로 관찰하면서 그녀가 무슨 생각을 하고 있는지 가늠하려 애썼다. 그리고 두 배로 더 다정하게 대했다. 그녀가 영혼 깊숙이 자리한 갈망을 잊을 수 있도록 그녀를 더욱 뜨겁게 사랑했다.

그러던 어느 날, 집에 돌아온 그는 그녀가 집에 없는 걸 알고 당황했다.

"로슨 부인 어딨지?"

그는 하녀에게 물었다.

"애버딘에 가셨습니다, 나리, 아기를 데리고요." 하녀가 질문을 받고 조금 놀란 목소리로 대답했다. "마지막 기차 시간까지는 돌아올 거라고 하셨어요."

"오, 알겠어."

그는 에설이 아무런 말 없이 나들이를 나갔다는 사실에 짜증이 났지만, 요즘 들어 그녀가 애버딘에 다녀오는 일이 종종 있었기 때문에 크게 신경 쓰지 않았다. 그녀가 거기서 상점들을 구경하고 영화관에도 갔을 거라 생각하니 기뻤다. 그는 마지막 기차 시간에 맞춰 마중을 나갔지만, 그녀는 돌아오지 않았다. 그는 덜컥 겁이 났다. 침실에 올라가 보니 그녀의 화장품들이 사라졌다는 것을 금세 알 수 있었다. 그는 옷장과 서랍들을 열어 보았다. 반쯤 비어 있었다. 그녀가 달아난 것이다.

그는 거센 분노에 휩싸였다. 당장 애버딘에 전화를 걸어 사정을 알아보기에는 너무 늦은 시각이었다. 여기저기 알아봐야 짐작이 사실로 굳어질 뿐이었다. 사악하고 교활하게도 그녀가 은행의 정기 회계 감사 기간을 골랐기 때문에 그로서는 그녀를 쫓아갈 방법이 없었다. 그는 일에 매인 몸이었다. 그는 신문을 집어 들었다가 거기서 이튿날 아침 오스트레일리아로 떠나는 배편을 발견했다. 지금쯤 그녀는 런던으로 한창 가는 중일 게 분명했다. 그는 고통스러운 눈물을 참지 못하고 흐느꼈다.

"그 여자를 위해 모든 걸 다했는데." 그는 외쳤다. "어떻게 내게 이런 짓을 할 수 있지. 참 잔인하다! 무섭도록 잔인하다!"

비탄에 빠져 이틀을 보낸 뒤 그는 그녀로부터 편지를 받았다. 여학생이 쓴 듯한 글씨체였다. 그녀는 언제나 글씨를 쓰는 데 애를 먹곤 했다.

버티에게
더 이상 못 견디겠어요. 집으로 돌아가요.
잘 있어요.

에설

아쉽다는 말 한마디 없었고, 같이 가자는 말도 없었다. 로슨은 쓰러질 지경이었다. 그는 그 배의 첫 경유지를 알아내고는 그녀가 돌아오지 않으리란 걸 알면서도 돌아오라고 간청하는 전보를 보냈다. 그리고 비통하고 초조한 심정으로 기다렸다. 한마디라도 좋으니 그녀에게서 사랑한다는 말을 듣고 싶었다. 그녀는 답장조차 하지 않았다. 그는 격렬한 감정의 여러 단계를 거쳤다. 한순간 그녀가 사라져서 후련하다고 혼잣말을 하다가도, 출국을 금지해 그녀를 억지로 돌아오게 만들 궁리를 했다. 외롭고 비참했다. 아들도 아내도 보고 싶었다. 스스로를 속여 본들, 그가 할 수 있는 것은 하나뿐이었다. 그녀를 따라갈 수밖에 없었다. 이제 그는 그녀 없이 살 수 없었다. 그가 세웠던 미래의 계획은 카드로 만든 집에 불과했다. 분노한 그는 인내심을 잃고 그 집을 허물어 버렸다. 미래를 위한 기회가 날아가든 말든 더 이상 상관없었다. 에설을 다시 찾는 문제보다 더 중요한 것은 없었기 때문이다. 그는 최대한 빨리 애버딘으로 갔다. 은행 점장에게는 당장 그만두겠다고 말했다. 점장은 갑작스러운 사직은 곤란하다면서 불평을 했다. 타당한 말이었으나 로슨은 들으려 하지 않았다. 자유로운 몸으로 다음번 배에 오르기로 이미 마음을 굳힌 상태였다. 가진 걸 모두 처분하고 배에 오른 뒤에야 그는 어느 정도 안정을 찾을 수 있었다. 그 전까지 그를 접촉했던 사람들은 대부분 그가 제정신이 아니라고 생각했다. 그가 잉글랜드에서 마지막으로 한 일은 아피아에 있는 에설에게 그쪽으로 가겠다는 전보를 보낸 것이었다.

그는 시드니에서 다시 전보를 보냈다. 동이 틀 무렵 마침내 그의 배는 아피아의 모래톱을 지나 입항했다. 만을 따라 드문드문 늘어선 하얀 집들을 보고 그는 깊은 안도감을 느꼈다. 의사와 중개인이 배에 올랐다. 두 사람 모두 예전 지인들이었다. 그는 낯익은 얼굴들이 반가워 옛정을 나눌 겸, 몹시 초조한 마음도 달랠 겸 그들과 술을 한두 잔 걸쳤다. 에설이 그를 반겨 줄 거라는 보장은 없었다. 모터보트에 올라 부두로 다가갈 때 그는 배가 들어오기를 기다리며 모여 선 작은 무리를 초조하게 훑어보았다. 그녀는 거기 없었다. 그는 마음이 무너졌다. 하지만 파란색 낡은 옷을 입은 브르발드 영감이 보였다.

로슨의 가슴은 영감을 향한 애정으로 훈훈해졌다.

"에설은 어디 있죠?"

그가 뭍으로 뛰어내리면서 물었다.

"방갈로에 있네. 우리와 같이 살고 있어."

로슨은 실망했지만 짐짓 쾌활함을 끌어냈다.

"내가 묵을 방이 있을까요? 우리 거처를 마련하려면 한두 주는 걸릴 거예요."

"있고말고. 자네가 묵을 방 정도야 있겠지."

그들은 세관을 통과한 뒤 호텔로 갔다. 로슨은 거기서 옛 친구 몇 명에게 환대를 받았다. 술잔이 몇 차례 돌고서야 빠져 나올 수 있었고, 두 사람은 활기찬 걸음으로 브르발드 영감의 집으로 향했다. 로슨은 에설을 두 팔로 힘껏 끌어안았다. 그 녀를 다시 품에 안자 지난날의 쓰라린 기억들이 일시에 사라 졌다. 장모는 그를 보고 기뻐했고, 장모의 어머니인 주름이 자 글자글한 노파 역시 마찬가지였다. 원주민들과 혼혈인들이 집 안으로 들어왔다. 그들은 다 같이 둘러앉아 그를 향해 함박웃 음을 지었다. 브르발드 영감이 위스키를 한 병 내주었고, 찾 아온 이들은 그것을 한 모금씩 맛보았다. 로슨은 앉아서 피부 색이 짙은 어린 아들을 무릎에 앉혔다. 그들이 아이의 영국식 의복을 벗겼는지 아이는 벌거벗고 있었다. 로슨의 옆에는 머 더 허버드 차림의 에설이 있었다. 그는 돌아온 탕아가 된 기분 이었다. 오후에 그는 호텔로 다시 내려갔고, 집으로 돌아왔을 때는 쾌활한 정도가 아니라 취해 있었다. 에설과 그녀의 어머 니는 백인들이 종종 취하도록 마신다는 것을 알고 있었다. 그래서 백인이 별수 없지, 하면서 사람 좋은 웃음을 웃으며 그를 침대로 데려가 눕혔다.

하루 이틀 뒤 그는 일자리를 알아보았다. 예전에 영국에 가려고 걷어찼던 그런 일자리는 이제 무리였지만, 그간 쌓은 경력으로 무역 회사 정도는 무난히 취직할 수 있을 것 같았다. 그렇게만 되면 이직에 성공하는 셈이었다.

"어차피 은행을 다녀서는 큰돈 못 벌어." 그가 말했다. "무역 회사라면 모를까."

그는 없어서는 안 될 사람으로 인정만 받으면 동업자야 얼마든지 구할 수 있으리라는 희망을 품고 있었다. 그렇게만 되면 몇 년 안에 부자가 되지 말라는 법도 없었다.

"자리가 잡히는 대로 우리 집을 알아봅시다." 그는 에설에게 말했다. "여기서 계속 살 수는 없어."

브르발드의 방갈로는 너무 작아서 다 같이 복작거리면서 지냈다. 혼자 있는 것은 가능하지 않았다. 사생활은 있을 수 없었다.

"급할 거 있나요. 원하는 걸 찾을 때까지 여기서 얼마든지 지내도 괜찮아요."

일주일 뒤 그는 안정을 찾았고 베인이라는 남자가 운영하는 회사에 들어갔다. 하지만 그가 에설에게 이사 이야기를 꺼내자 그녀는 아기가 태어날 때까지 그대로 있고 싶다고 말했다. 그녀는 둘째 아이의 출산을 앞두고 있었다. 로슨은 그녀와 말다툼을 했다.

"여기가 싫으면 호텔로 가서 지내요."

갑자기 그는 하얗게 질렸다.

"에설, 어떻게 그런 말을 하나!"

그녀는 어깨를 으쓱했다.

"여기서 살 수 있는데 왜 군이 집을 따로 마련해요."

그는 항복했다.

로슨이 일을 마치고 귀가하면 집 안은 원주민들로 북적였다. 그들은 여기저기 흩어져서 담배를 피우고, 자고, 카바를 마셨다. 그리고 끊임없이 지껄였다. 집 안은 추저분하고 더러웠다. 그의 아이는 기어 다니면서 원주민 아이들과 어울려 놀았다. 아이가 듣는 말은 사모아 말뿐이었다. 그는 귀갓길에 호텔에 들러 칵테일을 두세 잔 마시는 습관이 생겼다. 술기운을 빌어야만 그날 저녁을 견뎌 내고 다정다감한 원주민 무리를 상대할 수 있었다. 어느 때보다 에설을 뜨겁게 사랑하는데도 에설과 점점 멀어지는 기분이었다. 아기가 태어났을 때 다시 분가하자는 말을 꺼냈지만 그녀는 거부했다. 스코틀랜드에 살 때는 자기 사람들에게 돌아가겠다고 결심하더니, 자기 사람들 틈에 살게 되자 아주 기세가 올라서 원주민들의 방식으로, 닥치는 대로 살아갔다. 로슨은 술을 더 퍼마셨다. 토요일 밤이면 잉글리시 클럽에 가서 고주망태가 됐다.

그는 술에 취하면 꼭 시비가 붙었다. 고용주인 베인과도 격렬한 말다툼을 벌였다. 베인은 그를 해고했고, 그는 다른 일자리를 알아봐야 했다. 이삼 주 정도 쉬는 동안에도 방갈로에 앉아 있기보다는 호텔이나 잉글리시 클럽을 어슬렁거리면서 술을 마셨다. 독일계 미국인 밀러는 딱한 마음에 로슨을 자신의 사무실에 들렀다. 하지만 그는 장사꾼이었고 로슨이 예전보다 낮은 봉급을 거절할 처지도 아니었으므로 가차 없이 낮은 봉급을 책정했다. 에설과 브르발드는 그것을 받아들인 로슨을 비난했다. 혼혈인 페더슨이 로슨에게 더 많은 봉급을 제안했기 때문이다. 하지만 혼혈인의 명령을 받는다는 건 생각만 해도 부아가 치미는 일이었다. 에설이 잔소리를 하자 그는 분통을 터뜨렸다.

"검둥이 밑에서 일하느니 죽고 말지."

"그럼 그러든가요."

그녀가 말했다.

육 개월 뒤 그는 밑바닥까지 떨어져 수모를 당했다. 술에 대한 열망은 이미 그를 장악해 버렸다. 그는 자주 술에 취해 있었고 일솜씨는 형편없었다. 밀러가 한두 번 로슨에게 주의를 주었지만 로슨은 볼멘소리를 선뜻 받아들이는 남자가 아니었다. 어느 날 그는 한창 언쟁을 하다가 모자를 쓰고 그대로 나와 버렸다. 하지만 그에 대한 소문은 이미 파다했고 그를 채용할 사람은 없었다. 한동안 빈둥거리던 그는 진전 섬망[10] 증세를 일으켰다. 병에서 회복되었을 때, 망신을 당해 기가 꺾인 그는 끝없는 압박감을 못 이기고 페더슨에게 가서 일자리를 구걸했다. 페더슨은 백인 남자를 가게에 두게 되었다는 사실과 숫자를 잘 다루는 로슨을 써먹게 되었다는 사실에 기뻐했다.

---

10) 장기간 음주를 하던 사람이 갑자기 음주를 중단하여 머리, 손발 따위가 떨리고 흥분 증세를 보이는 금단 현상.

이후 그는 빠르게 추락했다. 백인들은 그를 냉대했다. 다만, 그를 경멸하면서도 딱하게 여기는 마음이 있는 데다 그가 술에 취하면 보이는 분노와 폭력성이 두려워 그와 절연하지는 못했다. 그는 극도로 예민해졌고 누가 자기를 모욕하지 않는지 항상 경계했다.

그는 원주민과 혼혈인 틈에 끼어 살았지만 백인의 특권은 누리지 못했다. 그들은 그가 자기들을 싫어한다는 것을 알고는 윗사람 행세를 하려는 그에게 분노했다. 이제 그는 그들과 같은 처지이니 우쭐댈 이유가 전혀 없다고 보았기 때문이다. 한때 그에게 살살거리고 알랑거렸던 브르발드 영감은 그를 멸시했다. 에설은 중재에 서툴렀다. 남부끄러운 광경이 펼쳐졌고, 두 남자는 한두 번 주먹다짐까지 했다. 싸움이 벌어지면 에설은 친정 식구들 편을 들었다. 그들은 그가 차라리 술에 취해 있기를 바랐다. 술에 취하면 그는 침대나 바닥 위에서 세상 모르고 잤기 때문이다.

그러던 중 그는 뭔가 자기만 모르는 일이 일어나고 있음을 감지했다.

원주민식이나 다름없는 부실한 저녁밥을 먹으러 방갈로로 돌아가 보면 에설은 집에 없을 때가 많았다. 그가 브르발드 영감에게 에설의 행방을 물으면 영감은 매번 에설이 친구 누구누구와 저녁을 먹으러 나갔다고 했다. 한번은 에설이 놀러 갔다는 말을 듣고 그녀를 찾으러 영감이 말한 집에 가 보기도 했지만 에설은 거기 없었다. 그가 귀가한 그녀에게 어디 갔었느냐고 묻자 그녀는 아버지가 집을 잘못 안 모양이라고 대답했다. 그러면서 누구누구의 집에 갔었다고 말했다. 하지만 그는 그것이 거짓말이라는 것을 알았다. 그녀는 가장 좋은 옷을 입고 있었고, 눈빛이 사랑스럽게 반짝거렸다.

"허튼수작 마, 이 여자야." 그가 말했다. "아니면 네 몸의 뼈가 네 손에 남아나지 않을 거야."

"술이나 퍼마시는 짐승 주제에."

그녀는 한심하다는 투로 말했다.

그는 아내와 늙은 노파가 그를 쏘아본다고 생각했다. 브르발드 영감이 전에 없이 농담이라도 던지면, 저 영감이 사위 뒤통수를 칠 생각에 기분이 좋아 저러지, 하고 생각했다. 그의 의심은 점점 커져 갔다. 백인 남자들은 흘끔흘끔 그의 눈치를 살피는 것 같았다. 그가 호텔 라운지로 들어가면 순간 좌중은 침묵에 싸였다. 그는 이들이 내 얘기를 하고 있었다고 확신했다. 분명 무슨 일이 벌어지고 있었고, 모두가 그걸 아는데 그만 몰랐다. 그는 분노와 질투심에 휩싸였다. 에설이 백인 남자와 놀아나고 있다고 확신하고는 백인 남자들을 하나하나 살펴보았지만 어떤 단서도 잡을 수 없었다. 속수무책이었다. 심증이 가는 남자가 전혀 없었기 때문에, 그는 발광하는 미치광이처럼 돌아다니면서 분노를 표출할 대상을 찾았다. 결국 로슨은 우연한 일을 계기로 아무런 잘못이 없는 애먼 남자에게 화풀이를 하고 말았다. 어느 날 오후, 로슨이 호텔에 혼자 부루퉁하게 앉아 있는데 채플린이 들어와 옆에 앉았다. 이 섬에서 로슨을 딱하게 여기는 사람은 채플린뿐인 듯했다. 그들은 술을 주문하고 나서 곧 있을 경마에 대해 몇 분 동안 이야기를 나누었다. 채플린이 말했다.

"새 옷을 장만하려면 어떻게든 돈을 마련해야 할 텐데."

로슨은 킬킬 웃었다. 채플린 부인이라면 돈주머니를 틀어쥐고 있으니 분명 남편에게 묻지 않고 새 드레스를 척척 장만할게 틀림없었다.

"당신 아내는 어때?"

채플린이 친근한 마음에 물었다.

"그게 당신이랑 무슨 상관이죠?"

로슨이 검은 눈썹을 팍 찌푸리며 말했다.

"그냥 예의상 물은 거야."

"예의상 묻는 거라면 그냥 닥치고 있어요."

채플린은 참을성이 많은 남자가 아니었다. 열대 지방에서 지낸 오랜 세월과 들이킨 위스키, 최근 겪은 집안일들이 합세해서 화를 돋우었다. 그는 분을 못 참고 로슨보다 더 발끈했다.

"이보게, 젊은이, 내 호텔에 있으려면 신사답게 행동하도록 해. 아니면 그 가시 돋친 말은 길거리에서 지껄이게 될 거야."

안 그래도 언짢던 로슨의 안색이 벌겋게 달아올랐다.

"한 번만 말할 테니 다른 사람들에게도 똑똑히 전해요." 로슨은 분노로 숨을 몰아쉬며 말했다. "당신들 중 누구든 내 아내랑 놀아났다간 밤길 조심하는 게 좋을 거요."

"대체 누가 당신 아내랑 놀아난다는 거야?"

"난 당신들이 생각하는 것처럼 바보가 아니야. 대부분의 남자들이 그렇듯 나 역시 장벽에 부딪친 것이고, 똑똑히 경고를 하는 것뿐이오. 난 문란한 짓은 용납 못 해, 절대."

"이봐, 오늘은 그만 가는 게 좋겠어. 맨정신일 때 다시 오게."

"내가 원할 때 나갈 거야. 그 전엔 못 떠나."

로슨이 말했다.

그것은 무모한 허풍으로 그쳤다. 채플린은 호텔 경비원을 지낼 때 신사들을 떼어 내는 특별한 요령을 터득한 사람이었기 때문이다. 로슨은 뭐라 더 지껄이지도 못하고 순식간에 멱살과 팔을 붙잡혀 힘 한번 제대로 쓰지 못하고 길거리로 떠밀렸다. 그는 휘청거리면서 계단을 내려가 눈부시게 내리쬐는 햇살 속으로 나아갔다.

이 일은 그와 에설의 첫 격렬한 다툼으로 번졌다. 그는 창피하기도 하고 호텔로 돌아가기도 뭣해서 평소보다 일찍 집으로 돌아갔다. 에설은 외출하려고 단장하는 중이었다. 평소에는 머더 허버드를 입고 맨발과 까만 머리에 꽃을 꽂은 모습으로 돌아다녔지만, 지금은 하얀 스타킹에 하이힐을 신고 최근에 장만한 분홍빛 모슬린 드레스를 차려입고 있었다.

"아주 예쁘게 단장하고 있군." 그가 말했다. "어딜 가려고?"

"크로슬리네 갈 거야."

"나도 같이 가지."

"왜요?"

그녀가 차갑게 물었다.

"당신 혼자 내내 쏘다니는 게 싫으니 그렇지."

"당신은 초대받지 않았어요."

"그건 내 알 바 아니지. 당신은 나 없이 한 발짝도 못 나가."

"나 준비하는 동안 좀 누워 있어요."

그녀는 그가 취했다고 생각하고 침대에 누우면 곧장 곯아떨어질 거라고 생각했다. 그는 의자에 앉아 궐련을 피웠다. 그녀가 가만 지켜보니 그의 화는 갈수록 부글부글 끓어올랐다. 그녀가 단장을 마치자 그가 일어섰다. 하필 그때 방갈로 안에는 아무도 없었다. 브르발드 영감은 농장에서 일하고 있었고, 영감의 아내는 아피아에 가고 없었다. 에설은 로슨을 마주했다.

"당신과 같이 안 갈 거야. 당신 취했어."

"거짓말 마. 나 없인 못 가."

그녀는 어깨를 추어올리고는 그를 지나가려 했지만, 그는 그녀의 팔을 움켜쥐고 그녀를 붙잡아 세웠다.

"이거 놔, 이 악마야."

그녀가 불쑥 사모아 말로 말했다.

"어째서 나 없이 가려는 거야? 내가 허튼수작은 더 이상 용납하지 않는다고 말했을 텐데?"

그녀는 주먹을 쥐고 그의 얼굴을 때렸다. 순간 그는 자제심을 잃었다. 그의 사랑, 그의 증오가 한꺼번에 몰아쳤고, 그는 제정신이 아니었다.

"본때를 보여 주지." 그가 말했다. "본때를 보여 주겠어."

그는 마침 손에 잡힌 말채찍을 들어 그녀를 후려쳤다. 그녀는 비명을 내질렀고, 그는 비명 소리에 자극을 받아 그녀를 때리고 또 때렸다. 그녀의 비명이 방갈로 안에 메아리쳤다. 그는 그녀를 욕하면서 때렸다. 그러고는 그녀를 침대에 내던졌다. 그녀는 누워 고통과 두려움에 흐느꼈다. 그는 채찍을 던져 버리고 획 방을 나갔다. 에설은 그가 나가는 소리를 듣고 울음을 그쳤다. 쓰라리긴 했지만 심하게 다친 것은 아니었다. 그녀는 상한 곳이 있는지 드레스를 살폈다. 원주민 여자들이 두들겨 맞는 것은 드문 일이 아니었다. 그녀는 그가 한 짓에 못 견딜 만큼 화가 나지는 않았다. 거울에 자신의 모습을 이리저리 비춰 보며 머리를 매만졌다. 눈이 반짝거렸다. 그녀의 눈빛에 이상한 빛이 어른거렸다. 이 순간만큼 그녀의 마음이 그를 사랑하는 감정에 가까웠던 적은 없었을 것이다.

하지만 로슨은 정처 없이 농장 안을 비틀비틀 헤매고 다니다가, 별안간 기운이 쭉 빠지면서 나무둥치 옆 땅바닥에 주저앉았다. 어린아이처럼 미약한 존재가 된 기분이었다. 비참하고 부끄러웠다. 유순하고 부드러운 사랑 안에서 몸 안의 모든 뼈가 물러지는 기분이었다. 그는 지난날을 떠올렸다. 그가 품었던 희망들. 자기가 한 짓을 생각하니 기가 막혔다. 그는 어느 때보다 그녀를 원하고 있었다. 그녀를 품에 안고 싶었다. 어서 그녀에게 돌아가야 했다. 그는 일어섰다. 몸이 너무 약해서 걷는데 몸이 휘청거렸다. 그가 집 안으로 들어갔을 때 그녀는 그들의 비좁은 침실 안 거울 앞에 앉아 있었다.

"오, 에설, 나를 용서해 줘. 나 자신이 너무나 부끄러워. 내가 무슨 짓을 한 건지 모르겠어."

그는 그녀 앞에 무릎을 꿇고는 주저하며 그녀의 드레스 자락을 만지작거렸다.

"내가 한 짓을 생각하면 견딜 수가 없어. 끔찍해. 내가 미쳤었나 봐. 나만큼 당신을 사랑하는 사람은 세상에 없을 거요. 당신을 고통에서 구할 수만 있다면 뭐든 하려 했는데 당신을 다치게 하다니. 나 자신을 용서할 수가 없지만 제발 나를 용서한다고 한마디만 해 줘요."

그는 그녀가 내지르던 비명 소리가 귓전에 아른거려 견딜 수가 없었다. 그녀는 아무 말 없이 그를 처다보았다. 그는 그녀의 손을 잡으려 했다. 눈에서는 눈물이 줄줄 흘러내렸다. 그는 모멸감에 휩싸여 그녀의 무릎에 얼굴을 묻고 연약한 몸이 뒤흔들리도록 흐느꼈다. 그녀의 얼굴에 경멸의 표정이 떠올랐다. 원주민 여자들이 그렇듯 그녀도 여자 앞에서 자신을 낮추는 남자를 업신여겼다. 약해 빠져서는! 잠시나마 그가 대단한 남자일지 모른다는 생각을 하고 있었는데. 똥개처럼 내 발밑에서 굽실거리다니. 그녀는 멸시를 담아 그에게 살짝 발길질을 했다.

"나가요." 그녀가 말했다. "꼴도 보기 싫어."

그는 그녀를 안으려 했지만 그녀는 그를 옆으로 밀쳐 냈다. 그리고 일어섰다. 그녀는 드레스를 벗기 시작했다. 발을 휘둘러 신발을 확 벗어 버리고는 발에서 스타킹을 확 벗었다. 그러고는 낡은 머더 허버드를 걸쳤다.

"뭐 하는 거야?"

"내가 뭘 하든 당신이 무슨 상관이야? 샘에 먹 감으러 갈 거야."

"나도 같이 가게 해 줘."

그가 말했다.

그는 어린아이처럼 허락을 구했다.

"그냥 좀 놔둘 수 없어?"

그는 두 손에 얼굴을 묻고 서럽게 울었고, 그녀는 냉혹하고 차가운 눈으로 그를 지나쳐 밖으로 나갔다.

이후 그녀는 그를 철저히 멸시했다. 그러나 로슨과 에설은 작은 방갈로에서 그들의 두 아이와 브르발드 영감, 영감의 아내, 영감 아내의 모친, 먼 피붙이들, 노상 들락거리며 어슬렁거리는 사람들과 다 같이 복작거리며 지내야 했다. 로슨은 더 이상 중요한 존재가 아니었고 거의 눈에 띄지도 않았다. 그는 아침을 먹고 집을 나와 저녁때나 되어야 귀가했다. 투쟁할 의지는 없었다. 돈이 궁해 잉글리시 클럽에 가지 못할 때는 브르발드 영감과 원주민들하고 하츠[11]를 하면서 저녁 시간을 때웠다. 술에 취하지 않았을 때는 기를 못 펴고 풀이 죽어 지냈다. 에설은 그를 개처럼 취급했다. 때때로 그녀는 그의 격렬한 분노에 굴복했다. 분노와 함께 분출되는 증오심이 두려웠기 때문이다. 하지만 이후 매번 살살거리고 걸핏하면 질질 짜는 그가 혐오스러워서 그의 얼굴에 침도 뱉을 수 있을 것 같았다. 가끔 그는 폭력을 휘둘렀지만, 그녀는 이제 이골이 나서 그가 때리면 같이 발로 차고 할퀴고 물어뜯었다. 그들은 격렬하게 싸웠고 그가 항상 싸움에서 이기는 것은 아니었다. 그들의 불화는 순식간에 아피아 전체에 알려졌다. 로슨을 동정하는 의견은 거의 없었고, 호텔에서는 대체로 브르발드 영감이 그를 집에서 내쫓지 않는 것이 놀랍다는 반응이었다.

"브르발드는 꽤나 거친 인사야." 남자들 중 한 명이 말했다.

---

11) 가진 패를 내고 받으면서 하트 카드 숫자의 합계가 가장 적은 사람이 이기는 카드 게임.

"요즘 같아선 영감이 로슨의 시체에 총알을 쏜다고 해도 이상하지 않아."

에설은 저녁마다 그 고요한 샘으로 멱을 감으러 다녔다. 어떤 인간적이지 않은 끌림에 이끌리는 것처럼. 인어에게 홀린 인간이 차갑고 짠 바다의 파도로 이끌려 가는 것처럼. 로슨도 가끔 그곳에 갔다. 그가 어떤 마음으로 그곳에 갔는지 나로서는 알 길이 없다. 에설이 그가 그곳에 있는 것을 노골적으로 싫어했기 때문이다. 그는 거기서 그녀를 처음 보았을 때 가슴 깊이 차오르던 그 청명한 황홀감을 되찾고 싶었을지도 모른다. 아니면 사랑받지 못하는 외사랑의 광기와 사랑에 대한 집착 때문일 수도 있다. 어느 날 그는 생소한 감정에 젖어 그곳으로 내려갔다. 별안간 온 세상이 평온하게 느껴졌다. 저녁이 밀려오는 중이었다. 코코넛 이파리 끝에 석양이 작고 옅은 조각구름처럼 걸려 있었다. 희미한 산들바람이 나뭇잎들을 요란하게 흔들었다. 초승달이 코코넛 나무 꼭대기 바로 위에 걸려 있었다. 그는 냇둑으로 내려갔다. 에설이 물에 똑바로 누워 둥둥 떠 있는 것이 보였다. 머리카락이 그녀의 몸을 감싸며 넓게 퍼져 있었다. 그녀는 손에 커다란 히비스커스꽃을 들고 있었다. 그는 잠시 동작을 멈추고 그녀에 감탄했다. 오필리아[12] 같았다.

"안녕, 에설."

그가 쾌활하게 외쳤다.

---

12) 셰익스피어의 희곡 『햄릿』에서 강물에 몸을 던져 목숨을 끊는 인물.

그녀는 갑자기 움직이다가 빨간 꽃을 떨어뜨렸다. 꽃이 유유히 떠내려갔다. 그녀는 한두 번 팔을 저어 발이 바닥에 닿는 곳까지 헤엄쳐 가서 똑바로 섰다.

"저리 가." 그녀가 말했다. "저리 가라고."

그는 웃음을 터뜨렸다.

"야박하기는. 둘 다 몸을 담그기에 충분하잖아."

"날 좀 내버려 둘 순 없어? 나 혼자 있고 싶어."

"나 원 참, 나도 목욕 좀 하자고."

그는 좋게 좋게 농담조로 대꾸했다.

"다리 쪽으로 내려가. 나는 당신이 여기 있는 거 싫어."

"미안하게 됐어."

그는 여전히 웃는 얼굴로 덧붙였다.

그는 조금도 화가 나지 않았다. 그녀도 발끈한 것 같지 않았다. 그는 외투를 벗기 시작했다.

"저리 가." 그녀가 빽 소리쳤다. "당신이 여기 있는 거 싫어. 혼자 있겠다는데 그것도 못 하게 해? 저리 가라고."

"바보처럼 굴지 마, 여보."

그녀는 몸을 숙였다가 뾰족한 돌을 하나 집어 재빨리 그에게 던졌다. 그는 피할 겨를이 없었다. 돌이 그의 관자놀이를 때렸다. 그는 비명을 지르며 손을 머리에 댔고, 손을 뗐을 때 손은 피로 흥건했다. 에설은 화가 나서 씩씩거리며 가만히 서 있었다. 그는 하얗게 질려서 말없이 외투를 집어 들고 그곳을 떠났다. 에설은 다시 물속으로 가라앉아 물살에 몸을 맡긴 채 여울 쪽으로 천천히 흘러갔다.

돌은 자상을 남겼고, 로슨은 며칠 동안 머리에 붕대를 감고 지냈다. 클럽에서 사람들이 물어볼 경우를 대비해 그럴듯한 사연을 미리 지어 두었지만 써먹을 기회가 없었다. 아무도 그 얘기를 꺼내지 않았다. 그는 사람들이 그의 머리를 슬쩍슬쩍 훔쳐보는 걸 보았지만, 아무도 그 얘기를 하지는 않았다. 침묵은 그가 다친 경위를 사람들이 안다는 뜻이었다. 이제 그는 에설에게 애인이 있으며 모두들 그가 누구인지 안다고 확신했다. 하지만 놈의 정체를 추정할 만한 단서가 전혀 없었다. 그는 에설이 누구와 함께 있는 것을 본 적이 없었다. 에설과 같이 있으려 하거나 그에게 이상하게 구는 사람도 없었다. 맹렬한 분노가 그를 사로잡았다. 화를 분출할 상대가 없어지자 그는 점점 더 많이 퍼마셨다. 내가 그 섬에 가기 얼마 전, 그는 다시 진전 섬망 발작을 일으켰다.

나는 캐스터라는 남자의 집에서 에설을 만났다. 캐스터는 아피아에서 3~4킬로미터 떨어진 곳에서 원주민 아내와 같이 살고 있었다. 나는 그와 테니스를 쳤다. 둘 다 지쳤을 때 그가 차를 한잔 하자고 해서 같이 집 안으로 들어갔다. 어수선한 거실에 에설이 캐스터 부인과 수다를 떨고 있었다.

"안녕, 에설." 그가 말했다. "당신이 와 있는 줄은 몰랐네."

나는 그녀를 흥미롭게 쳐다보았다. 대체 그녀의 어떤 점이 로슨의 치명적인 열정을 일으킨 것인지 알고 싶었다. 하지만 어느 누가 이런 것을 설명할 수 있을까? 그녀가 사랑스러운 건 사실이었다. 그녀는 사모아의 산울타리에서 흔히 보이는 빨간 히비스커스 같았다. 그 우아함, 그 나른함, 그 열정을 닮아

있었다. 하지만 그동안 들었던 그들의 사연에 비해 그녀가 싱
그럽고 순박해 보여 놀라지 않을 수 없다. 그녀는 조용하고 수
줍은 편이었다. 투박하거나 시끄러운 면모는 조금도 찾아볼
수 없었다. 혼혈인들이 흔히 보이는 활기찬 기운도 없었다. 그
녀가 누구나 다 아는 그 격렬한 부부 싸움의 주인공, 그 드센
여자라고는 도저히 믿기지 않았다. 예쁜 분홍색 드레스와 하
이힐 차림의 그녀는 거의 유럽인으로 보였다. 원주민의 삶이
훨씬 더 친숙한 여자, 원주민의 배경이 숨겨진 여자라고는 도
무지 보이지 않았다. 특별히 영민해 보이지는 않았고, 어떤 남
자가 한동안 그녀와 같이 살고 나서 그녀에게 느꼈던 열정이
권태로 퇴색했다고 해도 놀랍지 않을 것 같았다. 언뜻 떠올랐
다가 말하기 전에 사라지는 생각처럼, 규정하기 어려운 그녀
의 속성이 독특한 매력으로 작용하는 게 아닐까 하는 추측도
가능했지만, 그 역시 추측에 불과했다. 내가 그녀에 대해 아무
것도 몰랐다면 그녀는 그저 어리고 예쁘장한 혼혈 여인으로
보였을 것이다.

그녀는 사모아에 온 외지인에게 으레 묻는 질문들을 내게
던졌다. 여행은 어땠는지, 파파시아의 미끄럼틀 바위를 타 보
았는지, 원주민 마을에 묵을 생각이 있는지. 그리고 스코틀랜
드 이야기를 꺼냈다. 나는 그녀가 스코틀랜드에서 누렸던 호
화로운 생활을 과장하고 있다는 인상을 받았다. 그녀는 거기
북쪽에서 살 때 알고 지낸 부인네들의 이름을 대면서 내게 그
들을 아느냐고 순박하게 물었다.

그때 그 뚱뚱한 독일계 미국인 밀러가 들어왔다. 그는 아주

정중하게 모두와 악수를 나누고 나서 자리에 앉아 크고 활기찬 목소리로 위스키소다를 한 잔 청했다. 몹시 뚱뚱했고 땀을 엄청나게 흘렸다. 그가 금테 안경을 벗어 안경을 닦았고, 크고 둥그런 안경알 뒤에 가려져 있던 기민하고 교활한 작은 눈이 보였다. 조금 지루하던 파티가 그의 등장으로 달라졌다. 그는 뛰어난 이야기꾼이었고 쾌활한 남자였다. 그는 곧 두 여인을 휘어잡았다. 에설과 내 친구의 아내는 그의 너스레에 까르르 웃음을 터뜨렸다. 그는 그 섬에서 여자를 밝히는 남자로 유명했다. 이 뚱뚱하고 역겨운 사내는 늙고 추한 몰골로도 아직은 얼마든지 여자를 홀릴 재간이 있어 보였다. 그의 농담은 좌중이 이해할 만한 수준에서 흥미롭고 확실한 사건에 국한되었고, 서부식 악센트는 그가 하는 말에 독특한 강조점을 더했다. 마침내 그가 내게 고개를 돌렸다.

"돌아가서 저녁을 먹을 거면 그만 일어나는 게 좋겠소. 괜찮다면 내가 차로 데려다주리다."

나는 그에게 감사를 표하며 일어섰다. 그는 다른 사람들과 악수를 나눈 뒤 육중하고 힘찬 발걸음으로 방을 나가서 그의 차에 올랐다.

"참 어리고 예쁘군요. 로슨의 아내 말입니다." 달리는 차 안에서 내가 말했다. "로슨이 그녀를 그렇게 다루다니 딱한 일입니다. 완력을 쓰다뇨. 나는 남자가 여자를 때린다는 이야기를 들으면 분노가 치밉니다."

우리는 이야기를 조금 나누었다. 그가 말했다.

"그 여자와 결혼을 하다니 그자가 바보 천치지 뭐요. 당시에 내가 그렇게 말을 했건만. 결혼만 안 했어도 지금쯤 그 여자를 쥐고 흔들 텐데. 그자는 좀팽이예요. 좀팽이고말고.”

　그해가 저물어 가면서 내가 사모아를 떠날 날도 점점 가까워졌다. 내가 탈 배는 1월 4일 시드니를 향해 출항할 예정이었다. 크리스마스 당일에 호텔에서 적절한 축하연이 열렸지만 그것은 새해 첫날을 위한 예행연습에 불과해 보였다. 호텔 라운지에 습관처럼 모인 사람들은 새해 전날 흥청망청 실컷 퍼마시기로 했다. 일행은 시끌벅적한 저녁 식사를 마친 뒤 당구를 치러 잉글리시 클럽이 자리한 단순하고 자그마한 목조 가옥으로 슬슬 내려갔다. 많은 이야기와 웃음소리, 내기가 이어졌다. 몇몇 당구 게임은 형편없었다. 밀러가 참여할 때는 예외였는데, 그는 연배가 훨씬 아래인 일행들처럼 얼큰히 취했으면서도 예리한 눈썰미와 안정적인 손놀림을 꾸준히 유지했다. 그리고 농담과 세련미를 곁들여 젊은 남자들의 돈을 주머니에 챙겨 넣었다. 그렇게 한 시간쯤 지났을 때 나는 지루해서 바깥으로 나갔다. 도로를 건너 해변으로 갔다. 그곳에는 코코넛 나무 세 그루가 자라나 있었는데, 바다에서 연인이 달려 나오기를 기다리는 달의 세 처녀처럼 보였다. 나는 나무 밑동 옆에 앉아 석호과 밤하늘의 총총한 별들을 바라보았다.

　그날 저녁 로슨이 어디 있었는지 나로서는 알 길이 없지만, 그날 밤 10시에서 11시 사이에 그는 클럽으로 나왔다. 무료하고 따분한 기분으로 흙먼지 날리는 텅 빈 도로를 비틀비틀 걸어 내려온 그는 클럽에 도착해서 당구실로 들어가기 전 바로 가서 혼자 술을 한잔 걸쳤다. 이제 그는 백인 사내들의 무리에 선뜻 끼어들 배짱이 없어서 백인 사내들이 많이 모인 곳에 가려면 독한 위스키의 힘을 빌려야 자신감이 생겼다. 그가 위스키 잔을 들고 서 있는데 밀러가 그에게 건너왔다. 밀러는 셔츠 바람으로 당구 큐대를 들고 있었다. 그는 바텐더를 슬쩍 쳐다보며 눈치를 주었다.

"자넨 나가 보게, 잭."

밀러가 말했다.

흰 재킷과 빨간 라바라바 차림의 원주민 바텐더는 말없이 작은 방을 살그머니 빠져나갔다.

"이보게, 그렇지 않아도 자네랑 얘기를 하려고 기다리던 참이야, 로슨."

거구의 미국인이 말했다.

"이 빌어먹을 섬에서 돈 한 푼 안 들이고 무료로, 공짜로 할 수 있는 몇 안 되는 것들 중 하나가 대화 아닙니까."

밀러는 금테 안경을 콧대 위에 단단히 고정시키고는 차고 단호한 시선을 로슨에게 고정했다.

"이봐, 젊은이, 자네가 로슨 부인을 다시 두들겨 패고 있다는 거 알아. 더 이상 두고 볼 수만은 없네. 당장 그만둬. 아님 자네의 더럽고 왜소한 몸뚱이에 든 뼈란 뼈는 내 손에 모조리 부러질 줄 알아."

그 순간 로슨은 오랫동안 알아내려 애써 왔던 사실을 알게 되었다. 밀러였던 것이다. 뚱뚱한 몸과 대머리, 둥글고 말끔한 얼굴, 이중 턱, 금테 안경, 그의 나이, 변절한 수도사 같은 유순하면서도 약삭빠른 인상. 이 남자의 외모와 너무나 날씬하고 순결한 에설의 모습이 겹치면서 갑작스러운 공포감이 덮쳤다. 로슨은 흠이 있기는 해도 겁쟁이는 아니었다. 그는 아무 말 없이 밀러에게 주먹을 거세게 휘둘렀다. 밀러는 큐대를 쥔 손으로 재빨리 그의 일격을 방어하고는 오른팔을 대차게 휘둘러 로슨의 귀 쪽에 주먹을 꽂았다. 로슨은 미국인보다 키가 10센티미터는 작았다. 본디 약골인 데다 병도 앓았고 진을 빼는 열대 지방의 기후와 음주로 인해 허약해진 상태였다. 그는 통나무처럼 쓰러져 반쯤 정신을 잃고 바 옆에 널브러졌다. 밀러는 안경을 벗어 손수건으로 안경을 닦았다.

"이제는 말귀를 좀 알아듣겠지. 주의를 받았으니 순순히 따르는 게 좋을 거야."

그는 큐대를 들고 당구실로 돌아갔다. 당구실 안은 왁자지껄 소란스러웠기 때문에 아무도 무슨 일이 있었는지 알지 못했다. 로슨은 몸을 일으켰다. 손을 귓가에 댔다. 귀가 아직도 먹먹했다. 그는 조용히 클럽을 빠져나왔다.

나는 한 남자가 도로를 건너는 것을 보았다. 하얀 조각이 밤의 어둠 속에서 도드라져 보였지만 누구인지는 알 수 없었다. 남자는 해변으로 내려가서 나무 발치에 앉아 있는 나를 지나치더니 아래를 내려다보았다. 그때 나는 그것이 로슨임을 알아보았지만, 취한 티가 너무 나서 말을 걸지는 않았다. 그는 걸어갔다. 확신 없이 두세 걸음을 되는대로 옮기더니 뒤로 돌았다. 그러고는 내게 다가와서 고개를 숙여 내 얼굴을 내려다보았다.

"당신인 줄 알았소."

그가 말했다.

그는 앉아 파이프 담배를 꺼냈다.

"클럽 안이 덥고 시끄럽더라고요."

내가 운을 떼웠다.

"왜 여기 앉아 있습니까?"

"성당의 자정 미사를 기다리고 있어요."

"원한다면 내가 같이 가 주리다."

로슨은 정신이 말뚱한 편이었다. 우리는 잠시 앉아 묵묵히 담배를 피웠다. 때때로 석호 안에서 큰 물고기 몇 마리가 첨벙 거렸고, 암초로 둘러싸인 만 쪽으로 조금 나간 지점에서 범선 의 불빛이 반짝였다.

"다음 주에 배를 타겠군요, 그쵸?"

그가 말했다.

"그렇습니다."

"고향으로 돌아간다는 건 기쁜 일입니다. 하지만 이제 난 그 곳을 감당할 수 없어요. 너무 추워요."

"지금 잉글랜드에서는 사람들이 불가에 앉아 덜덜 떨고 있 을 걸 생각하면 기분이 이상합니다."

바람 한 점 불지 않았다. 밤의 향기가 마법처럼 신비로웠다. 나는 얇은 셔츠 한 장과 면포 정장만 입고 있었다. 밤의 아름 다움과 나른함을 만끽하며 팔다리를 몸이 원하는 대로 쭉 뻗 었다.

"꼭 새해 전날만 미래를 위해 훌륭한 결심을 하는 건 아니죠."

나는 미소를 지었다.

그는 대꾸하지 않았지만, 내가 무심코 던진 말에 어떤 생각이 들었는지 곧 말문을 열었다. 그는 낮은 목소리로 덤덤하게 말을 했는데, 세련된 말씨였다. 한동안 거슬리는 콧소리와 저속한 억양의 말만 듣고 지낸 터라 그의 말을 들으니 기분이 좋았다.

"내가 엉망진창으로 망쳐 놨어요. 그건 분명합니다. 그렇죠? 구덩이 바닥으로 굴러떨어졌는데 빠져나갈 곳이 없군요. '끝에서 끝까지 구덩이처럼 암흑뿐이로다.'"[13] 나는 그가 웃는 얼굴로 시구를 인용하는 것이 느껴졌다. "게다가 이상한 것은, 어디가 잘못된 건지 알 수가 없다는 겁니다."

나는 숨이 탁 막혔다. 한 남자가 자신의 벌거벗은 영혼을 내 앞에서 드러내는 것만큼 경외심을 불러일으키는 것은 없었기 때문이다. 그런 순간에는 세상에 하찮은 사람도 못난 사람도 없다는 깨달음이 일어나고 그 남자 안에서는 어떤 것이 반짝이며 연민을 자극한다.

"모두 내 탓이라는 걸 알았더라면 이런 꼴이 나지는 않았겠죠. 내가 술을 마시는 건 사실입니다. 하지만 상황이 다르게 흘렀다면 이렇게까지 퍼마시지 않았을 거예요. 사실 나는 술을 그리 좋아하지 않아요. 에설과 결혼해서는 안 되는 거였어요. 그냥 그녀를 곁에 두었다면 잘됐을 겁니다. 하지만 그러기엔 그녀를 너무 사랑했어요."

그의 목소리가 흔들렸다.

---

13) 윌리엄 어니스트 헨리(William Ernest Henley, 1849~1903)의 시 「인빅터스」 중에서.

"그녀는 그렇게 나쁜 여자가 아닙니다. 운이 나빴을 뿐이에요. 우리는 행복하게 살 수도 있었어요. 그녀가 도망쳤을 때 그녀를 놓아주었어야 하는데 그럴 수가 없었습니다……. 그녀에게 완전히 집착하고 있었거든요. 아이도 있었고요."

"아이를 좋아하시죠?"

내가 물었다.

"좋아했죠. 아이가 둘입니다. 하지만 이제 그 아이들은 내게 큰 의미가 없습니다. 그 아이들은 어디를 가나 원주민 취급을 받아요. 아이들과 이야기하려면 사모아 말을 써야 합니다."

"새 출발을 하기에 너무 늦었을까요? 서둘러 정리하고 여기를 떠나면요?"

"그럴 힘이 없어요. 난 끝났어요."

"아직 아내를 사랑합니까?"

"지금은 아닙니다. 지금은 아니에요." 그는 혐오감이 담긴 목소리로 두 마디 말을 반복했다. "이제는 그럴 힘조차 없어요. 완전히 껍데기가 됐어요."

성당의 종소리가 울려 퍼졌다.

"자정 미사에 참석할 거라면 슬슬 가 보는 게 좋겠어요."

나는 말했다.

"갑시다."

우리는 일어서서 길을 따라 걸었다. 새하얀 성당 건물이 바다를 향해 당당히 서 있었고, 그 옆에 자리한 개신교 교회들은 회관 같은 인상을 풍겼다. 길에 자동차가 두세 대 있었다. 이륜마차는 상당히 많았는데, 옆쪽 벽에 줄줄이 세워져 있었다. 미사를 위해 섬 여기저기에서 사람들이 몰려와 있었고, 큰 문이 활짝 열린 문간 안쪽으로 사람들이 들어찬 내부가 보였다. 높은 제단은 불빛으로 환했다. 백인들이 몇 명 있었고 혼혈인들도 꽤 있었지만, 대부분은 원주민들이었다. 성당에서 라바라바는 부적절한 복장이었으므로 남자들은 모두 바지 차림이었다. 우리는 뒤쪽 열린 문 옆에 빈자리를 발견해 앉았다. 나는 로슨의 시선을 따라 눈길을 돌렸다가 에설이 혼혈인 무리와 함께 성당 안으로 들어서는 것을 보았다. 모두들 한껏 치장한 차림새였다. 남자들은 목깃을 높고 빳빳하게 세우고 반들거리는 부츠를 신었고, 여자들은 크고 화사한 모자를 쓰고 있었다. 에설은 미소 띤 얼굴로 친구들에게 고개를 끄덕이면서 통로를 따라 올라갔다. 미사가 시작되었다.

미사가 끝났을 때 로슨과 나는 옆쪽에 잠시 서서 사람들이 빠져나가는 모습을 쳐다보았다. 그가 손을 내밀었다.

"잘 가요." 그가 말했다. "즐거운 귀국길 되기를 바랍니다."

"오, 하지만 떠나기 전에 또 만날 텐데요."

그는 킬킬 웃었다.

"만났을 때 내가 취해 있을까요, 맨정신일까요, 그것이 문제로군요."

그는 돌아서서 나를 두고 떠났다. 무성한 눈썹 밑에서 형형히 빛나던 그 거대하고 검은 눈망울이 눈앞에 선하다. 나는 마음을 정하지 못하고 망설였다. 잠도 오지 않고 해서 클럽으로 내려가 한 시간 정도 시간을 보내다가 들어가기로 했다. 클럽에 가 보니 당구실은 텅 비어 있었지만 남자 대여섯 명이

라운지 탁자에 둘러앉아서 포커를 치고 있었다. 내가 들어가자 밀러가 고개를 들었다.

"앉아서 같이 하지."

그가 말했다.

"그러죠."

나는 칩을 몇 개 사서 게임을 하기 시작했다. 아니나 다를까 게임이 어찌나 흥미진진한지 한 시간은 두 시간으로, 세 시간으로 늘어났다. 원주민 바텐더는 그 시각에도 말똥한 정신으로 유쾌하게 우리 옆을 지키면서 술이며, 어디서 났는지 햄과 빵을 내왔다. 우리는 게임을 계속했다. 모두들 알딸딸한 정도를 넘어 상당히 취해 있었다. 판이 점점 커지고 무모하게 흘러갔다. 나는 적당히 게임을 했다. 이기려고 기를 쓰지도 않았고, 잃을까 봐 안달하지도 않았다. 그저 호기심이 동해 밀러를 지켜보았다. 그는 나머지 일행과 함께 술잔을 끊임없이 들이켰지만, 냉정함과 침착함을 유지했다. 그의 칩은 점점 수북하게 쌓여 갔다. 그의 앞에는 작고 깔끔한 종이가 하나 있었는데, 그는 돈이 떨어진 참여자들에게 크고 작은 돈을 빌려주고 그 종이에 그 액수를 적었다. 젊은 남자들에게 돈을 내줄 때마다 그들에게 온화한 웃음을 지었다. 끊임없이 농담을 던지고 재미난 말들을 하면서도 단 한 게임도, 스쳐 지나가는 얼굴 표정 하나도 놓치지 않았다. 마침내 새벽이 여기 일은 내 소관이 아니라는 듯 무심하면서도 수줍게 창문 안쪽으로 살금살금 기어들더니 날이 밝았다.

"자, 자," 밀러가 말했다. "이렇게 또 한 해를 멋지게 넘겼구

면. 마지막으로 한 판 크게 돌리세. 나는 그만 모기장 안으로
물러가야겠어. 나는 오십 대야, 기억하게들. 이렇게 늦게까지
깨어 있는 건 무리야."

우리는 베란다에 서서 아름답고 신선한 아침을 맞았다. 석
호는 색색깔을 띤 유리 표면 같았다. 누군가 침대에 들기 전
물에 몸을 담그자고 제안했지만, 끈적하고 발을 다칠 위험이
있는 석호에서 선뜻 멱을 감으려 하는 사람은 없었다. 문 앞
에 밀러의 차가 세워져 있었다. 밀러가 자기 차를 타고 그 샘
에 가자고 제안했다. 우리는 차에 올라타 텅 빈 도로를 따라
달렸다. 우리가 그 샘에 도착한 건 아침이 도착하기 전이었다.
나무들 밑의 물은 그늘이 져 어두웠다. 밤이 아직 물러가지
않고 미적거리는 것 같았다. 우리는 마냥 신나 있었다. 나는
수건도 없고 수영복도 없어서 어떻게 몸을 말려야 하나 조심
스러웠지만, 누구도 크게 개의치 않았다. 얼마 뒤 우리는 옷을
벗어 던졌다. 몸집이 작은 화물 관리인 넬슨이 가장 먼저 벌거
숭이가 되었다.

"난 물 밑으로 내려갈 거야."

그가 말했다.

넬슨이 잠수를 했다. 곧 다른 남자도 따라 잠수를 했지만,
물이 얕아서 넬슨보다 먼저 떠올랐다. 그때 넬슨이 수면 위로
올라와 허둥거리며 옆으로 갔다.

"나 좀 꺼내 줘."

그가 말했다.

"무슨 일이야?"

무슨 일이 있는 게 분명했다. 그의 얼굴은 겁에 질려 있었다. 두 남자가 그에게 손을 내밀었고, 그는 끌어 올려졌다.

"저 아래에 남자가 있어."

"바보 같은 소리. 취했구먼."

"만약 아니라면 내가 섬망증이겠지. 하지만 정말 저 아래에 남자가 있단 말이야. 겁이 나 기절하는 줄 알았어."

밀러는 잠시 그를 쳐다보았다. 그 작은 남자는 하얗게 질려 있었다. 몸을 덜덜 떨면서.

"가 보세, 캐스터." 밀러가 덩치 큰 호주인에게 말했다 "밑으로 내려가서 확인해 보자고."

"남자가 똑바로 서 있어." 넬슨이 말했다. "옷을 다 입고. 그 자를 똑똑히 봤어. 그 자가 나를 잡으려 했어."

"단단히 버티게." 밀러가 말했다. "준비됐나?"

그들은 잠수를 했다. 우리는 말없이 둑에 앉아 기다렸다. 그들은 사람이 저리 오래 숨을 참을 수 있을까 싶을 만큼 물 속에 오래 있는 것 같았다. 그때 캐스터가 위로 올라왔고, 숨을 금방 넘어갈 듯 얼굴이 빨개진 밀러가 곧장 뒤따라 올라왔다. 그들은 뒤쪽에서 뭔가를 끌어당기고 있었다. 다른 남자가 그들을 도우러 물로 뛰어들었다. 세 남자는 힘을 합쳐 무거운 물체를 옆쪽으로 끌어냈다. 그들은 그것을 위로 끌어 올렸다. 로슨이었다. 로슨은 외투 안쪽에 큰 돌덩이를 매단 채 두 발이 묶여 있었다.

"이번엔 일처리를 제대로 했군."

밀러가 근시인 눈에서 물을 닦아 내면서 말했다.

매킨토시

그는 몇 분 동안 바닷물에서 첨벙거렸다. 헤엄을 치기에는 물이 너무 얕았고, 그렇다고 깊은 물로 나아가자니 상어가 무서웠다. 그는 물에서 나와 샤워를 하러 샤워장으로 갔다. 끈끈하고 짠 태평양의 물에 몸을 담갔다가 차가운 민물로 샤워를 하니 정말 좋았다. 이제 7시가 조금 지났을 뿐인데 바닷물이 너무 미지근해서 바다에서 멱을 감으면 몸이 더 늘어졌다. 그는 물기를 닦고 수영 가운을 걸친 뒤 중국인 요리사에게 오 분 뒤에 아침을 먹을 테니 준비하라고 소리쳤다. 그러고는 맨발로 행정관 워커가 잔디밭이라고 자랑스레 여기는 작고 거친 풀밭을 건너 자신의 숙소로 가서 옷을 입었다. 셔츠 하나와 면포 바지만 입었기 때문에 옷은 금방 입었다. 그는 부지 내 반대편에 있는 상관의 숙소로 건너갔다. 두 남자는 평소 식사를 함께 했지만, 중국인 요리사는 워커가 5시에 말을 타고 나갔고 앞으로 한 시간 안에는 돌아오지 않을 거라고 말했다.

어젯밤 매킨토시는 잠을 설쳤다. 그는 앞에 차려진 파파야와 달걀, 베이컨을 심드렁하게 쳐다보았다. 간밤에 모기가 어찌나 기승을 부리던지. 그가 자는 모기장 주변으로 수많은 모기가 날아다녔고, 먼 곳에서 한 음을 한없이 길게 늘려 치는 오르간 소리처럼 모질고 심술궂은 모기 소리가 왱왱 들려왔다. 그는 깜빡 졸다가도 한 마리가 모기장 안으로 들어왔구나 싶어 잠이 확 달아났고, 너무 더워서 벌거벗은 몸으로 누워 이리저리 뒤척였다. 원래 파도 소리는 끊임없이 규칙적으로 이어지기 때문에 잘 들리지 않거늘, 암초에 천천히 철썩이는 둔한 파도 소리가 갈수록 또렷하게 그의 의식을 파고들었다. 그 리듬이 지친 신경을 어찌나 두들겨 대는지, 그는 주먹을 꽉 쥐고 안간힘을 다해 그 소리를 견뎌 냈다. 하지만 저 소리는 영원토록 계속될 테니 아무것도 저 소리를 막지 못하겠구나 하는 생각이 인내심을 바닥내 버렸고, 그 무자비한 자연의 힘에 맞설 능력이라도 있는 것처럼 난동을 부리고 싶은 광기와 충동이 솟구쳤다. 마음을 단단히 다스려야지 안 그랬다간 미쳐 버릴 것 같았다.

그는 창밖의 석호와 암초를 암시하는 긴 포말 띠를 내다보고는 그 찬란한 풍경이 혐오스러워 진저리를 쳤다. 구름 한 점 없는 하늘이 엎어진 그릇처럼 그것들을 감싸고 있는 듯 보였다. 그는 파이프 담뱃대에 불을 붙인 뒤 며칠 전 아피아에서 도착한 오클랜드 신문들을 뒤적였다. 가장 최근 소식은 삼 주전의 것이었다. 지독하게 따분한 내용들 일색이었다.

그는 관사로 들어갔다. 널찍하고 휑뎅그렁한 실내에 책상 두 개가 놓여 있고 한쪽에 장의자가 있었다. 많은 원주민들이 그 장의자에 앉아 있었고, 여자 둘이 있었다. 그들은 잡담을 나누면서 행정관을 기다리다가 매킨토시가 안으로 들어서자 그에게 인사를 건넸다.

"탈로파-리."

매킨토시는 그들의 인사에 답하고는 자기 책상에 앉았다. 그는 보고서를 작성하기 시작했다. 사모아의 총독이 진작에 요청했지만 늘 그렇듯 워커가 늑장을 부리며 팽개쳐 둔 보고서였다. 매킨토시는 원망하는 마음으로 글을 써 내려갔다. 무지렁이나 다름없는 워커는 펜과 종이라면 질색하면서 보고서를 자꾸 미루었다. 이제 형식을 갖춘 깔끔한 보고서가 준비되었으니, 그의 상관은 고맙다는 인사는커녕 외려 비웃기나 하면서 부하 직원이 작성한 것을 냉큼 받아 자기가 작성한 것인 양 자신의 상관에게 보낼 게 분명했다. 한 글자도 쓰지 않은 주제에. 매킨토시는 상관이라는 작자가 첨가한답시고 써넣는 유치한 표현과 어법에 어긋난 말들을 생각하면 속이 부글부글 끓었다. 그가 그것을 지적하거나 알기 쉬운 문장으로 고쳐 놓으면 워커는 펄펄 뛰면서 고함을 질렀다.

"문법 따위 알게 뭔가? 이게 내가 하고 싶은 말이고 내가 말하는 방식이란 말이다."

마침내 워커가 들어왔다. 그가 들어서자 원주민들이 그를 둘러싸고 주의를 끌려 했지만 그는 입 다물고 있으라고 그들을 다그쳤다. 말을 듣지 않으면 모두 내쫓고 오늘은 아무도 만나 주지 않겠다고 으름장도 놓았다. 그러고 나서 매킨토시에게 고개를 끄덕였다.

"안녕, 맥. 이제 일어난 겐가? 하루 중 가장 좋은 때를 자네는 어찌 침대에 누워 낭비하는지 이해할 수가 없구먼. 나처럼 동이 트기 전에 일어나야지. 게을러터졌어."

그는 자기 의자에 축 늘어져서 커다란 손수건으로 얼굴을 닦았다.

"이런, 갈증이 나는군."

고풍스러운 차림새의 경찰관이 문가에 서 있었다. 워커는 흰 재킷에 사모아인의 샅바인 라바라바를 두른 경찰관에게 몸을 돌려 카바를 가져오라고 말했다. 방 한쪽 구석 바닥에 카바 그릇이 놓여 있었다. 경찰관은 반으로 잘린 코코넛 껍질에 카바를 가득 채워 워커에게 가져갔다. 워커는 술을 몇 방울 바닥에 흘렸다. 원주민들에게 매번 하는 말들을 중얼거리면서 술을 맛있게 들이켜고 나서, 기다리는 원주민들에게 술잔을 돌리라고 경찰관에게 말했다. 코코넛 껍질은 나이와 중요도에 따라 순서대로 모두에게 돌아갔고, 같은 예의범절에 따라 비워졌다.

워커는 하루 일과를 시작했다. 중키보다 한참 작은 그는 체구가 작고 아주 뚱뚱했다. 크고 투실투실한 얼굴은 깨끗이 면도를 했는데, 양볼의 살이 늘어져 거대한 목살과 함께 삼중턱을 이루었다. 작은 이목구비는 모두 살에 파묻혀 있었다. 초승달 모양의 흰머리가 뒤통수에 조금 남아 있을 뿐 완전한 대머리여서, 픽윅 씨[1]를 연상시켰다. 괴짜였고 재미있는 남자였지만 그렇다고 위엄이 없지는 않았다. 금테 안경 뒤에 자리한 푸른 눈은 영민하고 유쾌했고, 얼굴에서는 굳센 근성이 엿보였다. 나이는 예순이었으나 타고난 활력으로 세월을 제압했다. 비대한 몸집에 비해 민첩했고, 온 체중을 실어 땅을 찍듯이 묵직하고 확고한 걸음새로 걸었다. 목소리는 우렁차고 걸걸했다.

매킨토시는 이 년 전 워커의 부하 직원으로 발령을 받았다. 벌써 이십오 년째 사모아 군도의 큰 섬 중 하나인 탈루아의 행정관을 지내고 있는 워커는 공적으로나 사적으로 남태평양에 두루 알려진 인물이었다. 매킨토시가 워커와의 첫 만남을 고대한 것은 강한 호기심 때문이었다. 그는 이곳에 부임하기 전 이런저런 이유로 아피아에서 이 주 동안 머무른 적이 있는데, 거기 채플린 호텔과 잉글리시 클럽에서 이 행정관에 대한 이야기를 숱하게 들었다. 그때 그 이야기들을 흥미진진하게 들었던 것을 생각하면 참으로 기가 막힐 노릇이었다. 이후 워커 본인에게서 그 이야기들을 수백 번도 더 들었기 때문이다. 워커는 자신이 괴짜라는 걸 알고 있었고 그 유명세를 자랑으로 여기면서 명성에 걸맞게 행동하려 했다. 자신의 '전설'을 지키려 애썼으며, 자신에 관한 유명한 이야기들이 정확하게 알려지기를 바랐다. 이야기를 모르는 사람에게 조금이라도 틀리게

---

1) 찰스 디킨스(Charles Dickens, 1812~1870)의 소설 『픽윅 보고서』의 인물.

전하는 사람이 있으면 바보처럼 화를 냈다.

워커에게는 투박하면서도 다정한 면이 있었는데, 매킨토시는 처음부터 그것이 내심 거슬렸다. 워커는 자기 이야기를 재미나게 들어 주는 사람이 있으면 신이 나서 총력을 다했다. 익살스럽고 호탕하며 배려할 줄도 알았다. 정부 관료로 런던에서 안락한 생활을 하다가 서른네 살에 들이닥친 폐렴과 폐렴이 남긴 폐결핵의 위협에 굴복하여 태평양 지역의 일자리를 알아볼 수밖에 없었던 매킨토시에게 워커는 유별나고 낭만적인 존재로 느껴졌다. 워커는 환경을 극복하고자 모험을 감행하는 남자의 전형이었다. 그는 열다섯 살 때 바다로 달아났고, 석탄선에서 일 년 남짓 석탄 푸는 일을 했다. 아담한 소년이었기에 선원들도 항해사들도 그에게 친절했지만, 선장은 무슨 이유에서인지 그에게 격렬한 반감을 보였다. 선장은 소년을 잔혹하게 학대했다. 두들겨 맞고 짓밟힌 워커는 혹사당한 팔다리가 아파 잠을 이루지 못할 때가 많았다. 진심으로 선장을 증오했다. 그러던 중 워커는 경마에 대한 정보를 입수하고 벨파스트[2]에서 사귄 친구에게 25파운드를 빌렸다. 그는 순위 밖의 말에 돈을 걸었다. 우승 확률이 극히 낮은 말이었다. 그 돈을 잃으면 갚을 길이 전혀 없었음에도 돈을 잃을 거라는 생각은 조금도 하지 않았다. 자기에게 운이 따를 거라고 믿었다. 그 말은 우승했고, 그는 1000파운드가 넘는 현금을 거머쥐었다. 드디어 기회가 온 것이다. 그는 그 도시에서 가장 유능

---

[2] 북아일랜드의 항구 도시.

한 변호사를 찾아가서(그때 그 석탄선은 아일랜드 해안 어딘가에 정박해 있었다.) 그 배가 매물로 나왔다는 이야기를 들었으니 자기를 대신해 그 배를 매입해 달라고 부탁했다. 변호사는 어린 의뢰인이 기특했다. 그는 고작 열여섯 살이었고 외모도 앳돼 보였다. 동정심이 동한 변호사는 의뢰를 받아들였을 뿐만 아니라 좋은 값으로 매매를 성사시켰다. 얼마 후 워커는 그 배의 주인이 되었다. 그는 배로 돌아가서 본인의 표현을 빌자면 생애 최고의 영광스러운 시간을 만끽했다. 선장을 해고하고 삼십 분 안에 '내' 배에서 내리라고 명령했던 것이다. 그는 항해사를 선장으로 임명했고, 이후 석탄선을 타고 구 개월 동안 항해를 하다가 배를 팔아 한 밑천 두둑이 챙겼다.

그는 스물여섯의 나이에 이쪽 섬에 와서 식민 농장주가 되었다. 독일 치하의 탈루아에 정착한 소수의 백인 중 하나였는데, 그때부터 원주민들에게 계속 영향력을 행사했다. 독일인들에게 행정관으로 추대받은 그는 이후 이십 년 동안 그 직위를 유지했고, 훗날 영국이 섬을 점령했을 때 자리를 보전받았다. 그는 섬을 전제 군주처럼 다스렸지만 그의 통치는 대단히 성공적이었다. 이 성공이 낳은 명망 역시 매킨토시가 워커에게 관심을 가지게 된 이유였다.

하지만 두 남자는 본질적으로 서로 맞지 않았다. 매킨토시는 못생긴 남자였다. 몸짓도 어색했고, 키가 크고 깡마른 데다 가슴이 좁고 어깨가 구부정했다. 뺨은 누리끼리하고 움푹했으며 눈은 크고 침울했다. 그는 독서광이었다. 그의 책들이 도착해 짐을 풀고 있을 때 워커가 그의 숙소로 건너와 책들을 훑어보더니 걸걸한 웃음을 터뜨렸다.

"이 거름만도 못한 것들은 왜 가져온 거야?"

그가 물었다. 매킨토시는 쓸쓸해서 얼굴을 붉혔다.

"거름만도 못하다고 생각하시니 안타깝네요. 책은 읽으려고 가져온 겁니다."

"자네가 책이 많이 도착할 거라고 해서 난 읽을 만한 게 있을 줄 알았네. 탐정 소설 같은 건 없나?"

"저는 탐정 소설에는 관심 없어요."

"진짜 바보로구먼."

"그렇게 생각하신다 해도 할 수 없죠."

워커가 받는 우편물은 뉴질랜드 신문, 미국 잡지 같은 정기 간행물 일색이었다. 그것들을 한시적 읽을거리라고 무시하는 매킨토시의 태도에 워커는 분개했다. 워커는 매킨토시가 틈만 나면 책을 읽는 것을 한심하게 여기면서 기번의 『로마 제국 쇠망사』나 버턴의 『우울의 해부』도 잘난 체하려 읽는 것이라고 생각했다. 말조심하는 것을 배운 적이 없는 그는 부하 직원에 대한 의견을 거침없이 피력했다. 매킨토시의 눈에 그 남자의 진면목이 슬슬 보이기 시작했다. 활달하고 유쾌한 면모 뒤에 저속하고 교활한, 가증스러운 면이 도사리고 있었다. 그는 허영심이 많고 지배욕이 강했다. 그러면서도 이상하게 수줍은 면이 있어서 천성이 다른 부류의 사람들은 싫어했다. 그 외에는 사람들을 순수하게, 그들이 하는 말로만 판단했고, 본인은 욕설과 음담패설을 곧잘 하면서 그런 말을 입에 담지 않는 사람들은 의심의 눈초리로 바라보았다. 워커와 매킨토시는 저녁마다 피킷[3]을 했다. 워커는 게임을 잘 못했지만 자신감만은 넘쳤다. 게임에서 이기면 상대에게 자랑을 해 댔고 지면 분통을 터뜨렸다. 어쩌다가 한 번씩 식민 농장주나 상인 두셋이 자동차를 몰고 브리지 게임을 하러 올 때가 있었다. 매킨토시는 워커가 본모습을 거리낌 없이 드러내는 게 그때라고 생각했다. 워커는 파트너가 어찌 되든 자기 욕망에 따라 패를 냈고, 줄기차게 언쟁을 하면서 큰 목소리로 반대 의견을 묵살했다. 그리고 툭하면 게임을 무르자고 억지를 부리면서 환심을 사려고 죽는소리를 했다.

"에이, 설마 앞도 잘 보이지 않는 늙은이를 상대로 점수를 땄다고 하려고."

저 인간은 상대편이 그에게 잘 보이려고 이미 많이 봐주고 있다는 걸 알기나 할까? 매킨토시는 차가운 경멸의 눈으로 워커를 지켜보았다. 게임이 끝나면 그들은 파이프 담배를 피우고 위스키를 마시면서 이야기를 시작했다. 워커는 왕년에 결혼했던 이야기를 기세 좋게 시작했다. 그가 결혼 피로연에서 고주망태가 되자 신부는 달아났고 이후 그는 다시는 신부를 만나지 못했다. 그가 섬 여자들과 감행한 흔하디흔하고 지저분한 연애담은 셀 수도 없었다. 그가 기교를 부려 가며 자랑스레 주절대는 이야기를 듣자면 깔끔을 떠는 매킨토시는 비위가 상했다. 더럽게 밝히는 역겨운 늙은이. 워커는 매킨토시가 문란한 성생활을 즐기지 않고, 모두 취하는데도 혼자만 말똥

---

3) 두 명이 32장의 카드로 하는 카드놀이.

말뚱하다는 이유로 매킨토시를 가엾게 생각했다.

또한 워커는 업무 방식이 너무 단정하다면서 매킨토시를 깎아내렸다. 매킨토시는 매사에 질서 정연한 것을 좋아했다. 그의 책상은 언제나 단정했고, 그의 서류들은 언제나 깔끔하게 부전지가 붙어 있었다. 필요하면 어느 서류든 척척 찾아 꺼냈고, 그곳 행정에 필요한 규율은 무엇이든 훤히 꿰고 있었다.

"과하다, 과해." 워커가 말했다. "난 요식 행위 없이 이십 년간 이 섬을 잘 운영해 왔어. 이제 와서 그런 건 원치 않아."

"편지 하나 찾으려면 삼십 분은 헤매야 하는 게 더 편하다는 겁니까?"

매킨토시가 대꾸했다.

"자네는 일개 관리일 뿐이야. 하지만 나쁜 친구는 아니니 여기서 한 일이 년 있다 보면 괜찮아지겠지. 자네의 문제는 말이야, 술을 마시지 않는다는 거야. 일주일에 한 번은 술에 취해도 그리 나쁜 게 아니라는 말일세."

흥미로운 점은, 워커가 자기 부하의 가슴속에 상관에 대한 반감이 나날이 차곡차곡 쌓여 가는데도 그것을 전혀 눈치채지 못했다는 것이다. 오히려 그는 매킨토시를 비웃으면서도 점점 그에게 익숙해졌고 그를 좋아하는 마음까지 갖기 시작했다. 타인의 개성을 관용하는 면이 있었기 때문에 매킨토시를 별난 종자 정도로 받아들였다. 어쩌면 매킨토시를 놀리면서 자기도 모르게 그를 좋아하게 되었는지도 모른다. 그의 유머는 저속한 농담이었으므로 놀림감이 필요했다. 매킨토시가 매사 정확한 것도, 도덕성을 따지는 것도, 술을 마시지 않는 것도 모두 쓰기 좋은 소재였다. 워커는 매킨토시가 스코틀랜드계 이름이라는 것을 꼬투리 삼아 스코틀랜드에 관한 농담을 자주 했다. 남자가 두세 명만 모여도 그는 매킨토시를 제물 삼아 신나게 웃음바다를 만들었다. 원주민들에게도 매킨토시에 대한 농담을 했다. 워커가 매킨토시에 관해 저속한 말을 하면 원주민들은 한바탕 너털웃음을 터뜨렸고, 아직 사모아 사람들에 대한 지식이 부족한 매킨토시는 피식 웃고 말았다.

"자네 웃으라고 한 말이야, 맥." 워커가 걸걸하고 우렁찬 목소리로 말했다. "자네는 농담을 받아들일 줄 아니까."

"농담이었다고요?" 매킨토시는 미소를 지었다. "몰랐군요."

"스코츠 화 해!"[4] 워커는 와락 웃음을 터뜨리며 소리쳤다. "스코틀랜드인에게 농담을 이해시키려면 방법은 한 가지뿐이야. 수술을 시키는 수밖에."

워커는 잘 몰랐지만 농담만큼 매킨토시가 못 견뎌 하는 것도 없었다. 매킨토시는 밤에 자다가 벌떡 일어나곤 했다. 숨이 턱턱 막히는 우기의 밤이면, 그는 잠에서 깨어나 워커가 며칠 전 생각 없이 지껄인 농담을 뚱하니 곱씹었다. 그것이 마음에 앙금으로 남아 있었다. 속이 분노로 부글부글 끓었다. 그는 그 악당에게 되갚아 줄 방법을 궁리했다. 말대꾸도 해 보았지만 그자는 입심을 타고난 자였다. 그자의 거칠고 노골적인 입담을 이기기는 어려웠다. 세련된 공격 같은 건 둔감한 그자에

---

4) Scots Wha Hae. 로버트 번스(Robert Burns, 1759~1796)의 애국시이자 수세기 동안 스코틀랜드 비공식 국가로 사용되었다.

게 통하지도 않았다. 자기만족에 취한 그자에게 상처를 준다는 것은 애초에 불가능한 일이었다. 그자의 우렁찬 목소리, 와락 터뜨리는 너털웃음은 매킨토시의 반격을 원천적으로 차단하는 무기였다. 매킨토시는 분한 마음을 들키지 않는 것만이 가장 현명한 대응책임을 깨달았다. 그리고 자제력을 발휘하는 법을 배웠다. 하지만 그의 증오심은 점점 자라나 집착증으로 발전했다. 그는 광기 어린 경계심을 바짝 세우고 워커를 관찰했다. 워커의 비열함, 유치한 허영의 표출, 교활함, 상스러움이 매킨토시의 자존감을 세워 주었다. 워커는 시끄럽고 지저분하고 게걸스럽게 식사했고, 매킨토시는 그 광경을 만족스럽게 지켜보았다. 워커의 어리석은 말들, 문법적 실수를 간파했다. 워커는 매킨토시를 나름 존중했고, 매킨토시도 그것은 알았다. 그는 상관이 그를 평가할 때마다 씁쓸한 만족감을 느꼈고, 그 만족감은 편협하고 자족적인 늙은이에 대한 경멸만을 부채질했다. 매킨토시는 자기가 워커를 얼마나 증오하는지 그가 까맣게 모른다는 사실에 묘한 쾌감을 느꼈다. 워커는 인기에 목매는 바보였고 모두의 존경을 받고 있다는 착각에 빠진 자일 뿐이었다. 한번은 워커가 자기에 대해 하는 말을 엿들은 적도 있다.

"그 녀석, 내가 잘 다듬으면 쓸만할 거야." 워커가 말했다. "주인을 사랑하는 착한 강아지니까."

매킨토시는 길고 누리끼리한 얼굴을 움직이지 않고 마음에서 우러나는 웃음을 조용히 오래도록 웃었다.

그는 증오심에 사로잡혔지만 눈까지 먼 것은 아니었다. 외려

남달리 영민한 눈으로 워커의 능력을 정확히 판단했다. 워커는 자신의 작은 왕국을 효율적으로 통치했다. 그는 공정하고 정직했다. 돈을 만질 기회가 여러 차례 있었음에도 처음 임명되었을 때보다 형편이 기울어 그가 노년에 기대할 생계 수단은 공직에서 물러났을 때 받을 연금뿐이었다. 수도 아피아가 있는 우폴루는 다수의 공무원들이 통치했지만, 그는 부하 하나와 혼혈인 사환 하나만 데리고 우폴루보다도 유능하게 이 섬을 통치한다는 사실에 자부심을 느꼈다. 권위를 유지하기 위해 원주민 경찰관을 몇 명 거느리고 있었지만, 그들을 사용한 적은 한 번도 없었다. 그의 통치술은 엄포와 아일랜드인의 유머였다.

"내게 감옥을 지어 주겠다는 제안이 여러 번 있었지." 그가 말했다. "대체 감옥이 왜 필요하지? 나는 원주민들을 감옥에 가둘 생각이 없어. 잘못을 저지른 자가 있으면 내가 알아서 잘 처리하면 돼."

그는 아피아의 상급자들과 언쟁을 벌이기도 했다. 그중 한 번은 그가 자기 섬의 원주민들에 대한 전적인 사법권을 요구해서 일어난 다툼이었다. 어떤 죄목이든 그는 원주민들을 관할 법정에 넘기려 하지 않았다. 그런 일로 그와 우폴루의 총독 사이에 성난 서신이 몇 차례 오가기도 했다. 그가 원주민들을 자식처럼 생각했기 때문이다. 이토록 투박하고 저속하고 이기적인 남자에게 이런 면이 있다는 것은 놀라운 일이었다. 그는 열정을 가지고 오랫동안 살아온 이 섬을 사랑했고, 원주민들에게는 거칠면서도 이상한, 상당히 경이로운 애정을 느꼈다.

그는 늙은 잿빛 암말을 타고 섬을 돌아다니길 좋아했다. 섬의 아름다움은 봐도 봐도 물리지 않았다. 그는 코코넛 나무 사이로 난 수풀 길을 따라 한가로이 달리다가 때때로 멈춰 서서 아름다운 절경에 감탄했다. 가끔씩 만나는 원주민 부락에 들르면 촌장이 그에게 카바를 한 그릇 대접했다. 그는 종 모양의 오두막들이 옹기종기 모여 선 풍경을 쳐다보곤 했다. 높이 솟구친 초가지붕이 꼭 올림머리 같았다. 그의 얼굴에 미소가 번져 나갔다. 그의 시선은 빵나무[5]들이 펼쳐진 녹음 위에 머물렀다.

"그것참, 에덴동산이 따로 없군."

가끔 그는 해안가를 따라 말을 몰았다. 나무들 사이로 너른 바다가 얼핏얼핏 보였고, 텅 빈 바다는 배 한 척 없어 고요했다. 때때로 언덕을 오르면 거대한 자연 풍광과 키 큰 나무들 틈에 작은 마을들이 군데군데 자리한 모습이 세상의 왕국처럼 그의 눈앞에 펼쳐졌다. 그러면 그는 그곳에 한 시간씩 앉아 지극한 희열감에 젖었다. 하지만 자신의 감정을 말로 표현하지 못해 저속한 농담으로 감정을 배출할 수밖에 없었다. 감정이 너무 북받쳐 그 긴장감을 풀기 위해 저속함이 필요한 것 같았다.

매킨토시는 이러한 감성을 차갑고 멸시하는 눈으로 관찰했다. 워커는 말술이었다. 아피아에서 자기 나이의 절반밖에 안 되는 사내들이 먼저 나가떨어지는 것을 지켜보면서 밤새 퍼마

---

5) 익힌 열매의 맛이 빵이나 감자와 비슷한 열대 과수.

신 일을 자랑으로 삼았다. 워커에게는 술꾼의 감상벽이 있었다. 잡지에 실린 이야기를 읽으며 눈물을 흘리는가 하면, 이십년간 알고 지낸 상인이 쪼들려 신청한 대출금은 거절했다. 그는 자금줄을 쥐고 있었다. 매킨토시가 한번은 워커에게 이렇게 말한 적도 있다.

"헛돈을 쓴다는 비난은 안 듣겠군요."

워커는 그 말을 칭찬으로 받아들였다. 자연에 대한 그의 열정은 술꾼의 허튼 감성일 뿐이었다. 매킨토시는 자기 상관이 원주민들에 대해 느끼는 감정에 조금도 공감하지 않았다. 워커가 원주민을 사랑하는 것은 그들이 그의 권력 아래 있기 때문이었다. 이기적인 사내가 자신의 개를 사랑하는 것과 같았다. 그의 지성은 원주민들의 수준과 엇비슷했다. 원주민들이 상스러운 농담을 해도 그는 그들의 음탕한 말에 당황하지 않았다. 그는 그들을 이해했고, 그들은 그를 이해했다. 그는 그들을 좌지우지하는 자신의 영향력을 자랑스럽게 여겼다. 원주민들을 친자식처럼 생각하고 그들의 생활에 일일이 관여했다. 하지만 자신의 권위는 손상되지 않게 철저히 수호했다. 자기는 원주민들을 엄격하게 다스리면서도, 섬의 백인이 누구든 원주민들을 이용하는 꼴은 절대 두고 보지 않았다. 그는 선교사들을 의심의 눈초리로 주시했다. 선교사들이 거슬리는 짓을 한다 싶으면 대놓고 쫓아내지는 못해도 골탕을 먹여 그들이 자발적으로 떠나게 만들 수는 있었다. 원주민들에 대한 그의 권력은 실로 지대해서 그의 말 한마디면 원주민들은 목사들에게 노동력도 음식도 제공하지 않았다. 그는 상인들의 편의를 전혀 봐주지 않았다. 되레 상인들이 원주민들을 속이는 일이 없도록 신경 썼다. 원주민들이 품삯과 코프라값을 제대로 받는지, 상인들이 상품을 팔아 지나친 이문을 남기지 않는지 감시했다. 불공정하게 보이는 거래에는 가차 없었다. 때때로 상인들은 아피아로 가서 불공평한 대우를 받고 있다고 하소연했다. 실제로 고충이 컸다. 그러면 워커는 중상모략과 분노에 찬 거짓말을 동원하여 톡톡히 되갚아 주었고, 결국 그들은 평화롭게 살기 위해서가 아니라 여기서 발붙이고 살아가기 위해 그가 설정한 환경을 수용할 수밖에 없었다. 그를 모욕한 상점이 불탄 게 한두 번이 아니지만, 행정관이 그것을 부추겼을 거라는 심증만 있을 뿐 물증은 없었다. 한번은 스웨덴계 혼혈인이 화재로 터전을 잃은 뒤 워커를 찾아가 왜 불을 질렀느냐고 따졌다. 워커는 그의 면전에 대고 웃음을 터뜨렸다.

"이 더러운 개자식. 어미가 원주민인 주제에 원주민들을 속이려 들다니. 네놈의 썩어 빠진 가게가 불타 쓰러졌다면 신의 심판이 내린 게지. 그래, 신의 심판이 아니고 뭐냐. 썩 꺼져."

그 남자가 경찰관 둘에 의해 내쳐진 후 행정관은 너털웃음을 터뜨렸다.

"그래, 신의 심판이다."

이제 매킨토시는 그날의 일과를 시작하는 워커를 지켜보았다. 그는 병자부터 응대했다. 여러 업무뿐 아니라 의사 노릇까지 겸하고 있었기 때문이다. 그는 사무실 뒤편 쪽방에 갖가지 약들을 구비하고 있었다. 나이 든 영감이 앞으로 나섰다. 반백의 짧은 곱슬머리에 파란 라바라바를 걸치고 정교한 문신을 한 남자였는데, 피부가 술 담는 가죽 부대처럼 주글주글했다.

"무슨 일로 왔나?"

워커가 영감에게 불쑥 물었다.

남자는 끙끙 앓는 목소리로 먹기만 하면 토한다, 여기가 아프다, 저기가 아프다 말했다.

"선교사들에게 가 보게." 워커가 말했다. "나는 아이들만 치료할 수 있어."

"선교사들에게 가 봤지만 그래도 낫지를 않아요."

"그럼 집에 가서 죽을 준비나 해. 그리 오래 살아 놓고 더 살길 바라나? 바보로구먼."

영감은 왈칵 짜증을 내면서 항의했지만, 워커는 아픈 아이를 품에 안은 여자를 가리키며 아이를 책상으로 데려오라고 말했다. 그리고 여자에게 이것저것 묻고 나서 아이를 살폈다.

"약을 좀 주지." 그가 말했다. 그는 혼혈인 사환에게 고개를 돌렸다. "약제실에 가서 칼로멜6) 알약 좀 가져와."

그는 그 자리에서 아이에게 알약을 하나 삼키게 한 뒤 아이 엄마에게 한 알을 더 주었다.

"아이를 데려가고 몸을 따뜻하게 해 줘. 내일이 되면 죽든지 낫든지 하겠지."

그는 의자에 등을 기대고는 파이프 담배에 불을 붙였다.

"대단한 물건이야, 칼로멜이란 거. 아피아의 의사들을 모두 합쳐도 내가 살린 목숨이 더 많을걸."

---

6) 19세기에 지사제와 이뇨제로 사용된 염화 제일수은의 상표명.

워커는 자신의 수완에 대한 자부심이 대단했고, 무지의 독단 때문에 의료인들에 대한 관용이 없었다.

"내가 가장 좋아하는 건 말이지," 그가 말했다. "모든 의사들이 가망 없다고 포기한 경우야. 의사들이 못 고쳐요, 하고 말할 때, 나는 '내게 와 봐.' 하고 말한단 말이지. 암에 걸린 사람 얘기 내가 했던가?"

"자주요."

매킨토시가 말했다.

"내가 그자를 딱 석 달 만에 고쳤다니까."

"고치지 못한 사람들 얘기는 하지 않으시네요."

워커는 진료를 다 보고 나서 다른 사람들에게 넘어갔다. 별의별 희한한 하소연들이 잡다하게 나왔다. 남편이랑 사이가 좋지 않다는 여자, 아내가 달아났다는 남자.

"운수 대통했구먼." 워커가 말했다. "대부분의 사내들은 자기 아내도 달아났으면 하고 바랄걸."

이후 몇 미터 안 되는 땅뙈기의 소유권을 놓고 복잡한 언쟁이 길게 이어졌다. 잡은 물고기를 나누는 문제로 분쟁이 벌어졌다. 계량이 야박하다는 이유로 한 백인 상인에 대한 불만이 제기되었다. 워커는 어떤 사정이든 일단 귀 기울여 듣고 나서 신속하게 판단을 내렸다. 그러고는 더는 듣지 않았다. 불만을 계속 늘어놓다가는 경찰관에 의해 사무실 밖으로 내쳐졌다. 매킨토시는 심드렁하고 짜증이 난 상태로 모든 이야기를 들었다. 대체적으로 정의가 무난히 실현되고 있다고 볼 수 있었으나, 증거보다는 직감에 의지하는 상관의 모습에 분통이 터졌다. 워커는 사리 분별에 밝지 않았다. 증인들을 협박하기 일쑤였고, 그들이 자기가 바라는 바를 알아채지 못하면 도둑이니 거짓말쟁이니 몰아세웠다.

워커는 구석에 내내 앉아 있는 남자 무리를 가장 마지막으로 미뤘다. 그들을 일부러 무시했다. 늙은 족장과 아들, 그리고 그 마을에서 행세깨나 하는 사내들 대여섯으로 이루어진 무리였다. 족장은 키가 크고 위엄을 갖춘 남자로, 짧은 흰머리에 새 라바라바 차림이었고, 공적 인물임을 표시하는 커다란 깃털 부채를 지니고 있었다. 그들은 워커와 반목하다가 워커에게 굴복한 자들이었다. 이럴 때면 늘 그렇듯 그는 그들에게 자신의 승리를 각인시키는 중이었다. 애초에 그들을 짓밟은 것은 기를 꺾어 자기 뜻을 이루기 위해서였다. 여기에는 특별한 사연이 있었다. 워커는 도로를 닦는 일에 공을 들였다. 그가 탈루아에 처음 왔을 때 작은 길이 몇 개 나 있었지만, 그는 시골을 관통하는 도로들을 꾸준히 건설하고 마을들을 서로 연결시켰다. 이 도로들이 이 섬의 번영에 기여한 바는 대단히 컸다. 도로가 생기기 전에는 불가능했으나 이제는 주로 코프라 같은 농산물을 해안으로 운반해 범선이나 선박에 실어 아피아까지 보낼 수 있었다. 운송이 쉽고 간단해진 것이다. 그의 꿈은 해안선을 따라 도로를 만드는 것이었고, 그 도로의 상당 부분이 이미 완성된 상태였다.

"이 년 후면 완성되겠지. 그 후에는 죽든 해고되든 상관없어."

그에게 그 도로는 삶의 기쁨이었다. 그는 도로가 잘 관리되는지 확인하러 계속 시찰을 나갔다. 단순하고 널찍하며 풀에

덮인 도로들이 잡목림이나 농장을 뚫고 뻗어 있었지만, 나무 뿌리를 뽑아내고 바윗돌은 파내거나 폭파시켜야 했고, 여기 저기 정지(整地) 작업도 필요했다. 그는 당면한 어려움을 자신의 기량으로 극복했다는 사실에 자긍심을 느꼈다. 편의적 차원뿐 아니라 진심으로 사랑하는 이 섬의 아름다움이 돋보이도록 손수 도로들을 배치한 것에 만족했다. 도로 얘기를 할 때면 그는 시인이나 다름없었다. 도로는 아름다운 절경을 굽이굽이 통과했다. 똑바로 뻗은 길에서는 키 큰 나무들 사이로 초록빛 풍광이 보였고, 휘돌고 굽이진 길에서는 그 다채로움에 마음의 위안을 얻었는데, 워커가 각별히 신경을 쓴 결과였다. 이 투박한 속물이 상상한 것을 실현하기 위해 이토록 세련된 독창성을 발휘하다니 그저 놀라울 따름이었다. 그는 그 도로를 닦는 데 일본 정원사의 절묘한 기술까지 동원했다. 본부에서 도로 건설에 필요한 지원금을 받았지만, 지원금 중 소액만 사용했다는 사실에 이상한 자부심을 느꼈다. 작년에는 그에게 배정된 1000파운드 중에 100파운드만 쓰기도 했다.

"그놈들이 돈은 가져서 뭐 하게?" 그가 버럭 외쳤다. "원치 않는 온갖 허섭스레기만 잔뜩 사들이는 데 탕진할 테지. 선교사들이 놈들을 그렇게 만들었어."

자신의 알뜰한 행정 능력에 대한 자부심 때문이었을까, 아니면 아피아 관리들의 사치스러운 방식과 자신의 효율성을 대조시키고픈 욕심 때문이었을까. 그는 특별한 이유 없이 그야말로 푼돈에 불과한 품삯을 주고 원주민들에게 일을 시켰다. 이것 때문에 얼마 전 그 마을과 워커 사이에 분란이 발생했고, 이 문제로 마을의 우두머리들이 그를 찾아온 것이다. 족장의 아들은 일 년 동안 우폴루에서 지낸 뒤 돌아오자마자 부족 사람들에게 아피아에서 공공 노역의 품삯으로 지불되는 큰돈에 대해 말해 주었다. 길고 지루한 논의 끝에 그는 마을 사람들의 가슴에 탐욕의 불을 지폈다. 그는 거대한 부에 대한 청사진을 제시했고, 그들은 돈으로 살 수 있는 위스키를 생각했다. 법적으로 원주민들에게 판매가 금지된 위스키는 비싼 물건이었다. 사려면 백인들이 사는 값의 곱절을 줘야 했다. 또한 그들은 온갖 금은보화가 든 큼직한 샌들우드 상자를 떠올렸다. 향기로운 비누, 연어 통조림, 카나카인들이 영혼을 내주고라도 갖고 싶어 하는 사치품들을 생각했다. 그래서 행정관이 불러서 그들의 마을을 기점으로 해안선을 따라 특정한 지점까지 도로를 닦으라는 말과 함께 품삯으로 20파운드를 제시했을 때, 100파운드를 요구했다. 족장의 아들은 마누마라 불렸다. 마누마는 큰 키에 구릿빛 피부를 가진 잘생긴 사내였다. 부스스한 곱슬머리는 빨갛게 염색해 라임 꽃을 꽂았고, 목에는 빨간 베리 화환을 걸고 있었다. 귀 뒤에 꽂은 꽃은 갈색 얼굴에 대비되어 진홍색 불꽃처럼 보였다. 상체는 맨몸이었으나, 아피아에서 거주한 사람답게 더 이상 야만인이 아니라는 표식으로 라바라바 대신 무명 바지를 입고 있었다. 그는 마을 사람들에게 그들이 단결하면 행정관도 요구 조건을 들어줄 수밖에 없을 거라고 말했다. 어차피 도로를 건설하기로 결정한 이상 그들이 푼돈을 받고 일하지 않으리란 걸 깨닫는다면 요구하는 돈을 줄 것이라고. 하지만 버텨야 한다고. 행정관이 무슨 말을 하든 물러서서는 안 된다고. 100파운드를 요구했으니 그것을 고수해야 한다고. 그들이 액수를 제시했을 때 워커는 웃음보를 터뜨리며 걸걸한 목소리로 한참을 웃었다. 그러고 나서 그들에게 바보짓 하지 말고 당장 일을 시작하라고 말했다. 그날은 기분이 좋았으므로 도로 작업을 마치면 성대한 잔치를 열어 주겠다고 약속했다. 하지만 일을 시작하는 기미가 없자, 그는 그 마을로 내려가서 남자들에게 무슨 꿍꿍이냐고 물었다. 마누마에게 단단히 교육을 받은 마을 남자들은 입을 꾹 다물고 말싸움을 피했다. 언쟁에 열광하는 카나카인들이 어깨만 추어올린 것이다. 100파운드를 주신다면 하지요, 그렇지 않으면 일하지 않겠습니다, 하는 뜻이었다. 마음대로 하세요, 우리가 알 게 뭡니까. 워커는 분통을 터뜨렸다. 꼴이 흉측하게 변했다. 짧고 투실투실한 목은 사납게 부풀어 올랐고, 붉은 안색은 보랏빛을 띠었다. 입가에는 게거품을 물었다. 워커는 원주민들에게 욕설을 퍼부었다. 그는 상처를 주고 모욕하는 법을 잘 아는 자였다. 무시무시했다. 노인들은 하얗게 질려 불안에 떨었다. 주저했다. 큰 세상을 아는 마누마가 없었더라면, 마누마에게 비웃음을 당할까 두렵지 않았다면 그대로 항복하고 말았을 것이다. 워커의 말에 응답한 것은 마누마였다.

"100파운드 주세요. 그럼 일할게요."

워커는 마누마에게 주먹 쥔 손을 흔들어 대면서 생각나는 욕이란 욕은 다 지껄였다. 그리고 조롱을 퍼부었다. 마누마는 가만히 앉아 웃기만 했다. 그의 미소에는 자신감을 넘어선 허세가 어려 있었지만, 그로서는 다른 사람들 앞에서 아무렇지 않은 척 연기할 수밖에 없었다. 그는 같은 말을 반복했다.

"100파운드 주세요. 그럼 일할게요."

모두들 이제 워커가 마누마에게 덤벼들겠거니 생각했다. 워커는 전에도 원주민을 직접 두들겨 팬 적이 있었다. 그들은 워커의 완력을 잘 알았다. 워커는 마누마보다 나이가 세 곱절은 많고 키도 15센티미터나 작았지만, 마누마가 워커에게 대드는 것은 있을 수 없는 일이었다. 행정관의 매질을 거부하는 야만인이란 상상도 할 수 없었다. 하지만 워커는 아무 말도 하지 않고 킬킬 웃었다.

"바보 천치들하고 시간 낭비하지 않겠다." 그가 말했다. "다시 의논해 봐. 내 제안은 알 거야. 일주일 안에 일을 시작하지 않으면 각오들 해."

워커는 돌아서서 족장의 오두막을 나왔다. 그는 묶인 늙은 암말을 풀었다. 워커가 디딤돌을 밟고 육중한 몸을 끌어 올려 안장에 올라타는 동안, 워커와 원주민들 사이에 형성된 관례대로 늙은이 한 명이 다른 쪽 등자를 붙잡아 주었다.

그날 밤 워커가 평소처럼 그의 집을 지나는 도로를 따라 거니는데, 뭔가가 획 하고 그를 스쳐 지나가더니 툭 하고 나무를 때리는 소리가 났다. 뭔가가 그를 향해 날아온 것이다. 그는 본능적으로 고개를 움츠렸다. 그가 "누구야?" 하고 외치면서 물체가 날아온 쪽으로 달려가는데, 어떤 남자가 수풀 속으로 달아나는 소리가 났다. 이런 어둠 속에서 쫓아가야 소용도 없을 테고 숨도 차서 그는 걸음을 멈추고 왔던 도로 쪽으로 발길을 돌렸다. 무엇이 날아왔나 둘러보았지만 아무것도 찾을 수 없었다. 너무 어두웠다. 그는 얼른 집으로 돌아가서 매킨토시와 중국인 소년을 불렀다.

"악마 녀석 하나가 내게 뭔가를 던졌어. 같이 가서 뭔지 찾아보자고."

그는 사내아이를 시켜 등불을 가져왔다. 세 사람은 그 장소로 다시 갔다. 그들은 땅을 수색했지만 아무것도 건지지 못했다. 갑자기 사내아이가 비음으로 뭐라 웅얼거리며 외쳤다. 그들은 돌아서서 쳐다보았다. 사내아이가 등불을 들어 올렸다. 주위의 어둠을 물리치는 불빛에, 코코넛 나무 밑동에 박혀 있는 긴 칼이 사악한 정체를 드러냈다. 어찌나 세게 던졌는지 칼은 상당한 힘을 들인 끝에야 뽑혀 나왔다.

"맙소사, 놈이 빗맞히지 않았다면 난 골로 갔을 거야."

워커는 그 칼을 만지작거렸다. 그것은 백 년 전 최초의 백인들이 이 섬에 들어온 선원들의 칼을 본떠 만든 칼이었는데, 코코넛 열매를 두 동강 내서 코프라를 말릴 때 쓰는 것이었다. 살인도 가능한 무기로, 날이 무려 30센티미터나 되고 대단히 날카로웠다. 워커는 킥킥 웃었다.

"악마 녀석, 버릇없는 악마 녀석."

워커는 칼을 던진 것이 마누마라는 걸 조금도 의심하지 않았다. 단 7~8센티미터 차이로 목숨을 건진 것이다. 그는 화를 내지 않았다. 오히려 기가 살아 모험의 짜릿함에 취했다. 다 함께 집으로 돌아왔을 때 그는 신이 나서 두 손을 비볐다.

"이놈들, 톡톡히 대가를 치르게 해 주마!"

그의 작은 두 눈이 반짝거렸다. 워커는 칠면조처럼 기를 발산했다. 삼십 분도 못 되어 그는 매킨토시에게 두 번이나 그 사건에 대해 미주알고주알 지껄이고는 피킷을 하자고 청했다. 게임을 하면서 그는 자신의 의도를 자랑했다. 매킨토시는 입을 꾹 다물고 듣다가 말했다.

"하지만 왜 그렇게 그들을 못살게 굽니까?" 매킨토시가 말했다. "20파운드는 그들에게 일을 시키고 주는 품삯으론 너무 적어요."

"내가 얼마를 주든 놈들은 아주 감사히 받아야 해."

"잠깐만요. 그 돈은 행정관님 돈이 아니잖아요. 정부에서 합당한 금액을 할당한 거예요. 행정관님이 그걸 쓴다고 해서 아무도 불평하지 않아요."

"아피아에는 바보들이 드글드글해."

매킨토시는 워커의 동기가 허영심에 지나지 않는다고 생각했다. 그는 어깨를 추어올렸다.

"그자들을 그리 멸시하다가는 좋을 게 없을 겁니다. 아피아는 행정관님의 밥줄을 쥐고 있어요."

"이보게, 여기 사람들은 말이야, 나를 해치려는 게 아니야. 나 없이는 버티지 못하거든. 나를 숭배한다고. 마누마는 바보야. 놈은 날 겁주려고 그 칼을 던진 거야."

이튿날 워커는 말을 타고 다시 그 마을을 찾아갔다. 그 마을의 이름은 마타우투였다. 그는 말에서 내리지 않았다. 그가 족장의 집에 당도했을 때 남자들은 바닥에 둥글게 둘러앉아 이야기를 나누는 중이었다. 길 닦는 문제를 다시 논의하는 모양이었다. 사모아 오두막의 형태란 이러하다. 가느다란 나무

몸통들이 10~15센티미터 간격으로 둥글게 원을 형성한다. 중앙에는 높다란 나무가 놓이고, 가운데 나무에서부터 초가지붕이 경사를 이루며 밑으로 내려간다. 밤이나 비가 오는 날에는 코코넛 이파리로 만든 베니션 블라인드를 내릴 수 있다. 일반적으로 오두막은 사방이 뚫려 있어서 바람이 자유롭게 들고 나간다. 워커는 말을 몰아 그 오두막 가장자리로 가서 큰 목소리로 족장을 불렀다.

"이봐, 탄가투, 어젯밤에 당신 아들이 나무에 칼을 꽂아 두고 갔어. 내가 친히 가져왔네."

그는 칼을 오두막 한가운데 바닥에 내동댕이치고는 너털웃음을 웃으면서 유유히 자리를 떴다.

월요일에 그는 그들이 일을 시작했는지 보러 나갔다. 일을 시작한 조짐은 없었다. 그는 말을 타고 마을을 돌아다녔다. 마을 주민들은 일상적인 일을 하고 있었다. 몇몇은 판다누스 이파리로 돗자리를 짜고 있었고, 영감 하나는 카바 그릇을 만드느라 바빴다. 아이들은 놀고 있었고 여자들은 돌아다니면서 집안일을 했다. 워커는 입가에 미소를 띤 채 족장의 집으로 갔다.

"탈로파-리."

족장이 말했다.

"탈로파리."

워커가 대답했다.

마누마는 그물을 만드는 중이었다. 입술 사이에 궐련을 하나 물고 승리의 미소를 띤 채 워커를 쓱 올려다보았다.

"도로를 만들지 않기로 결정한 모양이지?"

족장이 대답했다.

"100파운드를 줘야 하죠."

"후회하게 될 게다." 워커는 마누마에게 돌아섰다. "그리고 너, 애야, 넌 나이도 많지 않은데 등이 아주 쑤시게 될 거야."

워커는 킥킥거리면서 말을 타고 떠났다. 그가 떠난 뒤 원주민들은 어렴풋한 불안감에 시달렸다. 그들은 그 뚱뚱하고 사악한 영감이 두려웠다. 선교사들이 아무리 워커를 비난해도, 아피아에서 견문을 넓힌 마누마가 아무리 경멸을 한다 해도 워커가 악랄하고 교활하다는 사실과 워커에게 대적한 자는 결국 그 때문에 고통받았다는 것을 잊을 수가 없었다. 그로부터 스물네 시간이 채 못 되어 워커가 꾸민 책략이 드러났다. 워커다운 방식이었다. 이튿날 한 무리의 남자들과 여자들, 아이들이 떼를 지어 이 마을로 우르르 몰려왔다. 찾아온 무리의 족장은 그들이 그 도로를 만들기로 워커와 거래했다고 말했다. 워커가 그들에게 20파운드를 제시했고 그들은 그것을 받아들인 것이다.

바로 이것이 교활한 부분이었다. 폴리네시아인들에게 손님을 접대하는 것은 모든 법을 우선하는 원칙이었다. 그것은 엄격하게 지켜야 할 에티켓이었기 때문에 마을 사람들은 외지인이 원할 때까지 잠자리뿐 아니라 먹을 것과 마실 것을 제공해야 했다. 마타우투의 주민들은 속수무책이었다. 매일 아침 일꾼들은 흥겹게 무리를 지어 일을 하러 나갔다. 나무를 자르고 바위를 폭파하고 여기저기 땅을 평평하게 골랐다. 저녁이면 다시 터벅터벅 마을로 돌아와 먹고 마셨다. 양껏 배를 채우고는 춤을 추고 찬송가를 부르며 인생을 즐겼다. 마치 소풍을 나온 것처럼. 하지만 손님을 접대하는 측은 울상을 짓기 시작했다. 외지인들이 어찌나 먹성이 좋은지 마을의 바나나와 빵나무 열매가 그들의 식탁에 남아나지를 않았다. 수확한 열매를 아피아로 보내 수입을 톡톡히 올리던 아보카도 나무도 헐벗게 되었다. 파멸이 목전에 다가왔다. 게다가 외지인들은 일손이 지독히 느렸다. 워커에게 천천히 해도 좋다는 귀띔을 받기라도 한 걸까? 이런 속도라면 도로가 완성될 즈음 마을의 식량은 완전히 바닥날 지경이었다. 최악은 그들이 웃음거리가 되었다는 사실이었다. 마을 주민이 볼일을 보러 멀리 떨어진 작은 마을로 나갈 때가 있었는데, 거기까지 그들의 이야기가 파다했다. 마을 주민은 가는 곳마다 비웃는 소리에 맞닥뜨렸다. 카나카인이 가장 참지 못하는 것이 조롱이었다. 얼마 후 고통받는 주민들 사이에서 격분한 목소리가 속속 터져 나왔다. 마누마는 더 이상 영웅이 아니었다. 그는 쓴소리를 참아야 했다. 급기야 워커가 예언한 날이 들이닥쳤다. 열띤 언쟁이 몸싸움으로 번지면서 대여섯 명의 젊은이들이 족장의 아들을 덮쳐 두들겨 패는 바람에 그는 일주일 동안 멍들고 쑤시는 몸으로 판다누스 깔개 위에 누워 있어야 했다. 몸을 아무리 뒤척여도 평온을 찾을 수 없었다. 행정관은 매일, 혹은 하루 건너 늙은 암말을 타고 찾아와 도로가 진척되는 상황을 확인했다. 그는 쓰러진 적을 조롱하고 싶은 충동을 마다할 사내가 아니었고, 기회만 생기면 치욕을 당한 마타우투의 주민들에게 모욕의 쓴맛까지 선사했다. 그는 그들의 기를 꺾어 버렸다. 어느 날 아침 그들은 자존심을 호주머니 속에 넣어 놓고 (그들에겐 호주머니가 없었으므로 물론 비유적인 표현이다.) 외지인들과 같이 나가 도로 작업을 시작했다. 식량을 조금이라도 아끼려면 한시라도 빨리 작업을 끝내야 했기 때문이다. 온 마을 사람들이 나서서 거들었다. 하지만 묵묵히 일을 하면서도 분하고 억울해 속이 부글부글 끓었다. 아이들까지 조용히 힘든 일을 했다. 여자들은 눈물을 흘리면서 땔감을 날랐다. 워커는 그들을 보면서 한바탕 웃어 젖히다가 하마터면 안장에서 떨어질 뻔했다. 그 소식은 빠르게 퍼졌고, 섬의 모든 주민들이 배를 잡고 웃었다. 이보다 재미난 이야기는 없었다. 카나카인들은 도저히 당해 낼 재간이 없는 교활한 백인 영감의 최고 승전가였다. 도로를 만드는 품삯으로 20파운드를 거절했다가 결국은 무보수로 일하게 된 어리석은 사람들을 구경하겠다고 먼 마을에서 사람들이 아내와 자식들을 이끌고 찾아왔다. 하지만 그들이 열심히 일할수록 손님들만 편해질 뿐이었다. 손님들의 입장에서는 서두를 이유가 하나도 없었다. 어차피 공짜로 배를 양껏 채울 수 있는 데다 우리가 능장을 부릴수록 더 재미난 이야기가 될 텐데, 왜? 가련한 마을 주민들은 더는 참을 수가 없어 제발 외지인들을 자기들 마을로 돌아가게 해 달라고 간청하러 오늘 아침 행정관을 찾아온 것이었다. 그렇게만 해 준다면 무보수로 도로를 완성하겠다고 약속했다. 이로써 워커는 완전무결한 대승리를 거둔 셈이었다. 주민들은 풀이 죽어 있었다. 그의 크고 말끔한 얼굴 위로 오만한 만족감이 퍼져 나갔다. 한껏 사기가 올라 의자에 앉아 있는 모습이 거대한 불독처럼 보였다. 매킨토시는 그 사악한 광경이 혐오스러워 진저리가 났다. 그때 워커가 특유의 쩌렁쩌렁한 목소리로 연설을 하기 시작했다.

"내가 나 혼자 좋자고 그 도로를 만드는 거냐? 그 도로가 생긴다고 해서 나한테 생기는 이득이 뭐지? 다 너희들을 위한 것이다. 너희들이 편히 걸어 다니고 너희들 코프라를 편히 나르라고 말이다. 나는 너희들에게 일한 대가를 지불하겠다고 했다. 완성되면 오롯이 너희들에게 이득이 돌아가는데도 품삯을 넉넉히 주겠다고 제안했어. 이제는 너희들이 대가를 지불해. 너희들이 그 도로를 완성하고 내가 약속했던 20파운드를 마누아 사람들에게 지불하겠다고 약속하면, 마누아 사람들을 그들의 집으로 돌려보내 주지."

아우성이 터졌다. 그들은 그를 설득하려 했다. 자기들에게는 그런 돈이 없다고 말했다. 하지만 그들이 무슨 말을 해도 그는 잔혹한 조롱으로 받아칠 뿐이었다. 그때 시계 종이 울렸다.

"저녁 먹을 시간이군." 그가 말했다. "모두 내보내."

워커는 의자에서 무거운 몸을 일으켜 관사를 나갔다. 매킨토시가 뒤따라갔을 때 워커는 이미 식탁에 앉아 있었다. 목에 냅킨을 두르고 손에는 나이프와 포크를 쥐고서 중국인 요리사가 내올 식사를 기다리는 중이었다. 기가 있는 대로 살아 있었다.

"내가 놈들을 멋지게 쓰러뜨렸지." 매킨토시가 자리에 앉을 때 그가 말했다. "이제부터는 도로를 만드는 데 별 어려움이 없을 게야."

"저는 농담을 하시는 줄 알았는데요."

매킨토시가 차갑게 말했다.

"무슨 소리야?"

"정말 20파운드를 내게 하시려고요?"

"당연하지. 꼭 내게 할 거야."

"그럴 권한이 행정관님에게 있는지 의문인데요."

"그렇게 생각하나? 난 이 섬에서 원하는 건 뭐든 할 권리가 있는 것 같은데."

"골탕을 먹일 만큼 먹이셨어요."

워커는 요란하게 웃음을 터뜨렸다. 그는 매킨토시가 뭐라 생각하든 아랑곳하지 않았다.

"자네 의견이 필요하면 요청하도록 하지."

매킨토시는 안색이 하얗게 질렸다. 이럴 때는 그저 입을 꾹 다물고 침묵하는 수밖에 없다는 걸 그간의 경험으로 알고 있었다. 그는 온 힘을 다해 자제심을 발휘하느라 구역질과 어지럼증이 일 지경이었다. 앞에 음식이 놓여 있었지만 도무지 입맛이 없어서 워커가 큼직한 고기 조각을 거대한 입안에 퍼 넣는 것을 역겹게 바라보았다. 워커는 식사 습관이 지저분했다. 그와 한 식탁에 앉아 있으려면 비위가 좋아야 했다. 매킨토시는 진저리를 쳤다. 그 징그럽고 잔인한 남자를 모욕하고 싶은 충동이 강하게 꿈틀거렸다. 그가 흙바닥을 뒹굴며 본인이 괴롭힌 사람들만큼 고통스러워하는 꼴을 볼 수만 있다면 무슨 일이든 할 수 있을 것 같았다. 저 악당이 그 어느 때보다 혐오 스러웠다.

하루가 흘렀다. 매킨토시는 저녁 식사 후 잠을 청했지만 가슴에 울화가 가득 차 잠이 오지 않았다. 책을 읽으려 하면 글자들이 눈앞을 헤엄쳐 지나갔다. 태양이 가차 없이 내리쬐었다. 비라도 왔으면 싶었지만 비가 와도 시원하지 않았다. 비가 오면 되레 더 푹푹 찔 뿐이었다. 그는 애버딘 태생이었다. 그 도시의 화강암 거리를 몰아치는 차가운 바람이 별안간 그리웠다. 여기서 그는 죄수나 다름없었다. 잔잔한 바다뿐 아니라 그 끔찍한 영감을 증오하는 마음에 갇힌 신세였다. 그는 두 손으로 지끈거리는 머리를 부여잡았다. 그자를 죽이고 싶었지만 정신을 차리고 마음을 다잡았다. 뭐라도 해서 주의를 분산시켜야 했다. 책을 읽을 수 없으니 개인 서신이나 정리하자는 생각이 들었다. 벌써부터 하려고 마음먹었으나 계속 미뤄 둔 일이었다. 그는 잠긴 책상 서랍을 열고 안에서 편지를 한 움큼 꺼냈다. 그때 그의 권총이 눈에 띄었다. 순간 어떤 충동이 치밀었지만 억눌렀다. 그자의 머리에 총알을 박아 넣고 견딜 수 없는 이 삶의 속박에서 탈출하자는 충동이 뇌리를 스쳤던 것이다. 권총은 습기가 많은 공기에서 약간 녹이 슬어 있었다. 그는 기름 먹인 헝겊을 꺼내 권총을 닦기 시작했다. 그렇게 잠시 정신이 팔려 있다가 문득 누군가 문 저편에서 살금살금 돌아다니는 기척을 느꼈다. 그는 고개를 들고 외쳤다.

"거기 누군가?"

잠시 침묵이 흐른 뒤 마누마가 모습을 드러냈다.

"무슨 일이지?"

족장의 아들은 잠시 시무룩한 얼굴로 말없이 서 있다가 목이 졸린 듯한 목소리로 말했다.

"20파운드는 못 냅니다. 그만한 돈이 없어요."

"나더러 어쩌라고?" 매킨토시가 말했다. "너도 워커 씨가 한 말을 들었을 텐데."

마누마는 반은 사모아 말로, 반은 영어로 애원하기 시작했다. 걸인의 달달 떨리는 억양이 가미된, 단조롭고 징징거리는 목소리였다. 그 소리를 듣자니 매킨토시는 혐오감이 밀려왔다. 사내가 돼서 이처럼 맥을 못 추다니 그는 화가 치밀었다. 참으로 한심한 인사였다.

"나도 어쩔 수 없어." 매킨토시는 짜증을 내며 말했다. "여기 책임자는 워커 씨라는 걸 너도 알잖아."

마누마는 다시 입을 다물었다. 그러면서도 문간을 서성였다.

"몸이 아파요." 마누마가 말했다. "약 좀 주세요."

"어디가 어떻게?"

"모르겠어요. 병이 났어요. 몸이 아파요."

"거기 서 있지 마." 매킨토시가 매섭게 말했다. "이리 들어와. 내가 좀 보지."

마누마는 작은 방 안으로 들어와서 책상 앞에 섰다.

"여기랑 여기가 아파요."

그는 두 손을 엉덩이에 댔다. 얼굴엔 고통스러운 표정이 떠올라 있었다. 문득 매킨토시는 권총에 머물러 있는 마누마의 시선을 의식했다. 마누마가 나타났을 때 그가 책상에 놓아둔 권총이었다. 두 사람 사이에 침묵이 감돌았다. 매킨토시에게는 그 침묵이 영원처럼 느껴졌다. 이 카나카인의 머릿속이 훤히 보이는 듯했다. 심장이 격렬히 뛰었다. 바로 그때, 그는 뭔가에 씐 것처럼 생소한 의지에 따라 충동적으로 행동했다. 그때 그의 몸을 움직인 것은 그가 아니라, 그로서는 알 수 없는 미지의 힘이었다. 그는 갑자기 목이 타고 말문이 막혀서 무의식적으로 목에 손을 댔다. 그리고 마누마의 눈을 피해야 했다.

"여기서 기다려." 그는 누군가에 의해 숨통이라도 잡힌 듯한 목소리로 말했다. "약제실에서 뭐라도 가져올게."

그는 일어섰다. 그의 몸이 약간 휘청한 것은 그저 그의 상상이었을까? 마누마는 조용히 서 있었다. 매킨토시는 계속 다른 곳으로 눈을 돌리고 있었지만 자기가 멍하니 문밖을 응시하고 있다는 걸 알고 있었다. 그를 홀려 문밖으로 이끈 것은 그가 아닌 다른 존재였지만, 뒤죽박죽된 편지들을 한 움큼 집어 권총이 보이지 않도록 권총을 덮은 것은 그 자신이었다. 그는 약제실로 갔다. 알약 하나를 꺼내고 파란 물약을 약병에 따른 뒤 관사 밖 부지로 나갔다. 자신의 방갈로로 가고 싶지는 않아서 마누마를 소리쳐 불렀다.

"이리로 나와."

매킨토시는 마누마에게 약을 주고 복용법을 알려 주었다. 그는 왠지 카나카인을 똑바로 쳐다볼 수 없었다. 말을 하는 내내 마누마의 어깨만 쳐다보았다. 마누마는 약을 받아 들고 살그머니 대문을 나섰다.

매킨토시는 식당으로 들어가서 지나간 신문들을 다시 들

추었다. 하지만 내용이 머리에 들어오지 않았다. 집 안은 아주 괴괴했다. 워커는 위층 자기 방에서 잠들어 있었고, 중국인 요리사는 부엌에서 바빴으며, 경찰관 둘은 낚시를 하러 가고 없었다. 집 안을 감싼 침묵이 기괴하게 느껴졌다. 권총이 그가 놓아둔 곳에 아직 있는 것은 아닐까 하는 생각이 불현듯 뇌리를 스쳤다. 감히 확인해 볼 용기가 나지 않았다. 불확실한 것은 끔찍했지만, 확실한 것은 더욱 끔찍했다. 그는 땀을 흘렸다. 그 침묵을 더는 참을 수가 없어 도로 아래편 상인의 집에 가 보기로 했다. 여기서 1.6킬로미터쯤 떨어진 곳에 가게를 하는 저비스라는 남자가 있었다. 그는 혼혈인이었고, 백인의 피가 섞인 만큼, 딱 그만큼 말이 통했다. 매킨토시는 자신의 방갈로와 편지들이 어수선하게 널린 책상에서 멀리 떨어지고 싶었다. 그 밑에 뭔가가 있을 수도 있고 없을 수도 있었다. 그는 도로를 따라 걸었다. 어느 족장의 멋진 오두막을 지나칠 때 누군가 그에게 소리쳐 인사를 했다. 그는 그 가게로 갔다. 카운터 뒤에 상인의 딸이 앉아 있었다. 피부가 가무잡잡하고 이목구비가 넓적한 그녀는 분홍빛 블라우스와 밑으로 넓게 퍼지는 흰 치마를 입고 있었다. 저비스는 딸과 매킨토시가 결혼하기를 바랐다. 그는 형편이 넉넉한 자였고, 자기 딸의 남편은 배를 두드리며 살게 될 거라고 매킨토시에게 말한 적도 있었다. 그녀는 매킨토시를 보고 얼굴을 살짝 붉혔다.

"아버지는 오늘 아침 들어온 짐 몇 개를 풀고 계세요. 오셨다고 말씀드릴게요."

매킨토시는 앉았고, 딸은 밖으로 나가서 가게 뒤편으로 갔다. 잠시 후 그녀의 어머니가 뒤뚱거리며 들어왔다. 몸집이 거대하고 나이가 많은 여자였는데, 자기 힘으로 일군 큰 땅을 소유한 여족장이었다. 그녀는 그에게 손을 내밀었다. 괴물처럼 비대한 몸집은 불쾌감을 일으켰지만 뚜렷한 위엄을 풍기는 여자였다. 그녀는 알랑거리지 않으면서 다정했고 상냥하면서도 자신의 지위를 의식했다.

"발걸음이 뜸하시네요, 매킨토시 씨. 오늘 아침에도 테리사가 '아이참, 매킨토시 씨는 얼굴을 통 볼 수가 없어.' 하고 말했어요."

그는 이 늙은 원주민의 사위가 된 자신을 상상하고 살짝 몸서리를 쳤다. 그녀는 백인의 피가 섞인 남편을 무쇠 주먹으로 다스리기로 악명이 높았다. 그녀의 주먹이 권위였고 그녀의 주먹이 사업 수완이었다. 백인들에게 그녀는 저비스 부인일 뿐이었으나, 그녀의 아버지는 왕족 혈통으로 족장을 지냈고, 그녀 아버지의 아버지와 그의 아버지는 실제 통치를 한 왕들이었다. 상인이 들어왔다. 위풍당당한 아내에 비해 몸집이 작고 머리가 검은 남자로, 검은 턱수염은 희끗희끗하게 세어 가는 중이었다. 흰 면포 바지 차림이었고, 잘생긴 눈에 치아가 반짝거렸다. 대단히 영국인다웠고 속어를 많이 썼지만 외국인이 영어를 구사한다는 느낌을 주었다. 가족들에게는 원주민인 어머니가 썼던 언어를 사용했다. 아첨하고 알랑거리면서 굽실거리는 남자였다.

"아, 매킨토시 씨, 잘 오셨어요. 위스키를 내오렴, 테리사. 매킨토시 씨, 우리랑 같이 한잔하세요."

그는 아피아의 온갖 최신 소식들을 전해 주었다. 말하는 내내 손님의 눈을 살폈다. 그래야 비위를 맞추는 말을 할 수 있기 때문이었다.

"워커는 어떻게 지내나요? 요샌 얼굴을 통 못 봤지 뭡니까. 제가 이번 주 중으로 돼지 통구이를 한 마리 보내 드리죠."

"오늘 아침 말을 타고 집으로 가시는 걸 봤어요."

테리사가 말했다.

"건강을 위해!"

저비스 씨가 위스키 잔을 들어 올리며 말했다.

매킨토시는 술을 들이켰다. 두 여인은 앉아 그를 지켜보았다. 검은 머더 허버드 차림의 저비스 부인은 차분하고 거만했고, 테리사는 매킨토시와 눈이 마주칠 때마다 미소를 지으려 애썼다. 상인은 끊임없이 험담을 늘어놓았다.

"워커가 은퇴한다는 말이 아피아에 돌고 있어요. 이젠 예전만큼 젊지 않으니까요. 그가 처음 섬에 온 이후 많은 것들이 변했지만, 그는 그것들에 맞게 변하지 않았어요."

"너무 지나쳐요." 여족장이 말했다. "원주민들이 불만이 많아요."

"그 도로 이야기는 재미있더군요." 상인이 웃음을 터뜨렸다. "내가 아피아에서 그 이야기를 해 주니까 다들 배꼽이 빠져라 웃더라고요. 하여간 워커 그 사람, 재밌는 양반이야."

매킨토시는 냉혹한 눈으로 그를 쳐다보았다. 대체 무슨 속셈으로 워커를 이딴 식으로 말하는 걸까? 이 상인은 혼혈인이라 워커 씨라고 불러야 마땅했다. 무례함을 꾸짖는 쓴소리가 입안을 맴돌았다. 왜 참고 있는 건지 그로서도 알 수 없었다.

"그가 은퇴하면 당신이 그 자리를 맡을 겁니다, 매킨토시 씨." 저비스가 말했다. "섬사람들은 모두 당신을 좋아해요. 당신은 원주민들을 이해하니까요. 그들도 이제 교육을 받았어요. 예전과 다른 방식으로 대우받아야 합니다. 교육받은 사람이 행정관이 돼야 해요. 워커는 나처럼 상인일 뿐이에요."

테리사의 눈이 반짝거렸다.

"때를 봐서 건수를 잡았다 싶으면 우리가 나설 거예요. 이것만은 믿어도 돼요. 내가 족장들을 모두 데리고 아피아로 가서 탄원할 거예요."

매킨토시는 속이 뒤집어지는 것 같았다. 워커에게 무슨 일이 생기고 그의 뒤를 이을 생각은 한 번도 한 적이 없었다. 사실 비등한 공적 위치에서 매킨토시만큼 이 섬을 잘 아는 사람은 없었다. 그는 벌떡 일어서서 작별 인사도 제대로 하지 않고 관사 부지로 돌아왔다. 이번에는 자기 방으로 곧장 갔다. 그는 책상을 재빨리 훑어보고는 편지들 사이를 뒤적였다.

권총이 없었다.

심장이 갈빗대에 격렬히 부딪치며 날뛰었다. 그는 모든 곳을 샅샅이 뒤지며 권총을 찾아보았다. 의자와 서랍 안쪽까지 살폈다. 속이 바짝바짝 탔다. 그것이 없으리라는 걸 내내 알았으면서도. 갑자기 워커의 걸걸하고 쾌활한 목소리가 들려왔다.

"대체 무얼 하고 있나, 맥?"

매킨토시는 깜짝 놀랐다. 워커가 문간에 서 있었다. 매킨토시는 책상에 널린 것들을 숨기려 반사적으로 돌아섰다.

"정리하나?" 워커가 물었다. "말을 마차에 매어 두라고 했네. 타포니로 멱이나 감으러 가려고. 자네도 같이 가지."

그가 워커와 같이 있는 한 사고는 일어날 수 없었다. 그들이 가려는 곳은 5킬로미터쯤 떨어진 곳에 있는, 얇은 바위 벽으로 인해 바다와 분리된 민물 샘이었다. 행정관이 원주민들을 생각해 멱을 감을 수 있도록 바위를 폭파해 만든 곳이었다. 그는 섬 곳곳에 온천이 있는 곳이면 이런 곳을 몇 군데 만들어 두었다. 그곳의 민물은 끈적하고 뜨뜻한 바닷물에 비해 시원하고 상쾌했다. 그들은 마차를 타고 고요하고 수풀이 자란 도로를 달리다가 바닷물이 밀려 들어온 여울을 건넌 뒤, 종 모양의 오두막들이 널찍널찍하게 자리하고 중앙에 하얀 예배당이 있는 원주민 마을 두 곳을 지났다. 그들은 세 번째 마을 앞에서 내려 말을 묶어 두고 그 샘으로 내려갔다. 그들 외에도 젊은 여자 네다섯과 아이들 여남은 명이 있었다. 그들은 곧 첨벙거리며 돌아다니고 소리치고 웃어 댔고, 워커는 라바라바 차림으로 뚱뚱한 돌고래처럼 이리저리 헤엄쳐 다녔다. 그는 여자들과 음란한 농담을 주고받았고, 여자들은 그의 몸 밑으로 자맥질을 하면서 그가 잡으려 하면 요리조리 빠져나갔다. 그가 지쳐 바위 위에 누워 있으면 여자들과 아이들이 그를 둘러쌌다. 행복한 가족이었다. 그 늙은 남자는 몸집이 비대하고 흰머리가 뒤통수에 초승달 모양으로 남아 있을 뿐 정수리가 완전히 벗어져 반짝반짝하는 것이 나이 든 바다의 신처럼 보였다. 매킨토시는 그의 눈에서 묘하고 녹녹한 눈빛을 보았다.

"쟤들은 내 자식들이야." 그가 말했다. "나를 자기 아버지라고 생각해."

그는 그 말이 끝나기 무섭게 한 여자에게 고개를 돌려 음란한 말을 했고, 그 말에 모두들 폭소를 터뜨렸다. 매킨토시는 옷을 입기 시작했다. 가느다란 팔다리 탓에 몸매가 기괴하게 보였다. 그것이 사악한 돈 키호테의 형상인지라, 워커는 매킨토시에 대해 저속한 농담을 하기 시작했다. 숨죽여 작게 킥킥거리는 웃음소리가 공감을 표시했다. 매킨토시는 힘겹게 셔츠를 걸쳤다. 자기가 볼품없다는 건 알았지만, 그렇다고 비웃음을 당하는 건 질색이었다. 그는 뚱한 얼굴로 조용히 서 있었다.

"저녁 식사 시간에 맞추려면 이제 출발해야 합니다."

"자넨 나쁜 친구는 아니야, 맥. 그저 바보일 뿐이지. 자네는 한 가지 일을 하면서 꼭 다른 일을 하려고 든단 말일세. 우린 그렇게 살지 않아."

말은 그렇게 하면서도 그는 천천히 몸을 일으켜 옷을 걸치기 시작했다. 그들은 마을로 슬렁슬렁 돌아가서 족장과 함께 카바 한 그릇을 들이켜고는 게으른 마을 주민들의 흥겨운 작별 인사를 받으며 집으로 마차를 몰았다.

워커는 저녁을 먹고 나서 습관대로 시가에 불을 붙인 다음 산책 나갈 준비를 했다. 매킨토시는 덜컥 겁이 났다.

"이런 상황에 밤중에 혼자 나가는 건 경솔한 행동 같은데요?"

워커는 파란 눈을 동그랗게 뜨고 매킨토시를 물끄러미 쳐다보았다.

"그게 대체 무슨 소리인가?"

"저번 날 밤의 그 칼 말입니다. 그 사람들이 행정관님을 단단히 벼르고 있을 겁니다."

"쳇! 제까짓 놈들이 감히."

"이미 누군가 덤볐어요."

"허풍 한번 부린 게지. 놈들은 날 해치지 못해. 나를 아버지로 여긴다니까. 내가 무슨 일을 하든 다 자기들을 위한 것이란 걸 알아."

매킨토시는 경멸감에 휩싸여 워커를 쳐다보았다. 이 남자의 자기만족감에 분노가 치밀었지만, 그러면서도 정체를 알 수 없는 뭔가에 이끌려 물러서지 않았다.

"오늘 아침 일어난 일을 생각해 보세요. 오늘 밤만이라도 집 안에 계시는 게 좋겠어요. 저랑 같이 피킷이라도 하시든가요."

"피킷은 돌아와서 하지. 카나카인 중에 내 항로를 수정할 자는 아직 세상에 태어나지 않았어."

"그럼 저도 같이 가게 해 주세요."

"자네는 그냥 있어."

매킨토시는 그냥 어깻짓을 하고 말았다. 경고는 할 만큼 했다는 생각이었다. 경고를 귀담아듣지 않겠다면 본인 스스로 주의하는 수밖에. 워커는 모자를 쓰고 밖으로 나갔다. 매킨토시는 책을 읽기 시작했지만 문득 자신의 행방을 밝혀 두는 게 좋겠다는 생각이 들었다. 그는 부엌으로 건너가서 구실을 만들어 몇 분 동안 요리사와 이야기를 나누었다. 그러고 나서 축음기를 꺼내 레코드판을 올려놓았다. 축음기가 런던 뮤직홀의 우스꽝스러운 노래를 연주했다. 하지만 그 감상적인 곡

조가 흐르는 동안에도 그의 귀는 무슨 소리가 나지 않는지 밤의 저편을 향해 바짝 세워져 있었다. 바로 옆에서 레코드판이 시끌벅적한 노랫말과 우렁찬 소리를 뽑아냈지만, 그는 기괴한 침묵에 포위된 것만 같았다. 파도가 암초에 우르릉 철썩거리는 소리가 아련히 들려왔다. 저 멀리 위쪽에서 코코넛 나뭇잎 사이로 산들바람이 한숨 짓는 소리도 들렸다. 얼마나 걸릴까? 끔찍했다.

그는 걸걸한 웃음소리를 들었다.

"놀라움의 연속이로군. 자네가 웬일로 노래를 듣고 있나, 맥."

워커가 창가에 섰다. 붉은 얼굴이 둥글고 쾌활했다.

"보다시피 난 이렇게 멀쩡하고 팔팔하다네. 무슨 일로 음악을 다 틀었나?" 워커가 안으로 들어왔다. "마음이 싱숭생숭한 게로군, 웅? 기운을 내 보려 음악을 튼 거야?"

"행정관님을 위한 장송곡을 틀었지요."

"대체 무슨 노래인데?"

"쓴 맥주 반 잔과 흑맥주 한 잔."

"아주 좋은 노래군. 몇 번이고 들어도 싫증나지 않겠어. 이제 피킷으로 자네 돈 좀 따 볼까."

그들은 게임을 했다. 워커는 승리를 향해 돌진했다. 상대에게 엄포를 놓고, 아유하고, 상대의 실수를 조롱하고, 온갖 책략을 쓰고, 상대를 협박하면서 희희낙락했다. 매킨토시는 곧 냉정함을 되찾았다. 평소처럼 제삼자의 입장에 서자, 이 못 견디게 싫은 영감을 관찰하는 것도, 냉정한 울타리 안에 머무는 것도 덤덤히 즐길 수 있었다. 저기 어딘가에 마누마가 조용히 앉아 기회를 노리고 있었다.

워커는 승리에 승리를 거듭했고, 저녁이 끝날 무렵에는 흐뭇하게 딴 돈을 주머니에 넣었다.

"나를 상대하려면 나이가 한참은 더 들어야 할 거야, 맥. 난 카드 실력을 타고난 사람이거든."

"공교롭게도 제가 드린 에이스 카드를 열네 번이나 잡으셨으니 과연 그걸 재능이라고 해야 할지 의문입니다."

"좋은 카드는 선수에게 오는 법이지." 워커가 받아쳤다. "자네 패를 가지고 했더라도 내가 이겼을걸."

그는 왕년에 도박꾼들을 상대로 벌였던 갖가지 카드 게임 이야기를 길게 늘어놓았다. 그들의 돈을 싹싹 긁어서 그들에게 좌절감을 안겼다는 이야기였다. 그의 자랑과 자화자찬이 이어졌다. 매킨토시는 잠자코 듣기만 했다. 이왕 이렇게 됐으니 차라리 증오심을 키우고 싶었다. 워커의 모든 말, 모든 몸짓이 갈수록 그의 혐오감을 부채질했다. 마침내 워커가 일어섰다.

"그만 자러 가야겠어." 그가 요란하게 하품을 하면서 말했다. "내일은 힘든 하루가 될 거야."

"뭘 어쩌시게요?"

"마차를 타고 섬 반대편으로 가 볼까 해. 아침 5시에 길을 나서도 저녁 늦도록 돌아오지 못할 거야."

그들은 보통 7시에 저녁을 먹었다.

"그럼 7시 30분쯤 저녁을 먹죠."

"그 정도 될 거야."

매킨토시는 워커가 파이프 담뱃대에서 재를 탁탁 털어 내는 것을 보았다. 원기 왕성하고 활력이 넘쳤다. 죽음의 그림자가 그의 위에 드리워져 있다고 생각하니 이상했다. 매킨토시의 차갑고 음울한 눈에 희미한 미소가 번뜩였다.

"저도 같이 갈까요?"

"내가 왜 그런 걸 바라겠나? 암말을 타고 갈 건데, 녀석이 나 하나 끌고 갈 힘은 충분하지만 자네까지 끌고 50킬로미터를 가려고 하지는 않을걸."

"지금 만타우투의 민심이 어떤지 잘 모르시나 보군요. 제가 같이 가는 게 안전할 거예요."

워커는 어이없다는 듯 웃음을 터뜨렸다.

"자네는 쥐똥만큼도 쓸모가 없을걸. 난 깜짝깜짝 놀라는 새 가슴이 아닐세."

매킨토시의 눈에 어렸던 미소가 그의 입술로 내려갔다. 그의 입술이 씁쓸하게 뒤틀렸다.

"퀨 데우스 불트 페데레 프리우스 데멘타트.(신은 파괴하려는 자를 먼저 미치게 만든다.)"

"무슨 해괴한 소리인가?"

워커가 말했다.

"라틴어예요."

매킨토시는 그렇게 대답하면서 밖으로 나왔다.

이제 그는 킥킥 웃음이 나왔다. 아까와는 기분이 딴판이었다. 그가 할 수 있는 것은 다 했으니 운명의 손에 맡기는 수밖에 없었다. 그는 몇 주 만에 처음으로 단잠을 잤다. 이튿날 잠에서 깬 그는 밖으로 나갔다. 밤에 푹 자고 이른 아침의 신선한 공기를 맞이하자 기분이 상쾌했다. 오늘따라 바다가 유달리 푸르고 하늘도 화창했다. 무역풍이 신선했다. 산들바람이 어루만지듯 석호에 잔물결을 일으키는 모습이 벨벳을 거꾸로 쓰다듬는 것처럼 보였다. 그는 더 강해지고 더 젊어진 기분이었다. 그는 열의를 가지고 하루 일과를 시작했다. 점심을 먹고 나서는 다시 잠을 잤고, 저녁이 다가올 무렵에는 밤색 말에 안장을 얹고 관목림을 슬슬 돌아다녔다. 새롭게 눈을 뜬 듯 모든 것들이 색다르게 보였다. 정상으로 돌아온 기분이었다. 신기한 것은 이제 워커를 마음속에서 완전히 몰아낼 수 있다는 것이었다. 마치 워커란 자가 애초에 존재하지도 않은 양 전혀 신경이 쓰이지 않았다.

그는 느지막이 돌아왔다. 말을 탄 터라 더워서 다시 목욕을 했다. 그러고는 베란다에 앉아 파이프 담배를 피우며 낮이 저무는 석호의 풍경을 바라보았다. 석양 아래 장밋빛과 보랏빛, 초록빛으로 물든 석호는 대단히 아름다웠다. 세상과, 그리고 자기 자신과 화해한 듯 그는 평화로웠다. 요리사가 와서 저녁 식사가 준비되었는데 기다릴 것인지 물었을 때, 매킨토시는 다정한 눈으로 요리사에게 미소를 지었다. 그리고 손목시계를 보았다.

"7시 30분이로군. 기다리지 않는 게 좋겠어. 우리 대장이 언제 돌아올지 누가 알겠나."

소년은 고개를 끄덕였고, 잠시 후 매킨토시는 소년이 김이 모락모락 나는 그릇을 들고 마당을 건너오는 것을 보았다. 그는 한가롭게 일어나 식당으로 들어가서 저녁을 먹었다. 일이

터졌을까? 매킨토시는 숨죽여 킥킥거리며 이 불확실한 상황을 즐겼다. 단조로운 음식도 그리 나쁘지 않았다. 요리사가 빈곤한 상상력에 부닥쳐 또다시 내놓은 햄버그스테이크조차 기적처럼 육즙이 많고 풍미가 돌았다. 그는 저녁을 먹고 나서 책을 가지러 자신의 방갈로로 슬슬 걸어갔다. 쥐 죽은 듯 고요한 것이 좋았다. 밤이 되어 밤하늘에 별들이 총총했다. 그가 램프를 가져오라고 외치자, 잠시 후 한 줄기 불빛이 어둠을 가르며 중국인이 맨발로 종종거리며 뛰어왔다. 중국인이 램프를 책상 위에 올려 두고 소란스럽게 방을 나갔다. 매킨토시는 바닥에 우두커니 섰다. 거기에, 그의 권총이 흐트러진 서류들에 반쯤 가려진 채 놓여 있었다. 심장이 쿵쾅쿵쾅 고통스럽게 고동치고 식은땀이 났다. 그 일이 터진 것이다.

그는 덜덜 떨리는 손으로 권총을 집어 들었다. 총알은 네 발이 비어 있었다. 그는 잠시 머뭇거리다가 의심하는 눈초리로 밤 저편을 내다보았지만 아무도 없었다. 그는 얼른 빈 약실에 총알을 네 발 채워 넣은 뒤 권총을 서랍에 넣고 잠갔다.

그는 앉아서 기다렸다.

한 시간이 흐르고 두 시간이 흘렀다. 아무 일도 없었다. 그는 글을 쓰는 것처럼 책상 앞에 앉아 있었지만, 글을 쓰지도 읽지도 않았다. 그저 귀를 기울였다. 멀리서 무슨 소리가 들려오지 않는지 귀를 바짝 세웠다. 마침내 그는 우왕좌왕하는 발소리를 듣고는 그것이 중국인 요리사임을 알아차렸다.

"아-숭."

그가 소리쳤다.

소년이 문가로 왔다.

"대장이 마니 늦어요." 소년이 말했다. "저녁밥 맛없어요."

매킨토시는 소년을 물끄러미 쳐다보았다. 쟤는 무슨 일이 일어났는지 알기나 할까, 알게 되면 나와 워커가 어떤 관계로 지냈는지 알게 될까 궁금했다. 소년은 웃는 얼굴로 묵묵히, 매끄럽게 할 일을 하는 아이였다. 누가 저 아이의 속을 알까?

"도중에 어디서든 저녁을 드시고 오실 모양이다. 하지만 혹시 모르니 수프를 뜨겁게 데워 놔."

그의 입에서 그 말이 나오기 무섭게 소동과 고함 소리, 맨발로 후다닥 뛰어가는 발소리가 정적을 깼다. 원주민들이 우르르 관사 부지 안으로 달려 들어왔다. 남자들과 여자들, 아이들도 있었다. 그들이 매킨토시를 둘러싸고 저마다 말을 했다. 매킨토시는 무슨 말인지 알아들을 수가 없었다. 그들은 흥분한 데다 겁에 질려 있었고, 몇몇은 울고 있었다. 매킨토시는 그들을 밀치고 나아가 대문 쪽으로 나갔다. 그들이 하는 말은 거의 알아들을 수 없었지만 무슨 일이 일어났는지는 잘 알았다. 그가 대문으로 나갔을 때 이륜마차가 도착했다. 늙은 암말은 어느 키가 큰 카나카인에 이끌려 걸어오고 있었고, 이륜마차 안에는 남자 둘이 웅크린 채 워커를 부축하고 있었다. 작은 원주민 무리가 마차를 둘러쌌다. 암말이 마당으로 이끌려 들어왔고, 원주민들이 말을 쫓아 우르르 안으로 들어왔다. 매킨토시는 그들에게 물러서라고 소리쳤고, 경찰관 둘이 난데없이 나타나 그들을 거칠게 옆으로 밀어냈다. 지금까지 그가 알아들은 내용인즉슨, 낚시를 나갔던 사내아이 몇 명이 마을

로 돌아가는 길에 여울 옆 수원 쪽에 서 있는 마차를 발견했
다. 암말은 목초 속에 코를 박고 있었다. 아이들이 어둠 속에
서 본 것은 좌석과 대시보드 사이에 축 늘어진 이 영감의 거
대하고 흰 몸뚱이였다. 처음에 아이들은 그가 술에 취했구나
싶어 웃으면서 마차 안을 들여다보았지만, 그가 끙끙거리는
소리를 듣고는 그제야 뭔가 잘못되었구나 생각했다. 아이들
은 마을로 달려가 도움을 청했다. 그리고 오십 명쯤 되는 사
람들을 데리고 돌아왔을 때 워커가 총에 맞았다는 걸 알게
되었다.

　매킨토시는 공포에 휩싸여 자문했다. 이미 죽은 걸까. 우선
워커를 마차에서 내려야 했는데, 몸집이 비대한 워커를 마차
에서 내리는 것은 상당히 힘든 일이었다. 남자 넷이 힘을 써서
그를 간신히 들어 올렸다. 그들이 그를 움직였을 때, 그가 희
미한 신음 소리를 냈다. 그는 아직 살아 있었다. 그들은 간신
히 그를 집 안으로 옮겼고, 계단을 올라가 그의 침대에 눕혔
다. 그제야 매킨토시는 워커를 볼 수 있었다. 마당에 허리케인
램프가 대여섯 개 켜져 있을 뿐 모든 것이 어둑했다. 워커의
흰 면포 바지는 피로 얼룩져 있었고, 워커를 옮긴 남자들은
붉고 끈적한 손을 자신의 라바라바에 문질러 닦았다. 매킨토
시는 램프를 들어 올렸다. 늙은 남자는 생각한 것보다 너무나
창백했다. 눈은 감겨 있었다. 아직 숨을 쉬고 맥박도 살아 있
었지만, 죽음을 앞두고 있었다. 매킨토시는 예상치 못한 충격
과 공포에 휩싸여 발작을 일으킬 지경이었다. 그는 거기 있는
원주민 사환을 발견하고 겁에 질린 목소리로 약제실에 가서

피하 주사에 필요한 것들을 가져오라고 시켰다. 경찰관 하나가 위스키를 가져왔고, 매킨토시는 영감의 입에 위스키를 조금 흘려 넣었다. 방 안은 원주민들로 가득 찼다. 그들은 겁에 질려 아무 말도 못하고 바닥에 여기저기 앉아 있었고, 이따금씩 누군가가 크게 울음을 터뜨렸다. 몹시 더운 날이었지만 매킨토시는 한기를 느꼈다. 손발이 얼음장 같아서 팔다리를 부들부들 떨지 않으려 안간힘을 써야 했다. 무얼 어떡해야 할지 막막했다. 워커가 여전히 피를 흘리고 있는지, 그렇다면 어떻게 출혈을 멈출 수 있는지도 알 수 없었다.

사환이 피하 주사기를 가져왔다.

"네가 놓도록 해." 매킨토시가 말했다. "이런 일은 나보다 능숙할 테니까."

그는 머리가 지독히 아팠다. 몸속에 있던 온갖 야만성이 뛰쳐나가려 몸부림을 치는 것 같았다. 그들은 주사를 놓고 효과가 있는지 지켜보았다. 얼마 뒤 워커가 눈을 천천히 떴다. 여기가 어디인지 모르는 듯했다.

"말하지 마세요." 매킨토시가 말했다. "여긴 집이에요. 이제 안전해요."

워커의 입술이 움직이며 희미한 미소를 그렸다.

"놈들이 날 쳤어."

그가 중얼거렸다.

"저비스를 시켜 그의 모터보트를 즉시 아피아로 보낼게요. 내일 오후면 의사를 데려올 수 있어요."

기나긴 침묵 끝에 늙은 남자가 대답했다.

"그때쯤 난 죽을 텐데."

넋이 나간 표정이 매킨토시의 창백한 얼굴을 스쳤다. 그는 억지로 웃음을 짜냈다.

"그런 말씀 마세요! 가만히 계세요. 말짱해지실 겁니다."

"술 한잔 줘." 워커가 말했다. "독한 걸로."

매킨토시는 손을 덜덜 떨면서 위스키와 물을 반씩 따른 유리잔을 대 주었고, 워커는 그것을 게걸스럽게 삼켰다. 그는 그제야 기운이 좀 나는지 한숨을 길게 내쉬었다. 그의 거대하고 투실투실한 얼굴에 혈색이 조금 돌았다. 매킨토시는 기운이 쭉 빠졌다. 그는 그대로 서서 늙은 사내를 바라보았다.

"무얼 어떡해야 할지 말씀하시면 제가 하겠습니다."

그가 말했다.

"할 게 뭐가 있겠나. 그냥 내버려 두게. 난 이제 끝났어."

커다란 침대에 누운 그는 참으로 안쓰러워 보였다. 늙은이의 몸은 살이 뒤룩뒤룩 쪄 거대했으나, 너무 시들고 너무 약해 애처로웠다. 죽어 가자 오히려 정신은 맑아지는 듯했다.

"자네 말이 맞았어, 맥." 그가 곧바로 말했다. "자네가 그렇게 경고했는데."

"제가 같이 갔어야 하는데."

"자네는 좋은 친구야, 맥. 술을 안 마셔서 그렇지."

다시 기나긴 침묵이 이어졌다. 워커는 의식이 흐려지고 있었다. 내출혈이었다. 이쪽으로 무지한 매킨토시도 그의 상관이 앞으로 한두 시간밖에 살 수 없다는 것을 알 수 있었다. 그는 침대 옆에 서서 꼼짝하지 않았다. 워커는 삼십 분쯤 눈을 감고 누워 있다가 눈을 떴다.

"내 자리는 자네가 잇게 될 거야." 그가 천천히 말했다. "지난번 아피아에 갔을 때 자네를 추천해 두었어. 내 도로를 완성해 주게. 완성될 거라고 믿고 싶네. 섬을 일주하는 도로."

"행정관님의 일을 하고 싶지 않아요. 회복되실 겁니다."

워커는 지친 듯 고개를 저었다.

"나의 날은 이미 저물었어. 그들을 공정하게 대해 주게. 그건 훌륭한 일이야. 그들은 아이들이야. 항상 그걸 명심해. 엄하게 대하되, 친절해야 해. 공정해야 하네. 난 그들한테서 동전 한 푼 챙긴 적 없어. 이십 년간 저축한 돈이 100파운드도 안 돼. 그 도로는 위대한 업적이야. 도로를 완성해."

매킨토시에게서 흐느낌 비슷한 것이 터져 나왔다.

"자네는 착한 친구야, 맥. 난 항상 자네를 좋아했어."

그는 눈을 감았고, 매킨토시는 그가 다시는 눈을 뜨지 못할 거라 생각했다. 그는 입안이 바짝 말라서 뭐라도 마셔야 했다. 중국인 요리사가 살그머니 의자를 그에게 밀어 주었다. 그는 침대 옆에 앉아 기다렸다. 그렇게 얼마나 시간이 지났을까. 밤이 끝도 없이 이어졌다. 갑자기 거기 앉아 있던 남자 하나가 아이처럼 요란하게 울음을 터뜨리며 흐느꼈다. 그제야 매킨토시는 방 안에 원주민들이 가득하다는 걸 알아챘다. 원주민 남자들과 여자들이 바닥 여기저기에 엉덩이를 대고 앉아 침대를 응시하고 있었다.

"이 사람들은 여기서 뭘 하는 거지?" 매킨토시가 말했다. "이럴 권리도 없는 자들이. 모두 내보내. 내보내, 모두."

그의 말이 워커를 깨웠는지 워커가 다시 눈을 떴다. 이제 그의 눈은 흐리멍덩했다. 이야기를 하고 싶은데 기운이 없는 눈치여서 매킨토시는 그가 말을 하는 동안 귀를 대고 있어야 했다.

"저들을 그냥 놔 둬. 내 자식들이야. 여기 있게 둬."

매킨토시는 원주민들을 향해 고개를 돌렸다.

"그대로 있어. 이분이 너희들이 있기를 바라신다. 하지만 조용히 있어."

늙은이의 창백한 얼굴에 희미한 미소가 떠올랐다.

"더 가까이 와."

그가 말했다.

매킨토시는 그의 위로 고개를 숙였다. 그의 눈은 감겨 있었고, 그의 말은 코코넛 나무의 갈라진 잎새 사이로 살랑거리는 바람소리처럼 들렸다.

"한 잔만 더 주게. 할 말이 있어."

이번에 매킨토시는 위스키를 능숙하게 먹였다. 워커는 마지막 남은 의지를 끌어내 다시 기운을 차렸다.

"이 일을 문제 삼지 말게나. 95년에 분란이 생겼을 때 백인들이 살해당하자 함대가 와서 마을들을 포격했어. 관련 없는 사람들이 많이 죽었네. 아피아의 인간들은 머저리들이야. 그들이 나서서 문제를 삼으면 엉뚱한 사람들이 벌을 받을 거야. 난 누구도 벌 받는 걸 원치 않아."

그는 잠시 말을 멈추고 쉬었다.

"자네가 나서서 사고였다고 말해. 아무도 비난받아선 안 돼. 그러겠다고 약속해."

"원하시는 건 뭐든 하겠습니다."

매킨토시가 속삭였다.

"좋아. 자네가 최고야. 저들은 내 자식들이야. 난 저들의 아
버지고. 아버지는 자식들이 곤란해지지 않게 최선을 다하는
법이야."

그의 목구멍에서 큭큭 하는 웃음의 그림자가 흘러나왔다.
그것이 대단히 기묘하고 기괴한 느낌을 자아냈다.

"자네 신앙심 있지, 맥. 저들을 용서하라고 한 말, 그런 말
있지 않나? 자네는 알 거야."

매킨토시는 잠시 대답하지 않았다. 그의 입술이 바르르 떨
렸다.

"'저들을 용서하십시오, 저들은 자기가 무슨 일을 하는지
알지 못합니다.'7) 이거요?"

"그래, 그거. 그들을 용서하게. 나는 그들을 사랑했네, 늘 그
들을 사랑했어."

워커는 한숨을 쉬었다. 그의 입술을 살짝 움직였다. 이제 매
킨토시는 말을 듣기 위해 입술을 워커의 귀에 바짝 대야 했다.

"내 손을 잡아 줘."

그가 말했다.

매킨토시는 숨이 막혔다. 심장이 비틀리는 것 같았다. 그는
늙은 사내의 손을 잡았다. 대단히 차갑고 약하며 거칠고 둥

---

7) 「누가복음」 23장 34절.

근 손을 잡아 꼭 쥐었다. 그는 그렇게 앉아 있다가 깜짝 놀라 의자에서 벌떡 일어섰다. 갑자기 그르렁거리는 긴 소리가 터져 나와 침묵을 깼기 때문이다. 끔찍하고 기괴했다. 워커는 죽었다. 원주민들이 크게 울음을 터뜨렸다. 눈물이 줄줄 흐르는 얼굴로 가슴을 두드려 댔다.

매킨토시는 죽은 남자의 손을 놓고 나서 막 잠에서 깨 비몽사몽인 사람처럼 비틀거리며 방을 나갔다. 사무 책상의 잠긴 서랍으로 가서 권총을 꺼냈다. 그리고 바다로 내려가서 석호 속으로 걸어 들어갔다. 산호초에 발이 걸리지 않게 조심하면서 멀리까지 힘겹게 물살을 헤치며 나아갔다. 물이 겨드랑이까지 찼을 때, 그는 방아쇠를 당겼고 총알이 그의 머리를 관통했다.

한 시간 뒤 그가 쓰러진 지점에서 미끈한 갈색 상어 대여섯 마리가 첨벙거리며 몸부림쳤다.

현상과 실재

이 이야기를 실화라고 장담할 수는 없지만, 내게 이 이야기를 해 준 사람은 어느 영국 대학의 불문학 교수로 사실이 아닌 것을 사실인 양 이야기하기에는 너무 고매한 인격의 소유자다. 그가 학생들에게 이 이야기를 한 것은 프랑스인의 기질을 뼛속까지 파헤쳤다고 판단한 세 프랑스 작가들에게 학생들의 관심을 유도하기 위해서였다. 그는 이 작가들의 책을 읽으면 프랑스인들에 대해 속속들이 알게 되는 만큼 만약 본인에게 권한이 있다면 이 작품들에 대한 엄격한 시험을 통과하지 않고 공직에 올라 프랑스라는 국가를 상대하는 통치자는 신임하지 않겠다고 말했다. 적당한 선을 넘어 거침없이 더 나아가자고 주장하는 식의 음담패설, 즉 '골루아즈리'를 구사한 라블레,[1] 상식을 뜻하는 '봉 상스'의 라 퐁텐,[2] 그리고 이른바

'파나슈'가 있는 코르네유[3]가 그 작가들이다. '파나슈'는 사전적으로는 깃털 장식, 즉 무장한 기사가 투구에 꽂는 깃털 장식으로 번역되지만, 비유적으로는 위엄과 허세, 과시와 영웅적 면모, 허영과 자긍심을 상징하는 것 같다. 퐁트노이 전투에서 프랑스 신사들이 영국 국왕 조지 2세의 장교들을 향해 "먼저 쏘시오, 신사 양반." 하고 말할 수 있었던 것도 바로 이 '파나슈' 때문이다. 캉브론 장군이 워털루 전투에서 거친 입담으로 "호위병은 죽을지언정 항복하지 않는다."라는 문구를 지껄인 것도 이 '파나슈' 때문이고, 노벨상을 받은 가난한 프랑스 시인이 모든 걸 내주는 숭고한 제스처를 취한 것도 이 '파나슈' 때문이다. 그 교수님은 경솔한 사람이 아니었고, 이 이야기가 프랑스인의 주된 세 가지 특징을 뚜렷이 보여 준다는 점에서 교육적 가치가 높다고 보았다.

이제부터 할 이 이야기를 나는 '현상과 실재'라고 불러 왔다. 『현상과 실재』[4]는 내 조국이(우파든 좌파든) 19세기에 배출한 가장 중요한 철학서라 할 수 있고, 읽기 까다롭기는 해도 흥미로운 책이다. 탁월한 영어로 쓰였고 상당한 재치가 담겨 있다. 일반 독자들은 아주 미묘한 일부 논쟁에 한해 이해하고

---

1) 프랑수아 라블레(François Rabelais, 1494~1553). 프랑스의 작가, 의사.
2) 장 드 라퐁텐(Jean de La Fontaine, 1621~1695). 프랑스의 고전주의 시인, 우화 작가.
3) 피에르 코르네유(Pierre Corneille, 1606~1684). 프랑스의 극작가.
4) 대부분의 것들은 현상에 불과하고 실재를 설명하려 하지만 오히려 왜곡한다고 주장한 영국의 철학자 프랜시스 허버트 브래들리(Francis Hebert Bradly, 1846~1924)의 1893년 저서.

따라오는 것이 어렵겠지만, 형이상학적 심연 위에 걸린 영적 밧줄 위를 걷는 듯한 짜릿한 전율을 느끼다가 마지막에는 아무것도 중요하지 않다는 편안한 기분으로 책장을 덮을 것이다. 유명한 책의 제목을 차용하는 것이니 무슨 변명이 있을까마는, 그 제목은 내 이야기에 신기할 정도로 잘 들어맞는다.

리제트는 우리 모두 철학자라는 관점에서만 철학자였지만, 존재의 문제를 고민했고, 실재를 강하게 인식하면서 현상에도 진실로 공감했기 때문에, 양립할 수 없는 것들을 양립시키려는 철학자들의 오랜 숙원을 이루었다고 봐도 무방할 것이다. 리제트는 프랑스인이었다. 하루 중 몇 시간씩 파리의 가장 고급스럽고 화려한 건물에서 옷을 차려입었다가 벗는 것이 그녀의 일이었다. 그것은 자기가 예쁘게 생겼다는 것을 잘 아는 젊은 여자에게 좋은 직업이었다. 요컨대 그녀는 모델이었다. 키가 커서 밑자락이 끌리는 드레스를 입으면 우아했고, 둔부가 대단히 날씬해서 사냥복을 입으면 헤더 꽃 향기가 나는 듯했다. 다리가 길어서 파자마를 입어도 태가 났고, 호리호리한 허리와 작은 가슴은 아무리 단순한 수영복도 멋진 복장으로 변신시켰다.[5] 어떤 옷이든 거뜬히 소화했다. 그녀가 친칠라 코트를 입고 몸을 옹송그리면 아무리 냉철한 사람이라도 비싸지만 돈값을 하는 친칠라 코트라고 생각하게 되었다. 뚱뚱한 여자, 건장한 여자, 작달막한 여자, 깡마른 여자, 맵시 없는 여자,

---

5) 이 소설의 시대적 배경을 19세기 후반에서 20세기 초반으로 추정할 때 당시의 여성 수영복은 긴 바지와 팔다리를 덮는 긴 원피스가 한 벌이었다.

늙은 여자, 평범한 여자 들은 널찍한 팔걸이의자에 앉아 있다가 리제트가 멋지게 소화한 옷들을 구입했다. 그녀는 큰 갈색 눈과 붉은 입술을 가지고 있었다. 피부는 주근깨가 조금 있지만 매우 투명한 편이었다. 모델에게 꼭 필요한 도도하고 샐쭉하고 차갑고 무심한 태도를 유지하면서 조심스러운 발걸음으로 유유히 걸어 나왔다가 천천히 돈 다음 낙타에게서나 볼 법한, 온 우주를 깔보는 표정으로 유유히 빠져나가는 것은 만만찮은 일이었다. 리제트의 큰 갈색 눈에는 의심하는 눈빛이 반짝거렸고, 바르르 떠는 빨간 입술은 아주 작은 자극에도 미소를 지을 것 같았다. 그 반짝거리는 눈빛이 레몽 르 수외르 씨의 관심을 끌었다.

그는 루이 16세풍 의자에 앉아 있었다. 옆자리에는 봄 패션을 선보이는 모임에 가자고 제안한 그의 아내가 앉아 있었다.(똑같은 의자였다.) 르 수외르 씨는 대단히 바쁜 남자였다. 이보다 중요한 용무가 많을 텐데도 갖가지 희한한 복장의 젊고 아름다운 여성들 여러 명이 행진하는 것을 구경하면서 한 시간이나 앉아 있었으니, 이것으로 그가 얼마나 자상한 성격의 소유자인지 증명된 셈이었다. 그가 보기에 이 여자들 중에는 그의 아내를 다르게 만들어 줄 여자는 없는 것 같았다. 아내는 키가 크고 깡마른 오십 대 여성이었고 이목구비가 지나치게 컸다. 그는 외모를 보고 아내와 결혼한 것이 아니었고, 그의 아내 역시 달콤한 신혼 기간 중에도 그가 잘생겼다고 생각한 적이 없었다. 그가 그녀와 결혼한 것은, 그녀가 상속받기로 되어 있는 번창하는 철강 기업과 번창하는 그의 기관차 제조사를 통합하기 위해서였다. 결혼은 성공적이었다. 그녀는 그에게 프로 선수만큼 테니스를 잘 치고 제비족 못지않게 춤을 잘 추며 브리지 실력이 도박꾼이라 해도 손색없는 아들과, 왕자급의 남자에게 시집을 보내도 부끄럽지 않을 딸을 낳아 주었다. 자랑스러운 자식들이었다. 그는 제당소와 영화 제작사, 자동차 생산업체, 신문사의 지배적 지분을 확보하며 인내와 성심으로 승승장구했고, 마침내 특정한 지역의 자유롭고 독립적인 유권자들의 표심을 얻어 상원 의원으로 진출했다. 풍채에는 위엄이 돌았고 보기 좋게 통통했으며 표정은 여유로웠다. 짧게 다듬은 반백의 턱수염은 깔끔했다. 머리는 대머리였고, 뒷목에는 살집이 접혀 있었다. 검은 외투를 장식한 빨간 단추를 굳이 보지 않더라도 그가 중요한 인물임은 단번에 알아챌 수 있었다. 그는 결정이 빠른 남자였다. 아내가 여성복 디자이너와 브리지 게임을 하러 간다고 말했을 때, 조국이 그에게 소임을 부여한 상원 의원 의사당까지 운동 삼아 걷겠다면서 아내와 헤어졌다. 하지만 그는 사무실로 걸어가지 않고 뒷길을 왔다 갔다 서성이면서 운동을 했다. 그 길은 여성복 디자이너의 상점에서 일하는 젊은 아가씨들이 폐점 시간에 나타날 것으로 추정되는 곳이었다. 한 이십오 분쯤 기다렸을까, 어리고 예쁜 여자들과 그다지 어리지도 예쁘지도 않은 여자들이 우르르 나타나 곧 그가 기다리는 사람이 나올 것임을 예고했고, 그로부터 일이 분 뒤 리제트가 경쾌한 발걸음으로 거리로 나왔다. 상원 의원은 본인의 외모와 나이로는 젊은 아가씨의 마음을 첫눈에 사로잡을 수 없지만 재산과 사회적 위치로 불리한 점을 얼마든지 만회할 수 있다는 것을 알았다. 리제트에게는 동행이 있었기 때문에 신분이 더 낮은 남자였다면 쑥스러워했겠지만, 상원 의원은 조금도 망설이지 않고 그녀에게 다가가 모자를 정중히, 그러나 그의 대머리가 완전히 드러나지는 않게 적당히 들어 올리고 인사를 건넸다.

"봉수아, 마드무아젤.(안녕하세요, 아가씨.)"

그가 환심을 사려고 미소를 지으며 말했다.

그녀는 그를 보는 둥 마는 둥 흘끔 쳐다보았다. 그녀의 도톰한 붉은 입술이 살짝 떨면서 미소를 짓다가 멈추었다. 그녀는 고개를 돌리고 갑자기 친구와 이야기를 나누면서 관심이 없는 척 무심히 계속 걸어갔다. 상원 의원은 전혀 당황하지 않고 돌아서서 몇 미터쯤 떨어져 두 여자를 따라갔다. 그들은 비좁은 뒷길을 걸어 큰길로 나간 뒤 마들렌 성당 앞에서 버스를 탔다. 상원 의원은 아주 만족했다. 그는 정확한 추론으로 그녀에 관해 몇 가지 사실들을 알아냈다. 여자 친구와 같이 퇴근하는 것으로 보아 애인이 없다는 것, 그가 말을 걸었을 때 고개를 돌리던 모습으로 보아 신중하고 겸손하며 예의가 바른 성품이라는 것이었다. 그는 예쁜 데다 이러한 성품을 지닌 젊은 여자들을 좋아했다. 또한 그녀의 외투와 치마, 소박한 검은 모자, 레이온 스타킹은 그녀가 가난하다는 것과 그만큼 순수하다는 것을 암시했다. 이 차림새 역시 아까 보았던 화려한 모습 못지않게 매력적이었다. 그의 마음에 이상한 감정이 싹텄다. 즐겁지만 묘하게 아릿한 이 느낌은 실로 오랜만이었다. 그는 단번에 그것의 정체를 알아차렸다.

"이건 사랑이야, 우연히 찾아온."

그가 중얼거렸다.

이런 감정을 다시 느낄 줄이야. 그는 어깨를 쫙 펴고 당당한 걸음으로 걸었고, 탐정 사무소를 찾아가서 이러이러한 주소지에서 모델로 일하는 리제트라는 아가씨의 뒷조사를 의뢰했다. 그러고 나서 상원 의원 의사당에서 '미국의 채무'를 주제로 토론이 예정되어 있다는 것이 기억나 택시를 잡아타고 그 위풍당당한 건물로 갔고, 그곳 도서관에 들어가 아끼는 안락의자에 앉아 달게 낮잠을 잤다. 사흘 뒤 그가 요청한 정보가 나왔다. 비용은 얼마 되지 않았다. 리제트 라리옹 양은 파리의 바티뇰이라는 지역에서 과부가 된 이모와 함께 방 두 개짜리 아파트에 살고 있었다. 그녀의 아버지는 세계 대전 상이용사로 프랑스 남서쪽 작은 시골에서 구멍가게를 운영했다. 그 아파트의 집세는 2000프랑이었다. 그녀는 규칙적인 생활을 했지만 영화 보러 가는 걸 좋아했고, 연인이 있는지는 확실하지 않았으며, 열아홉 살이었다. 아파트 수위는 그녀를 좋게 평가했고 상점의 동료들도 그녀를 좋아했다. 대단히 품위 있는 아가씨가 분명했다. 상원 의원은 그녀가 나라 걱정과 큰 사업체를 운영하는 버거운 압박감을 잠시 내려놓고 한숨 돌리려는 남자의 여가 시간에 적합한 상대라고 생각했다.

르 수외르 씨가 심중의 목적을 달성하려 어떤 단계를 밟았는지 일일이 설명할 필요는 없겠다. 그는 그 문제에 직접 신경을 쓰기에는 너무 중요하고 너무 바쁜 사람이었지만, 그에게는 어디에 투표해야 할지 마음을 정하지 못한 유권자를 자유자재로 다루고, 정직하지만 가난한 처녀에게 고용주급의 남자와 우정을 나누는 행운을 누릴 때 생기는 이점을 잘 납득시키는 비밀 비서가 있었다. 그 비밀 비서는 리제트의 과부 이모 살라딘 부인을 찾아가 르 수외르 씨는 항상 시대를 앞서가는 사람으로, 최근 영화 산업에서 이익을 얻기 시작했고, 영화 제작에도 손댈 예정이라 말했다.(이것을 보면 두뇌가 명석한 사람은 평범한 사람이 그냥 흘려 넘길 사실을 십분 활용한다는 것을 알 수 있다.) 그리고 여성복 디자이너의 상점에서 리제트 양을 보고 외모와 아리따운 옷맵시에 놀란 르 수외르 씨가 어떤 배역에 그녀를 염두에 두고 있다는 말도 했다.(지적인 사람들이 흔히 그렇듯 이 상원 의원도 항상 진실과 최대한 가깝게 말했다.) 비밀 비서는 서로 친분도 쌓고 상원 의원이 생각하는 영화에 리제트 양이 맞을지도 판단할 겸 자리를 마련했다면서 살라딘 부인과 그녀의 조카딸을 저녁 식사에 초대했다. 살라딘 부인은 조카딸에게 물어보겠다고 말했지만 그 제안이 상당히 합리적이라 생각했다.

살라딘 부인이 리제트에게 그 제안을 전달하고 그들을 초대한 관대한 분의 사회적 지위와 위엄, 중요도를 설명했을 때, 아가씨는 어이없다는 듯 그 예쁜 어깨를 추어올렸다.

"세트 비에이유 카르페." 그녀가 말했다. 대충 번역하면, '그 늙은 송어' 정도 된다.

"너한테 배역을 준다는데, 늙은 송어든 아니든 무슨 상관이니?"

살라딘 부인이 말했다.

"에 타 쇠르."

리제트가 말했다.

물론 이 문구는 '너나 잘하라'는 뜻으로, 잘 교육받고 자란 아가씨도 강하게 말하고 싶을 때 쓰는 조금 속된 표현이다. 악의 없이 무의미한 말이지만 지극한 반감의 표현이다. 속어를 동원해 정확히 번역해 봐야 내 순수한 펜에 비추어 너무 저속하게 보일 뿐이다.

"어쨌든 성찬에는 참석해야 해." 살라딘 부인이 말했다. "넌 더 이상 어린애가 아니잖아."

"저녁은 어디서 먹는데요?"

"샤토 드 마드리드. 알다시피 세상에서 가장 좋은 식당 아니니."

딱히 틀린 말은 아니다. 음식이 대단히 훌륭하고 와인도 유명한 곳이기 때문이다. 분위기도 좋아서 초여름 화창한 저녁에 식사하기에 환상적인 장소다. 리제트의 뺨에 대단히 어여쁜 보조개가 생겨나고 크고 붉은 입술에는 미소가 떠올랐다. 그녀의 치아는 완벽했다.

"상점에서 드레스를 빌려야겠네."

그녀가 중얼거렸다.

며칠 뒤 상원 의원의 비밀 비서는 살라딘 부인과 그녀의 매력적인 조카딸을 택시에 태워 볼로뉴 숲으로 데려갔다. 리제트는 상점에서 가장 잘나가는 모델답게 근사해 보였고, 살라딘 부인도 검은색 새틴 옷과 리제트가 특별히 마련해 준 모자로 차려입으니 제법 그럴듯했다. 비서는 르 수외르 씨에게 숙녀들을 소개했고, 수외르 씨는 소중한 유권자의 아내와 딸을 자애롭게 대하듯 정치인의 온화한 위엄을 갖추고 점잖게 그들을 맞이했다. 혹시 그를 알지 모르는 옆자리 사람들에게 그가 유권자의 아내와 딸을 만난다는 인상을 주려는 영악한 포석이었다. 저녁 식사는 화기애애하게 진행되었고, 그로부터 한 달이 못 돼 리제트는 직장까지 출퇴근하기 쉽고 상원 의원도 편히 드나들 수 있는 곳에 위치한 세련되고 자그마한 아파트로 이사했다. 유행을 선도하는 실내 장식가가 현대적인 스타일로 꾸민 집이었다. 르 수외르 씨는 리제트가 계속 일을 하기 원했다. 그가 공무에 집중하는 동안 그녀도 할 일이 있는 편이 그에게 훨씬 유리했다. 그래야 그녀가 방해가 되지 않았다. 그는 종일 할 일이 없는 여자가 직업이 있는 여자보다 돈을 훨씬 잘 쓴다는 것을 아주 잘 알고 있었다. 머리가 비상한 남자는 이런 것까지 다 생각한다.

하지만 리제트는 사치라는 악덕을 몰랐다. 상원 의원은 다정하고 후했다. 리제트는 곧바로 돈을 저축하기 시작했고, 그것은 그에게 끝없는 만족감을 주었다. 그녀는 알뜰하게 아파트를 관리했고 도매가의 옷들을 샀다. 그리고 매달 일정 금액의 돈을 고향의 상이용사 아버지에게 보냈다. 그녀의 아버지는 그 돈으로 작은 땅을 샀다. 그녀는 조용하고 소박한 생활을 꾸준히 이어 갔다. 르 수외르 씨는 아들을 관청에 취직시키고 싶어 하는 건물 관리인을 통해 리제트의 집을 찾아오는 손님이 그녀의 이모와 상점에 다니는 아가씨 둘뿐이라는 사실을 알아내고 기뻐했다.

상원 의원은 어느 때보다 행복했다. 이런 세상에서도 선한 행동이 보답을 받는다고 생각하니 아주 흐뭇했다. 미국의 채무에 대한 토론이 있던 날 오후에 순전히 배려하는 마음에서 아내를 따라 여성복 디자이너의 상점에 간 것도 아니었는데, 거기서 이 매력적인 리제트를 보게 될 줄이야. 그는 그녀를 알아 갈수록 그녀에게 빠져들었다. 그녀는 함께 있으면 즐거운 상대였다. 명랑하고 도회적인 데다 상당히 똑똑해서 그가 사업이나 국사에 대한 이야기를 하면 슬기롭게 귀 기울여 듣기도 했다. 그가 지쳐 있을 때는 의지가 되어 주었고 그가 우울할 때는 기운을 북돋았다. 그는 주로 5시에서 7시 사이에 그녀를 찾아갔다. 그녀는 그가 오면 반겨 맞았고 그가 떠날 때는 아쉬워했다. 그녀는 그를 연인이자 친구처럼 대했다. 가끔 그들은 그녀의 아파트에서 함께 식사를 했다. 잘 갖춰진 식사와 아늑하고 편안한 분위기에 그는 가정의 진정한 매력을 알게 되었다. 상원 의원의 친구들은 그에게 이십 년은 더 젊어 보인다고 말했다. 그 역시 그렇게 느꼈다. 자기가 큰 행운을 거머쥐었음을 실감했다. 그러면서도 정직하게 일하고 공직을 수행하며 살아온 삶에 대한 당연한 보상이라고 생각했다.

거의 이 년간 이런 행복한 날들이 계속되던 중 그에게 충격적인 사건이 일어났다. 그는 선거구를 방문해 주말을 지내고 돌아올 예정이었으나 예상보다 일찍 일요일 이른 아침에 파리로 돌아왔고, 오늘은 휴일이니 리제트가 아직 침대에 누워 있겠구나 생각하며 현관 열쇠를 써서 아파트에 들어섰다. 웬걸, 리제트는 침실에서 어느 젊은 신사와 단둘이 마주 앉아 있었다. 한 번도 본 적 없는 그 청년은 그(상원 의원)의 새 파자마를 입고 있었다. 리제트는 그를 보고 깜짝 놀랐다. 아주 기겁을 했다.

"티앙.(어머나.)" 그녀가 말했다. "갑자기 어쩐 일이에요? 내일까지 안 돌아올 줄 알았더니."

"내각이 개편됐어." 그가 무뚝뚝하게 대답했다. "내게 사람이 왔어. 내무부 장관직을 맡으라는 제안을 받았지." 하지만 그것은 그가 하고 싶은 말이 전혀 아니었다. 그는 자기 파자마를 입고 있는 신사를 쏘아보았다. "이 젊은이는 누구야?" 그가 소리쳤다.

리제트의 크고 붉은 입술이 벌어지면서 더없이 유혹적인 미소를 만들어 냈다.

"내 애인이에요."

그녀가 대답했다.

"나를 바보로 아는 거야?" 상원 의원이 고함을 질렀다. "네 애인인 건 나도 알아."

"그럼 왜 묻는 거예요?"

르 수외르 씨는 행동하는 남자였다. 그는 리제트에게 곧장 달려들어 왼손으로 그녀의 오른뺨을 세차게 후려치고는 오른손으로 그녀의 왼뺨을 후려쳤다.

"짐승."

리제트가 외쳤다.

그는 젊은이에게 돌아섰다. 젊은이는 당황해서 이 난폭한 장면을 구경만 하고 있었다. 그는 몸을 한껏 세우고는 팔을 휘둘러 드라마틱한 손짓으로 문을 가리켰다.

"나가." 그가 소리쳤다. "나가."

이쯤 되면 성난 납세자 무리를 휘어잡고 주주 총회에 모인 실망한 주주들을 인상을 써서 쥐락펴락하는 남자의 위용을 보았으니 청년이 문 쪽으로 냅다 뛰었을 것으로 생각하기 쉽지만, 청년은 그 자리에 버티고 서 있었다. 난처한 기색이었으나 버티고 서 있는 것은 분명했다. 그는 리제트에게 하소연하는 표정을 짓고는 어깨를 슬쩍 추어올렸다가 내렸다.

"뭘 기다리나?" 상원 의원이 소리쳤다. "내가 꼭 완력을 써야겠어?"

"파자마 차림인데 어떻게 나가겠어요."

리제트가 말했다.

"저건 저 작자 파자마가 아니야, 내 것이지."

"자기 옷을 입으려고 그러는 거예요."

르 수외르 씨는 주위를 둘러보았다. 뒤쪽 의자 위에 남자의 옷가지가 아무렇게나 팽개쳐져 있었다. 상원 의원은 경멸하는 얼굴로 청년을 쳐다보았다.

"옷을 입어도 좋아, 젊은이."

그가 냉랭하고 멸시하는 투로 말했다.

청년은 옷가지를 품에 안고 바닥에 놓인 신발을 챙겨서 얼른 방을 나갔다. 르 수외르 씨는 언변이 대단한 사람이었고, 그 재능이 지금보다 더 요긴할 수는 없었다. 그는 리제트에게 그녀를 어떻게 생각하는지 말했다. 듣기 좋은 말은 아니었다. 그는 그녀의 배은망덕함을 악랄한 만행으로 규정하고 방대한 어휘력을 총동원해 그녀에게 온갖 상스러운 말을 갖다 붙였다. 그리고 신뢰하는 정직한 남자에게 이리 역겨운 기만으로 보답한 여자는 이 세상 어디에도 없을 거라고 말했다. 말하자면, 분노와 상처받은 허영심, 실망감이 이끄는 대로 온갖 막말을 퍼부은 것이다. 리제트는 변명하지 않았다. 그저 눈을 내리깔고 묵묵히 들으면서 상원 의원의 갑작스러운 등장으로 다 먹지 못한 롤빵을 부수기만 했다. 그가 성난 눈초리로 그녀의 접시를 쳐다보았다.

"그 굉장한 소식을 너에게 가장 먼저 알려 주고 싶어서 얼마나 설레는 마음으로 역에서 곧장 너에게 왔는지 모른다. 네침대에 걸터앉아 너랑 같이 프티 데주네(아침 식사)를 하고 싶었다 이 말이야."

"어머나, 아직 아침 안 드셨어요? 제가 얼른 드실 만한 걸로 가져오라 할게요."

"먹기 싫어."

"말도 안 돼요. 막중한 책임을 맡게 되실 텐데 기운을 내셔야죠."

그녀는 벨을 울리고 나서 가정부가 오자 뜨거운 커피를 가져오라고 시켰다. 커피가 나왔고, 그녀는 커피를 잔에 따랐다. 그는 손대지 않았다. 그녀가 롤빵에 버터를 발랐다. 그는 어깻짓을 하고는 먹기 시작했다. 먹으면서 여자들의 배신에 대해 몇 마디 지껄였다. 그녀는 내내 말이 없었다.

"그래도 참 대단하구나." 그가 말했다. "변명할 만큼 뻔뻔하지는 않으니. 나는 어물쩍 눙치는 게 통하지 않는 사람이야.

똑바로 행동하는 사람에겐 너그럽고, 허튼짓을 하는 사람에겐 인정사정없어. 나는 이 커피만 다 마시고 이 아파트를 떠나 다시는 오지 않을 거야."

리제트가 한숨을 쉬었다.

"이제 와 말이지만, 사실은 네게 깜짝 선물을 준비했었어. 우리가 함께 지낸 지 이 년이 된 것을 기념하는 의미로, 내게 무슨 일이 생길 경우 네가 독립해 살아갈 수 있도록 너에게 큰돈을 마련해 주려 했었는데."

"얼마나요?"

리제트가 침울하게 물었다.

"100만 프랑."

그녀는 다시 한숨을 쉬었다. 상원 의원은 문득 뭔가 부드러운 것이 뒤통수를 건드리는 느낌에 화들짝 놀랐다.

"뭐야?"

그가 소리쳤다.

"그 사람이 당신 파자마를 가져왔어요."

그 청년이 문을 열고 파자마를 상원 의원의 머리 쪽으로 휙 내던지고는 재빨리 문을 다시 닫았던 것이다. 상원 의원은 목덜미에 걸린 실크 바지를 잡아 뺐다.

"이따위로 돌려주다니! 네 친구는 본데없이 자랐구나."

"당연히 당신만큼 특출한 사람은 아니죠."

리제트가 중얼거렸다.

"그럼 나만큼 똑똑해?"

"에이, 아뇨."

"부자야?"

"돈 한 푼 없어요."

"아니, 그럼 도대체 그런 남자를 뭘 보고 좋아한 거야?"

"젊잖아요."

리제트가 미소를 지었다.

상원 의원은 자기 접시를 내려다보았다. 그의 눈에 눈물이 고이더니 뺨을 타고 흘러내려 커피 속으로 떨어졌다. 리제트는 다정한 눈으로 그를 쳐다보았다.

"가엾은 양반, 이 세상에 다 가진 사람이 어디 있어요."

그녀가 말했다.

"내가 젊지 않다는 건 알아. 하지만 내 지위, 내 재산, 내 활력으로 만회가 된다고 생각했다. 특정한 나이대의 남자를 좋아하는 여자들이 있으니까. 장관의 어린 친구가 되는 걸 명예로 생각하는 유명 여배우들이 있거든. 내가 워낙 예의가 발라서 네 출신을 들먹이기 참 뭣하지만, 넌 모델이고 내가 널 일 년 치 집세가 고작 2000프랑인 아파트에서 건져 준 것은 엄연한 사실이야. 한 단계 상승한 거지."

"가난하지만 정직한 부모의 딸로서 나는 내 출신을 부끄러워할 이유가 전혀 없고, 내가 변변찮은 업계에서 생계를 꾸렸다고 해서 당신이 나를 비난할 까닭도 없어요."

"그 청년 사랑해?"

"네."

"나는 아니고?"

"당신도 사랑해요. 둘 다 사랑해요. 하지만 당신에 대한 사랑은 달라요. 내가 당신을 사랑하는 이유는 당신이 아주 뛰어난 사람이고 유익하고 흥미로운 대화를 할 줄 알아서예요. 당신은 친절하고 너그러워요. 그 사람은 큰 눈과 고불거리는 머리카락, 멋지게 춤추는 모습 때문에 사랑하게 됐어요. 아주 자연스럽게."

"알다시피 나는 너를 춤추는 데 데려갈 입장이 못 돼. 그 남자도 나만큼 나이를 먹으면 머리숱이 나보다 많지 않을 거야."

"그럴지도 모르죠."

리제트는 인정하면서도 그것을 별로 중요하게 생각하지는 않았다.

"네 이모, 점잖은 살라딘 부인이 네가 한 짓을 들으면 과연 뭐라 말할까?"

"별로 놀라지 않을 거예요."

"그 품위 있는 부인이 네 행동을 지지할 거라는 뜻이야? 오 템포라, 오 모레!(오, 시대여, 오, 세태여!)[6] 이런 짓을 한 지 얼마나 됐지?"

"그 상점에 처음 출근했을 때부터요. 그 사람은 리온에 있는 큰 실크 회사에서 영업 일을 해요. 어느 날 샘플을 가지고 가게로 들어왔는데, 우리는 서로의 외모에 반했어요."

"대체 네 이모는 무얼 한 거야? 젊은 여자가 파리에서 빠지기 쉬운 유혹에서 너를 지켜야 할 사람이. 네가 그 젊은이와

---

6) 로마의 정치인 키케로가 처음 한 말로, 변한 세태를 한탄하는 뜻으로 흔히 쓰이는 관용구.

놀아나는 걸 허락하지 말았어야지."

"이모한테 허락을 구한 적 없어요."

"네 가엾은 아버지를 아예 무덤으로 몰아넣는구나. 조국에 봉사한 대가로 담배 판매 허가증을 받은 상이용사 생각은 전혀 안 하니? 내무부가 이제 내 소관이라는 걸 잊었나? 네가 그리 뻔뻔하고 문란한 짓을 했으니 나는 내 권한으로 얼마든지 그 허가증을 취소할 수 있어."

"당신같이 훌륭한 신사가 그런 악랄한 짓을 할 리 없어요."

그가 손을 휙 내저었다. 단호한 손짓이 너무 드라마틱한 인상을 주었다.

"걱정하지 마. 아무리 내 존엄에 비추어 역겨운 만행을 저질렀다 해도 조국을 위해 헌신한 사람에게 앙갚음을 할 정도로 내가 바닥을 치지는 않을 테니."

그는 멈추었던 아침 식사를 마저 끝냈다. 리제트는 아무 말도 하지 않았고 그들 사이에는 침묵이 흘렀다. 하지만 허기가 가시자 그는 마음이 바뀌었다. 그녀에게 화가 나기보다는 자기 자신이 측은했다. 여자의 마음은 통 알 수가 없으니 차라리 자신을 동정의 대상으로 부각시켜 리제트를 뉘우치게 만들기로 했다.

"익숙한 습관은 깨기 힘든 법이지. 만사 제쳐 두고 짬을 내여기 오면 한숨 돌리면서 위안을 얻을 수 있었어. 내게 미안한 마음이 조금이라도 있는 거니, 리제트?"

"물론이죠."

그는 깊은 한숨을 내쉬었다.

"나는 네가 이렇게 능수능란하게 사람을 속일 줄 몰랐다."

"남에게 속으면 마음에 맺힌다죠." 그녀가 생각하는 듯 말했다. "그런 면에서 남자들은 참 이상해요. 남에게 속는 걸 용납 못 하거든요. 허영심이 강해서 그래요. 전혀 중요하지 않은 일에 중요성을 갖다 붙여요."

"내가 내 파자마를 입은 젊은 남자랑 같이 아침을 먹는 너를 목격했는데, 그게 중요하지 않다는 말이냐?"

"그가 내 남편이고 당신이 내 연인이었다면 당신은 아주 자연스러운 일이라 생각했겠죠."

"그랬겠지. 그랬다면 내가 그를 속이는 셈이니 내 명예는 무사했겠군."

"그렇다면 내가 그 남자와 결혼해야만 이 상황이 무마되는 거네요."

그는 잠시 어리둥절했다. 별안간 그의 영민한 두뇌가 그녀의 말뜻을 알아챘다. 그는 그녀를 흘끔 쳐다보았다. 그에게 항상 매력적으로 비쳤던 그녀의 사랑스러운 눈이 반짝거렸고, 그녀의 크고 빨간 입술에 짓궂은 미소가 걸렸다.

"내가 상원에 소속된 의원이자 우리 공화국의 전통을 따르는, 도덕과 선행의 공인된 수호자임을 잊지 마."

"당신에게 너무 큰 부담이 되지 않겠어요?"

그는 침착하고 위엄 있는 손짓으로 넓적하게 퍼진 멋들어진 턱수염을 쓰다듬었다.

"새 발의 피지."

그가 대답했다. 하지만 그가 쓴 표현은 그의 지지자들 중

보수 성향이 강한 사람들이 들었다면 꽤나 놀랐을 정도로 프랑스인다운 것이었다.

"그 남자가 결혼하려 할까?"

그가 물었다.

"나를 많이 좋아해요. 당연히 결혼하겠다고 할 거예요. 나한테 100만 프랑의 지참금이 있다고 하면 더 바라지 않을 거예요."

르 수외르 씨는 그녀를 다시 쳐다보았다. 그녀에게 100만 프랑을 줄 생각이었다고 한 말은 그녀가 배신으로 인해 얼마나 큰 손해를 입었는지 똑똑히 보라고 홧김에 지른, 다분히 과장된 말이었다. 하지만 체면이 걸린 경우 그는 절대 말을 바꾸는 남자가 아니었다.

"그런 위치에 있는 남자가 감히 바랄 수 없는 금액이지. 하지만 그 남자가 널 많이 좋아한다면 네 곁을 지킬 거야."

"그이가 영업 사원이라는 말 안 했던가요? 그이는 주말에만 파리에 올 수 있어요."

"물론 그건 완전히 별개의 사안이야." 상원 의원이 말했다. "그 남자도 자기가 여기 없는 동안 내가 널 지켜본다는 걸 알면 만족할걸."

"대만족이겠죠."

리제트가 말했다.

원활한 대화를 위해 그녀는 자리에서 일어나 그의 무릎에 앉았다. 그는 손을 그녀의 손 위에 다정하게 포갰다.

"나는 너를 많이 아껴, 리제트." 그가 말했다. "네가 실수를 하는 건 원치 않아. 그 남자가 널 행복하게 해 줄 거라고 확신하니?"

"그럴 거예요."

"그래도 뒷조사를 해 봐야겠어. 성격이 모범적이고 도덕성에 흠결이 없어야 해. 그렇지 않으면 너와 절대 결혼시킬 수 없다. 우리 모두를 위해서라도 우리와 인연이 될 이 젊은이에 대한 확신이 필요해."

리제트는 반대 의사를 내지 않았다. 상원 의원은 차근차근 일을 처리하는 걸 좋아했고 그녀는 그것을 잘 알고 있었다. 그는 가려고 채비했다. 르 수외르 부인에게 중대한 소식을 알려야 했고, 당내 다양한 인사들과도 접촉해야 했다.

"한 가지만 더." 그는 리제트에게 다정히 작별 인사를 나누면서 말했다. "결혼할 거면 일은 그만두도록 해. 아내의 자리는 집에 있고, 결혼한 여자가 사내들의 밥벌이를 끊는다는 건 내 원칙에 맞지 않아."

리제트는 건장한 청년이 최신 의상을 선보인답시고 엉덩이를 실룩거리면서 걸으면 얼마나 웃길까 생각했지만 상원 의원의 원칙을 존중했다.

"원하시는 대로 할게요."

그는 뒷조사를 의뢰했고 만족스러운 결과를 얻었다. 결혼식은 형식상의 절차가 마무리된 직후 토요일 아침에 거행되었다. 증인은 르 수외르 씨, 즉 내무부 장관과 살라딘 부인이었다. 신랑은 콧대가 반듯하고 눈이 멋지며 곱슬거리는 검은 머리를 이마 뒤로 빗어 넘긴 날씬한 청년이었다. 실크를 파는 영업 사원이라기보다는 테니스 선수처럼 보였다. 그 자리에 참석한 내무부 장관의 위용에 감명받은 시장은 프랑스인의 전통에 따라 웅장한 연설을 했다. 그는 이 결혼한 부부가 이미 알고 있을 법한 이야기로 말을 시작했다. 신랑은 품격 있는 부모의 아들이고 훌륭한 직업에 종사하고 있다고 말했다. 그리고 자기 쾌락만 생각하기 쉬운 젊은 나이에 결혼에 입문하는 그를 축하했다. 신부에게는 그녀의 아버지가 세계 대전에 참전한 영웅인데 영예로운 부상을 당하고 그것에 대한 보상으로 담배 판매권을 받았음을 상기시킨 뒤, 그녀는 파리에 도착한 이후 프랑스인의 취향과 화려함이 있는 멋진 곳에서 성실히 생계를 꾸렸다고 말했다. 시장은 말머리를 문학 쪽으로 돌려 소설 속의 여러 유명한 연인들을 간략히 언급했다. 적법한 결합이 안타까운 오해로 짧게 끝나 버린 로미오와 줄리엣, 옷을 벗고 정절을 버리기보다 바다에서 죽음을 맞이한 비르지니와 폴,[7] 마지막으로는 결혼을 못 하다가 적절한 권위에 의해 결혼을 허락받은 다프니스와 클로에. 연설이 어찌나 감동적인지 리제트는 눈물을 몇 방울 흘렸다. 그는 본보기와 계율로서 어린 처녀가 빠지기 쉬운 대도시의 함정에서 젊고 아름다운 조카딸을 보호했다면서 살라딘 부인을 칭송했다. 마지막으로, 결혼식 증인으로 참석해 축복해 주신 내무부 장관에게 경의를 표하면서 행복한 부부를 축복했다. 실업계의 거물이자 저명한

---

7) 소년 폴과 소녀 비르지니의 순수한 사랑 이야기를 그린 베르나르댕 드 생 피에르(Bernardin de Saint-Pierre, 1737~1814)의 목가 소설 『자연 연구』의 인물들.

정치인이 겸손한 발걸음으로 일반 계층 사람들을 찾아 주신 것은 이 두 사람의 정직함을 입증하는 동시에 그의 훌륭한 심성과 강한 의무감을 증명하는 것이라고 말했다. 그가 이른 나이의 결혼이 갖는 중요성을 인정하고, 가정의 안정을 지지하며, 프랑스의 힘과 이 공정한 땅의 영향력과 중요성을 증대하기 위한 바람직한 후손의 증식을 강조하는 사람임을 행동으로 보여 주었다고. 대단한 명연설이었다.

결혼식 조찬은 샤토 드 마드리드에서 제공되었다. 그곳은 르 수외르 씨에게 감회가 남다른 곳이었다. 장관님(이제 우리는 마땅히 그를 장관님이라 불러야 할 것이다.)이 보유한 많은 지분들 중에 자동차 제조사가 있다는 것은 앞서 언급한 바 있다. 그가 신랑에게 주는 결혼 선물은 자신의 회사에서 제조한, 대단히 멋진 좌석 두 개짜리 자동차였다. 젊은 커플은 식사를 마친 뒤 그 자동차를 타고 신혼여행을 떠날 예정이었다. 신랑이 출근해서 마르세유, 툴롱, 니스로 출장을 떠나야 하는 관계로 신혼여행은 주말에 한정되었다. 리제트는 이모에게 입을 맞추고 나서 르 수외르 씨에게도 입을 맞추었다.

"월요일 5시에 오시는 걸로 알게요."

그녀가 그에게 속삭였다.

"그렇게 하지."

그가 대답했다.

그들은 차를 타고 떠났고, 르 수외르 씨와 살라딘 부인은 먹음직한 노란 바닷가재를 쳐다보았다.

"그 남자가 조카애를 행복하게만 해 준다면야."

살라딘 부인이 한숨을 쉬었다. 아침에는 좀처럼 마시지 않는 샴페인을 마신 탓에 필요 이상으로 감정이 북받쳤다.

"행복하게 못 해 준다면 내가 가만있지 않죠."

르 수외르 씨가 힘주어 말했다.

그의 차가 나왔다.

"오 르부아, 셰르 마담.(안녕히 계세요, 친애하는 부인.) 뇌이 거리에서 버스를 타시면 됩니다."

그는 차에 올라타고 서명해야 할 국사를 생각하면서 만족스러운 한숨을 내쉬었다. 애인이 여성복 상점의 일개 모델인 것보다는 점잖은 유부녀를 겸하는 것이 그의 입장에서는 훨씬 나았다.

앙티브[1]의 뚱뚱한 세 여자

한 명은 리치맨 부인이라 불리는 과부였다. 두 번째는 서트 클리프 부인이라 불리는 여자로, 두 번 이혼한 적 있는 미국 인이었다. 세 번째는 힉슨 양이라 불리는 노처녀였다. 셋 모두 마흔을 훨씬 넘긴 나이였고 형편이 넉넉했다. 서트클리프 부인은 '애로'[2]라는 특이한 이름을 갖고 있었는데, 젊고 날씬하던 시절에는 본인 스스로 꽤나 좋아한 이름이었다. 그것은 그녀에게 꼭 맞는 이름이었고, 너무 자주 해서 흠이긴 해도 농담으로 삼기에는 그만이었다. 그녀는 그것이 자기 성격에도 딱 들어맞는 이름이라고 믿었고 그것을 불쾌하게 받아들이지 않

_____

1) 프랑스 남동부에 위치한 지중해 휴양지.
2) Arrow. 화살이라는 뜻.

았다. 애로가 직행, 스피드, 목적을 시사하는 말이었기 때문이다. 지금은 그 이름이 예전만큼 좋지는 않았다. 수려하던 이목구비가 살이 붙어 두루뭉술해졌고, 팔과 어깨는 비대해졌으며, 둔부도 거대해졌기 때문이다. 입었을 때 예뻐 보이는 드레스를 찾기가 갈수록 어려웠다. 이제 그녀의 이름이 환기하는 농담은 그녀의 등 뒤에서나 오갔고, 그녀는 그것이 우호적인 농담과는 거리가 멀다는 것을 알았다. 하지만 그녀는 중년이라는 나이에 절대 굴복하지 않았다. 눈 색깔을 부각하는 파란색 옷을 계속 즐겨 입었고, 전문가의 손을 빌어 금발의 매끄러운 머릿결을 유지했다. 그녀가 베아트리스 리치맨과 프랜시스 힉슨을 좋아하는 이유는, 둘 다 그녀보다 훨씬 뚱뚱해서 자기가 상대적으로 날씬해 보이기 때문이었다. 게다가 두 여자는 나이도 위였기 때문에 그녀를 젊은 여자로 취급했다. 그녀로서는 나쁠 게 없었다. 두 여자는 성품이 선량했고 그녀의 애인을 놓고 유쾌한 농담을 주고받았다. 본인들은 애인 같은 건 포기한 지 오래였다. 힉슨 양은 그런 쪽으로는 아예 생각조차 한 적이 없었다. 그러면서도 두 사람은 그녀의 연애를 응원해 주었다. 애로는 가까운 시일 안에 세 번째 남자와 행복한 가정을 꾸릴 생각이었다.

"살만 더 찌지 마."

리치맨 부인이 말했다.

"남자의 브리지 실력도 꼭 확인해."

힉슨 양이 말했다.

두 여자는 그녀의 배우자로 나이에 비해 젊어 보이고 행동

거지가 기품 있는 오십 대 남자를 꼽았다. 골프 실력이 뛰어
난 퇴역 제독이나 빚이 없는 홀아비라면 좋겠지만, 어떤 경우
든 넉넉한 수입이 있어야 했다. 애로는 두 여자의 말을 유쾌하
게 듣기만 할 뿐 내심 전혀 다른 뜻을 품고 있었다. 결혼은 당
연히 할 생각이었지만, 그녀가 염두에 둔 상대는 검은 머리의
날씬한 이탈리아 남자였고, 반짝이는 눈과 그럴싸한 작위가
있거나 스페인 쪽 귀족 혈통이어야 했다. 또한 서른 살에서 단
하루라도 넘기면 탈락이었다. 그녀는 종종 거울에 비친 자신
을 보면서 이보다 더 예쁠 수는 없다고 생각하곤 했다.

　힉슨 양, 리치맨 부인, 애로 서트클리프. 그들은 절친한 친
구였다. 비만이 그들을 하나로 묶고 브리지 게임이 그들의 연
대를 단단히 굳혔다. 그들은 칼즈배드에서 처음 만났다. 당시
같은 호텔에 묵으면서 같은 의사한테 똑같이 무례한 대접을
받았다. 베아트리스 리치맨은 몸집이 거대했다. 그녀는 아름다
운 눈과 발그레한 볼, 붉은 입술을 가진 잘생긴 여자였다. 재
산이 상당한 과부라는 자신의 처지에 상당히 만족했고 먹는
것을 아주 좋아했다. 버터 빵과 크림, 감자, 수에트 푸딩3)을
좋아했고, 연중 열한 달은 먹고 싶은 대로 마음껏 먹다가 한
달간 절식을 하러 칼즈배드로 갔다. 하지만 해가 갈수록 자꾸
살이 쪘다. 그녀는 주치의를 탓했지만, 의사에게서 아무런 공
감도 얻지 못했다. 의사는 그녀에 관한 단순하고 명백한 사실
들을 지적했다.

---

3) 다진 소고기 지방과 밀가루에 건포도 등을 넣어 삶거나 찐 푸딩.

"좋아하는 것도 못 먹고 무슨 재미로 살라는 거예요."

그녀가 따졌다.

그는 어깨를 추어올려 반대를 표시했다. 나중에 그녀는 힉슨 양에게 그 의사가 생각만큼 똑똑한 것 같지 않다고 말했고, 힉슨 양은 너털웃음을 웃었다. 그녀는 원래 그런 여자였다. 목소리가 낮은 베이스 톤이었고 낯빛은 누르께했다. 크고 너부죽한 얼굴에서는 밝고 작은 눈이 반짝거렸다. 두 손을 주머니에 넣고 구부정한 자세로 걸어 다녔고 보는 눈이 많지 않으면 긴 시가를 피웠다. 그리고 자기 입맛대로 남자처럼 옷을 입었다.

"아니, 내가 프릴과 주름으로 장식한 옷을 입으면 그 꼬락서니가 어떻겠어?" 그녀가 말했다. "나처럼 뚱뚱한 사람은 편한 게 상책이야."

그녀는 트위드 옷을 입고 무거운 부츠를 신었으며 가능하면 모자는 쓰지 않았다. 하지만 황소처럼 튼튼했고, 자기보다 공을 멀리 던질 남자는 흔치 않을 거라고 자랑했다. 돌려 말하는 법이 없었고 부두 일꾼보다 더 다양한 욕설을 구사했다. 실제 이름은 프랜시스였는데 프랭크로 불리기를 바랐다. 그녀의 괄괄하면서도 융통성 있고 활달한 성격은 세 사람을 단합시켰다. 그들은 같이 물을 마셨고, 같은 시간에 목욕을 했고, 같이 활기차게 산책을 했고, 코치의 지도를 받으며 테니스장을 쿵쾅거리며 뛰어다녔고, 같은 식탁에서 식사하고 다과를 들었다. 체중계 때문이라면 모를까, 그들이 유쾌함을 잃는 경우는 없었다. 하루쯤 한 명이 기분이 처져 있어도 프랭크의 질펀한 농담과 베이트리스의 쾌활함, 애로의 다정다감한 기질에 우울함은 배겨 나지 못했다. 그러다가 특단의 조치가 취해지면 그들은 스물네 시간 침대에 누워 의사 양반이 처방한, 양배추를 헹구어 낸 뜨거운 맹물과 다름없는 유명한 채소 수프 외에는 아무것도 목구멍으로 넘기지 못했다.

이 세 여인은 더없이 돈독했다. 브리지 게임을 할 때 네 번째 플레이어가 필요하지 않았어도 더는 아무도 필요로 하지 않았을 것이다. 그들은 격렬하고 열정적으로 브리지 게임을 했고, 하루 일정의 치료가 끝나면 득달같이 브리지 테이블에 둘러앉았다. 셋 중 실력이 가장 뛰어난 사람은 여성스러운 애로였다. 그녀는 냉혹하고 현란한 게임 실력을 선보였다. 사정을 봐주지도 않았고 양보하거나 실수를 놓치는 법도 없었다. 베아트리스는 탄탄하고 믿음직했다. 프랭크는 과감했다. 이론에 훤해서 하는 말마다 권위가 있었다. 그들은 라이벌 구도에 대해 긴 설전을 벌였다. 컬버트슨[4]과 심스[5]를 끌어대며 서로에게 맹공을 퍼부었다. 누구든 어떤 카드를 낼 때는 그 카드를 내야 하는 이유가 족히 열다섯 가지는 있었지만, 이후 벌어진 대화로 봐서는 그렇게 해서는 안 될 이유도 열다섯 가지는 됐다.

꼬박 하루를 의사가 처방한 썩어 빠진(베아트리스) 망할 놈

---

4) 엘리 컬버트슨(Ely Culbertson, 1893~1955). 콘트랙트 브리지 게임의 창시자.

5) 필립 할 심스(Philip Hal Sims, 1886~1949). 미국의 브리지 게임 선수이자 해설자.

의(프랭크) 빌어먹을(애로) 맛대가리 없는 수프만 먹는데도 이틀 뒤 체중계 눈금을 보면 단 1그램도 빠지지 않는다 해도, 그들과 실력이 비슷하면서 같이 게임할 사람을 찾는 것이 매번 이리 힘들지만 않았다면 그들의 인생은 더할 나위 없이 완벽했을 것이다.

순전히 이러한 이유로, 프랭크는 리나 핀치를 앙티브로 초대했다. 세 여자는 프랭크의 제안에 따라 앙티브에서 몇 주째 시간을 보내는 중이었다. 상식을 갖춘 프랭크에게는, 베아트리스가 늘 10킬로그램쯤 감량하고 치료를 마치자마자 무분별한 식욕에 굴복하여 다시 살이 찌는 것이 불합리한 일로 보였다. 베아트리스는 마음이 약한 사람이었고, 누구든 그녀의 식습관을 감독해 줘야 했다. 그래서 프랭크는 칼즈배드를 떠나 앙티브에 집을 하나 빌리자고 제안했다. 그곳에서 충분한 운동을 하면서(누구나 인정하듯 살을 빼는 데 수영만 한 것이 없었다.) 치료의 효과를 연장하자고 한 것이다. 전용 요리사를 따로 두면 살이 찌는 음식들을 피할 수 있으니 몇 킬로그램쯤 더 빠지지 말란 법도 없었다. 대단히 훌륭한 계획인 것 같았다. 베아트리스는 무엇이 본인에게 이로운지 알았다. 자기는 아예 유혹에 가까이 가지 말아야 유혹을 물리칠 수 있는 사람이라는 것도. 게다가 그녀는 도박을 좋아했다. 일주일에 두세 번 카지노에서 돈내기를 하면서 유쾌하게 지낼 수 있을 것 같았다. 애로는 원래 앙티브를 좋아했다. 게다가 칼즈배드에서 한 달을 보냈으니 가장 예쁜 모습으로 활보할 수 있을 것 같았다. 그곳에서 젊은 이탈리아인들과 열정적인 스페인인들, 다정다감한 프랑스인들, 팔다리 긴 영국인들 중에서 하나 골라잡을 생각이었다. 영국인들은 온종일 수영복과 회색 가운 차림으로 한가롭게 돌아다녔다. 계획은 순조롭게 진행되었다. 그들은 흥겨운 시간을 보냈다. 일주일에 이틀은 삶은 달걀과 생토마토만 먹었고, 매일 아침 가벼운 마음으로 체중계 위에 올랐다. 애로는 체중이 11스톤[6]으로 줄어서 젊어진 기분이 들었고, 베아트리스와 프랭크는 13[7]을 넘지 않는 수준에 머물렀다. 그들이 산 체중계는 단위가 킬로그램이어서 그들은 반짝이는 눈으로 그것을 파운드와 온스로 능숙하게 환산했다.

하지만 브리지 게임의 네 번째 플레이어가 늘 말썽이었다. 누구는 바보처럼 게임을 했고, 누구는 속도가 느려 터졌고, 누구는 걸핏하면 싸움을 걸었고, 누구는 지면 패배를 인정하지 않았고, 또 누구는 반사기꾼이었다. 적당한 사람을 찾는 것이 어쩜 이리 어려운지 이상할 지경이었다.

어느 날 아침, 다 같이 잠옷 차림으로 바다가 내려다보이는 테라스에 앉아 차(설탕도 우유도 넣지 않은 차)를 마시면서 허버트 박사가 살찌지 않는다고 장담한 비스킷을 먹고 있을 때, 프랭크가 편지를 읽다가 고개를 들었다.

"리나 핀치가 리비에라[8]로 내려오고 있대."

그녀가 말했다.

---

6) 약 70킬로그램.

7) 약 82킬로그램.

8) 이탈리아 라스페치아에서 프랑스 칸까지 이어지는 지중해 해안의 휴양지로 니스, 칸, 몬테카를로 등 관광지를 포함한다.

"누구예요?"

애로가 물었다.

"내 사촌과 결혼한 여자야. 두 달 전에 내 사촌이 죽었고, 그 여자는 신경 쇠약을 앓다가 마음을 추스르고 있는 상태지. 여기로 와서 보름 정도 같이 있자고 할까?"

"브리지 할 줄 안대?"

베아트리스가 물었다.

"당연하지." 프랭크가 굵은 목소리로 말했다. "그것도 아주 잘해. 그 여자만 있으면 다른 사람은 없어도 돼."

"몇 살이에요?"

애로가 물었다.

"나랑 같아."

"그럼 됐네요."

그렇게 결정이 났다. 프랭크는 평소처럼 추진력을 발휘해 아침을 먹자마자 전보를 보내러 힘차게 나갔다. 사흘 후 리나 핀치가 도착했다. 프랭크는 역에서 그녀를 만났다. 그녀는 최근에 남편이 세상을 떠난 일로 수심이 깊었지만 쓰러질 것 같지는 않았다. 프랭크와 그녀는 이 년 만에 만나는 것이었다. 프랭크는 따뜻한 입맞춤을 한 뒤 그녀를 찬찬히 뜯어보았다.

"많이 말랐네."

프랭크가 말했다.

리나는 씩씩하게 미소를 지었다.

"최근에 큰일을 겪었으니까. 살이 많이 빠졌어."

프랭크는 한숨을 지었다. 하지만 그것이 남편을 잃은 여자

에 대한 연민 때문인지, 아니면 부러움 때문인지는 확실하지
않았다.

하지만 리나는 비탄에 젖어 있지 않았다. 그녀는 해수욕을
빨리 마친 뒤 프랭크를 따라 이든록으로 갔다. 프랭크는 두 친
구에게 낯선 여인을 소개했다. 그들은 몽키 하우스로 알려진
곳에 자리를 잡고 앉았다. 그곳은 울타리를 친 공간으로, 주변
을 둘러싼 유리창 너머로 바다가 내려다보였다. 뒤쪽에는 바
가 있었고, 수영복이나 잠옷, 가운 차림으로 탁자에 앉아 술
잔을 기울이며 이야기를 나누는 사람들로 북적였다. 마음이
여린 베아트리스는 외로운 과부를 안쓰럽게 생각했다. 애로는
안색이 창백하고 평범해 보이는, 나이가 마흔여덟은 될 듯한
그녀를 보고는 얼마든지 좋아할 수 있겠다 싶었다. 웨이터가
시중을 들었다.

"뭐 먹을래, 리나?"

프랭크가 물었다.

"오, 모르겠어. 뭐가 있으려나? 드라이 마티니, 아니면 화이
트 레이디."

애로와 베아트리스는 그녀를 흘끔 쳐다보았다. 칵테일이 얼
마나 살찌는 음료인지 모르는 사람은 없었다.

"여행을 했으니 피곤하겠다."

프랭크가 친절하게 말했다.

그녀는 리나를 위해 드라이 마티니를, 자기와 다른 두 친구
가 마실 것으로 레몬과 오렌지를 섞은 주스를 주문했다.

"이런 더운 날씨에 알코올은 좋지 않을 것 같아서."

그녀는 설명했다.

"오, 난 그런 것 상관 안 해." 리나가 대수롭지 않다는 듯 대꾸했다. "난 칵테일 좋기만 하더라."

애로는 볼연지를 바른 얼굴이 조금 창백해졌지만(그녀와 베아트리스는 해수욕을 할 때 절대 얼굴을 물에 적시지 않았고, 그런 몸집으로 잠수하기 좋아하는 프랭크를 어이없게 생각했다.) 아무 말도 하지 않았다. 대화는 화기애애하게 이어졌고, 모두들 뻔한 이야기만 열심히 하다가 점심을 먹으러 걸어서 별장으로 돌아왔다.

냅킨마다 작은 무지방 비스킷이 두 조각씩 놓여 있었다. 리나는 그것을 자기 접시 옆에 놓으며 환한 웃음을 지었다.

"빵 좀 먹어도 될까?"

그녀가 물었다.

세 여인의 귀에 그보다 더 무지막지한 말이 날벼락처럼 들이닥친 적은 없었다. 빵은 세 여인 모두 십 년 전부터 먹지 않고 있었다. 식탐이 많은 베아트리스에게도 그것은 선을 넘는 짓이었다. 마음씨 좋고 사교적인 프랭크가 가장 먼저 정신을 차렸다.

"오, 물론이지."

그녀는 그렇게 말하고는 집사에게 고개를 돌려 빵을 가져오라고 말했다.

"그리고 버터도."

리나가 특유의 사근사근한 말씨로 말했다.

잠시 어색한 침묵이 이어졌다.

"집에 버터가 있나 모르겠네." 프랭크가 말했다. "그래도 물어는 볼게. 부엌에 조금 있을지도 몰라."

"내가 버터 바른 빵을 좋아하거든요."

리나는 베아트리스에게 고개를 돌려 말했다.

베아트리스는 쓴웃음을 짓고는 어정쩡하게 대꾸했다. 집사가 길고 바삭한 프렌치 빵을 한 덩이 가져왔다. 리나는 빵을 둘로 자른 뒤 용케 구해 온 버터를 발랐다. 구운 가자미 요리가 나왔다.

"우린 그냥 소박하게 먹어." 프랭크가 말했다. "네가 이해해 줬으면 좋겠다."

"오, 그럼. 나도 간단히 먹는 걸 좋아해." 리나가 버터를 집어 자기 생선에 바르면서 말했다. "난 버터 바른 빵이랑 감자, 크림만 있으면 충분해."

세 친구는 시선을 교환했다. 프랭크의 누르께한 얼굴이 조금 시무룩해졌다. 그녀는 자기 접시 위의 맛대가리 없는 가자미를 시큰둥한 눈으로 쳐다보았다. 베아트리스가 구조대로 나섰다.

"여기서는 크림을 구할 수 없어서 실망이지 뭐예요." 그녀가 말했다. "리비에라에서는 구할 수 없는 것들 중 하나랍니다."

"안타깝네요."

리나가 말했다.

베아트리스가 방황하는 일이 없도록 세심히 지방을 제거한 양고기 커틀릿과 데친 시금치가 점심으로 나왔고, 식사는 배스튜로 마무리되었다. 리나는 자기 배를 맛보고는 이게 무슨 맛이냐는 표정으로 집사를 쳐다보았다. 그 눈치 빠른 남자는 그녀의 마음을 즉시 알아챘고, 이제까지 그 식탁에서 한 번도 쓰인 적 없는 가루 설탕 통을 그녀에게 즉시 대령했다. 리나는 자기 음식에 설탕을 마음껏 뿌렸다. 다른 세 여인은 그것을 못 본 척했다. 커피가 나왔을 때 리나는 자기 커피에 각설탕을 세 조각 넣었다.

"그러다가 충치 생기겠어요."

애로가 다정함을 끌어낸 목소리로 말했다.

"달콤하기로는 사카린이 훨씬 낫지."

프랭크가 작은 사카린 조각을 자기 커피에 넣으며 말했다.

"난 그런 거 질색이야."

리나가 말했다.

베아트리스의 입이 살짝 벌어졌다. 그녀는 열망하는 표정으로 각설탕을 쳐다보았다.

"베아트리스."

프랭크가 엄하게 말했다.

베아트리스는 터지는 한숨을 삼키고는 사카린 쪽으로 손을 뻗었다.

프랭크는 다 같이 브리지 테이블에 둘러앉고서야 마음을 놓았다. 애로와 베아트리스가 떨떠름해하는 것이 눈에 보였기 때문이다. 프랭크는 리나가 여기 묵는 보름 동안 두 사람이 리나를 좋아하고 리나도 그들과 즐거운 시간을 보내기를 바랐다. 첫 3전 2선승제를 시작하면서 애로는 신참과 편을 먹었다.

"밴더빌트로 하시나요, 아님 컬버트슨?"

애로가 리나에게 물었다.

"특별한 원칙은 없어요." 리나가 명랑한 말투로 말했다. "그때그때 직감에 따라 게임해요."

"난 컬버트슨을 엄격히 지켜요."

애로가 딱 잘라 말했다.

세 여인은 전투에 앞서 마음을 굳게 먹었다. 원칙이 없다니! 해 보면 어떤 쪽인지 알게 되겠지. 브리지 게임 앞에서는 프랭크의 가족애도 맥을 못 추었다. 그녀도 다른 두 여자처럼 신참을 중간에 제쳐야겠다고 결심하면서 탁자에 앉았다. 하지만 리나는 직관이 아주 발달한 여자였고, 게임에 대한 타고난 감각과 많은 경험치를 가지고 있었다. 그녀는 상상력을 발휘하며 빠르고 대담하게 확신을 가지고 게임을 했다. 다른 게임자들은 고단수인 리나의 의중을 빨리 파악하지 못했다. 게다가 천성이 선량하고 관대했기 때문에 점차 방심하고 말았다. 브리지 게임은 진정한 브리지, 즉 다리 역할을 했다. 모두들 게임을 즐겼다. 애로와 베아트리스는 리나에게 더 다정한 마음을 품었고, 프랭크는 그것을 알아채고 안도의 한숨을 쉬었다. 이대로라면 성공이었다.

두 시간 뒤 그들은 자리를 파하고 흩어졌다. 프랭크와 베아트리스는 골프를 하러, 애로는 최근 알게 된 젊은 로카마레 왕자와 산책을 나갈 예정이었다. 그는 대단히 다정하고 젊은 데다 잘생긴 남자였다. 리나는 쉬겠다고 말했다.

그들은 저녁 식사 직전에 다시 만났다.

"즐거운 시간 보내고 있나 모르겠네, 리나." 프랭크가 말했다.

"할 일이 없는 너를 혼자 두고 간 것이 내내 마음에 걸렸어."

"오, 사과하지 않아도 돼. 한잠 푹 자고 일어나서 주안에 내려가 칵테일 한잔 마셨어. 거기서 뭘 발견했는지 알아? 너도 좋아할 거야. 작은 차 가게에서 세상에서 가장 아름다운, 진하고 신선한 크림을 발견했지 뭐야. 매일 반 파인트[9]씩 배달해 달라고 주문했어. 나도 조금이나마 비용을 보태야 할 것 같아서."

그녀의 눈이 반짝거렸다. 그녀는 그들이 기뻐할 것으로 생각한 모양이었다.

"친절하기도 하지." 프랭크는 그렇게 말하면서 두 친구들의 얼굴에 떠오른 짜증을 표정으로 제압했다. "그런데 우리는 크림을 먹지 않아. 이런 날씨에 크림은 너무 느끼하잖아."

"그럼 나 혼자 다 먹어야겠네."

리나가 쾌활하게 말했다.

"몸매 걱정은 전혀 안 하나 봐요?"

애로가 차갑지만 신중한 어조로 물었다.

"의사가 나더러 잘 먹으라고 했거든요."

"의사가 버터 바른 빵하고 감자하고 크림을 먹으라고 했다고요?"

"네. 그리고 여기서는 간단히 먹는다기에, 그럼 그 정도로 먹겠구나 생각했죠."

"참 간단하면서도 거하게 먹네요."

베아트리스가 말했다.

---

9) 나라마다 조금씩 차이가 있으나 영국에서는 약 0.568리터에 해당한다.

리나가 쾌활하게 웃었다.

"아뇨, 그럴 리가요. 보다시피 난 먹어도 살이 안 쪄요. 늘 먹고 싶은 대로 양껏 먹는데도 아무런 효과가 없어요."

싸늘한 정적이 이어졌다. 마침 집사가 등장해 정적을 깼다.

"마드무아젤, 레 세르비.(부인, 식사가 준비되었습니다.)"

그가 말했다.

리나가 잠자리에 든 후 그들은 프랭크의 방에서 밤늦도록 그 문제를 토론했다. 저녁 내내 그들은 매우 쾌활한 태도를 유지하면서 신경을 곤두세워야만 알아챌 수 있는 호의를 담아 서로에게 농담을 던졌다. 하지만 지금은 가면을 벗고 있었다. 베아트리스는 부루퉁했고, 애로는 독기를 쏘아 댔으며, 프랭크는 풀이 죽어 있었다.

"그 여자가 내가 유독 좋아하는 것들을 모두 먹어 치우는 걸 보고 있으려니까 기분이 아주 별로더라고."

베아트리스가 하소연했다.

"우리 모두 기분이 별로였어."

프랭크가 딱딱거리며 받아쳤다.

"그 여자를 여기로 초대하지 말았어야 했어요."

애로가 말했다.

"난들 이럴 줄 알았나?"

프랭크가 소리쳤다.

"자기 남편을 조금이라도 좋아했다면 그리 게걸스럽게 퍼먹을 수 있을까 하는 생각이 드네." 베아트리스가 말했다. "남편을 땅에 묻은 지 고작 두 달밖에 안 됐는데. 내 말은, 죽은 사람에 대한 예의를 갖춰야 하는 거 아니냐고."

"어째서 우리랑 같은 걸 먹지 않는 거죠?" 애로가 표독스럽게 물었다. "손님이면서."

"그 여자 말 들었잖아. 의사가 잘 먹으라고 했다잖아."

"그럼 요양원에나 갈 것이지."

"이건 인간의 한계를 넘어서는 일이야, 프랭크."

베아트리스가 앓는 소리를 했다.

"내가 참을 수 있으면 당신들도 참을 수 있어."

"그 여자는 당신 친척이지 우리 친척이 아니잖아요." 애로가 말했다. "앞으로 십사 일 동안 그 여자가 돼지처럼 구는 꼴을 지켜볼 순 없어요."

"음식 하나 갖고 왜 이리 호들갑들이야, 천박하게." 프랭크가 빽 소리쳤다. 그녀의 목소리는 그 어느 때보다 우렁찼다. "어쨌거나 중요한 건 정신력 아니겠어."

"지금 나보고 천박하다고 했어요, 프랭크?"

애로가 눈을 부라리며 물었다.

"아니, 그럴 리가 있나."

베아트리스가 끼어들었다.

"모두 잠든 시간에 부엌으로 내려가서 푸짐하게 한 상 차려놓고 몰래 먹는다면 당신도 예외는 아니죠."

프랭크가 벌떡 일어섰다.

"어떻게 나한테 그런 말을 하니, 애로! 나는 나 스스로 하지 않는 건 남에게도 요구하지 않아. 너는 나와 오랫동안 알고 지냈으면서 내가 그런 야비한 짓을 할 수 있다고 생각해?"

"그럼 대체 왜 당신은 살이 빠지지 않는 건데요?"

프랭크는 말문이 딱 막혀 눈물을 줄줄 쏟아 냈다.

"어쩜 그렇게 잔인한 말을 하니! 내가 살이 얼마나 많이 빠졌는데."

그녀는 어린아이처럼 울었다. 그녀의 거대한 몸이 뒤흔들렸고 닭똥 같은 눈물이 불룩한 가슴 위로 뚝뚝 떨어졌다.

"진심에서 한 말이 아니에요."

애로가 소리쳤다.

그녀는 프랭크의 발치에 몸을 던져 통통한 두 팔로 프랭크의 몸을 되는대로 감싸 안았다. 그녀가 눈물을 흘리자 마스카라 자국이 뺨 아래로 번졌다.

"내가 살이 하나도 안 빠져 보인다는 얘기 아냐?" 프랭크는 흐느꼈다. "내가 얼마나 애썼는데."

"아뇨, 당연히 빠져 보여요." 애로는 눈물을 흘리며 외쳤다. "다들 느꼈을 거예요."

베아트리스는 천성이 차분한 편이라 얌전히 눈물을 흘렸다. 대단히 딱한 광경이었다. 냉혈한이 아닌 다음에야 용맹한 여인 프랭크가 눈물을 평평 쏟는 것을 보고도 뭉클하지 않을 사람은 없었다. 하지만 곧 그들은 눈물을 멈추고 물 탄 브랜디를 마셨다. 물 탄 브랜디는 모든 의사가 살이 거의 찌지 않으니 마셔도 좋다고 추천한 것이었다. 그것을 마시니 기분이 한결 나았다. 그들은 리나가 처방받은 대로 양질의 음식을 먹어야 한다는 결론에 도달했고, 그것으로 인해 평정심을 잃지 않기로 굳게 다짐했다. 게다가 리나는 일류 브리지 플레이어가 분명했고, 무엇보다 남은 기간은 고작 십사 일이었다. 그들은 리나가 즐겁게 지낼 수 있도록 최선을 다하기로 했다. 그러고 나서 따뜻한 입맞춤을 나누고는 이상하게 고양된 마음으로 흩어져 잠자리에 들었다. 그 무엇도 세 사람의 인생에 크나큰 행복감을 가져온 아름다운 우정을 방해할 수 없었다.

하지만 인간의 본성이란 본디 나약한 것이다. 그것에 너무 많은 기대를 걸어선 안 된다. 그들이 구운 생선을 먹는 동안, 리나는 치즈와 버터를 넣어 끓인 마카로니를 먹었다. 그들이 구운 커틀릿과 데친 시금치를 먹는 동안, 리나는 푸아그라 파이를 먹었다. 그들이 일주일에 두 번 삶은 달걀과 생토마토를 먹는 동안, 리나는 크림 속을 헤엄치는 콩과 갖가지 방식으로 맛깔나게 요리한 감자를 먹었다. 그들의 요리사는 훌륭한 요리사였고, 솜씨를 발휘할 기회다 싶어 신이 나서 더욱 진하고 맛좋고 육즙이 풍부한 요리를 올려 보냈다.

"가엾은 짐." 리나는 남편을 생각하며 말했다. "그이도 프랑스 요리를 좋아했지."

알고 보니 집사는 칵테일을 대여섯 가지나 만들 수 있었다. 리나는 그들에게 점심에는 버건디를 마시고 저녁에는 샴페인을 마시라는 것이 의사의 처방이었다고 밝혔다. 뚱뚱한 세 여인은 참고 참았다. 그들은 유쾌하고 수다스럽고 재미난 농담을 했지만(여자들은 이런 식으로 상대를 속여 넘기는 재주를 타고났다.) 베아트리스는 시무룩하고 허탈해 보였고, 애로의 다정한 푸른 눈에는 냉혹한 광채가 번뜩였다. 프랭크의 낮은 목소리는 점점 걸걸해졌다. 눈에 띄게 날이 선 것은 브리지 게임을 할 때였다. 서로 불쑥불쑥 끼어들기는 해도 그들의 대화는 원래 화기애애했는데, 이제는 대화에 신랄한 기운이 감돌았다. 상대의 실수를 필요 이상으로 솔직하게 지적하기도 했다. 대화는 논쟁으로, 논쟁은 격론으로 번졌다. 가끔씩 게임은 분노로 얼룩진 침묵과 함께 끝나 버렸다. 프랭크는 번번이 실망시키는 플레이로 애로를 책망하기도 했다. 셋 중 가장 상냥한 베아트리스는 참다못해 두세 번 눈물을 흘렸다. 애로는 자기 카드를 내던지고 뚱해서 방을 나가기도 했다. 그들은 갈수록 신경이 날카로워졌다. 리나는 평화 유지군이었다.

"브리지 때문에 싸워서야 되겠어요." 리나가 말했다. "그냥 게임일 뿐인데."

모든 것이 그녀를 위해 돌아갔다. 그녀는 매번 양질의 식사를 하고 샴페인을 반병씩 마셨다. 게다가 신기할 만큼 행운이 따랐다. 그녀가 판돈을 싹 쓸어 갔다. 한 판이 끝날 때마다 점수는 장부에 기록되었고, 리나의 승점은 날마다 차곡차곡 쌓였다. 세상에 정의란 존재하지 않는단 말인가? 그들은 서로를 증오하기 시작했다. 리나가 얄미웠지만 별수 없이 리나에게 자기들 속내를 털어놓게 되었다. 세 여자는 각자 리나를 은밀히 찾아가 다른 두 여자의 흉을 보았다. 애로는 나이가 한참 위인 여자들과 어울리는 것은 본인에게 손해가 되니 임대 경비중 자신의 몫을 양보하고 남은 여름은 베니스로 가서 지내겠다고 했다. 프랭크는 남성성이 강한 본인의 입장에서 볼 때 애로처럼 경솔한 사람이나 솔직히 베아트리스처럼 멍청한 사람에게 만족하리라 기대한 것은 아무래도 무리였다고 말했다.

"나는 지적인 대화를 해야 해." 그녀가 굵은 목소리로 말했다. "나처럼 머리가 있는 사람은 지능이 동등한 사람들과 어울려야 한다고."

베아트리스는 그저 평화롭고 조용히 지내기를 원했다.

"난 이 여자들이 정말 싫어요." 그녀가 말했다. "정말이지 믿을 수도 없고 사악한 여자들이야."

리나가 머무는 십사 일의 기간이 끝날 무렵, 뚱뚱한 세 여자는 서로 말도 잘 섞지 않았다. 리나 앞에서는 체면치레라도 했으나 리나가 없는 자리에선 거리낌이 없었다. 말다툼의 단계는 이미 넘어선 상태였다. 그들은 서로를 멸시했다. 멸시하는 것이 불가능할 땐 차갑고 예의 바른 태도로 서로를 상대했다.

리나는 이탈리아 쪽 리비에라에서 친구들과 지낼 예정이었다. 그녀가 탈 기차는 도착할 때 타고 온 기차였다. 프랭크는 리나를 배웅했다. 리나는 그들에게서 많은 돈을 따서 떠나는 참이었다.

"뭐라 고맙다는 말을 해야 할지 모르겠네." 리나가 객차에 올라타며 말했다. "덕분에 즐겁게 놀다 가."

프랭크 힉슨이 남자와 맞상대를 해도 밀리지 않는다는 것 말고 또 자부심을 갖는 게 있다면 여신사로 인정받는다는 것이었다. 그녀의 대답은 당당함과 우아함의 조합에 완벽히 들어맞았다.

"우리야말로 네가 있어서 즐거웠어, 리나." 그녀가 말했다. "신나게 놀았지."

하지만 그녀는 떠나가는 기차에서 돌아서서는 땅이 꺼져라 안도의 한숨을 내쉬었다. 그리고 우람한 어깨를 쫙 펴고 별장을 향해 성큼성큼 발걸음을 옮겼다.

"으이그!" 그녀는 중간중간에 성질을 부렸다. "으이그!"

그녀는 원피스 수영복으로 갈아입고 에스파드류[10]를 신고 나서 남성용 가운을 걸치고는(절대 헛소리가 아니다.) 이든록으로 갔다. 점심 식사 전까지 아직 물놀이할 시간이 있었다. 그녀는 몽키 하우스를 통과할 때 아는 사람에게 아침 인사라도 하려고 주위를 둘러보았다. 온 인류와 평화롭게 지내고 싶은 마음이 솟구쳤기 때문이다. 그녀는 걸음을 뚝 멈추었다. 자기 눈을 믿을 수가 없었다. 베아트리스가 테이블에 혼자 앉아 있었다. 어제인가 그저께 몰리뉴에서 산 파자마 차림이었고 목에는 진주 목걸이를 하고 있었다. 프랭크의 민첩한 눈이 얼마 전 고불거리게 파마를 한 베아트리스의 머리, 화장을 한 뺨과 눈매, 입술을 보았다. 그녀는 뚱뚱했다. 그냥 뚱뚱한 정도가 아니라 엄청나게 뚱뚱했지만 대단히 아름다운 여자라는 것은 누구도 부인할 수 없었다. 그런데 무얼 하고 있는 거지? 프랭크는 특유의 네안데르탈인 같은 구부정한 걸음새로 베아트리스에게 다가갔다. 물놀이 복장을 한 베아트리스는 일본인들이 토러스 해협에서 잡는다는 거대한 고래, 속된 말로 '바다소'처럼 보였다.

"베아트리스, 지금 뭐 하는 거야?"

프랭크가 굵은 목소리로 외쳤다.

---

10) 에스팔토 풀로 밑창을 만든 여름용 캐주얼 신발.

먼 산에서 천둥이 치는 소리와 비슷했다. 베아트리스는 쌀쌀맞은 눈으로 프랭크를 쳐다보았다.

"뭐 하긴, 먹지."

그녀가 대꾸했다.

"제길, 먹는 거 알아, 나도 눈이 있으니까."

베아트리스 앞에 크루아상 접시와 버터 접시, 딸기잼 병, 커피, 크림 그릇이 하나씩 있었다. 베아트리스는 먹음직하고 따끈한 빵에 버터를 두텁게 바르고 나서 여기에 잼을 덕지덕지 얹고 그 위에 크림까지 듬뿍 뿌렸다.

"죽으려고 작정했구나."

프랭크가 말했다.

"알게 뭐야."

베아트리스가 입안에 한가득 넣고 웅얼거렸다.

"살이 뒤룩뒤룩 찔 거야."

"지옥에나 가!"

그녀는 프랭크의 면전에 대고 웃기까지 했다. 신이시여, 크루아상의 냄새가 너무 좋네요!

"너한테 실망했다, 베아트리스. 그래도 넌 명예를 지킬 줄 알았어."

"다 너 때문이야. 그 망할 여편네. 네가 그 여자를 불렀잖아. 자그마치 보름 동안 그 여자가 돼지처럼 처먹는 꼴을 지켜봤어. 인간이 어떻게 그걸 참아. 배가 터진대도 한 끼는 실컷 먹을 거야."

프랭크의 눈에 눈물이 차올랐다. 갑자기 연약한 여자처럼 마음이 약해졌다. 자기를 무릎에 앉히고 어르고 달래면서 아기 때 이름으로 불러 줄 강한 남자가 그리웠다. 그녀는 아무 말 없이 베아트리스의 옆자리에 털썩 앉았다. 웨이터가 다가왔다. 그녀는 비참한 손짓으로 커피와 크루아상을 가리켰다

"같은 걸로 줘요."

그녀가 한숨을 쉬었다.

프랭크가 무심코 손을 내밀어 빵을 집으려 했지만, 베아트리스가 접시를 홱 치웠다.

"안 돼, 먹지 마. 네 것 나올 때까지 기다려."

프랭크는 여자들이 친한 사이에서는 좀체 쓰지 않는 욕설을 지껄였다. 잠시 후 웨이터가 그녀의 크루아상과 버터, 잼, 커피를 가져왔다.

"크림은 어디 갔어, 바보 양반아?"

그녀는 궁지에 몰린 암사자처럼 으르렁거렸다.

그녀는 먹기 시작했다. 게걸스럽게 마구 욱여넣었다. 그곳은 일광욕과 해수욕을 즐긴 뒤 칵테일을 한두 잔 마시러 들른 사람들로 북적이기 시작했다. 얼마 뒤 애로가 로카마레 왕자와 함께 한가로이 안으로 들어섰다. 그녀는 아름다운 숄을 두르고 있었는데, 최대한 날씬하게 보이려고 숄을 한 손으로 틀어쥐고 고개는 이중턱이 보일까 봐 한껏 치켜든 자세였다. 그녀는 쾌활한 웃음을 터뜨렸다. 젊은 여자가 된 기분이었다. 방금 전 그에게서 그녀의 눈동자 앞에선 지중해의 파란 빛깔도 완두콩 수프처럼 무색하다는 말(이탈리아 말)을 들었기 때문이었다. 그는 그녀를 두고 매끄러운 검은 머리를 빗으러 남자

휴게실로 갔다. 그들은 오 분 뒤에 만나 술을 마실 예정이었다. 애로는 뺨에 볼연지를 조금 더 바르고 입술에 빨간 립스틱을 바를까 하고 여자 휴게실을 향해 걸어갔다. 그녀는 걸음을 옮기다가 프랭크와 베아트리스를 발견하고 걸음을 멈추었다. 자기 눈을 믿을 수가 없었다.

"세상에!" 그녀가 소리쳤다. "이 짐승들. 이 돼지들." 그녀가 합석했다. "웨이터."

약속 따위는 머릿속에서 깨끗이 지워졌다. 웨이터가 눈빛을 반짝거리며 그녀 옆에 섰다.

"이 숙녀 분들이 드시는 걸로 가져와요."

그녀가 주문했다.

프랭크가 접시에 처박고 있던 거대한 머리를 들었다.

"나는 푸아그라 줘요."

그녀가 우렁차게 말했다.

"프랭크!"

베아트리스가 외쳤다.

"입 다물어."

"그렇다면, 나도 줘요."

커피가 나왔다. 따끈한 롤빵과 크림과 푸아그라도. 그들은 달려들었다. 파이에 크림을 발라 먹었다. 잼을 숟가락으로 퍼 먹었고, 바삭바삭하고 맛좋은 빵을 우적우적 게걸스럽게 씹었다. 이 순간 애로에게 사랑이 무슨 의미가 있을까? 왕자님은 로마의 궁전과 아펜니노의 성이나 지키라지. 그들은 말조차 하지 않았다. 대단히 진지한 작업을 수행하는 중이었다. 그들은 엄숙한 환희와 열정 속에서 먹었다.

"이십오 년 동안 감자를 먹은 적이 없네."

프랭크가 은근히 아쉬운 목소리로 말했다.

"웨이터." 베아트리스가 외쳤다. "감자 튀김 삼 인분 가져와요."

"트레 비앙, 마담.(그러죠, 부인.)"

감자가 나왔다. 아라비아의 향수를 모두 합친다고 해도 이보다 향기로울 수 없었다. 그들은 손으로 감자를 집어 먹었다.

"드라이 마티니 한 잔 줘요."

애로가 말했다.

"식사 중에 드라이 마티니를 마시면 안 돼, 애로."

프랭크가 말했다.

"안 된다고? 되나 안 되나 보면 알겠네요."

"알겠어. 나도 드라이 마티니, 더블로."

프랭크가 말했다.

"그냥 드라이 마티니 더블로 세 잔 가져와요."

베아트리스가 말했다.

드라이 마티니가 나왔고, 그들은 그것을 꿀꺽꿀꺽 삼켰다. 그녀들은 서로를 쳐다보면서 한숨을 내쉬었다. 지난 보름간의 오해가 눈 녹듯 풀렸고 그들의 가슴에는 서로를 향한 진실한 애정이 새록새록 차올랐다. 그간 그들에게 굳건한 만족감을 가져다준 우정을 잠시나마 허물어뜨릴 생각을 했다는 것이 믿어지지 않았다. 그들은 감자를 다 먹었다.

"초콜릿 크림 케이크가 있나 모르겠네."

베아트리스가 말했다.

"당연히 있지."

당연히 있었다. 프랭크는 케이크 조각을 통째로 커다란 입에 넣고 삼킨 뒤 한 조각 더 집었지만, 먹기 전에 두 여자를 쳐다보고 나서 그 괴물 같은 리나의 심장에 응어리진 비수를 꽂았다.

"누가 뭐래도 말이지, 그 여자는 브리지 게임을 추잡하게 해. 진짜."

"최악이죠."

애로가 맞장구를 쳤다.

하지만 베아트리스는 별안간 머랭이 생각나 그것을 먹고 싶다는 생각을 했다.

삶의 진실들

헨리 가닛의 일상은 오후에 도시를 떠나 클럽에 들러서 브리지 게임을 하다가 저녁을 먹으러 귀가하는 것이었다. 그는 같이 게임을 하면 즐거운 사람이었다. 게임을 훤히 꿰고 있기 때문에 카드를 능수능란하게 구사한다고 봐야 할 것이다. 잃으면 깨끗하게 승복했고, 따면 승리의 원인을 본인의 재간보다 운으로 돌리는 편이었다. 배포도 커서 한편인 파트너가 실수를 하면 그럴 만했다는 구실을 만들어서 이해하곤 했다. 그런 그가 어느 날 지나치게 날이 선 말투로 이렇게 형편없는 실력은 처음 본다면서 실수한 파트너를 몰아붙여 사람들을 놀라게 했다. 그래 놓고 정작 본인이 중대한 실수를 저질러 사람들을 더욱 놀라게 했다. 그의 평소 실력을 고려하면 있을 수 없는 실수였다. 파트너가 받아치고 싶은 마음을 못 이기고 그

점을 지적하자, 그는 버럭 화를 내면서 온갖 궤변을 동원해 자기가 절대적으로 옳다고 주장했다. 하지만 같이 게임하는 남자들은 그의 오랜 친구들이었고 그가 발끈한 것을 대수롭지 않게 넘겼다. 헨리 가닛은 브로커이자 유명한 기업의 파트너였다. 그들 중 한 명이 혹시 그가 관여한 일부 주식에 문제가 생겼나 생각하며 물었다.

"오늘 시황은 좀 어떤가?"

"활황이지. 호구들도 돈을 벌고 있으니까."

그렇다면 헨리 가닛이 저기압인 것은 채권이나 주식과는 관련이 없다는 뜻이었다. 하지만 무슨 문제가 있긴 있었다. 그것 역시 분명했다. 그는 쾌활한 남자였고 지극히 건강했으며 돈도 충분했다. 아내를 좋아하고 자식들에게 헌신했다. 대체로 쾌활했고 게임 중에 오가는 허튼소리에 잘 웃던 그가 오늘은 침울하게 조용히 앉아 있었다. 양쪽 눈썹은 주름져 맞닿아 있었고 입은 시무룩했다. 얼마 뒤 다른 사람이 헨리 가닛의 기분을 풀어 보려고 모두가 그의 단골 화제라 인정하는 이야기를 꺼냈다.

"자네 아들 잘 있나, 헨리? 토너먼트에서 꽤 잘했잖아."

헨리 가닛이 찌푸린 미간을 더 구겼다.

"내 기대에는 한참 못 미쳤다네."

"몬테카를로에서는 언제 돌아오나?"

"어젯밤에 돌아왔어."

"거기서 좋았대?"

"그랬겠지. 내가 아는 건 녀석이 바보짓을 했다는 거야."

"이런. 왜?"

"그 얘긴 아무래도 안 하는 게 좋겠어."

세 남자는 궁금한 눈으로 그를 쳐다보았다. 헨리 가닛이 초록색 탁자보를 향해 인상을 썼다.

"미안하네, 친구들. 자네 차례야."

게임은 긴장감과 침묵 속에 진행되었다. 가닛은 비딩을 받았다. 그는 게임을 형편없이 하는 바람에 세 판을 내리 졌지만 한마디도 하지 않았다. 러버[1] 게임이 다시 시작되었다. 그가 두 번째 판에서 다른 무늬의 카드를 냈다.

"하나도 없어?"

그의 파트너가 그에게 물었다.

가닛은 속이 타는지 대답조차 하지 않았다. 그의 손에 마지막 카드가 남았을 때 그가 리보크[2]를 한 것이 드러났고, 결국 그의 리보크 때문에 게임은 상대편에게 넘어갔다. 이쯤 되니 그의 파트너는 도저히 그의 무성의한 태도를 지적하지 않을 수 없었다.

"대체 왜 이러는 거야, 헨리?" 그가 말했다. "머저리처럼 플레이하잖아."

가닛은 당황했다. 게임을 크게 졌지만 대단한 일은 아니었다. 하지만 자신의 무성의함 때문에 파트너까지 게임에 졌다고 생각하니 뜨끔했다. 그는 정신을 추슬렀다.

---

1) 두 명씩 짝을 이뤄 먼저 두 번 연속 이긴 팀이 승리하는 브리지 게임.
2) 리드한 카드와 같은 무늬의 카드가 있는데도 내지 않아서 패널티를 무는 것.

"오늘은 게임을 그만하는 게 좋겠어. 러버 몇 판이면 진정이 될 줄 알았는데 영 게임에 집중을 할 수가 없구먼. 사실은 속이 타 죽을 지경이야."

모두들 와락 웃음을 터뜨렸다.

"굳이 말할 거 없네, 이 친구야. 얼굴에 다 쓰여 있어."

가닛은 그들에게 쓸쓸한 미소를 지었다.

"자네들도 나 같은 일을 겪는다면 분명 속이 탈 걸세. 내가 지금 아주 난처한 입장이야. 어떻게 대처하면 좋을지 자네들이 조언해 주면 고맙겠네."

"한잔하면서 무슨 일인지 말해 봐. 여기 왕실 변호사, 내무부 공무원, 저명한 외과의까지 다 있으니 우리가 대응 방안을 말하지 못한다면 아무도 못 할 걸세."

왕실 변호사가 일어서서 종을 울려 웨이터를 불렀다.

"빌어먹을 아들놈 문제야."

헨리 가닛이 말했다.

그들은 술을 주문했고, 주문한 술이 나왔다. 헨리 가닛이 그들에게 털어놓은 이야기는 이러했다.

그가 말하는 아들놈이란 그의 하나뿐인 아들을 말했다. 이름은 니컬러스였고 니키라 불렸다. 나이는 열여덟이었다. 가닛 부부에게는 아들 말고도 딸이 둘 있었다. 각각 열여섯, 열두 살이었다. 아버지들은 대부분 딸을 더 좋아한다고 하는데, 이상하게도 헨리 가닛의 애정은 분명 아들에게 치우쳐 있었다. 그는 아들을 편애하는 마음을 애써 숨겼지만 소용없었다. 딸들에게 스스럼없이 장난을 치면서 다정히 굴었고 생일과 크리

스마스에는 멋진 선물도 했지만, 아들 니키는 맹목적으로 사
랑했다. 아들에게는 아까울 것이 없었다. 아들이라면 껌뻑 죽
었고 아들한테서 눈을 떼지 못했다. 그도 그럴 것이, 니키는
부모라면 누구나 자랑스러워할 만한 아들이었다. 188센티미터
의 키에 유연하면서도 근육질인 몸, 널찍한 어깨와 날씬한 허
리, 자세는 곧고 반듯했다. 어깨 위에 반듯하게 놓인 잘생긴
두상, 약간 곱슬거리는 연갈색 머리카락, 도드라진 눈썹 밑에
길고 짙은 속눈썹을 거느린 푸른 눈, 도톰하고 빨간 입술, 깨
끗한 구릿빛 피부가 돋보였다. 미소를 지으면 아주 가지런하
고 새하얀 치아가 드러났다. 수줍음을 많이 타지는 않았지만
겸손이 밴 태도가 매력적이었다. 사람들과 어울릴 때는 수더
분하고 예의 발랐고 조용하면서도 쾌활했다. 훌륭하고 건전하
고 점잖은 부모의 자식으로, 좋은 집안에서 잘 자라 좋은 학
교를 다닌, 드물게 호감이 가는 청년의 표본이었다. 니키는 정
직하고 개방적이며 고결한 인상을 주었다. 한 번도 부모 속을
썩인 적이 없었다. 어릴 때도 병치레를 거의 하지 않았고 말썽
한번 부린 적이 없었다. 사춘기 때는 모든 기대치에 부응했다.
학교 성적이 우수했고 인기도 대단히 많았다. 학생 회장 겸 풋
볼 팀 주장으로 많은 상을 받으면서 졸업했다. 이것만이 아니
었다. 니키는 열네 살 때 발군의 테니스 실력을 뽐냈다. 테니
스는 그의 아버지가 즐겨 하고 아주 잘하는 경기였다. 니키의
아버지는 아들이 테니스 선수로 유망하다고 보고 그쪽을 뒷
바라지하기로 했다. 방학 때 최고의 테니스 선수들을 붙여 아
들을 훈련시켰다. 니키는 열여섯 살 때 또래 청소년부 대회에

서 여러 번 우승했다. 이제 아들은 아버지를 일방적으로 제압했기 때문에 나이 든 선수는 오로지 부성으로 무참한 패배를 참아 냈다. 니키는 열여덟 살 때 케임브리지 대학에 들어갔고, 헨리 가닛은 못다 이룬 꿈, 대학 대표 선수라는 야망을 품게 되었다. 니키는 테니스 선수로 대성할 자질을 모두 갖추고 있었다. 키가 크고 팔이 길었으며 발이 빠르고 타이밍도 완벽했다. 공이 어디로 오는지 반사적으로 감지하고 그것을 능히 받아치는 것 같았다. 브레이크[3]가 걸려 있어 받아치기 어려운 강력한 서브를 구사했고, 낮고 길고 정확한 포핸드 드라이브는 위력적이었다. 백핸드와 발리는 그리 뛰어나지 않았지만, 케임브리지에 진학하기 전 여름 방학에 헨리 가닛이 시킨 대로 잉글랜드 최고의 스승에게서 배우며 훈련했다. 니키에게는 언급한 적 없지만, 헨리 가닛의 꿈은 아들이 윔블던에 진출하고 더 나아가 국가 대표로 뽑혀 데이비스컵에 출전하는 것이었다. 아들이 네트를 뛰어넘어 방금 꺾은 미국 챔피언과 악수를 나누고 코트를 벗어나 관중의 우레와 같은 박수갈채 속으로 걸어 나가는 장면을 상상하면 목이 메었다.

헨리 가닛은 윔블던을 자주 찾았기 때문에 테니스 업계에 친구들이 많았다. 어느 날 저녁 그는 시티로 저녁을 먹으러 갔다가 우연히 그 친구들 중 하나인 브레이바존 대령과 옆자리에 앉게 되었다. 자연스럽게 니키 이야기를 하다가 다음 시즌에 니키가 대학 대표 선수로 뽑힐 가능성이 얼마나 되느냐고

---

3) 공이 바운드된 후 회전이 걸려 변화하는 것.

물었다.

"그애를 몬테카를로로 내려보내서 거기 봄 대회에 출전시키면 어때?"

뜬금없이 대령이 말했다.

"에이, 그 녀석에겐 무리야. 아직 열아홉 살이고, 지난 10월에 케임브리지에 입학했을 뿐인데, 그 치열한 경쟁을 어떻게 이겨 내겠어."

"물론 오스틴과 폰 크램[4]한테는 상대가 안 되겠지만, 한두 번은 이길 수도 있어. 신참들과 붙으면 한두 게임 이기지 말란 법도 없지. 최상급 선수들과 한 번도 붙은 적이 없으니 좋은 훈련이 될 거야. 자네가 내보내는 휴양지 경기보다 배우는 게 훨씬 더 많을걸."

"그런 생각은 미처 못 했군. 학기 중에는 케임브리지를 떠나게 할 수 없어. 항상 녀석에게 테니스는 그냥 게임이고 그 때문에 학업에 지장이 있어서는 안 된다고 해 왔거든."

브레이바존 대령은 가닛에게 학기가 언제 끝나는지 물었다.

"문제없겠어. 사흘 정도만 빠지면 되니까. 그 정도야 지장 없잖아. 알다시피 지금 우리는 믿고 있던 선수 둘이 부진해서 난처한 지경에 있어. 최고의 팀을 꾸려 보내고 싶은데 말이야. 독일은 최고의 선수들을 보낼 테고 미국도 그럴 텐데."

"어림도 없네, 이 친구야. 무엇보다 니키는 실력이 부족해.

---

4) 유명한 테니스 선수인 버니 오스틴(Bunny Austin)과 고트프리트 폰 크램(Gottfried von Cramm)을 말한다.

게다가 아직 어린애라 돌봐 줄 사람 없이 몬테카를로로 보내는 건 영 내키지가 않아. 내가 시간을 낼 수 있다면 한번 고려해 보겠지만 그것도 불가능해."

"내가 가잖아. 경기는 뛰지 않지만 영국 팀의 주장으로 갈 거야. 내가 그 아이를 지켜보겠네."

"자네는 바쁠 거 아닌가. 게다가 자네에게 그런 책임을 지울 순 없지. 한 번도 해외에 나간 적 없는 아이야. 솔직히 말하면 그 아이가 거기 있는 동안 난 한순간도 마음을 놓지 못할 걸세."

그들은 거기서 이야기를 마쳤고, 헨리 가닛은 곧장 집으로 갔다. 브레이바존 대령의 제안이 어찌나 흐뭇한지 아내에게 그 이야기를 하지 않을 수 없었다.

"그 사람이 니키를 그토록 좋게 평가할 줄 누가 알았나. 녀석의 경기를 봤는데 녀석의 실력이 괜찮다는군. 훈련만 더 하면 일류로 올라설 수 있대. 우리 애가 윔블던 준결승을 치르는 모습을 보는 날이 올지도 모르겠어, 여보."

가닛 부인은 그의 예상을 깨고 그 생각에 크게 반대하지 않았다.

"니키는 이제 열여덟 살이에요. 여태 말썽 한번 부린 적 없는데 이번이라고 말썽을 부릴 이유는 없죠."

"그 아이의 학업도 고려해야지. 그걸 잊지 마. 학기 말을 어영부영 보내게 놔두었다간 아주 나쁜 선례가 될 거야."

"딱 사흘인데 무슨 큰일이 있겠어요? 니키에게 이런 기회를 빼앗아서는 안 돼요. 당신이 하라고 하면 니키는 얼씨구나 신이 나서 할 거예요."

"난 반대야. 테니스를 시키려고 우리 아이를 케임브리지에 보낸 게 아니라고. 우리 아이가 믿음직하다는 건 알지만, 그 아이를 유혹으로 시험하는 건 바보짓이야. 니키는 혼자 몬테카를로에 가기엔 너무 어려."

"당신 말은, 그 아이가 뛰어난 선수들을 상대하기에 역부족이란 건데 그건 모르는 거예요."

헨리 가닛은 살짝 한숨을 내쉬었다. 집으로 오는 차 안에서 그가 생각한 것은 오스틴은 건강이 불확실하고 폰 크램은 침체기라는 사실이었다. 그럴 리는 없겠지만 혹시 니키에게 약간의 운이 따라 준다면, 니키가 케임브리지 대표 선수로 선발되지 않을까. 하지만 물론 그것은 허황된 바람이었다.

"어림없는 소리 말아요, 여보. 난 이미 결심했고 절대 바꾸지 않을 거야."

가닛 부인은 입을 다물었다. 하지만 이튿날 니키에게 편지를 써서 있었던 일을 말하고는 만약 네가 가고 싶고 아버지의 허락을 얻고 싶으면 어떻게 해야 하는지 알려 주었다. 하루 이틀 뒤 헨리 가닛은 아들의 편지를 받았다. 아들은 아주 들떠 있었다. 테니스 선수로 활동하는 코치님과 학장님을 만났는데, 마침 학장님은 브레이바존 대령과 아는 사이였고, 학기 말전에 여행을 떠나는 것에 반대하지 않았으며, 학장님과 대령모두 그것이 놓치기 아까운 기회라고 생각했다는 내용이었다. 또한 본인에게 아무런 해가 되지 않을 것이니 아버지가 이번만 특별히 허락해 준다면 다음 학기에는 맹렬히, 착실히 공부할 것을 약속한다고 말했다. 참으로 사랑스러운 편지였다. 가닛 부인은 아침 식탁에서 남편이 그것을 읽는 것을 보았고 남편이 인상을 썼지만 개의치 않았다. 그는 그것을 그녀에게 던져 주었다.

"왜 내가 은밀히 한 말을 니키에게 하고 그래. 당신이 들쑤시는 바람에 지금 애가 잔뜩 들떠 있잖아."

"미안해요. 브레이바존 대령이 우리 애를 그렇게 높이 평가한다니, 애가 들으면 좋아할 것 같아서 한 거예요. 당사자에게 험담만 전하란 법은 없잖아요. 애한테 갈 가망성은 희박하다고 말해 두긴 했어요."

"당신 때문에 내 입장이 난처하게 됐잖아. 아들 녀석에게 초를 치는 독불장군으로 찍히긴 정말 싫단 말이야."

"에이, 설마 그렇게까지 생각하겠어요. 어리석고 불합리하다고 생각은 하겠지만. 설령 그렇다고 해도, 아버지가 참 너무하긴 한데 그래도 나를 위해 그러시겠지, 하고 이해할 거예요."

"그것참."

헨리 가닛이 말했다.

그의 아내는 웃음이 터지려 했다. 승기를 잡았다는 생각이 들었다. 남자를 뜻대로 요리하는 것은 얼마나 쉬운 일인가. 헨리 가닛은 마흔여덟 시간 동안 버티는 모양새를 취하다가 결국 항복했고, 그로부터 보름 뒤 니키는 런던으로 왔다. 다음 날 아침 니키는 몬테카를로로 떠날 예정이었다. 저녁 식사 후 마침 가닛 부인과 큰딸이 외출을 하고 없어서 헨리는 아들에게 조언을 몇 마디 해 주기로 했다.

"이 나이의 너를 몬테카를로 같은 곳에 사실상 혼자 보내려니 마음이 편치가 않구나." 그가 말을 꺼냈다. "하지만 기왕 이렇게 됐으니 네가 현명하기를 바랄 수밖에 없다. 잔소리 심한 아비가 되기는 싫다만, 세 가지는 꼭 조심하라고 당부하지 않을 수가 없구나. 첫째, 도박, 도박은 하지 말아라. 둘째, 돈, 아무에게도 돈을 빌려주지 말아라. 셋째, 여자, 여자들과 절대 엮이지 말아라. 그 세 가지만 하지 않으면 크게 말썽에 휘말릴 일은 없을 테니 그것만 명심해."

"알았어요, 아버지."

니키가 미소를 지었다.

"할 말은 그게 전부야. 아비는 세상 물정을 잘 아니 아비 말을 믿으렴. 건전한 조언이니까."

"명심할게요. 약속해요."

"착한 녀석. 이제 그만 여자들에게 가 보자."

니키는 몬테카를로 대회에서 오스틴이나 폰 크람을 이기지는 못했지만 망신을 당하지도 않았다. 스페인 선수를 상대로 뜻밖의 승리를 따냈고 오스트리아 선수와는 다들 승부를 예측 못 할 만큼 아슬아슬한 접전을 펼쳤다. 또한 혼합 복식조로 준결승까지 진출했다. 매력으로 모든 이를 사로잡고 본인도 경기를 즐겼다. 그가 가능성을 입증했다는 것이 일반적인 평가였다. 브레이바존 대령은 니키에게 나이가 조금 더 들고 일류 선수들과 경험을 쌓으면 아버지의 자랑이 될 거라고 말했다. 대회가 끝나서 다음 날 니키는 비행기를 타고 런던으로 돌아갈 예정이었다. 그동안 최선의 경기 성적을 내기 위해 철저희 몸을 사리면서 담배와 술을 멀리하고 일찍 잠자리에 들었지만, 마지막 저녁이니 명성이 자자한 몬테카를로의 삶을 체험하고 싶었다. 테니스 선수들을 위한 만찬 자리가 끝난 뒤 그는 다른 선수들과 함께 스포팅 클럽에 갔다. 한 번도 간 적이 없는 곳이었다. 몬테카를로에는 사람들이 넘쳐 났고 방마다 사람들로 북적였다. 사진에서나 보았던 룰렛이 실제로 눈앞에서 빙글빙글 돌았다. 니키는 미로 같은 곳에서 걸음을 옮기다가 처음 만난 테이블 앞에 멈춰 섰다. 다양한 크기의 칩들이 초록빛 천 위에 흩어진 광경이 어지럽게 보였다. 크루피어[5]가 갑자기 휠을 돌리고 작고 하얀 공을 딸깍 하고 휠 안에 던져 넣었다. 영원 같은 시간이 흐른 뒤 공은 멈추었고, 또 다른 크루피어가 크고 무심한 제스처로 잃은 사람들의 칩들을 싹 긁어 갔다.

니키는 배회하다가 트랑테카랑트[6]를 하는 테이블로 건너갔지만, 모르는 게임이라 재미가 없었다. 그는 사람들이 북적이는 다른 방을 보고 안으로 들어갔다. 바카라[7] 게임이 크게 벌어지는 중이라 긴장감이 팽팽했다. 구경꾼들이 황동 난간을 따라 게임자들을 둘러싸고 있었는데, 게임자들은 각 면에 아홉 명씩 테이블에 둘러앉아 있었고 중앙에는 딜러가, 딜러 맞은편에는 크루피어가 있었다. 큰돈이 여러 손들을 거쳐 갔다.

---

5) 게임 판에서 돈을 거둬 가거나 나눠 주는 사람.
6) 붉고 검은 마름모꼴 무늬가 있는 테이블에서 하는 프랑스 카드 게임.
7) 카드 세 장의 숫자를 합한 끝자리 수의 크고 작음으로 승부를 가리는 카드 게임.

딜러는 그릭 신디케이트의 직원이었다. 니키는 딜러의 무표정한 얼굴을 쳐다보았다. 그는 잠시도 한눈팔지 않았지만 표정은 이기든 지든 변함이 없었다. 아슬아슬하면서도 신기한 광경이었다. 검약하는 환경에서 자란 니키는 카드가 돌 때마다 누군가가 1000파운드씩 걸고, 돈을 잃어도 농담으로 가볍게 웃어넘기는 광경을 보고 온몸이 다 짜릿했다. 아주 흥미진진했다. 그때 아는 얼굴이 그에게 다가왔다.

"게임 좀 해?"

그가 물었다.

"해 본 적 없어."

"현명하군. 이 게임 별로야. 가서 한잔하자."

"그래."

니키는 친구들과 술을 마시면서 카지노에 온 것이 처음이라고 말했다.

"아, 그래도 몇 푼 따고 가야지. 운을 시험하지 않고 몬테카를로를 떠나는 건 머저리 짓이야. 어차피 100프랑쯤 잃어도 해 될 건 없잖아."

"내 생각도 그렇긴 해. 하지만 아버지가 내가 오기만을 목빼고 기다리시는 데다, 하지 말라고 당부하신 세 가지 중에 도박도 있어."

하지만 니키는 친구와 헤어진 뒤 룰렛이 돌아가는 테이블로 슬슬 돌아갔다. 크루피어가 잃은 사람들의 돈을 긁어 가고 딴 사람들에게 돈을 분배하는 것을 잠시 서서 구경했다. 그것이 흥미진진하다는 것은 부인할 수 없었다. 친구의 말처럼 테이블에 돈을 걸어 보지도 않고 몬테카를로를 떠나는 것은 바보짓 같았다. 이것도 경험인데, 나는 경험을 많이 해야 하는 나이 아니던가. 돌이켜 보니 아버지에게 아버지의 당부를 명심하겠다고 했지 도박을 하지 않겠다고 약속한 것은 아니었다. 엄밀히 말하면 다르잖아? 그는 주머니에서 100프랑짜리 지폐를 한 장 꺼내 18번에 가만히 걸었다. 18번을 선택한 것은 그것이 그의 나이였기 때문이다. 그는 두근거리는 가슴으로 휠이 돌아가는 것을 지켜보았다. 작고 하얀 공이 짓궂은 꼬마 악마처럼 요리조리 튕겨 다녔고, 휠이 점점 더 느리게 돌아가면서 작고 하얀 공은 멈출 것처럼 멈칫거리다가 다시 움직였다. 공이 18번에 떨어졌을 때, 니키는 자기 눈을 믿을 수가 없었다. 많은 칩들이 그에게 넘어왔고, 그는 떨리는 손으로 칩들을 받았다. 상당히 많은 돈 같았다. 그는 너무 당황해서 다음 판에 베팅할 정신이 없었다. 어차피 게임을 계속할 의사도 없었다. 한 번으로 족했다. 놀랍게도 18번이 다시 나왔다. 18번에 칩이 하나 놓여 있었다.

"세상에, 또 땄군요."

옆에 서 있던 어떤 남자가 그에게 말했다.

"내가요? 난 아무 데도 안 걸었는데요."

"아니, 당신이 걸었어요. 맨 처음에 건 것 말이에요. 빼 달라고 하지 않는 이상 계속 거기 건 거예요. 몰랐어요?"

칩 뭉치가 다시 그에게 넘어왔다. 니키는 머리가 빙빙 도는 것 같았다. 딴 돈을 세어 보았다. 모두 7000프랑이었다. 묘한 힘이 그를 사로잡았다. 아주 명석한 사람이 된 기분이었다. 이보다 더 쉽게 돈을 버는 법이 있을까. 그의 솔직하고 매력적인 얼굴에 함박웃음이 떠올랐다. 그의 반짝거리는 눈이 옆에 있는 여자의 눈과 마주쳤다. 여자가 미소를 지었다.

"운이 좋군요."

그녀가 말했다.

그녀는 영어를 구사했지만 외국인의 말씨였다.

"얼떨떨해요. 게임은 난생처음 하거든요."

"그럴 만도 하네요. 1000프랑만 빌려줄래요? 나 몽땅 잃었거든요. 삼십 분 뒤에 갚을게요."

"그래요."

그녀는 그의 수북한 칩 중에서 크고 빨간 칩을 하나 꺼내 말없이 사라졌다. 그에게 말을 건 적 있는 남자가 툴툴거렸다.

"돌려받긴 틀린 거예요."

니키는 낙담했다. 아무한테도 돈을 빌려주지 말라고 아버지가 당부했건만. 바보짓을 저지르다니! 그것도 처음 보는 사람한테. 하지만 한 가지 분명한 것은, 그 순간 그가 한 번도 느낀 적 없는, 도저히 거부할 수 없는 강한 인간애를 느꼈다는 사실이다. 또한 그 큼직한 빨간 칩, 그것의 가치를 안다는 것은 거의 불가능했다. 어차피 상관없었다. 아직 6000프랑이나 남아 있으니 한두 번 운을 더 시험해 보고 잃으면 그냥 집에 가면 그만이었다. 그는 큰 누이동생의 나이인 16번에 칩을 하나 걸었지만, 그 번호는 나오지 않았다. 그래서 막내 누이동생의 나이 12번에 걸었고, 이번에도 그 번호는 나오지 않았다. 그는 내키는 대로 여러 번호로 시도해 보았지만 성공하지 못했다. 이상했다. 재주가 사라진 기분이었다. 그는 한 번만 더해 보고 그만하기로 했다. 그때 돈을 땄다. 잃은 돈을 모두 만회하고도 남았다. 태어나 한 번도 느껴 본 적 없는 큰 스릴감을 맛보며 한 시간쯤 잃고 따기를 반복했을 때, 그의 수중에는 주머니에 다 넣지 못할 만큼 많은 칩들이 생겨났다. 그는 계속하기로 했다. 교환소에 갔다. 그는 2만 프랑에 달하는 지폐 다발이 눈앞에 쫙 펼쳐진 것을 보고 놀라 숨을 들이켰다. 그렇게 많은 돈을 보는 것은 태어나 처음이었다. 그가 그것을 주머니에 넣고 돌아섰을 때, 1000프랑을 빌려 갔던 그 여자가 그에게 다가왔다.

"당신을 사방으로 찾아다녔어요." 그녀가 말했다. "당신이 가 버린 줄 알았어요. 아까는 내가 미쳤었나 봐요. 당신이 나를 어떻게 생각했을까요. 여기 당신 1000프랑 있어요. 빌려줘서 고마웠어요."

니키는 얼굴이 빨개져서 감탄하는 눈으로 그녀를 응시했다. 이런 여자를 오판했다니! 아버지는 도박을 하지 말라고 했지만, 그는 도박으로 2만 프랑을 벌었다. 아버지는 아무한테도 돈을 빌려주지 말라고 했지만, 그는 빌려주었다. 그것도 생판 모르는 남에게 꽤나 큰돈을 빌려주었지만 그녀는 돈을 갚았다. 그는 아버지가 생각한 만큼 바보가 아니라는 것, 이것이 진실이었다. 그는 그녀에게 돈을 빌려주어도 안전하다는 직감이 있었고, 그의 직감이 옳았음이 밝혀졌다. 하지만 그가 놀라 어안이 벙벙한 표정을 짓자 그 여자는 못 참고 웃음을 터뜨렸다.

"뭐가 잘못됐어요?"

그녀가 물었다.

"솔직히 돈을 돌려받을 거라 기대하지 않았거든요."

"대체 나를 뭘로 본 거죠? 내가 무슨…… 꽃뱀인가?"

니키는 곱슬머리 속 두피까지 붉혔다.

"아뇨, 물론 아니죠."

"나 그렇게 보여요?"

"전혀요."

그녀는 검은색 옷의 매우 얌전한 차림새였다. 동글동글한 금 목걸이를 걸고 있었고, 간소한 드레스는 말쑥하고 여리여리한 몸매를 드러냈다. 작은 얼굴은 예쁘장했고, 머리 모양도 단정했다. 치장하긴 했지만 과하지 않은 차림새였다. 니키는 그녀의 나이가 기껏해야 자기보다 서너 살쯤 많을 거라고 생각했다. 그녀가 그에게 다정한 미소를 지었다.

"내 남편은 모로코 정부에서 일해요. 남편이 바람을 쐬고 오라 해서 몇 주 동안 몬테카를로에 온 거예요."

"난 그냥 가려던 참이었어요."

니키는 달리 할 말이 생각나지 않아 말했다.

"벌써요!"

"그게, 내일 일찍 일어나야 해서요. 비행기로 런던으로 돌아갈 거예요."

"맞네, 대회가 오늘 끝났죠? 나 당신 두세 번 본 것 같아요."

"그랬어요? 내가 어쩌다가 눈에 띄었는지 모르겠군요."

"스타일이 멋지던데요. 반바지 차림이 참 근사했어요."

니키는 잘난 체하는 청년은 아니었지만 그녀가 그에게 말을 붙이려 1000프랑을 빌린 게 아닌가 하는 생각이 들었다.

"니커보커에 가 본 적 있어요?"

그녀가 물었다.

"아뇨. 아직 한 번도."

"에이, 거기도 안 가 보고 몬테카를로를 떠나면 안 되죠. 거기 춤추러 안 갈래요? 사실, 나 배가 고파서 베이컨이랑 달걀 생각이 간절해요."

니키는 여자들과 엮이지 말라는 아버지의 조언이 생각났지만 이 여자는 달랐다. 예쁘고 아담한 외모만 봐도 아주 괜찮은 사람임을 알 수 있었다. 그녀의 남편은 공무원인 것 같았다. 아버지와 어머니의 친구들 중에 공무원들이 가끔 아내를 데리고 저녁을 먹으러 집에 오곤 했다. 그들의 아내들은 이 여자처럼 젊지도 예쁘지도 않았지만, 이 여자는 그 부인네들 못지않게 숙녀다웠다. 그는 2만 3000프랑이나 땄으니 조금 즐기는 것도 나쁘진 않겠다고 생각했다.

"같이 가죠." 그가 말했다. "하지만 오래 있지는 못할 거예요. 7시에 깨워 달라고 호텔에 말해 두었거든요."

"당신이 원할 때 가도록 해요."

니키가 보기에 니커보커는 대단히 유쾌한 곳이었다. 그는 베이컨과 달걀을 맛있게 먹었다. 그들은 샴페인을 함께 나눠 마시고 춤을 추었다. 여자가 니키에게 춤을 참 멋지게 추네요, 하고 말했다. 그는 자기가 춤을 잘 춘다는 것을 알고 있었고, 물론 그녀도 같이 춤을 추기에 좋은 상대였다. 깃털처럼 가벼웠다.

그녀가 뺨을 그의 뺨에 기댔다. 서로의 눈이 마주쳤을 때, 그녀의 눈 속에 어린 미소에 그는 가슴이 설렜다. 유색인 여성 가수가 허스키하고 관능적인 목소리로 노래를 불렀다. 실내는 사람들로 북적였다.

"잘생겼다는 소리 많이 들었죠?"

그녀가 물었다.

"그렇진 않은데요."

그가 웃음을 터뜨렸다. '이런.' 그는 생각했다. '이 여자가 나한테 반한 모양인데.'

니키는 자기가 여자들에게 인기가 많다는 것을 알고 있었다. 바보가 아닌 이상 알 수밖에 없었다. 그녀가 그 말을 했을 때 그는 그녀를 끌어당겨 그의 몸에 살짝 붙였다. 그녀는 눈을 감았고, 그녀의 입술에서 희미한 한숨 소리가 흘러나왔다.

"내가 이 많은 사람들 앞에서 당신한테 키스한다면 지나친 걸까요."

그가 말했다.

"안 그럴 거면 뭐 하러 데려왔나 다들 생각할걸요."

그녀가 말했다.

시간이 점점 늦어지고 있어서 니키는 이제 정말 가 봐야겠다고 말했다.

"같이 나가요." 그녀가 말했다. "가는 길에 나 좀 호텔에 내려 줄래요?"

니키는 음식값을 지불했다. 놀라운 금액이었지만 주머니 안에 든 돈을 생각하고는 대수롭지 않게 넘겼다. 그들은 택시에 올라탔다. 그녀가 그의 품을 파고들었고, 그는 그녀에게 키스했다. 그녀도 좋아하는 것 같았다.

'놀랍네.' 그는 생각했다. '그냥 가만히 있어도 되겠는걸.'

그녀는 유부녀였지만 남편은 모로코에 있었고 그녀는 그에게 반한 것이 분명했다. 반해도 아주 홀딱 반한 것 같았다. 아버지가 여자들과 엮이지 말라고 당부한 것은 사실이지만, 다시 돌이켜 보면 그러겠다고 약속한 것이 아니라 아버지의 조언을 명심하겠다고 약속한 것뿐이었다. 암, 아니고말고. 당시에는 그러겠다고 마음에 새겼지만, 판단은 상황에 따라 해야 하는 것 아닐까. 그녀는 귀엽고 어린 사람이었다. 제 발로 굴러든 모험 기회를 놓치는 것은 바보짓 같았다. 호텔에 도착했을 때 그는 택시 요금을 지불했다.

"난 걸어갈게요." 그가 말했다. "답답한 실내에 있었더니 바람을 쐬어야겠어요."

"잠깐 같이 올라가요." 그녀가 말했다. "우리 아들 사진을 보여 주고 싶어요."

"아, 어린 아들이 있어요?"

그는 조금 짜증스럽게 말했다.

"있죠, 우리 귀여운 아들."

그는 그녀를 따라 위층으로 올라갔다. 그녀의 어린 아들 사진은 조금도 보고 싶지 않았지만 예의상 보는 시늉이라도 해야 할 것 같았다. 바보짓을 하는 게 아닐까 두려웠다. 위층으로 데리고 올라가 사진을 보여 주려는 것은 내게 착각하지 말라고 점잖게 알려 주려는 게 아닐까. 분명 그녀에게 내가 열여덟 살이라고 말해 두었는데.

'나를 그냥 어린애로 아는 모양인데.'

그는 아까 나이트클럽에서 쓴 돈이 아까워지기 시작했다.

하지만 그녀는 그에게 그녀의 어린 아들 사진을 보여 주지 않았다. 방 안에 들어서자마자 그녀는 그를 향해 획 돌아서더니 두 팔로 그의 목을 감고 입술을 포개어 그에게 키스했다. 그는 이렇게 정열적인 키스는 태어나 처음이었다.

"자기야."

그녀가 말했다.

아버지의 조언이 다시 한번 니키의 뇌리를 언뜻 스쳤지만, 그는 그것을 잊어 버렸다.

니키는 잠귀가 밝아서 작은 소리에도 잠에서 깼다. 두세 시간 지났을까, 그는 잠에서 깨어 여기가 어디일까 잠시 어리둥절했다. 방 안은 어두컴컴했고 욕실 문이 조금 열려 있었다. 욕실 안에 불이 켜져 있었다. 그는 방 안에서 사람의 기척을 느꼈다. 그제야 기억이 났다. 그 젊은 여자로구나. 알아채고는 말을 붙이려는데 그녀의 이상한 행동거지가 그의 입을 막았다. 그녀는 그를 깨우지 않으려는 듯 아주 조심스럽게 움직이고 있었다. 한두 번씩 동작을 멈추고 침대 쪽을 돌아보았다. 그는 그녀가 무얼 하려는 걸까 궁금했다. 그 의문은 곧 풀렸다. 그녀는 그가 옷을 걸쳐 둔 의자로 건너가서 다시 그를 돌아보았다. 그리고 가만히 기다렸다. 그는 그 시간이 영원처럼 느껴졌다. 그 침묵이 어찌나 강렬한지 니키의 귀에는 쿵쿵

거리는 자신의 심장 소리가 들리는 것 같았다. 그때 아주 천천히, 아주 살그머니, 그녀가 그의 외투를 집어 들고 안주머니에 손을 넣어 니키의 자랑스러운 전리품, 그 아름다운 1000프랑짜리 지폐를 모두 꺼냈다. 그러고 나서 그의 외투를 다시 놓고 다른 옷들을 위에 덮어 건드리지 않은 것처럼 위장하고는 지폐 다발을 손에 쥔 채 한참을 꼼짝하지 않고 서 있었다. 니키는 벌떡 일어나 그녀를 잡고 싶은 충동을 억눌렀다. 너무 놀라 몸이 선뜻 움직여지지 않았고, 여기는 낯선 나라, 낯선 호텔이라 소동을 일으키면 무슨 일이 일어날지도 알 수 없었다. 그녀가 그를 쳐다보았다. 반쯤 감긴 그의 눈을 보고 그가 잠들었다고 생각하는 모양이었다. 더구나 고요해서 그의 규칙적인 숨소리도 들렸다. 그녀는 그가 깨지 않았다고 확신하고는 아주 살금살금 방을 가로질렀다. 창가의 작은 탁자 위에 시네라리아 화분이 하나 있었다. 이제 니키는 눈을 완전히 뜨고 그녀를 지켜보았다. 그녀가 줄기를 잡고 그 식물을 꺼냈는지 식물은 화분 안에 헐렁하게 놓여 있었다. 그녀는 지폐를 화분 바닥에 넣고는 식물을 화분 안에 내려놓았다. 숨기기에 더할 나위 없는 곳이었다. 꽃이 흐드러지게 핀 화분 밑에 뭔가가 숨겨져 있을 거라고 누가 상상이나 하겠는가. 그녀는 손가락으로 흙을 꼭 누르고 나서 아주 천천히, 바스락 소리 하나 나지 않도록 조심조심 방을 가로질러 침대 속으로 다시 들어왔다.

"셰리.(자기야.)"

그녀가 다정한 목소리로 말했다.

니키는 곤히 잠이 든 남자처럼 규칙적으로 숨을 쉬었다. 젊은 여자는 옆으로 돌아눕더니 잠이 들었다. 니키는 꼼짝 않고 가만히 누워 있었지만 머릿속은 바쁘게 돌아갔다. 방금 목격한 장면 때문에 화가 머리끝까지 치밀었지만 속으로 스스로에게 호통을 쳤다.

'망할 매춘부였어. 이 여자는 가짜야. 사랑하는 어린 아들도 모로코에 있다는 남편도. 내가 눈이 삐었지! 도둑년, 이게 이 여자의 정체였어. 나를 바보 천치로 알았겠다. 이딴 식으로 빠져나갈 수 있다고 생각했다면 오산이지.'

그는 재주를 부려 따낸 그 돈을 어떻게 쓸지 이미 생각해 놓고 있었다. 오래전부터 자기 차를 갖고 싶었지만 아무리 생각해도 아버지가 사 줄 것 같지가 않았다. 사내라면 가족들이 다 같이 쓰는 차 말고 다른 차를 몰고 싶은 법이다. 이제는 아버지에게 한 수 가르쳐 주고 보란 듯이 직접 한 대 뽑으면 그만이었다. 대략 2만 200프랑이면 괜찮은 중고차를 살 수 있었다. 그는 어떻게든 돈을 되찾고 싶었지만 뾰족한 수가 없었다. 소란을 떨어서 좋을 건 없었다. 그는 외지인인 데다 전혀 모르는 호텔에 있었다. 주먹다짐도 얼마든지 받아 줄 각오였지만 이 막돼먹은 여자에게 분명 친구들이 있을 테니 누구든 그에게 총을 겨누면 망신만 당할 게 분명했다. 그리고 곰곰 따져 보니 그 돈이 그의 돈이라는 증거도 없었다. 만약 시비가 붙는다면 그녀는 그것이 자기 돈이라 우길 테고, 그는 십중팔구 경찰서로 끌려갈 게 뻔했다. 어떻게 해야 할지 정말 막막했다. 얼마 뒤 그는 여자의 규칙적인 숨소리를 듣고 여자가 잠이 들었다는 것을 알았다. 수월하게 일을 처리한 것이 마음이 놓여 곧장 곯아떨어진 것 같았다. 나는 이렇게 속을 끓이면서 깨어 있는데 이 여자는 쿨쿨 태평하게 자는구나 싶어 니키는 여자에게 분노가 치밀었다. 그때 어떤 생각이 반짝 떠올랐다. 당장 침대를 박차고 나가 돈을 꺼내고 싶었지만 자제력을 총동원해 참았다. 그녀의 게임을 똑같이 하면 어떨까. 그녀가 그의 돈을 몰래 훔쳤으니 그가 그것을 도로 몰래 훔쳐 내면 둘은 비기는 셈이었다. 그는 이 사기꾼 여자가 깊이 잠들었다는 확신이 들 때까지 가만히 기다리기로 했다. 그리고 아주아주 오래 기다렸다고 느껴질 때까지 참고 기다렸다. 그녀는 꼼짝도 하지 않았다. 그녀의 숨소리는 아기처럼 규칙적이었다.

"자기야."

그가 그녀를 불렀다.

대답이 없었다. 움직임도 없었다. 그녀는 세상 모르게 자고 있었다. 그는 아주 천천히, 순간순간 동작을 멈춰 가면서, 아주 조용히 침대를 빠져나왔다. 그리고 잠시 가만히 서서 그의 기척에 그녀가 깼는지 그녀를 쳐다보며 확인했다. 그녀의 숨소리는 아까처럼 규칙적이었다. 그는 방을 건너갈 때 의자나 탁자를 건드려 소리를 내지 않도록 방 안의 가구를 유심히 살펴보며 가만히 기다렸다. 두 걸음 내딛고 기다린 다음 다시 두 걸음 걸었다. 그렇게 아주 가벼운 걸음으로 아무 소리도 내지 않고 장장 오 분에 걸쳐 창가로 갔고, 거기서 다시 기다렸다. 침대가 살짝 삐걱대는 바람에 깜짝 놀랐지만 그녀가 잠결에 뒤척인 것뿐이었다. 그는 100까지 숫자를 세면서 참고 기다렸다. 그녀는 통나무처럼 잠들어 있었다. 그는 극도로 조심스럽게 줄기를 잡고 시네라리아를 살그머니 화분에서 빼냈다. 그리고 다른 손을 화분 안에 넣었다. 손가락이 지폐에 닿았을 때는 심장이 미친 듯이 뜀박질을 했다. 손이 그것을 쥐었다. 그는 그것을 천천히 빼냈다. 그리고 식물을 제자리에 놓고 돌아서면서 흙을 조심조심 눌렀다. 한쪽 눈은 침대에 누워 있는 형체에 내내 머물렀다. 형체는 꼼짝하지 않았다. 그는 잠시 뜸을 들였다가 그의 옷들이 놓여 있는 의자까지 살금살금 이동했다. 지폐 뭉치를 외투 주머니 안에 넣고 나서 옷을 입기 시작했다. 소리가 나면 큰일이다 싶어 옷을 입는 데 족히 이십오 분은 걸렸다. 그의 옷은 풀을 먹이지 않은 셔츠와 정장 재킷이었다. 풀 먹인 셔츠가 아니라 소리가 덜 나는 셔츠인 것이 천만다행이다 싶었다. 거울 없이 넥타이를 매는 것은 어려웠지만 단정하게 매지 않아도 괜찮다고 현명히 생각했다. 이 모든 상황이 슬슬 장난처럼 보이기 시작했다. 마침내 그는 옷을 다 입었고, 신발은 손에 들고 있었다. 복도에 나가면 신을 생각이었다. 이제 방을 가로질러 문까지 가야 했다. 그는 잠귀가 밝은 사람도 깨우지 않을 만큼 아주 조용히 문까지 갔다. 하지만 문이 잠겨 있어서 열어야 했다. 그는 열쇠를 아주 조용히 돌렸고, 끼익 소리가 났다.

"누구야?"

젊은 여자가 침대에서 벌떡 일어나 앉았다. 니키는 심장이 덜컥 내려앉았다. 혼신의 힘을 다해 정신을 똑바로 차렸다.

"나예요. 6시라 그만 가 봐야 해요. 당신을 깨우고 싶지 않아서요."

"오, 깜빡했네."

그녀는 다시 베개 위로 풀썩 쓰러졌다.

"어차피 당신 깼으니까 그냥 신발 신을게요."

그는 침대에 걸터앉아 신발을 신었다.

"나갈 때 시끄럽게 굴면 안 돼요. 호텔 사람들이 좋아하지 않을 거야. 아, 너무 졸려."

"얼른 다시 자요."

"키스해 주고 가요." 그는 고개를 숙여 그녀에게 키스했다. "당신은 착한 남자고 멋진 연인이야. 봉 보야주.(여행 잘 해요.)"

니키는 호텔을 벗어나기 전까지 안심할 수 없다고 생각했다. 동은 이미 튼 상태였다. 하늘은 구름 한 점 없었고, 항구에는 요트와 고깃배 들이 잔잔한 수면 위에 꼼짝 않고 있었다. 어부들이 부두 위에서 벌써부터 오늘 작업을 준비했다. 거리는 적막했다. 니키는 달콤한 아침 공기를 길게 들이마셨다. 머리가 맑고 상쾌했다. 기분이 참 좋았다. 그는 어깨를 쫙 펴고 후들거리는 다리를 성큼성큼 움직여 언덕을 올라간 뒤 카지노 앞의 정원을 따라 걸어서(청명한 햇빛에 이슬이 반짝거리는 꽃들이 탐스러웠다.) 그의 호텔로 갔다. 목도리를 두르고 베레모를 쓴 짐꾼들이 복도에서 부지런히 비질을 했다. 니키는 방으로 올라가 뜨거운 물로 목욕을 했다. 물속에 누워서 자기는 사람들이 생각하는 그런 얼간이가 아니라고 생각하면서 흐뭇한 기분에 취했다. 목욕을 마치고 운동을 하고 나서 옷을 입은 다음 짐을 싸 놓고 아침을 먹으러 아래층으로 내려갔다. 배가 엄청 고팠다. 그가 좋아하는 유럽식 아침 식사[8]는 아니었다! 그는 포도와 오트밀, 베이컨 에그, 바삭바삭하고 입안에서 살살 녹는, 오븐 안의 신선한 롤빵, 마멀레이드, 커피 세 잔을 먹고 마셨다. 아까부터 기분이 끝내주게 좋았는데 지금은 더 좋았다. 그는 최근에 배워 피우기 시작한 파이프 담배에 불을 붙이고 음식값을 지불한 뒤 대기 중인 차에 올라탔다. 차는 그를 태우고 칸 반대편에 위치한 공항으로 향했다. 니스까지 이어진 길이 언덕 위로 뻗어 나갔고, 아래쪽으로 푸른 바다와 해안선이 펼쳐졌다. 참 예쁘다는 생각이 절로 들었다. 차는 니스를 통과했다. 대단히 쾌청하고 온화한 아침이었다. 차는 곧 바다를 따라 쭉 뻗은 긴 직선 도로에 들어섰다. 니키는 요금을 지불했다. 간밤에 딴 돈이 아니라 아버지가 준 돈에서 냈다. 니커보커에서 음식값을 내느라 1000프랑짜리 지폐를 바꾸긴 했지만 그 사기꾼 여자가 빌려간 1000프랑을 갚았으니 그의 주머니 안에는 아직 2만 프랑에 달하는 지폐가 들어 있었다. 그것들을 보고 싶었다. 거의 잃어버릴 뻔한 돈이라 금액이 곱절은 되는 것처럼 느껴졌다. 그는 여행 복장으로 갈아입을 때 안전하게 보관하려 바지 주머니에 넣어 둔 지폐들을 꺼내 하나씩 세어 보았다. 이상한 일이었다. 스무 장이어야 할 지폐가 스물여섯 장이었다. 이해가 가지 않았다. 다시 세어 보았다. 잘못 센 것이 아니었다. 모두 2만 프랑이어야 하는데 그가 가진 것은 틀림없이 2만 6000프랑이었다. 대체 어찌 된 영

[8) 커피와 잼, 버터, 빵으로 구성된 아침 식사.

문일까. 그는 스포팅 클럽에서 생각한 것보다 돈을 더 많이 딴 것인지 따져 보았다. 하지만 그것은 불가능했다. 계산대 뒤의 남자는 5000프랑짜리 지폐를 네 줄로 나란히 늘어놓았고, 그가 직접 돈을 세 보았기 때문이다. 별안간 답이 나왔다. 시네라리아를 꺼낸 뒤 화분 안에 손을 넣었을 때, 그는 그의 돈만 꺼낸 게 아니라 그녀가 저축해 둔 돈까지 꺼낸 것이다. 니키는 차 안에서 고개를 젖히고 한바탕 웃음을 터뜨렸다. 이보다 더 재미난 이야기가 있을까. 아침에 잠에서 깬 그녀가 절묘한 솜씨로 훔쳐 낸 돈이 있을 거라 기대하면서 화분으로 갔다가 그 돈만이 아니라 원래 자기 돈까지 몽땅 없어진 것을 깨닫는 모습을 상상하자 웃음이 더 크게 터졌다. 달리 방법이 없었다. 그는 그녀의 이름도, 그녀가 그를 데려간 호텔의 이름도 알지 못했다. 돌려주고 싶어도 돌려줄 수가 없었다.

"꼴 좋다, 그래도 싸지."

그가 말했다.

이것이 헨리 가닛이 브리지 테이블을 사이에 두고 친구들에게 들려준 사연의 전말이다. 어젯밤 저녁을 먹고 나서 그의 아내와 딸이 항구로 내려간 뒤 니키가 그 이야기를 모두 털어놓았다고 했다.

"그런데 나는 이 녀석이 너무 의기양양한 게 아주 못마땅하단 말이야. 딱 카나리아를 삼킨 고양이라니까. 게다가 녀석이 말을 마치고 뭐랬는지 알아? 그 순진한 눈으로 나를 쳐다보며 이러더군. '있잖아요, 아버지, 아무래도 아버지가 해 주신 조언은 문제가 좀 있는 것 같아요. 아버지는 도박하지 말라 하셨는데 저는 했고, 큰돈을 땄어요. 아버지는 돈을 빌려주지 말라고 하셨는데 저는 빌려주었고, 돌려받았어요. 또 아버지는 여자들과 엮이지 말라고 하셨는데 저는 했고, 그 결과 6000프랑이나 벌었으니까요.'"

세 친구가 와락 웃음보를 터뜨리는 바람에 헨리 가넛은 기분이 더 상했다.

"자네들은 좋다고 웃지만, 나는 입장이 난처하게 됐단 말일세. 아들놈이 나를 공경하고 존경하고 내가 무슨 말을 하든 복음의 진리처럼 받아들였는데, 이제는 나를 잔소리나 해 대는 늙은 바보로 본다고 녀석의 눈빛에 쓰여 있단 말이야. 그렇게 속단을 하면 좋을 게 없잖은가. 녀석이 그저 요행이었다는 건 모르고 자기가 영리해서 그리된 줄 안다니까. 이러다가 애가 망가질까 걱정이야."

"당신, 정말 바보 천치처럼 보이긴 해." 그들 중 한 명이 말했다. "그건 부인할 수 없어, 아닌가?"

"그건 나도 알아. 그래서 언짢다 이 말이야. 빌어먹을, 너무 불공평하지 않은가 말이야. 운명은 그렇게 속임수를 쓸 권리가 없다고. 어쨌든 내 조언은 정당한 것이라고 자네들도 인정할 수밖에 없을걸."

"정당하고말고."

"그리고 요 못된 아들놈이 뜨거운 맛을 봤어야 했는데 그러지를 않았잖아. 당신들은 세상 물정을 잘 아니 내가 이 상황에 어떻게 대처해야 할지 말 좀 해 보게."

하지만 아무도 말을 하지 못했다.

"이봐, 헨리, 나라면 걱정하지 않겠어." 변호사가 말했다. "내가 보기에 당신 아들은 복을 타고 태어났어. 길게 보면 그게 똑똑하거나 부유하게 태어난 것보다 낫지 않은가."

세계문학전집 392

서머싯 몸 단편선 1

1판 1쇄 펴냄 2021년 9월 7일
1판 7쇄 펴냄 2024년 8월 2일

지은이 서머싯 몸
옮긴이 황소연
발행인 박근섭, 박상준
펴낸곳 (주)민음사

출판등록 1966. 5. 19. (제 16-490호)
서울특별시 강남구 도산대로1길 62(신사동) 강남출판문화센터 5층 (우편번호 06027)
대표전화 02-515-2000 팩시밀리 02-515-2007
www.minumsa.com

한국어 판 © (주)민음사, 2021. Printed in Seoul, Korea

ISBN 978-89-374-6392-1 04800
ISBN 978-89-374-6000-5 (세트)

세계문학전집 목록

세계문학전집은 계속 간행됩니다.